嘉莉妹妹

[美] 西奥多·德莱塞 著　方华文 译

中国友谊出版公司

图书在版编目（CIP）数据

嘉莉妹妹 /（美）西奥多·德莱塞著 ；方华文译
. -- 北京 ：中国友谊出版公司，2017.5（2018.9重印）
书名原文：Sister Carrie
ISBN 978-7-5057-4022-8

Ⅰ. ①嘉… Ⅱ. ①西… ②方… Ⅲ. ①长篇小说－美国－近代 Ⅳ. ①I712.44

中国版本图书馆CIP数据核字(2017)第081608号

书名 嘉莉妹妹
著者 [美]西奥多·德莱塞
译者 方华文
出版 中国友谊出版公司
发行 中国友谊出版公司
经销 新华书店
印刷 北京文昌阁彩色印刷有限责任公司
规格 880×1230毫米 32开
16.5印张 375千字
版次 2017年7月第1版
印次 2018年9月第2次印刷
书号 ISBN 978-7-5057-4022-8
定价 59.80元
地址 北京市朝阳区西坝河南里17号楼
邮编 100028
电话 （010）64668676

目录

第一章 命运长河中随波逐流

嘉罗琳·米贝登上了下午的那趟开往芝加哥的火车。她的全部行装仅仅包括一只小提箱、一个廉价的仿鳄鱼皮包、一纸盒便餐、一个带着弹簧扣的黄皮钱夹——里面装着她的车票、姐姐在西范布伦街的住址便条以及四块钱的现金。那是一八八九年的八月。她芳龄十八，聪颖、腼腆，心里充满了年轻人天真的幻想。不管她心中有着怎样的依依惜别之情，都绝非是留恋自己所放弃的生活。母亲的吻别令她热泪盈眶；火车轰隆隆驶过父亲白天上班的面粉厂时，她的喉头有点哽咽；故乡那熟悉的绿野从眼前一闪而过，叫她不由得伤心地哀叹，把她和少女时代以及故乡轻轻牵连在一起的缕缕柔丝就此中断，再也没法联结在一起。

当然，火车一站站地行驶，要想走回头路随时都可以下车。天天都有火车开往那座大城市，把它与异地紧密连接在一处。即便到了芝加哥，那儿距哥伦比亚市也不算太远。只不过几百英里，几小时的路程吧！她望着那张写着姐姐地址的小纸条，想得出了神。她出神地注视着绿色的田野飞闪而过；后来，她把脱缰野马似的思路转到了芝加哥那儿，胡乱揣测着芝加哥是一个什么样的城市。

一个十八岁的大姑娘远离家门，不外乎有两种遭遇：不是碰到好人相助，福星高照，就是接受花花世界的道德标准，从此堕落。在当时的环境里，不可能有中间的路可走。城市里处处是奸诈的骗局，其恶劣的影响不低于比它小得多的披着人皮的魔鬼。种种巨大的力量像最有教养的绅士一样，装出道貌岸然的样子引人上当。荧荧闪闪的万家灯火与媚眼秋波有异曲同工之妙。纯朴自然的灵魂，其堕落半数是由超人的力量所导致的。喧嚣的声音、沸腾的生活和鳞次栉比的楼房，以多情的语言呼唤着讶异的心灵。如果没有人在旁边悄声指点迷津，这一切不知会把多少谎言灌入不加防备的人耳中！由于不辨真伪，诸般美景宛如音乐一般，常常会使头脑简单的人放松警惕，削弱他们的意志，使他们走上邪路。

嘉罗琳——家里人亲昵地称她为嘉莉妹妹——思想尚不成熟，缺乏观察力和分析力。她非常看重自己的利益，但自私自利之心却并不强烈，这是她的一大特点。她心中充满青春的幻想，带着发育期尚不惊人的美，生就一副最终将亭亭玉立的身段，眼睛里蕴藏着天生的智慧，这是经两代移民繁衍造就的一个典型的美国中产阶级少女。她对书本缺乏兴趣，知识对她来说如不解之谜。她天生的魅力仍未经过雕琢，还不会仪态万方地摆动脑袋，两只手几乎也同样不懂得优雅。她的脚虽然小巧，可是却生得扁平。不过，她很注重自己的容貌，向往轻松愉快的生活，踌躇满志地要为自己捞些物质利益。她是个装备不全的小骑士，到那座神秘的城市去闯荡世界，心中浮想联翩，不着边际地做着有朝一日能出人头地的迷梦，让那幡然悔悟的城市跪倒在一个女人的石榴裙下。

“喃，”一个声音在她耳旁说道，“那可是威斯康星州最美丽的一个游览胜地。”

“是吗？”她怯生生地应了一声。

此刻，火车正在驶出沃基肖的地界。她早就知道背后有个男人，觉得那人在盯着她的头发瞧。那个男人一直都坐立不安，她凭着直觉感到他对她发生了某种兴趣。少女的矜持以及在此种情况下所应有的感觉，使她退避三舍，拒绝和对方套近乎。但那人经验丰富，在这方面曾屡屡得手，况且大胆而富于魅力，最后终于占了上风。她对他做出了反应。

他身子向前，将胳膊肘搭在她的椅背上，娓娓动听、口若悬河地讲了起来。

“是的。这是芝加哥人喜欢光顾的游览胜地，饭店都非常棒。你对这一带不熟悉吧？”

“哦，不，这一带我熟悉。”嘉莉答道，“我是说，我住在哥伦比亚市。不过，这个地方我倒是从未来过。”

“如此看来，你这是第一次到芝加哥喽。”他说。

这段时间里，她以眼角的余光了解了那人的一些特征。他面颊红润，长着一撇小胡子，头戴一顶灰颜色的弯檐软呢帽。此刻，她转过身来，正面对着他，自卫和卖弄风情的本能在脑子里乱哄哄地搅成了一团。

“我可没这么说过。”她说道。

“哦，”他带着一种十分讨人喜欢的表情说，装出听错了话的样子，“我还以为你说过呢。”

他这种人是到处为厂家揽生意的推销员，当时的时髦语言起初称之为“吹鼓手”，还可以给他冠以一个更新潮的名称——“情种”。这一名称在一八八〇年的美国人中颇为流行，简单扼要地描绘出了这类人的形象，说明他们在着装和举止上处心积虑地要赢得脆弱的年轻女性的芳心。他穿着一套棕色方格花呢西装，这种衣服当时很新潮，但后来就司空见惯了，成了上班时穿的衣服。他的背心领口开得很低，露出浆硬的白底粉红条子衬衫的前胸。上衣袖口露出一双和衬衫花纹相同的亚麻布袖口，上缝镀金大平扣，镶缀着一种人称“猫儿眼”的黄玛瑙。他手指上戴着好几枚戒指，其中有一枚是经久耐用的沉甸甸的徽章戒；背心上垂着一条精致的金表链，链上系着“麋鹿会”[①]的内部徽章。整套衣服都非常贴身，配着擦得锃亮的厚底褐色皮鞋以及那顶灰颜色的弯檐软呢帽。他所表现出的才智使他颇具魅力，我们可以断言，嘉莉第一眼就把他的可取之处尽收眼底了。

请允许我记录下他那最成功的举止、最成功的手段的一些颇为显著的特点，免得这类人就此湮没无闻。第一重要的要数漂亮的衣服，没有这些他一文不名。第二要素是体格强健，对女人性欲勃发，心里既不考虑生活琐事，也不考虑世界上的大事，对财富缺乏欲望，对声色犬马却贪得无厌。他的手段一贯简单，要领是大胆进攻，当然其中支撑的力量是对异性炽烈的欲望和爱慕之心。尽管跟一位年轻佳丽萍水相逢，他也会走上前套近乎，用一副熟人的面容，不无死乞白赖的成分，最后八成被对方宽容地接纳。假如佳丽稍显轻浮，他便趁势为她正一正领饰，要是对方“吃”他那一套，他就直呼芳名。逛百货商场时，他会斜倚在柜台上跟女售货员调情，问些别有意味的话。在人较少的圈子里，如在火车上或者候车室里，他的进攻便从容一些。如果一个从外表

① 麋鹿会是美国的慈善机构。

上看容易到手的猎物出现，他便大献殷勤——趋前打招呼问安，为佳丽拎手提箱，引领她到车厢入座；倘若没得逞，他就在佳丽的邻座坐下，希冀在佳丽抵达目的地之前把她追到手。拿枕头、送书、放脚凳，这些都是他能够效力的事情。如果佳丽到了站，而他没有下车为之提行李，那是因为他意识到自己显然已遭到失败。有朝一日，应该有哪位女性写一整本《服饰哲学》。不管多年轻，这种事她是完全熟悉的。男人的服饰中有一条难以形容的细细的分界线，根据此线她可以区分哪个男人值得一顾，哪个不值得她一看。一个男子到了分界线以下的位置，便得不到她的垂青了。男装还有一条线，此线可以使她转而注意自己的装束。嘉莉此时在邻座的那位男子身上就看到了这条线，大有相形见绌之感。自己身上那镶着黑布边的简朴的蓝衣裙，现在看来成了褴褛的衣衫。脚上的鞋子也显得破旧不堪。

“让我想想，”那男子侃侃而谈，“你们城里我认识不少人哩，像服装店老板摩根洛和丝绸店老板吉布森啦。”

“哦，是吗？”嘉莉回想起自己曾流连于那琳琅满目的橱窗，于是不由得插口说道。

对方终于发现了她的兴趣所在，于是便娴熟地顺藤摸瓜。没过几分钟，他就走过来和她坐在了一起。他谈服装销售，谈他的旅行，谈芝加哥以及芝加哥的快乐生活。

“你到了那儿，一定会非常开心的。你那儿有亲戚吗？”

“我去看望我的姐姐。”她解释道。

“你一定要去逛逛林肯公园，”他说，“还要去密歇根大道看看。那儿高楼大厦拔地而起，不次于纽约，壮观得很。景物叫你目不暇接——剧院、人流、漂亮的房屋……啊，你一定会喜欢的。”

她想象着他所描绘的场景，心里不禁隐隐作痛。那场景宏观壮丽，而她自己却如此寒碜，这些微微刺痛了她。她意识到自己的生活不会轻松愉快，不过从他展示的前景她还是看见了希望之光。此人衣着体面，对她殷勤可亲，令她芳心大悦。他说她有点像一位走红的明星，她听后嫣然一笑。她并不傻，可这种吹捧还是有些作用的。

“你要在芝加哥待一段时间吧？”在轻松地聊了一阵之后，他话头一转问道。

“说不上来。”嘉莉模棱两可地答道。她脑子里闪过一个念头，想到自己也许还找不上工作哩。

“不管怎样，总要待几个星期吧。”他说话时，眼睛死死盯住她的双眸。

现在二人之间的交流已经超过了语言所蕴含的内容。他看到了她美丽迷人的气质，而她发现他对她产生了兴趣，这种兴趣叫一个女人既高兴又害怕。她的言谈举止不加粉饰，因为她还未学会女性用于掩饰真实感情的繁杂的小伎俩。她在行为上就显得大胆了。假如身边有一位聪明的女伴，一定会提醒她万不可如此直白地盯着一个男人的眼睛看。

“为什么问这个？”她说。

“哦，我要在那儿住几个星期，要查查货栈里的货物，取些新的样品。此间可以带你四处看看。”

“不知道是不是可以……我是说不知道我是否能去。我要住在姐姐家，要是……”

“哦，如果她不愿意，那就再安排。”他掏出铅笔和一个小日记本，好像一切都谈妥了一样，“你们的地址呢？”她摸索着装有地址的钱包。他则伸手从屁股口袋里取出一个鼓囊囊的钱夹，里面满满当当装着单据、旅费报销凭证以及钞票。这给她留下了很深的印象。以前对她献过殷勤的男人，还没一个能掏出这么厚的钱夹。说实在的，她以前从未如此近距离接触过经多识广、见过大世面的男人。他的钱夹、闪闪发亮的皮鞋、漂亮的新西装以及他行事的气派，为她勾画出了一个朦朦胧胧、以他为中心的花花世界。于是，她对他便有了好感，不管他有什么企图了。

他取出一张精美的名片，上面印着“巴特利特－卡约公司”，左下角印着“查斯·赫·杜洛埃”。

他把名片放入她的手中，指着他的名字说：“这是我的名字，念‘朱－埃’。从我父亲那边讲，我是法国人。”

嘉莉看名片时，他收起了钱夹，然后从外衣口袋取出一扎信，抽出一封说道：“我为这家商号做推销。”他边说边指着信纸上的图案，“在斯泰特街和湖滨大道的转弯处。”他的声音里流露出自豪，觉得跟这样的地方有联系是件了不起的事情。他让她也产生了这种感觉。

“你们的地址呢？”他把刚才的问题又问了一遍，握好铅笔准备记录。

她望了望他的手，然后一字一字地说道：“嘉莉·米贝。西范布伦大街三百五十四号，斯·克·汉森转。”

他仔细做了记录，接着又取出了钱夹。“星期一晚上我去找你，你在家吗？”他问。

“大概会在家吧。”她回答。

话语只是我们内心世界模糊的影子，它是有声的小链条，把无声的、宏大的情感和意图联结在一起。这两个人简短地交谈几句，掏掏钱夹，看看名片，但双方都意识不到各自内心的真实感情是多么难以表达清楚。双方都没有聪明到能够掌握对方心中所思的程度。他说不清他的勾引是怎样大功告成的。而她直到说出了自己的地址之后，方才意识到她在愈陷愈深。她此刻才感觉到自己失去了某样东西——他却赢得了一场胜利。两人都觉得他们之间产生了某种联系。他在谈话中已经占据了主导地位，言语轻松自如。而她的态度松弛随和。

火车逐渐驶近芝加哥，到处可见星星点点的信号牌从车旁闪过。穿过广阔无垠的大草原时，他们看到行行电线杆纵横田间，延伸至那座大城市。远处出现了城郊小镇的迹象，可见一些高大的烟囱直插云间。不时可以看到两层的木板房兀自耸立在空旷的田野上，像是那愈来愈近的大片楼群的孤零零的前哨。

对于儿童，对于富有想象力的天才，或者对于足不出户的人来说，第一次接近大城市是件奇妙的事情。尤其是在傍晚，这一光暗交替，生活从一种气氛或状况转入另一种的神秘时刻。啊，夜晚将给我们带来希望，为疲倦的人们提供一切方便！希望的幻景此刻一遍遍复映！辛苦劳作的人在心里自言自语地说："我就要自由了。我将加入欢乐的人群与他们共享喜悦。街道、电灯以及通明的餐厅，都属于我。戏院、舞厅、宴会、休息场所以及欢快的生活——这一切在夜里都属于我。"虽然人们仍关在车间里劳动，但激动的气息破墙而出，弥漫在空气中。最麻木的人也产生了一种他们不一定能说得清道得明的感觉，那是一种如释重负的感觉。

嘉莉妹妹凝视着窗外。人的情绪就是这么容易受感染，她的旅伴见她一副心驰神往的样子，不由得对这座城市产生了新的兴趣，把种种胜景指给她看。

“这儿是芝加哥的西北部，”杜洛埃说，“这是芝加哥河。”他朝着一条浑浊的小河指了指，那儿黑黝黝的河岸边依傍着一片来自远方水城的大帆船。火车喷出一股气来，发出一阵“叮当”响，铁轨隆隆轰鸣，小河立时不见了。“芝加哥将会成为一个大城市，”他继续说道，“真是个奇迹。你会发现那儿有许多值得一看的地方。”

这些话她都没有听清楚。一阵恐惧袭上心头，使她很是不安。她孤身一人远离家门，一头扎入生活的汪洋大海中挣扎谋生，这时她才开始感到害怕。她不由得觉得有点透不过气来，心脏急速跳动，令她头晕目眩。她半合上眼睛，力图把困境置之度外，一心只想着哥伦比亚市离这儿仅咫尺之遥。

“芝加哥到了！芝加哥到了！”司闸员一声吼叫，“砰”地打开了车门。火车正在驶入一个比较拥挤的车场，那儿人声鼎沸，乱哄哄的。她开始收拾她那可怜巴巴的小旅行包，用一只手攥紧钱包。杜洛埃起身踢踢腿把裤腿弄展，拎起了他洁净的黄色提包。

“我想你家里人会来接你吧？”他说，“让我替你把包拎上。”

“哦，不，”她说，“你还是别拎的好。见到我姐姐时，你最好别和我待在一起。”

“好吧。”他和颜悦色地说，“不过，我不会走远的。万一她没来，我可以安全地把你送回家。”

“你真是太好了。”嘉莉说。她觉得在这人生地不熟的环境里能得到这样的关怀实在不错。

“芝加哥到了！”司闸员拖长声调高声喊道。火车开到了一个阴暗的巨大候车篷下，那儿已经开始亮起灯光，四处散放着一节节的车厢。这时，火车减慢速度，缓缓移动。火车上的旅客们都站了起来，拥挤在车门口。

“嘿，到站啦。”杜洛埃说着，引路向门口走去，“再见。星期一我找你。”

“再见。”她握住他伸过来的手说。

“别忘了，我在看着你呢，要等着你找到你的姐姐。”

她望着他的眼睛嫣然一笑。

二人一前一后下了车，他装出一副不认识她的样子。一位脸孔瘦削、貌不出众的妇女在站台上看到嘉莉，急步走了过来。

“嘿，嘉莉妹妹！”她说道，随即敷衍地拥抱嘉莉表示欢迎。

嘉莉马上就觉察到感情的氛围发生了变化。在这纷乱、喧嚣和陌生的环境里，她感到冷酷的现实摆在了她面前。这是一个没有光彩和欢乐的世界，谈不上生活的享乐。她姐姐梅妮身上印着谋生和干家务活所留下的辛酸。

“家里人都好吗？”梅妮启口问道，“爸爸和妈妈好吗？”

嘉莉嘴里回答着，但眼睛却望着别处。杜洛埃站在走廊那边，再往前就是通向候车室和街道的大门了。他回过头望了望，瞧见她在朝他看，而且见到了她姐姐，他便送过来一个笑脸，转身走了。只有嘉莉看到了那微笑。他一走，她便感到若有所失。待到他不见了踪影，她心里涌起了一阵惆怅。和姐姐在一起，她觉得十分孤独，像一个孤零零的人落入了汹涌无情的大海。

第二章 贫困威胁着意志

梅妮家的“公寓”（当时对位于同一层楼上的套间都这般称呼）地处西范布伦街的工人和职员住宅区。这些居民搬来之后，仍有人源源不断前来，平均每年增加五万人口。梅妮家住在第三层楼，从前边的窗户能俯瞰大街。到了夜晚，各家杂货店里都灯火通明，大街上可见孩子们嬉戏玩耍。马车上的小铃铛响起一串清脆的声音，继而又消失，在嘉莉听来，那声音既悦耳又新奇。梅妮把她引进前边的房间，她就在那儿观望华灯普照的街道，聆听各种各样的声音，欣赏街上行人的活动，以及欣赏这座向四面八方绵延数英里的大城市所发出的嗡嗡声。

梅妮在一阵寒暄之后，便把婴儿交给嘉莉，自己去张罗晚饭了。丈夫汉森问了几句话，就坐下来看晚报。他沉默寡语，生在美国，父亲是瑞典人；眼下在原料场当冷藏车清洁工。小姨子在不在这个家，对他来说是无所谓的事情。她的出现对他没有产生任何影响。他说的唯一一句入题的话，是关于在芝加哥找工作这件事。

“这地方很大，”他说，“用不了几天，你会找到位置的。人人都有工作干。”

意思虽未挑明，但不言而喻：她必须去工作，挣来钱付膳宿费。他生性节约勤俭，在遥远的西区按分期付款的方式订购了两块地皮，已经交了几个月的钱。他踌躇满志，打算有朝一日在那儿盖一幢房子。

趁着姐姐张罗晚饭这段时间，嘉莉在屋里打量起来。她略具观察事物的天赋，而且具备每个女性都富有的直觉。

她感觉得到，姐姐家过的是一种贫寒拮据的生活。各个房间墙上糊的壁纸，格调都很不协调；地板上铺着席片；大厅里铺着一块破破烂烂的薄地毯。可以看得出，这里的家具全是分期付款商店兜售的那种匆匆拼凑的次品。

她怀里抱着婴儿，和梅妮坐在厨房里。后来婴儿哭闹起来，她就来回走动，口中哼着催眠曲。汉森被吵得看不成报，便走过去把婴儿抱了去。他的天性中讨人喜欢的一面此刻显露出来。他是一个有耐心的人，看得出他十分宠爱自己的骨血。

“乖乖，乖乖，”他边踱步边说，“听话，宝贝。”他的声音里明显地夹带着一些瑞典口音。

“你是不是想先参观一下城市？”吃饭时，梅妮这样问道，“那好，我们星期天去逛林肯公园。”

嘉莉注意到汉森对此一言不发。他似乎在考虑别的问题。

“噢，”她说，“我想我明天可以去转转。星期五和星期六我都没事，时间不难安排。商业区在哪个方向？”

梅妮开口欲解释，但丈夫却把话头抢了过去。

“在那边，”他指指东方说，“那是东面。”随后，他就芝加哥的地形大谈特谈起来，说话时长超过了以往任何一次，“你最好到富兰克林街上的那些大工厂里瞧瞧，就在河对岸。”他最后说道，“有许多女孩子都在那里工作。同时，你回家很方便，路程不太远。”

嘉莉点点头，接着向姐姐打听附近一带的情况。梅妮压低声音，把自己仅知的一点情况都告诉了她。这段时间里，汉森一直在招呼婴儿。最后他一跃而起，将孩子递给妻子。

“明天我得起个大早，所以现在得睡觉去了。”他说完便走了，消失在大厅尽头的那间黑暗的小卧室里，睡觉去了。

“他要赶很长一段路到原料场上班，”梅妮解释说，“所以五点半就得起床。”

“你什么时候起来做早饭？”嘉莉问。

“五点四十左右。”

姐妹二人一起干扫尾工作，由嘉莉洗碗碟，梅妮给婴儿脱衣服，安顿他睡觉。梅妮手脚勤快，动作训练有素，嘉莉看得出这是她终日辛苦劳作的成绩。

她开始意识到，她必须中断和杜洛埃的关系，不能让他到这里来。从汉森的态度，从梅妮那压抑的神情乃至整个家里的气氛来看，除去按部就班地不停地干活，其他任何活动都会遭到坚决抵制。如果汉森天天晚上坐在前边的房间里看报，九点按时睡觉，而梅妮稍迟一些也上床安歇，那他们会怎样要求她呢？她明白，自己必须先找份工作，能够支付生活费用，然后才可以考虑找朋友的事情。她和杜洛埃之间的那一番调情，现在看起来似乎成了非分之举。

“不，”她心里说，“不能让他来这儿。”

她问梅妮要来笔墨，这两样东西都放在餐厅里的壁炉架上。待梅妮十点上了床，她就取出杜洛埃的名片给他写信。

“我不能让你来家里看我。你必须等待，等着我再给你写信。

我姐姐家的地方太小了。”

她搜索枯肠，不知往信里再写些什么。她想提提他们在火车上建立的关系，但感到太难为情。结尾处，她以坦率的词句感谢了他对她的照顾。接着，她又拿不准该用什么格式署名，最后决定用“你忠实的”这一严肃的结束语，可继而又换成了“你真诚的”。她封了信封，写好地址，走进前边的房间，那儿靠墙有一个凹处安放着她的床。她把一个小摇椅拉到敞开的窗前，向外眺望夜景和街景，默然遐想。最后想累了，就坐在椅子上发起呆来。她觉得该睡觉了，便换了睡衣躺到了床上。

第二天早晨八点她醒来时，汉森已经走了。姐姐正在兼作餐厅的起居室里忙着针线活。她穿好衣服，动手为自己弄了点饭吃，然后和梅妮商量到哪儿去找工作。自上次和嘉莉分别，梅妮变化相当大。她现年二十七岁，虽然身子骨结实，但面容消瘦，人生观处处受到丈夫的影响。她对享乐和责任的看法日趋狭隘，甚至比孤陋寡闻的少女时代还要褊狭。她邀请嘉莉前来，倒不是因为渴望见到嘉莉，而是因为嘉莉在家感到不称心，到了这里也许能找到工作，挣钱交膳宿费。她见到嘉莉自然有些高兴，但在工作问题上却和丈夫持相同观点。开始的时候每星期只要能挣五块钱，干什么工作都可以。他们认为嘉莉的前景是到商店里当营业员。她应该进一家大商店埋头苦干，等待着情况发生变化。具体会出现什么情况，夫妻俩谁都说不清。他们并不指望她会得到晋升，也并不一定指望她嫁人。事情虽然说不清，但肯定会进展，直到较好的机会最终来临。那时嘉莉将得到报偿，不枉来到这座城市，不枉在这里含辛茹苦。早晨，她就是在这种幸运的气氛中走出去找工作的。

我们暂且不提她找工作的遭遇，还是先看看这座关系她前途命运的城市吧。一八八九年的芝加哥已经具备了走向繁荣的特殊条件，甚至使年轻姑娘也纷纷前来碰运气。日益增多的经商机会使它闻名遐迩，把它变成了一块巨大的磁铁，从四面八方吸引来了满怀希望的人们以及失望的人们——有的人来这里敛财聚宝，有的则是因为在别的地方碰了一鼻子灰，沦落到倾家荡产的地步。这座城市有五十多万人口，却膺怀百万人口大都市的抱负、胆略和活力。街道和房屋铺天盖地，占据着七十五平方英里的区域。给城市人口带来繁荣的与其说是已经形成规模的商业，毋宁说是工业，因为正是工业为后来者提供着机会。处处可闻建筑新楼房的汽锤声。大工业正在陆续挤入。庞大的铁路公司老早就预见到了这座城市的发展前景，于是攫取大片土地以备交通运输之用。有轨电车公司预计城市将迅猛发展，把轨道一直铺到了旷野上。街道和下水道绵延数英里，所经过的地区也许只孤孤单单地立着一幢房屋，但它终将引出一片繁荣热闹的景象。有些地区仍风雨肆行，但彻夜可见一长排一长排的煤气灯在风里闪烁和摇曳。狭窄的木板路连绵不断，时而经过一幢房屋，时而经过一家店铺，其间隔着很长的距离，最终隐没在大草原上。

城市中心有一大片批发零售商业区，不知底细的求职者通常都是来这儿碰运气。当时的芝加哥有一个与其他普通城市不同的特点：凡是想显气派的公司都独门独户，自占一幢楼房。由于土地多，这是可以办得到的。大多数批发商行都因此显得富丽堂皇，办公室设在底层，从街上朝里看一览无余。大块的窗玻璃——现在已非常普及，而当时刚刚开始进入千家万户——镶嵌在底层的办公室，给办公室以高雅神气的外观。闲逛的人路过时，可以看到明亮整齐的办公桌椅和满世界的毛玻璃，看到职员在埋头工作，看到温文尔雅、身着“时髦”西装和干净衬衫的商人或踱步或几人坐在一起。正方形的石料门洞旁挂着铮亮的铜质或镍质招牌，上面以规整的字体标明公司名称以及营业性质。整个市中心都具有高高在上、盛气凌人的架势，令普通求职者望而生畏、局促不安，使贫富之间的鸿沟显得又宽又深。

嘉莉此刻怯生生步入的就是这片显赫的商业区。她沿着范布伦街东行，穿过一块比较寒碜的区域，那儿的景象愈来愈糟，散布着一大片棚屋和煤栈，一直延伸到河岸边。她怀着寻找工作的朴实愿望鼓起勇气朝前走，但一步一停，为眼前的景物所吸引，同时在自己无法理解的显赫权势和力量面前备感孤苦无依。这些雄伟的高楼大厦究竟是干什么的？人们为什么表现出如此高的干劲和如此大的兴趣？她可以理解哥伦比亚市小石料厂的目的，那是为了给客户雕琢小块的大理石。可是看到大石料公司的工地，看到那遍地的铁路支线和货车，看到那星罗棋布的河岸码头以及在头顶上来回运转的钢木结构的庞大吊车，她那狭小的大脑就不能理解了。

广阔的火车停车场以及她在河边看到的排排船只，还有路两边那傍水建立的大工厂，都叫她琢磨不透。透过敞开的窗户，可以看到里边有男有女，都在忙碌地工作。一条条大街在她看来是高墙圈起的神秘天地；宽敞的办公室则是奇异的迷宫，里边都是些遥不可及的重要人物。她只觉得，那里的人经管着金钱，穿着高贵，出门乘马车。至于他们做什么营生、怎样工作以及为了什么目的，她只有极其模糊的概念。所有的一切都是那样奇妙、壮观和高不可攀。一想到要进这种高高在上的地方求职——寻找她力所能及的工作，无论干什么都行——她就感到情绪低落，一颗心在微微地发抖。

第三章 面临深渊，步履维艰

过了河来到批发商行区，嘉莉四周环顾，想找扇大门走进去求职。就在观看那些宽大的窗户以及堂皇的招牌时，她感觉到有人在注视她，瞧出她是一个前来找工作的人。她以前从未经过这种事，缺乏勇气。她加快了步子，装出一副前来办事的满不在乎的样子，免得让人看出她是来求职的，给她带来难以名状的羞耻感。就这样，她走过了许多家工厂和批发商行，朝里面瞧也不瞧一眼。在走完几段街道之后，她终于意识到这样是不行的，便又开始东张西望，不过脚步却没有放慢。前行了一些路，她瞧见一扇大门，注意力不知怎么被吸引了过去。门口挂着一块小铜牌，那儿似乎是一幢六七层高的大楼的入口。“也许这里需要人呢！”她暗忖着，跨过马路想往里走。距目标有二十英尺时，她透过窗户看到里边有个穿灰格子西装的年轻人。她不能断定那人是否在这家公司工作，不过那人碰巧朝她这儿望了一眼，使她怯懦的心失去了勇气，于是她急匆匆走过，羞愧得不敢进去了。街道对面耸立着一幢六层的大楼，挂着“斯托姆－金”的招牌，让她一看又重新燃起了希望。那是一家绸缎批发行，雇有女职员。不时可以看到她们在最高一层楼忙碌的身影。她决定不管三七二十一，进去瞧瞧。于是，她穿过马路，径直向大门口走去。就在这时，有两个男子出了楼，在大门口站住了脚。一位穿蓝制服的电报投递员急步从她身旁走过，迈上门口的那几级台阶冲了进去。在她迟疑和犹豫之际，人行道上匆匆赶路的人群中有几个行人越过了她身旁。她可怜巴巴地四周瞧瞧，发现有人在注视着她，便退了回去。事情太棘手了。她总不能当着那两个人的面进去吧。

惨重的失败使她心情阴郁。她机械地向前拖拽着两只脚，每走一步就离那地方远一点，她便是这样仓皇逃窜。走了一段路又一段路。经过各街口时，她在路灯杆上看到了这样的名称：麦迪逊、门罗、拉萨尔、克拉克、迪尔伯恩和斯台特等。但她仍在宽阔的石板路上继续朝前走，直走得两脚疲惫不堪。她也有几分高兴，因为那一条条的街道明亮且洁净。上午的太阳发出的光愈来愈热，使街上背阴的一边凉爽可人。她仰望蓝天，觉得蓝天从来没有像现在这么迷人过。

不知怎么，她开始为自己的怯懦感到痛心。她转过身，决心回到斯托姆－金公司那儿，走进去试试。路上她遇到一家批发鞋的大公司，透过宽大的玻璃窗可以瞧见一个被毛玻璃包裹得严严实实的经理室。在经理室的外边，在临街大门的内侧，有位头发花白的先生坐在一张小桌旁，面前摊开放着一本大账簿。她在这家公司门前犹豫不决地来回徘徊了几圈，最后见没人注意，便踌躇地穿过纱门，神态卑微地恭候在那里。

“喂，年轻的小姐，”那老先生带着一种慈祥的表情望着她说，“你有什么事？”

“我想……你们……我是说你们需要人吗？”她结结巴巴地问。

“目前不需要，”他笑容可掬地答道，“眼下不缺人。下星期哪一天再来吧。有时候我们也是需要人手的。”

她一言不发地听完答复，窘迫地退了出去。这种和气的接待叫她感到惊讶。她原以为事情会棘手得多呢。她虽然不知道对方会说些什么，但以为会听到冷酷无情的答复呢。值得庆幸的是，她没有遭到羞辱，当时没有感觉到自己悲惨的境遇。

受到鼓舞之后，她闯进了另一幢大楼。那是一家服装公司，里面的人比较多，全是些衣着考究的四十来岁的男人，周围围着些黄铜栏杆。

一位勤杂员走了过来。

“你想找谁？”他问道。

“我想见经理。”她说。

勤杂员跑到三个正在议事的人跟前，对其中的一个人说了些什么。那人便朝她走了过来。

“什么事？”他冷冰冰地问。这立刻使她勇气全消。

“你们需要人吗？”她口吃地问。

“不需要。”他粗鲁地说完，便回过身走了。

她痴痴呆呆地朝外走，待那个勤杂员恭敬地为她打开门，她便一头扎进了谁也不认识她的人流中。对她刚刚还高高兴兴的心境来说，这简直就是一个沉重的打击。

她漫无目的地走了一会儿，这儿转转那儿停停，看见了一个又一个大公司，但总是鼓不起勇气询问。到了近中午，她已饥肠辘辘。找到一家门面小的餐馆走进去一瞧，她不安地发现里面饭菜的价格超出了她的支付能力，她的钱只够买一碗汤。她匆匆喝完汤，走出了餐馆。一碗汤进肚，恢复了些许体力，也产生了几分继续找工作的勇气。

为了找到一个有成功希望的地方，她连着走了几段街道，最后又撞上了斯托姆－金公司。这一次，她终于冲了进去。近旁有几位先生在议事，但谁也没理睬她。她尴尬地站在那儿，忐忑不安地死盯着地。当她的痛苦快要抵达极限时，附近栏杆内一张写字台（栏杆内圈着许多写字台）旁的一个人才跟她说了话。

“你想找哪一位？”他问道。

“哦，对不起，随便哪一位都行，”她回答，“我是来找事做的。”

“噢，那你应该见见麦克曼纳斯先生。”他说，“请坐吧。”他指了指旁边靠墙放的一把椅子，便又继续不紧不慢地写起了字。过了一会儿，一个矮胖的男子从外边走了进来。

“麦克曼纳斯先生，”写字台旁的那个人喊道，“这位年轻女士想见你。”

那矮胖的男子转过了身来，嘉莉起身迎了上去。

“小姐，你有何贵干？”他好奇地打量着她问。

“我想知道在这儿是不是能找份工作？”她说。

“什么工作？”他问。

“干什么都可以。”她颤抖着声音说。

“你干过绸缎批发这一行吗？”他问。

“没有，先生。”她回答。

“会速记或打字吗？”

“不会，先生。”

“那么，我们这儿就没有你干的工作喽。”他说，“我们只雇用有经验的人手。”

当她向门口退缩时，她脸上的那种沉痛的表情打动了他。

“你以前干过什么工作吗？”他问。

“没有干过，先生。”她说。

“嗯。如此看来，在这种批发商行找事做是不大可能的。你去百货商店问过吗？”

她说：“没去过。”

“如果我要是你，”他和蔼可亲地望着她说，“我就到百货商店碰碰运气。那儿常雇用年轻姑娘当营业员。”

“谢谢。”她说。这几句友好的话语使她的整个心灵感到一阵快慰。

“对，”当她向门外挪步时，他又说道，“你应该到百货商店试试。”交代完，他就走开了。

当时的百货商店正处于走向繁荣昌盛的初期，数量并不多。美国的头三家百货商店约始建于一八八四年，全在芝加哥市内。嘉莉曾在《每日新闻》的广告栏目中看到过几家商店的名字。这会儿便举步前去寻找。麦克曼纳斯先生的一席话使她恢复了一度消沉的信念。她心存奢望，企盼这条新的线索会使她有所收获。她四处游荡了一会儿，想偶然地碰上那些商店。她一门心思要完成这项虽艰巨但很必需的工作，同时又自欺欺人地以这种走马观花、缺乏现实性的寻找宽慰着自己。最后她询问了一位警官，对方告诉她向前走“两段街道”，就可以找到“大商场”。

这些庞大的零售组织，倘若一旦永久消失，将在美国商业史上留下一段佳话。它们是在贸易原则的土壤里绽出的花蕾，为世人前所未闻。它们遵循卓有成效的零售方针，将数百家商店连成一体，具有极为惊人的经济基础。在漂亮美观、熙熙攘攘、生意兴隆的商场里，可见成群的营业员以及结队的顾客。在穿行于热闹的过道时，嘉莉被琳琅满目的首饰、衣物、文具和珠宝深深吸引。每一个柜台展出的东西都令人眼花缭乱，它们散发出的魅力叫人兴趣盎然。她不由得感觉到，每一件首饰、每一件贵重物品都在挽留她，然而她却并未停下脚步。这里没有她用不上的东西，没有她不思之若渴的东西。那雅致的拖鞋和长袜、精美的绉边衬衫和衬裙，那饰边、绸带、发梳以及荷包，无一不在牵动着她的欲望。然而她深切地感觉到，这里没有一样东西她能买得起。她不过是个求职者，一个没有工作的流浪人，一般职员一看就知道是个穷困潦倒的人。

千万不要以为别人会把她错看成一个神经紧张、多愁善感和情绪激动的人，被不公平地抛在这冷酷、势利、庸俗的世上。她当然不是那号人。不过，女人对装束都是特别敏感的。

嘉莉觉得不仅自己对所有新颖悦目的女装怀有强烈的欲望，而且心中不由得发现，连那些推推搡搡、对她不屑一顾、无视她的存在、从旁边擦肩而过的漂亮女士也在满腔热情地选购店里的商品。对这座城市里那些比较幸运的女同胞的装束，嘉莉是不熟悉的。以前她也不了解商店营业员的气质和衣着，现在相形之下她自己就显得寒碜了。她们一般都面容俊俏、靓丽动人，显出独立和满不在乎的神情，那些善于待人接物的还带有淘气的味儿。她们穿戴得很齐整，有许多都衣着华丽。不管走到哪里，一遇到营业员的目光，她就觉得那目光入木三分地洞察出了她的处境、她服饰上的不足和举止上的欠缺。她觉得这些遗憾之处是明摆着的，谁都能看得出她是怎样一个人以及她是干什么的。她妒火中烧，朦胧地意识到城市为女人提供了一切方便——财富、时髦的服装以及安逸的生活。此刻，她的整个心都在渴望穿上漂亮的衣服，渴望有一副花容月貌。

经理室设在二楼。经过一番打听，她寻到了那里。她发现另有一些女孩子已先她而至，和她一样也是来求职的，不过多了几分自满和高傲，那是城市生活的结晶。她们令人难堪地打量着她，差不多等了三刻钟的时间，才算叫到了她。

“请问，”一位模样机灵、快言快语的犹太人，坐在一张靠近窗户的带折叠盖的写字台旁说道，“你在别的商店干过吗？”

“没有，先生。”嘉莉回答。

“噢，你没干过。”他以锋利的目光观察着她说。

“是的，先生。”她回复道。

“眼下我们想录用有些经验的年轻姑娘，看来我们不能用你。”

嘉莉站在那儿等了一会儿，吃不准谈话是否已经结束。

“别等啦！”他嚷嚷道，“不要忘了我们这里很忙。”

嘉莉举步急忙朝外走。

“请稍候。”他又把她喊了回来，“把你的名字和地址留下。我们偶尔还是需要人手的。”

待安全地走上街头时，她简直无法止住眼泪。这倒不是因为她刚才遭到了拒绝，而是因为这一整天的经历叫人羞愧难当。她身体疲倦、神经紧张，放弃了到别的百货商店求职的念头，拖着步子朝前走去。融入人流之中，她产生了一种安全感和轻松感。

她漫不经心地信步拐上了离河边不远的杰克逊街，然后顺着这条繁华大街的南侧朝前走。谁料一片用图钉钉在门上的包装纸引起了她的注意，纸上用打印墨水写着“招聘女士——包装工和缝纫工”。她迟疑片刻，随即走了进去。

斯贝格尔汉公司是生产童帽的，占着一层楼面，宽为五十英尺、长为八十英尺左右。这地方光线暗淡，最黑暗的区域点着白炽灯，到处都堆放着机器和工作台。有一大群姑娘和几个男子守在工作台旁干活。姑娘们形容枯槁，脸上沾着油污，身穿没有形状的棉布单衫，脚蹬破旧的鞋。许多人都卷起衣袖，袒露出臂膀，有的怕热，敞开着领口。她们属于典型的处于最下层的女工——邋里邋遢、无精打采，由于不见阳光，脸色苍白。但她们并不卑怯，充满了好奇心，浑身都是胆量，说话一口俚语。

嘉莉心乱如麻地向四周环顾，一百个不愿意在这里工作。那些人除了斜睨她几眼让她感到不自在之外，谁也不理睬她。她候在那里，直至整个工作间的人都知道了她的存在。于是，就有人把话传开了。一位戴着围裙、衬衫袖子卷至肩膀的工头走了过来。

“找我吗？”他问。

“你们需要人吗？”嘉莉学会了开门见山的谈话方式，这样问道。

“你知道怎么缝制帽子吗？”他反问道。

“不知道，先生。”她回答。

“对这类工作有经验吗？”他问。

她回答说：“没有经验。”

“这个……”工头挠着耳朵想了想，“我们需要一名缝纫工，但想雇个熟手。我们抽不出时间训练生手。”他顿住话头，朝窗户望了望，“不过，也许可以安排你干最后的工序。”他最后沉思了一下说。

“每星期给多少工钱？”那人温和的态度及朴实的语言给了嘉莉勇气，于是她壮着胆子问。

“三块半。”他回答。

“啊。”她差点叫出声来，但还是控制住了自己，没让心里的想法表露出来。

“其实，我们倒不是真的需要人。”他含含糊糊地说，一边从上到下打量着她，就像观看一个包裹，“虽然这样，你还是下星期一上午来吧，”他补充道，“到时候我给你安排工作。”

“谢谢。”嘉莉有气无力地说。

“要来，就带一条围裙来。”他又说道。

他拔腿走了，将她一人抛在电梯门旁，甚至连她的名字也没有问。

车间里的情景以及每星期所付的工资数额，对想入非非的嘉莉宛如一记闷棍。但东奔西颠了一整天，碰了一天的壁，最后总算找到了份工作，凭这一点该让人满意了。她的愿望并不高，可开始时她不相信自己会接受这份工作。她所习惯了的是一种较为美好的生活。她简短的人生经历以及自由自在的乡村户外生活，使她对幽闭的工作环境天生反感。肮脏的地方和她从来就没有缘分。姐姐的公寓就收拾得干干净净。而这家工厂环境肮脏、天花板低矮，女工个个邋里邋遢、衣冠不整。她觉得那些姑娘一定思想污秽、心术不正。可话又说回来，那儿给她提供了工作。既然一天之内就能找到工作，证明芝加哥还不算太差。以后她可以再找个比较好的工作嘛。

然而，她在这之后所遇到的一些事情就不尽如人意了。凡是到美观漂亮的地方，她都吃了闭门羹，被三两句冷冰冰的官场话打发走。她去的另外一些地方只需要有经验的人手。她四处碰壁，最令人难堪的一段经历是在一家生产外衣的工厂里。当时她一直爬到四楼去询问。

“不要人，不要人。”态度粗暴、身材魁梧的工头说，这家伙经管着一个光线暗淡的车间，“我们什么人都不要。不要到这里来。”

随着下午的逝去，她的希望、勇气和力量也随之消失。她一直都锲而不舍，怀着极大的毅力。如此执着的努力理应得到一个较好的结果。她的每一根疲倦的神经都觉得，这块庞大的商业区在膨胀，变得愈加严酷和冷漠无情。看来她已无路可走。这场斗争过于激烈，她没有指望取得胜利了。街上的男男女女匆匆而过，汇成川流不息的长河。她觉得那是奋斗和意志的潮汐，同时又备感孤苦无依，全然不知她仅是大海中的一只小船。她四处求职，但徒劳无益，找不到一扇她敢于踏入的大门。这样的情况只会周而复始。她的恳求草率地遭到拒绝，这一点激起了她原有的耻辱感。她心力交瘁，折向西边，朝着此刻她已十分向往的梅妮的公寓走去。寻找工作的人傍晚时分打道回府，通常都是这般筋疲力尽、垂头丧气。她向南准备到范布伦街搭车，在第五大街路过一家鞋业批发大商行时，透过大玻璃窗看见里边有个中年人坐在一张小写字台旁，突然产生了一种拼死一搏的冲动，这种冲动往往产生于失败已成定局时，是身陷绝境、束手无策的人最后的冲刺。只见她从容不迫地穿过大门，向那人走去。那人望望她满脸的倦容，表露出了一点兴趣。

“有什么事？”他问。

“能给我点事做吗？”嘉莉说。

“这个我不清楚。”他和善地说，“你想找什么样的工作？你是不是打字员？”

“哦，不是。”嘉莉回答，“我们这儿只雇用簿记员和打字员。

你不妨绕到边门，上楼去问问。几天前楼上曾需要人。你到那儿找布朗先生。”

她急忙绕到边门，搭电梯到了四楼。

“去叫一下布朗先生，威利。”开电梯的人对不远处的一个勤杂员说。

威利走后不久，转回来说布朗先生让她坐一会儿，他马上就来。

这儿是库房的一隅，反映不出整个商行的概貌。嘉莉想象不出此处的工作性质。

“这么说你想找事做。”布朗先生在问明她的来意后说，“以前在鞋厂干过吗？”

“没有，先生。”嘉莉说。

“你叫什么名字？”他问，在听到回答后又说，“哦，我真不知能给你安排个什么事情做。每星期给你四块半的工钱，你肯干吗？”嘉莉屡遭挫折，已筋疲力尽，也就不嫌工钱少了。她没料到对方出的钱会低于六块，然而她还是接受了。他记下了她的名字和地址。

“好吧，”他最后说道，“你星期一早晨八点来这里报到。我想我可以为你找点事做。”

他走后，她又重新燃起了希望，确信自己最后终于找到了工作。她全身立刻热血沸腾，紧张的神经松弛了下来。来到繁华的街头，她发现一切都变了样，但见来往的人流都迈着轻快的步子。她看到男男女女都笑容满面，耳旁飘来人们谈话的片段以及欢快的笑声。街上的气氛轻松愉快。人们结束了一天的工作，从幢幢大楼里蜂拥而出。她注意到那些人都面带喜色。一想到姐姐的家，想到家里人在等她吃饭，她便加快了脚步。她匆忙赶路，也许仍疲倦不堪，但再也不是迈不动步子那种样子了。梅妮一定会说出不少感慨的话！啊，芝加哥漫长的冬天该何等壮观——那繁灯，那人群，那欢乐的气氛！这儿毕竟是一个叫人心醉的大都市呀。她的新公司是个挺漂亮的所在，那儿的窗户上镶着巨型平板玻璃。她很可能会把工作干得顺顺当当。她又想到了杜洛埃，想到了他给她讲过的一些事情。此刻，她感到生活是美好的，是充满生气的，是轻松愉快的。她情绪高涨地登上一辆电车，感觉到热血仍在周身欢快地流动。一定要在芝加哥生活下去——她心里一遍遍这么念叨着。她将会得到幸福，生活将比以往任何时候都美满。

第四章 想入非非，黄粱一梦

在后边的两天时间里，嘉莉沉湎于漫无边际的遐想。

她的脑海里云里雾里地净考虑些更适合于富人家千金小姐的享受和娱乐。经过大脑迅速的思考和选择，她大刀阔斧地把她每星期四块半的微薄收入分配了用场。这几天夜晚睡觉之前，她坐在摇椅上凭窗眺望华灯普照的街道，这笔将要拿到手的钱便会勾起她的幻想，使她联想到女人心中所渴望得到的各种欢乐以及享受。“我一定要过上好日子。”她暗自思忖。

这番胡思乱想虽涉及人世间所有的欢乐，但她的姐姐梅妮却对此一无所知。她又是擦洗厨房里的桌椅，又是盘算怎样用八毛钱置备星期天的家宴，忙得焦头烂额。嘉莉回到家时，因初获成功脸上兴奋得发红，顾不得疲倦，想跟她谈谈这次成功的有趣经过，而她只是报以赞扬的微笑，问嘉莉是不是要抽出一部分工钱乘车用。这一点嘉莉倒是没有考虑到，但嘉莉的心情并未受多大影响，不一会儿她又兴高采烈起来。她的核算糊里糊涂，把一笔开支从另一笔开支中扣出，钱数不见减少，这叫她感到高兴。

汉森七点回到家，脾气有点乖戾——他晚饭前常常是这个样子。从他的说话中看不出什么名堂，说明问题的是他那副板着的面孔以及一声不吭在屋里转悠的样子。他有一双自己喜爱穿的黄色软拖鞋，回到家就用它把脚上硬邦邦的便鞋替换掉。换拖鞋以及用普通的洗衣皂把脸洗得又红又亮，就是他晚饭前的全部准备工作。然后，他就取来晚报，默默地看报。

对一个年轻人来说，这是一种病态的性格。它深深影响了嘉莉，也影响了整个家里的气氛。事情往往就是这样，他的妻子得低声下气，说话得圆滑些，免得一问三不应。等到听说嘉莉找到了工作，他的脸色才有些放晴。

“你倒是没浪费时间，对吧？”他微微一笑说。

“对。”嘉莉带着几分自豪回答。

他又问了她一两句话，便去逗孩子玩了，把这件事抛到了一旁。直到吃饭时，梅妮才又提起了这个话题。

这家人平素只说些平庸无聊的话，但嘉莉却不愿把自己降低到这种格调。

“那家公司好像非常大，”她在叙述时说，“有巨大的平板玻璃窗户，雇着许多职员。据我见到的那人讲，他们一直都雇用着那么多人。”

“只要仪表看得过去，现在找工作不算太难。”汉森插话说。

梅妮受到兴致勃勃的嘉莉以及略微健谈了些的丈夫的感染，一下子也来了情绪，开始给嘉莉介绍一些值得一看的著名景点——参观那些地方不用花一分钱。

“你一定想参观密执安大街和街上漂亮的房子。那真是一条美不胜收的街道。”

“雅各布戏院在哪儿？”嘉莉插嘴问，她指的是一家专演通俗剧并因此而得名的戏院。

“哦，离这儿不太远。”梅妮答道，“在霍尔斯台街，从这里走只一点点路。”

“我太想去那儿啦。今天我曾路过了霍尔斯台街，你说是吗？”

听她这么一问，回答的人有些迟疑。思想这种东西感染力特别强。当她提出想去戏院看戏的时候，汉森的心里便笼罩了一层阴影，无声地反对干这种破费钱财的事，闪过不快的感觉，随之梅妮也受到了感染。这种心绪略微影响了饭桌旁的气氛。梅妮回答了声“是的”，可嘉莉能够感觉得到这家人是不提倡看戏的。这个话题被搁置了一会儿，直至汉森吃完饭，拿份报纸到了前边的房间。

只剩下姐妹俩时，她们边洗碗碟边交谈，就不那么拘束了，嘉莉不时还哼上两句曲子。

“如果不太远，我想到霍尔斯台街看看。”隔了一会儿，嘉莉说道，“今晚我们为什么不能去看场戏呢？”

“哦，我想史文今晚是不愿去的，”梅妮回答，“明天他早早地就要起床。”

“他不会在乎的——他一定能玩得很高兴。”嘉莉说。

“不行，那地方他不常去。”梅妮回复道。

“可我想去。”嘉莉不甘心地说，“那你我二人去吧。”

梅妮考虑了一下。她倒不是在考虑能不能去和愿不愿去，因为她心里已拿定主意不去，而是在考虑用什么办法把妹妹的思路转移到其他的事情上。

“改天再去吧。”她找不到现成的托词，最后便这样支吾道。

嘉莉立即觉察出了对方反对看戏的根源。

“我有些钱，”她说，“你随我去就行了。”

梅妮摇了摇头。

“他也可以一道去呀。”嘉莉说。

“不行，”梅妮低声回答，同时把碗碟弄得“叮当”响以压住谈话的声音，“他不愿去。”

梅妮已好几年没见嘉莉了，这期间嘉莉的性格发生了一些细微的变化。就为人处世而言，她处处显出胆怯的天性，尤其是在缺乏力量或钱财的情况下。可是她强烈地向往娱乐，这成了她的一种精神支柱。她对别的事情闭口不谈，就喜欢讲这方面的东西。

“你去问问他嘛。”她柔声细语地央求道。

梅妮正在考虑着嘉莉的膳宿费将给家里带来的经济实惠。用那笔钱交房租，这样跟丈夫再谈起花销问题就会减少些困难。可如果嘉莉刚开始就想东游西逛，势必会出现麻烦。除非嘉莉安分守己、勤奋努力，认识到刻苦工作的必要性，舍弃贪玩之心，要不然，她到这座城市里来能给他们带来什么好处呢？这些想法就性质而言一点也不冷酷无情，而是一个随遇而安、毫无怨言、勤勤恳恳的人所发出的实实在在的心声。

末了，她还是做出了让步，同意去问问汉森。这件事实出无奈，她本人没有一丝一毫的兴趣。

“嘉莉想让我们跟她去看戏。”她探头望望丈夫说。汉森从报上抬起头，二人心领神会地交换了个眼色，那眼色一目了然：“这不是我们想干的事情。”

“我不想去。”他回答，“她想到哪家戏院？”

“雅各布戏院。”梅妮说。

他低头瞧着报纸，不以为然地摇了摇头。

嘉莉见他们这般对待她的提议，对他们的生活方式有了一个更清楚的认识。她心情沉痛，然而却没有把不满溢于言表。

“我想下楼去，到楼梯脚那儿站站。”过了一会儿，她这样说道。

梅妮没表示反对，于是嘉莉戴上帽子下楼去了。

“嘉莉到哪儿去了？”汉森听到关门声，回到餐厅里问道。

“她说要到楼梯角那儿。”梅妮回答，“我看她只是想出去望望街景。”

“她不该现在就想着花钱去看戏，你觉得呢？”他说。

“我认为，她不过有些好奇罢了。”梅妮不假思索地说，“所有的一切对她都是新鲜的。”

“不清楚。”汉森说，接着就微微皱着眉头走到了孩子跟前。

他心里想，女孩子家往往醉心于虚荣和挥霍的生活。但令他不解的是，嘉莉囊空如洗，还没有资本，怎么也会想着走这样的道路。

星期六，嘉莉独自一人出了门，先到激起她情趣的河边，然后返身来到杰克逊街，这儿两旁排列着漂亮的房屋和美丽的草坪。这条街后来因为这些原因而改成了林荫大道。街上恐怕没有一个人的家产能超过十万元，可她感到这儿一派富贵的气象。走出姐姐家的公寓她心情舒畅，因为她觉得那是一个狭窄乏味的地方，缺乏情趣和欢乐。她的心里此刻无拘无束，不时在思索杜洛埃究竟在何处。她虽然不敢断定他星期一晚上会来访，但可能性还是有的，这让她有些不安，同时又使她有所企盼。

星期一她早早就起床，准备去上班。她穿上一件蓝点棉布旧衬衫和一条褪了色的浅褐色哔叽裙子，头戴一顶已经在哥伦比亚市戴了一夏天的小草帽，脚蹬一双旧鞋，脖系一条由于长时间佩戴已发皱发毛的领巾。她的样子像个非常普通的女营业员，却风韵独具。她的眉眼比一般的女营业员俊俏些，使她显得妩媚、矜持、楚楚动人。

像嘉莉这般人，在家时习惯于一觉睡到七八点，早晨要早早起床绝非轻而易举之事。她对汉森的生活习性有了点滴了解。六点的时候，她睡眼惺忪地朝餐厅望了望，瞧见他在一声不响地吃早饭。待她穿好衣服，他已经走了。她跟梅妮母子一起进餐，那小家伙刚刚能坐在高椅上，用勺子搅碟子上的食物。一想到要接触从未干过的陌生工作，她的情绪就有些低落。所有的美好幻想只剩下了灰烬，不过灰烬里还包藏着些许希望的火星。她心情沮丧、精神颓唐，一边默默地进食，一边反复想象着鞋业公司的状况、工作性质以及雇主的态度。她隐约觉得自己将接触到大老板，她的工作是接待频频光临的衣着考究、表情庄重的人。

“祝你顺利。”她准备动身时，梅妮对她说道。姐妹俩已谈妥，最好步行上班，起码这天早晨以步代车，看她是不是能天天如此——每星期省六毛钱的车费在当时可是个不小的数目。

“晚上我把情况告诉给你。”嘉莉说。

走上阳光普照的街头，她的心里才稍微踏实了些。但见上班的人们来来往往，街上驶过的马车围栏里挤满了大批发公司的小职员和业务员，男男女女走出家门，在周围一带走动。沐浴在朝阳的光辉之中，头顶广阔的蓝天，耳旁清风习习，除非生死攸关的大事，恐惧哪还有存身之地？在夜色里或者白天在昏暗的房间里，恐惧和忧愁肆行无忌，但一走到阳光下，甚至对于死亡都可无所畏惧。

嘉莉向前直行，过了河后走上了第五大街。这一段街道就像用棕色石头及深红色砖块围起的大峡谷。那硕大的窗户又明亮又干净。轰隆轰隆行驶的卡车愈来愈多，男人和女人，姑娘和小伙子走向四面八方。她遇到一些和她年龄相仿的姑娘，她们冲她打量，似乎瞧不起她的畏怯样。她为这宏伟的生活场景感到惊讶，想到要想在这里施展就得具备丰富的知识，一阵怯懦感袭上心头，她顿觉自己碌碌无能。她唯恐自己不知怎样去做事，唯恐不能迅速地掌握知识。她不就是因为什么也不懂，才四处碰壁吗？这次她肯定会挨骂、受辱、丢人现眼地被开除。

她两腿发软，娇喘吁吁地来到亚当斯街和第五大街街口处的那家大鞋业公司，走进了电梯。走上四楼，旁边空无一人，只有一堆堆的盒子直摞到天花板。她非常惶恐地站着，等着有人走过来。

不一会儿，布朗先生来了，可他好像认不出她来了。

“有何贵干？”他问。

嘉莉的心咯噔往下一沉。

“你说让我今天早晨来工作……”

“哦，”他插进来说，“啊……对了，你叫什么名字来着？”

“嘉莉·米贝。”

“一点不错，”他说，“请随我来。”

他引路穿过昏暗的通道，两旁堆满散发着新鞋子气味的箱子，来到一扇直达工厂厂房的铁门跟前。随即可看见一座天花板低矮的大厅，里面有一些男子身穿白衬衫和蓝布围裙在“咔嗒”“咔嗒”响的机器旁工作。她随布朗先生走过那些轰响的机器，一副怯生生的样子，眼睛直视前方，脸上微微泛着红晕。他们来到远处的一个角落，乘电梯上了六楼。布朗先生招手把一个工头从一排排的机器和长凳那儿唤了来。

“就是这位姑娘。”他说，然后他又吩咐嘉莉道，“你跟他去。”他离开之后，嘉莉随新上司走到角落处的一张小写字台跟前，那是新上司的办公地点。

“以前没干过这种活，是吗？”他非常严肃地问。

“是的，先生。”她回答。

他好像对雇用这样的工人感到十分恼火，但还是记下了她的名字，引她来到一排坐在凳子上操纵“咔嗒”响的机器的姑娘跟前。他拍了拍一位姑娘的肩膀，那姑娘正用机器在鞋面上冲眼。

“喂，”他说，“把你干的活教教这姑娘，教完后请来找我。”

那女工一听这话马上站了起来，把自己的位置让出来给嘉莉。

“这活并不难。”她俯下身子说，“把这个拿起来，用夹子固定牢，然后开动机器。”

她边讲边示范，把一块用来加工男鞋右鞋面的皮革用活动小夹子固定牢，然后推动机器旁侧的一根小钢柄。机器“咔嗒”“咔嗒”冲起眼来，冲下几小片圆形皮革，在鞋面的侧帮上留下了穿鞋带的窟窿眼。然后她看着嘉莉干了几次，就让嘉莉独立操作。见嘉莉干得相当不错，她抽身走了。

右首机器旁的女工把皮革传过来，嘉莉冲过眼后再传给左边的人。嘉莉立刻就发现必须保持一种平均的速度，否则皮革就会堆积起来，耽误后边人的工作。她无暇向四周观望，只顾全神贯注地干活。左右两边的女工清楚她的处境和心情，于是可着胆子帮助她，把手中的活放慢。

她手脚不停地忙活了一阵子，从单调机械的机器运转中寻求解脱，忘掉了心中的惶恐不安和瞎猜乱想。随着时间分分秒秒地流逝，她感觉到车间里光线不足，弥漫着浓重的新鲜皮革味，但这些并不是使她担忧的因素。她发现别人在盯着她，于是心里不安，唯恐自己干得太慢。

有一回，她把皮革稍微摆偏了些，又摆弄夹子时，一只大手出现在她眼前，替她把夹子固定好。她见是工头，心怦怦直跳，简直无法再干下去。

“开动机器，”他说，“开动机器！不要让所有的人都等你。”

这话唤醒了她，于是她手忙脚乱地干起来，几乎连口气都不敢喘。直至身后那影子走开，她才出了口大气。

上午的时光一点点向前推移，车间里愈来愈热。她很想呼吸一口新鲜空气和喝一口水，但是却不敢挪动身子。她坐的凳子既无靠背也没有脚撑，使她感到不舒服。过了一会儿，她的脊背开始疼了起来。她扭扭身子略微改变一下姿势，但好不了多久，她开始感到疲倦。

“站起来，为什么不站一会儿呢？”右边的女工不经自我介绍就这么对她说道，“这个他们是不管的。”

嘉莉感激地望了望她。“看来是得这样。”她说。

她从凳子上站起身干了一会儿，但这种姿势更不舒服。弯着腰，脖子和肩膀也酸痛起来。

她觉得这个地方的人有些不太文雅。她虽然不敢四处张望，但透过“咔嗒”“咔嗒”的机器声，偶尔也能捕捉到一两句谈话。用眼角的余光也可以瞥见一些现象。

“昨晚见哈里了吗？”左首的女工问自己旁边的人。

“没见。”

“你要是看到他的领带就好了。哈，他真是让人觉得可笑。”

“嘘——”旁边的女工招呼一声，埋下头工作。先说话的那个马上不作声了，装出一本正经的样子。工头慢吞吞走过来，瞧瞧这个又瞧瞧那个，把她们俩打量一番。待他一离开，谈话又重新开始了。

“喂，”左首的女工开了腔，“你知道他说了些什么？”

“不知道。”

“他说他昨晚见我们跟埃迪·哈里斯在马丁酒店。”

“去他的吧！”二人咯咯笑了起来。

一位该剪头发的褐发小伙子摇摇晃晃地在机器中间走了过来，把一筐子制皮工具贴着肚皮夹在左腋下。靠近嘉莉时，他伸出右手在一位女工的膀子下拧了一把。

“哎呀，别动我。”女工生气地叫起来，“下流坯！”

他只是咧嘴一笑作为回答。

“小宝贝！”他见她怒目望着他的背影，便回头喊道，毫无尊重对方的意思。

最后，嘉莉简直坐不住了。她的腿也酸痛起来，直想起来伸展伸展。中午难道永远也不会来了吗？她的肚子一点也不饿，但全身无力，眼睛老是盯着冲眼的那一点，已疲倦不堪。右边的女工见她难受得扭来扭去，很是同情。她未免过于全神贯注了——这种活其实没必要把思想和身体绷得那么紧。可是，当时又想不出来办法。半片半片的鞋面源源而至，不断朝上堆。她先是手腕痛，随后手指头酸痛，接着浑身的肌肉隐隐作痛，老是保持着一种姿势，机械地重复一种动作，使她觉得愈来愈厌烦。最后，她恶心得要呕吐。真不知这种紧张的状态是否会有尽头，可就在这时电梯那儿传来了一阵沉闷的铃声，宣告歇班的时间已到。立时人来人往，响起了一片谈话的嗡嗡声。所有的姑娘都从凳子上跃起身，快步走进隔壁的一个房间。男工们从右侧的一个车间里走出，经过这个房间到别的地方去。旋转的轮子响起低缓的调子，那声调愈来愈低，最后消失在低沉的嗡嗡声中。耳旁一片寂静，连普通的说话声也听起来有些异样。

嘉莉起身去找她的饭盒。她身子僵硬，头有些发晕，口里渴得厉害。在走向那个存放外套及饭盒的木板小隔间的路上，她遇到了工头。工头冲着她使劲地看个不停。

“嘿，”他说，“干这活没什么问题吧？”

“我觉得还可以。”她恭恭敬敬地回答。

“嗯。”他胡乱说了一声，实在没别的话可谈，就走开了。

如果物质条件好些，这种工作尚不算太糟糕，可惜关于改善雇员工作条件的新型社会主义观念当时还没有影响到制造业。

这地方混杂着机油味和新鲜皮革味，再加上大楼里的霉味，即便在冷天也让人感到不舒服。地板虽然每晚都打扫，但仍是脏乱一片。这儿连最起码的福利设施都不给工人提供，认为尽量少给予、少付薪水和加重工作，才能赚上钱。对于凳子上的脚撑、靠背转椅、女工餐室、免费的干净围裙、烫发钳以及像样的衣帽间，统统不予以考虑。盥洗室即使不污水横流，也不让人感到舒服，里边要什么没什么，整个环境污秽肮脏。

嘉莉从墙拐角的一只桶里舀了一罐头盒水喝完，望望四周想找个地方坐下来吃点东西。其他的女工有的聚在窗旁，有的围在男工们丢下的工作台旁。没有一处地方不聚着两三个或一群女工。她过于胆小，不敢凑到跟前去，于是回到自己的机器旁，坐在凳子上，在膝上打开饭盒。她坐在那里，听着各处传来的闲言碎语和议论，其中多半是无聊的话，夹杂着流行的俚语。屋里有几个男工，隔得老远跟女工们打情骂俏。

“喂，吉蒂，”一位男工冲着一个在窗旁几英尺宽的地方练华尔兹舞步的女工喊道，“跟我一起去跳舞吧？”

“当心，吉蒂，”另一位男工嚷嚷道，“你会把脚后跟扭歪的。”

“去你的吧，小下流坯。”女工不屑地回敬了一句。

嘉莉听到这种话以及男工和女工之间类似的打趣嘲弄，不由得打心眼里反感。她不习惯这种环境，觉得他们粗俗下流。她唯恐那些小伙子把这种话抛给她——那些人跟杜洛埃相比，显得愚蠢可笑。她和一般女性一样以衣帽取人，认为穿礼服的是有地位、有道德、有声望的，而穿工装的则叫人讨厌，看都不值得一看。

短短的半小时过去之后，机轮又飞转起来，这叫她感到高兴。她虽然疲倦不堪，但毕竟不惹人注意了。这种幻想随之破灭，只见另有一个小伙子从甬道走过来，用手指若无其事地戳了戳她的肋骨。她转过身，眼里喷射出怒火，但他已扬长而去，仅仅回过头龇牙笑了笑。她觉得难以自制，直想哭。

旁边的女工看出了她的心境。“别理他，”她说，“他太无礼了。”

嘉莉什么话也没说，埋头干起了活。她感到自己简直无法忍受这样的生活。她所想象的工作完全不是这么回事。整整一个漫长的下午，她都在怀念外边的世界、华丽的城市街景、人群以及漂亮的楼房。还怀念起了哥伦比亚市和家中生活美好的一面。才三点，她就觉得像是到了六点。四点的时候，她则认为他们忘了看表，让大伙儿超钟点工作。工头成了十足的恶魔，不停地在周围转悠，逼她干那可恶的工作。她听到四周人的谈话，便铁下一条心，绝不和这些人交朋友。六点一到，她就迫不及待地匆匆离去，两条胳膊又酸又痛，四肢因老是以一种姿势坐着而变得僵硬。

她取了帽子走到大厅时，一位年轻的机器工人为她的姿色打动，觍着脸跟她开玩笑。

“喂，玛吉，”他叫道，“等等，我跟你一块儿走。”

话是冲着这儿来的，她知道针对的是谁，可是她头也没回。

在拥挤的电梯里，又有一个脏乎乎油腻腻的小伙子对她挤眉弄眼，想赢得她的青睐。

在外面的人行道上，一个等同伴的年轻人见她经过时，冲她笑了笑。

“和我一路走，对吗？”他油腔滑调地喊道。

嘉莉心情沉重，把脸扭向西方。她转过街口，透过明净的大窗户看到了那张小写字台，她就是在那儿申请工作的。人群还是那样步履匆匆，那样熙熙攘攘、充满活力。她觉得心里轻松了些，那是因为已逃出牢笼。看到服饰比她好的姑娘从身旁走过，她感到无地自容。她认为自己不该落到这步田地，觉得不甘心。

第五章 不夜之城，醉生梦死

那天晚上杜洛埃没有登门拜访。接到嘉莉的信后，他就把对她的思念全都暂时搁到了一旁，东游西荡，过着他心目中的快活日子。就在那天晚上，他跑到雷克托饭店吃饭，那是家在当地颇负盛名的饭店，处于克拉克街和门罗街转角处一幢大楼的底层。随后，他到亚当斯街上宏伟的联邦大楼对面的费兹介路－莫伊酒店，依着五光十色的酒吧台，喝了一杯纯威士忌，又买了两支雪茄，点起一支抽，对他来说，这是高层次生活的一个组成部分，很能代表整个生活。

杜洛埃并非嗜酒如命的酒徒，也非腰缠万贯的富翁。他只追求他心目中最美好的生活，而他认为这类活动就是最美好生活的一部分。雷克托饭店里，大理石墙壁和地板光洁如镜，瓷器和银器琳琅满目，是演员及从事自由职业的人经常光顾的胜地，所以他觉得一个功成名就的人应该到这儿来。他喜爱漂亮服饰和美味佳肴，尤其热衷于跟春风得意的人厮混交朋友。吃饭时，一听说约瑟夫•杰斐逊常到这儿来，或者听说红极一时的名演员亨利•易•狄克西和他仅隔着几张餐桌，他就感到心满意足。在雷克托饭店里他总可以得到满足，因为在这里能够接触政治家、经纪人、演员以及一些纨绔子弟，大家在一起谈天说地、吃吃喝喝。

“瞧，那位就是某某人。”这些绅士常常这般议论。尤其是那些尚未达到但一心希望能够达到挥金如土的显赫地位的人，更是把这作为口头禅。

“真的吗？”听的人会说。

“当然喽！你不认识他？嘿，他是大歌剧院的经理。”

这种谈话飘到耳朵里，杜洛埃就会把腰板挺得更直，吃得更津津有味。如果他有虚荣心，那他的虚荣心会更加强烈；如果他胸怀抱负，那他的抱负会被大大激发。总有一天，他也能掏出成沓的钞票来。眼下，他可以在那些人吃饭的地方就餐。

他对亚当斯街上费兹介路－莫伊酒店的偏爱，也属于同一种心理。在芝加哥人看来，这是家华丽的大酒店。这儿和雷克托饭店一样，也装饰着枝形吊灯，灯架上的白炽灯泡耀眼夺目。脚下是色彩鲜艳的地板砖，深色的镶木墙壁显得光滑、富贵，反射着灯光，墙根部分涂着色彩斑斓的泥灰，一派富丽堂皇的气象。长长的酒吧间由木板镶嵌而成，擦得明光净亮，里面灯光通明，摆着彩色雕花玻璃器皿和许多漂亮的酒瓶。这真是一家富丽堂皇的酒店，有华丽的屏风、名贵的酒和许多全国一流的酒吧用品。

杜洛埃是在雷克托饭店结识费兹介路－莫伊酒店的经理乔•威•赫斯渥先生的。据说赫斯渥是位功成名就之士，在社交界很有名望。他气宇轩昂，年龄尚未届四旬，体格健壮，举止潇洒，神情稳健持重。他具有这种气概，一半是因为他穿着考究的服装，佩戴着珠宝，具有一种自命不凡的神态。杜洛埃当时立刻就看出他是个值得结交的人，不仅为见到他感到高兴，而且在以后一旦想喝酒或抽雪茄，也乐于到亚当斯街的酒吧里去。

赫斯渥独具一格，是个有趣的人物。在许多小事情上他聪明机智，擅长给人留下良好的印象。他身居经理要职，操纵着店里的生意，令人肃然起敬，但可惜不掌握财权。他靠勤奋努力，经多年奋斗，才从一个普通酒吧的店主爬到了今天的位置。他在店里有一个用光亮的樱木和铁栅隔出的小办公室，带折叠盖的写字台里放着店内的简易账本，记有订购和所需的供应品。主要的行政权和财务权掌握在店主费兹介路先生以及莫伊先生手里，掌握在一个专管收钱的出纳员手里。

大部分时间他都在店里转悠，穿着用进口料子精工制作的西装，手戴镶嵌单粒宝石的戒指，领带上缀一枚美丽的蓝钻石，引人注目的新式背心上挂一条纯金表链，链上系一个设计精美的饰品和一块最新式样、最新纹案的怀表。他叫得上名字的演员、商人、政治家和三教九流的名士有几百人，而且能用“喂，老朋友”这样的话跟他们亲昵地打招呼，这是他获得成功的部分原因。他对礼仪和友谊细腻地分出等级和种类。见了那些经常光顾酒店、了解他地位的每星期挣十五块钱的职员和机关办事员，他说“你好”；对那些认识他并愿意和他交好的名人或富豪，他则说“喂，老朋友，你好吗”。有一类人过于富有、过于出名或过于走运，他无法跟他们套近乎，于是就内行地采取策略，换上庄重严肃的态度，对他们彬彬有礼，这既能赢得他们的好感，又丝毫无损于他自己的风度和形象。最后一类人是些关系好的主顾，既不富有也不贫穷，不出名也不十分走运，他对这些人亲切友好，跟他们交谈得最投机也最认真。他喜欢隔上一段时间出去痛快地玩玩——观赛马、看戏和到俱乐部里玩赌博的游戏。他家里有一匹马和一辆精巧的轻便马车，妻子和两个孩子舒舒服服地住在北区靠近林肯公园的一幢典雅的房子里。总而言之，他在美国上流社会是个非常受欢迎的人，是仅次于豪门富户的一等人物。

赫斯渥喜欢杜洛埃，喜欢他随和的脾气及衣冠楚楚的外表。他知道杜洛埃不过是个云游四方的推销员，而且论资历没多少年头，但巴特利特－卡约公司是个生意兴隆的大公司，这样看来杜洛埃就有地位了。赫斯渥跟杜洛埃非常熟，时常和他在一起喝酒，有其他人在场时，大家就神聊一通。杜洛埃具有一定的幽默感，这对他的工作是有帮助的，在必要的场合能够讲出动人的话来。他可以跟赫斯渥侃赛马，讲述自己有趣的遭遇以及风月场上的经历，可以谈论自己所去城市中的贸易情况，几乎总显出一副讨人喜欢的样子。今天晚上他的兴致特别高，因为他呈给公司的报告受到了表扬，新样品已经挑选停当，后边六个星期的行程已经拟订好。

“喂，你好，查利，老朋友，”这天晚上，八点左右杜洛埃走进来时，赫斯渥说道，“怎么样？”大厅里满都是人。

杜洛埃满面春风地跟他握了手，二人一道向酒吧间走去。

“啊，还不错。”

“六个星期没见你的面了。你是什么时候回来的？”

“星期五。”杜洛埃说，“这回事情很顺利。”

“我为你感到高兴。”赫斯渥说，黑眼睛里放射出热情的光彩，把平时那副装模作样冷漠的神情冲淡了一半，“你想喝点什么？”他见那位身着白衣、脖系领带的招待从吧台后俯过身来，便问了一句。

“帕波老酒。”杜洛埃回答。

“给我也来一点。”赫斯渥说。

“这次准备在城里待多长时间？”赫斯渥问。

“只待到星期三。我要到圣保罗去。”

“乔治·伊凡斯星期六来过这里，说上星期在密尔沃基见到过你。”

“不错，我见到乔治了，”杜洛埃说，“那老伙计可真了不起，你说是吗？我们在一起玩得很开心。”

招待把杯子和酒瓶摆放到他们面前，二人边斟酒边交谈。杜洛埃的酒杯很适度地只满了三分之一，而赫斯渥斟了些纯威士忌，然后又用矿泉水冲淡。

“卡约怎么样？”赫斯渥说，“两个星期都没见他到这里来了。”

“听说卧床不起啦，”杜洛埃说，“那老伙计患了痛风症！”

“他确实捞了不少钱，对吗？”

“是的，是捞了很多钱。”杜洛埃回答，“他活不了太久了，现在很少到办公室露面。”

“他只有一个儿子，是吗？”赫斯渥问。

“是的，那可是匹脱缰的野马。”杜洛埃笑道。

“其他人操持着生意，他的病我想不会对公司造成多大损失。”

“是的，我想不会有什么损失。”

赫斯渥敞开衣扣站着，大拇指插在口袋里，身上的珠宝和戒指在灯光下耀眼夺目，一看就知道是个讲究生活的人。

一个滴酒不沾、思想比较严肃的人，一定会觉得这种沸沸扬扬、吵吵嚷嚷、五光十色的地方比较不正常，是自然界和生活中的一种古怪现象。一群群飞蛾连续不断地冲火光扑来取暖。在这儿听到的谈话就思想内容而言毫无可取之处。显而易见，阴谋家会选择较为隐蔽的地方运筹策划；政治家除了说些客套话也不会聚在这里商讨事情，唯恐耳朵尖的人听了去。此处也非开怀痛饮的理想之地，因为这种豪华场所的常客，多半都不是贪杯之人。可人们聚集在这里高谈阔论，你拥我挤地凑热闹，总是有其原因的。一定是激情和朦胧的欲望奇异地交融在一起，才产生了这种反常的社交场合，否则就不会这样。

杜洛埃这种人来这里，一来是想寻欢作乐，二来渴望在比他强的人中间露露脸。他在这儿结识的许多朋友虽没有意识分析自己的目的，但无非是因为这里有他们渴望看到的人群、灯火和气氛。总之，人们可以把这儿视为比较优秀的社会缩影，因为他们看到的虽是一片歌舞升平的现象，但这并不是罪恶。对金碧辉煌的地方心向往之，是不会产生罪恶的。最坏的后果大概是在物欲横流的人心中激起一种抱负，使他们按照同样豪华的规格安排自己的生活。归根结底一句话：这不是奢靡环境的罪过，而是人类内心的趋向。如果说这种场合能使衣着差的人去效仿华衣丽服者，这不是别的原因，而是由于这些受影响者的野心在作祟。彻底摈弃众所非难的因素——酒，就可以看到美和热情留下的种种特点。现代时髦饭店所以备受青睐，是这一观点的佐证。

然而，灯火辉煌的厅堂，衣冠楚楚、贪得无厌的人群，自私无聊的空谈，东鳞西爪、游移不定的思想活动，对于通明的灯火、宏大的场面以及漂亮衣服的爱好，这一切放在朗朗星光之下，局外人看来一定是一幕光怪陆离的情景。在繁星的照耀以及夜风的吹拂下，这一定是一派火树银花的景象，宛如一朵怪诞、闪烁的夜花，散发着香味、招蜂引蝶的享乐之花。

“看见进来的那人了吧？”赫斯渥边说话，边瞥了一眼刚刚进来的一位绅士，那人头戴高帽，身穿阿尔伯特亲王式上衣，吃得脑满肠肥，红光满面。

“没看见。在哪里？”杜洛埃说。

“在那儿，”赫斯渥用目光示意了一下说，“那个戴大礼帽的人。”

“啊，这下看见了。”杜洛埃说，可又装出视而不见的样子，“他是什么人？”

“招魂巫师朱尔斯·华莱士。”

杜洛埃望着他的一举一动，显得兴趣盎然。

“他不太像一个能看见鬼魂的人，是吗？”

“这我说不上来，”赫斯渥回答，“反正他很有钱。”说这话时他眼里微微发亮。

“我不大相信那一套把戏，你呢？”杜洛埃问。

“嘿，那可说不准。”赫斯渥说，“里边也许有些道理呢。不过，我不愿为这费心思。”顺便问一句，他补充道，“今晚你打算到哪里去？”

“去看《地洞》[①]。”杜洛埃说。

“那你最好去吧，已经八点半了。”他掏出怀表说。

人群已散去大半，有的去剧院，有的上俱乐部，有的则前往最迷人的享乐之地——风月场——至少对这里的男人是最迷人的。

“是的，我该走啦。”杜洛埃说。

“散场后再过来。我有样东西想让你瞧瞧。”赫斯渥说。

“一言为定。”杜洛埃惊喜地说。

“夜里没有急着办的事吧？”赫斯渥又说。

“没有。”

---

① 指的是名噪一时的一出滑稽剧。

“那你就来吧。”

“星期五回来坐火车时，我遇到了一个漂亮小妞。”分手时，杜洛埃说道，“我发誓，这是真的。出差之前我一定要去看看她。”

“算啦，别把她当回事。”赫斯渥说。

“嘿，告诉你吧，她可是个楚楚动人的小东西。”杜洛埃推心置腹地继续说着，企图引起朋友的兴趣。

“你十二点来吧。”赫斯渥说。

“好吧。”杜洛埃边说边朝外走。

嘉莉的名字就是在这样极其轻浮的寻欢作乐之地被说了出来。此时此刻，这位年轻的女工正在自叹命薄，而她的不幸几乎可以说是她刚刚展开的命运的一个不可分割的部分。

第六章 工厂佳丽与现代骑士

这天晚上，嘉莉在姐姐家里感觉到一种新的气氛。公寓还是从前的老样子，只是她的情绪起了变化，这一点增加了她对新气氛的了解。她刚找到工作时兴致勃勃，所以梅妮以为会听到好消息呢。汉森则掂量着她一定会心满意足。

“喂，”他穿着工作服走出大厅，从餐室门口望着嘉莉说，“你干得怎么样？”

“唉，”嘉莉说，“活太累，我不喜欢。”

她的表情不言自明，说明她又疲倦又失望。

“是什么样的工作？”他转身要进洗澡间时，停下来问道。

“开机器。”嘉莉回答。

显而易见，他只关心家里是否能添些膳宿费，而不关心别的。叫他有点气愤的是，嘉莉不该在决定命运的关键时刻这般挑剔。

梅妮干活时的情绪不如刚才嘉莉回来之前那么高涨了。嘉莉叙说了心中的不满后，连“呲呲”的煎肉声听起来也不那么悦耳了。嘉莉觉得，劳累一整天下来唯一能得到的安慰是回到一个快乐的家，获得家人的同情，高高兴兴吃顿饭，而且有人跟她说：

“再坚持一段时间，你会找到好工作的。”可现在这些希望成了泡影。她看得出，他们认为她不该口出怨言，而应该不声不响地干下去。她清楚自己将要交四块钱的膳宿费，现在觉得同这些人住在一起实在乏味透顶。

梅妮不能成为妹妹情趣相同的朋友，她年纪太大了。她思想古板，严重地受到环境的影响。即便汉森有快乐的思想和高兴的心绪，他也含而不露。他内心的活动似乎从不溢于言表。他沉静得就像一座没人居住的房屋。而嘉莉身上流动着青春的热血，富于幻想。她仍有前途可盼，可以谈情说爱，领略寻觅爱侣的奥妙。她可以考虑自己想做的事情，自己喜欢穿的衣服以及自己想去的地方。这些事情令她心往神驰，可她处处碰壁，这里没有人能激起她的感情或者和她的感情产生共鸣。

在思考和解释白天的遭遇时，她竟忘了杜洛埃可能会来。现在看到家里这两个人如此不容人，她便希望他还是不来的好。杜洛埃要是来了，她真不知该怎么办或者怎样对他解释。吃过晚饭，她更换了衣服。穿上干净的服装，她成了一个可爱的姑娘，显出一双大眼睛和一张忧郁的嘴巴。她脸上表情复杂，既有期望和不满，又反映出内心的愁苦。收拾好碗碟，她便在屋里来回踱步，跟梅妮谈了一会儿话，随后决定下楼到楼梯角旁的大门那儿站站。杜洛埃要是来了，可以在那儿迎住他。她戴上帽子，朝下走时，脸上换了一副高兴的表情。

“嘉莉好像不太喜欢她的工作。”梅妮对拿着报纸走出来准备到餐室看会儿报的丈夫说。

“不管怎样，她都应该先干一段时间。”汉森说，“她下楼去了吗？”

“是的。”梅妮说。

“我要是你，就告诉她干下去。不然，她也许一待就是几星期，找不到别的工作。”

梅妮说她会讲的，于是汉森开始看报纸了。

“我要是你，”他隔了一会儿又说，“我就不让她站在门道那儿，叫人看到不好。”

“我会告诉她的。”梅妮说。

街上的景象使嘉莉激动不已，心情久久难以平息。她不厌其烦地揣摩着汽车里的那些人要到哪儿去或怎样行乐。她的想象兜着小圈子，总是停留在与金钱、打扮、服饰或享乐相关的项目上。她时而会遥想哥伦比亚市，或对自己当天的遭遇感到懊丧，但总的来说，周围的小世界占据了她全部的注意力。

汉森家的公寓在三楼，一楼是一家面包铺。当她站在那儿的时候，汉森下楼买面包，直至走到非常近的地方，她才发现。

“我来买面包。”从她身边经过时，他仅说了这么一句。

思想的感染力此时产生了作用。汉森的确是来买面包的，但心里也存在着想看看嘉莉在干什么的念头。他怀着这种念头刚一接近她，她就感觉出来了。当然，她不明白是什么东西使她这么想，但她心里开始对他产生了反感。她现在知道她并不喜欢他，他的疑心太重。

一种想法可以给我们的整个世界涂上颜色。嘉莉的苦思冥想被搅乱之后，汉森上楼不久，她也跟了上去。在这一刻钟的时间里，她意识到杜洛埃不会来了，于是心里有点气愤，就好像遭到了遗弃似的——她配不上人家嘛。她来到一片寂静的楼上，见梅妮守在桌旁灯光下做针线活。汉森已经回房睡觉去了。嘉莉又累又绝望，什么也没说，只声称自己想去睡觉。

“是的，该睡了。”梅妮回应道，“要知道，明天得早点起床哩。”

第二天早晨一切如旧。嘉莉出房间时，汉森正在朝外走。吃早饭时梅妮想跟她搭话，但二人都感兴趣的话题实在太少。跟头天早晨一样，嘉莉步行朝市中心走，因为她开始意识到，四块半的工资付过膳宿费后，是容不得她坐车的。这似乎是一种不幸的安排。但晨曦一如既往，把一天刚出头的忧愁一扫而光。

在鞋厂她苦干了一整天，虽然不像前一天那般疲倦不堪，新奇感却减少了许多。总工头来巡视时，在她的机器旁留住了脚步。

“你是从哪里来的？”他问。

“是布朗先生雇来的。”她回答。

“噢，是他雇来的！”随后他又说，“你要加油干活。”

那些机器女工给她的印象甚至比昨天还差。她们似乎安于命运，可以说是“庸庸碌碌”。嘉莉比她们的想象力丰富。她不习惯用粗俗的俚语。她对服饰之类的学问，在感觉上要高上一筹。旁边的那个女工油腔滑调，讲的话让她不愿听。

“我可不想干啦，”她听到那女工对邻近的一位说，“拿这么一点钱起早贪黑，让人身体吃不消。”

她们跟厂里的男工，不分老少，都随随便便，用粗俗的语言打情骂俏，这起初让嘉莉感到吃惊。她发现自己也被当成了同一类人，所以别人对她说话也随随便便。

“喂，”中午时分，一位手腕粗壮的鞋底工人冲她说，“你长得真水灵。”他满以为会听到女工常用的回复“呸！别卖乖巧啦”，谁料嘉莉却一声未吭地走开了，使他很是没趣，尴尬地笑笑退却了。

晚上回到家里，她甚至更觉得寂寞——那沉闷的气氛让她愈加难以忍受。她看得出，汉森家很少或者从不来客人。她站在临街的门口望街景时，壮着胆子朝远处走了走。她从容的步子和悠闲的样子，引起了一位居心不良但平淡无奇的人的注意，他的搭讪吓了她一跳。那人三十岁的年纪，衣冠楚楚，从她身边经过时瞧了她一眼，随后放慢脚步，回过身说："晚上出来散步，是吗？"

嘉莉诧异地望了望他，然后鼓足勇气答道："我不认识你。"说完回过头就走。

"哎，那没关系。"那人温和地说。

她没再跟他多话，急忙走开了，回到自家门前时已气喘吁吁。那人的眼睛里有一种神情叫她感到害怕。

这星期后边的几天，情况都一模一样。有一两个晚上，她累得走不动路，便搭了车回家。她的身体不太好，坐一整天下来脊背酸痛。一天夜里，她比汉森睡得还要早。

花木的移植不见得都能成功，女人的情况也是如此。即使自然生长，有时也需要有比较肥沃的土壤和比较优越的环境。如果让她逐渐地适应环境，如果条件不那么严峻，结果会好一些。假如她不是那么快就找到工作，多看看自己急于了解的城市，她的遭遇会好一些。

第一个雨天的早晨，她发现自己连把伞也没有。梅妮借了一把给她，可那伞又破又旧。嘉莉的虚荣心此时开始作怪。她跑到一家大百货商店给自己买了一把新伞，把她那微薄的积蓄花掉了一块两毛五分钱。

“为什么要这样做，嘉莉？”梅妮看见新伞时问道。

“哦，我需要把伞。”嘉莉说。

“你这个傻丫头。”

嘉莉一听心里不快，然而却没有还嘴。她暗自想，她可不愿当一个普普通通的工厂女工，他们也不该这样想。

头一个星期六的晚上，嘉莉付了四块钱的膳宿费。梅妮接钱时感到于心不忍，可要少了又不知如何对汉森解释。汉森带着满意的微笑接过那四块钱，没交给家里使用，因为他只考虑营造房屋和偿还贷款。至于嘉莉，却在考虑怎样用每星期这五毛钱购置衣物和进行玩乐。她千思万想，心里产生了反抗的情绪。

“我到街上走走。”她吃过晚饭宣称。

“一个人去？”汉森问。

“是的。”嘉莉答道。

“要是我就不会一个人出去。”梅妮说。

“我想去看看街景。”嘉莉说。她说最后两个字时的腔调使他们第一次发现了她对他们的不满。

“她怎么啦？”她进前屋取帽子时，汉森向梅妮。

“不知道。”梅妮说。

“她应该懂点事，别一个人往外跑。”

嘉莉没有走很远就拐了回来，在门口站了站。第二天他们一起上加菲尔德公园，但她还是闷闷不乐，脸色不大好看。次日在车间里，她听到女工们在添油加醋地讲述她们怎样玩乐。她们一个个都很高兴。有几天下雨，她把钱都花在了坐车上。一日晚上，她赶到范布伦大街搭车，浑身淋成了落汤鸡。这整个晚上，她都独自一人坐在前屋，一边眺望那反射着灯光的湿漉漉的街道，一边沉思着。她浮想联翩，黯然神伤。

星期六，她又交出了四块钱，带着绝望的心情把自己的那五毛钱装进了口袋。车间里跟她搭过话的几个女工告诉她说，她们留作己用的钱要比她的多。她们有小伙子带她们出去玩，但嘉莉由于结识了杜洛埃，觉得自己高出那类人一等。对车间里那些轻浮的小伙子她简直厌恶到了极点。他们当中没有一个人具备温文尔雅的风度。她看到的仅是他们上班时的一面。

一天，冬季来临前的第一阵劲风席卷了整个城市。朵朵薄云在天空中疾驰，高大的烟囱上拖着缕缕轻烟，狂烈的劲风一阵阵卷过街面和街角。嘉莉这时觉得该考虑添置冬衣了。怎么办好呢？她没有过冬的外套，也无过冬的鞋帽。对梅妮实在难以启口，可最后她还是鼓起了勇气。

"我不知我冬天穿的衣服该怎么办，"一天晚上姐妹二人凑在一起的时候，她说道，"我还需要顶帽子。"

梅妮的表情严肃了起来。

"为什么不把你的钱留下一部分去买呢？"她建议道，同时又担心嘉莉把钱扣下会引起麻烦。

"假如你们不介意，我想这一两个星期就留下一点。"嘉莉壮起胆子说。

"交两块钱行吗？"梅妮问。

嘉莉欣然同意，庆幸摆脱了困境，感到心情舒畅，因为她找到了一条出路。她喜上眉梢，立刻开始合计起来。她首先需要的是一顶帽子。她不知道梅妮后来是怎么对汉森解释的，汉森什么话也没说，但脸上的表情却反映出了他的心思，让人感到不愉快。

要不是中途患了病，这项新计划是可以付诸实施的。一天下午，嘉莉还没穿上外套，下了一场雨之后又刮来了一股冷风。她六点走出温暖的车间，被风吹得瑟瑟发抖。第二天早晨她打起了喷嚏，往市中心走时病情加重了。这天她骨头发痛，感到脑袋发晕。傍晚她觉得十分不舒服，回到家连饭也不想吃。梅妮见她蔫头蔫脑，问她身体怎么样了。

"不知道，"嘉莉说，"我感到很难受。"

她守在火炉旁寸步不离，冷得牙齿咯咯直打架，后来便抱病睡了觉。翌日早晨，她发起了高烧。

梅妮见状心里十分懊恼，但是态度却很和蔼。汉森说最好让她回家待一段时间。三天之后她从病榻上站起，工作却必丢无疑了。冬季眼看就要来到，她却没有过冬的衣物，现在又失了业。

"不知道是不是能找点事做，"嘉莉说，"星期一我去碰碰运气。"

她这次付出的努力所得到的结果比上次还糟糕。她身上的衣服不适合于秋冬天穿。最后的一点钱都花掉买帽子了。她在街上游荡了三天，心情坏到了极点。那家人的态度急转直下，叫人无法忍受。每天晚上她都不愿回到那儿去。汉森摆出一副冷冰冰的面孔。她知道这情形持续不了多久，她很快就得卷铺盖回家乡去。

第四日，她问梅妮借了一毛钱吃中午饭，在市中心待了一整天。她到最不起眼的地方申请工作，也未获得成功。她甚至看到一家小餐馆的窗户上贴着招女服务员的启事，也跑去应试，但人家只要有这方面经验的人。她在密密匝匝的陌生人中间朝前挤去，情绪十分低落。猛不丁有只手拽住她的胳膊，把她拉转回来。

"喂！喂！"一个声音说道。她一眼就看到是杜洛埃。他不仅面色红润，而且容光焕发，一副喜气洋洋、春风得意的模样。"你好吗，嘉莉？”他说，“你看起来真漂亮。这一向在哪里呀？”

那种亲热劲儿叫人无法抵御，于是嘉莉莞尔一笑。

“我在家待着呢。”她说。

“噢，”他说，“我看见你过马路，就想到是你。我正要到你们家去呢。你到底怎么样？”

“我很好。”嘉莉含笑地说。

杜洛埃把她上下打量一番，看出情况并非如此。

“好吧，”他说，“我想跟你谈谈。你不是要到什么地方去吧？”

“现在没什么地方可去。”

“我们到那边吃点东西去。说实话，我很高兴能再次见到你。”

他兴高采烈的样子使她产生了一种轻松感。她见他如此关怀和照料她，便欣然同意了，只不过态度里还带着一丝矜持。

“走吧。”他挽起她的胳膊说——这一声招呼包含着深情厚谊，叫她的心里感到暖烘烘的。

二人穿过门罗大街前往古老的温莎餐厅，那儿又宽敞又舒适，烹调精美，服务周到。杜洛埃挑了个靠窗户的桌子，从那儿可以看到街上人群熙攘。他喜欢欣赏变化万端的街景——吃饭时一面看人一面也能让别人瞧得见他。

“好啦，”他招呼嘉莉舒舒服服地坐下，自己也舒舒服服地坐下，然后说道，“你想吃点什么？”

嘉莉看着侍者递过来的大菜谱，其实心里并没有考虑点菜的事。她饥肠辘辘，那些菜激起了她强烈的食欲，但昂贵的价钱却叫她愣了神。“嫩烤子鸡——七角五分。蘑菇烧牛腰——一元两角五分。”她以前依稀听人说起过这些东西，但现在让她按菜单点出来，就显得很陌生了。

“我来点吧，”杜洛埃说，“喂，服务员！”

负责上菜的是个宽胸脯、圆脸膛的黑人，他走过来侧耳倾听吩咐。

“蘑菇烧牛腰，”杜洛埃说，“番茄填肉。”

“是，先生。”黑人点头应道。

“烧烤土豆丁。”

“是，先生。”

“芦笋。”

“是，先生。”

“再来一壶咖啡。”

杜洛埃转过脸对嘉莉说：“吃过早饭直到现在，我粒米未进。我刚从洛克岛回来，正想去吃饭，却看见了你。”

嘉莉脸上的微笑一个接着一个出现。

“你近来干什么来着？”他继续说道，“把你的情况全都讲给我听听。你姐姐怎么样？”

“她很好。”嘉莉只回答了最后一句问话。

他瞧了瞧她的手。

“告诉我，”他说，“你是不是有病啦？”

嘉莉点了点头。

“嗯，这真是太糟糕啦！你的气色十分不好。我刚才就觉得你有些苍白。你都干些什么？”

“工作呗。”嘉莉说。

“简直乱弹琴！干什么工作？”

她告诉了他。

“罗兹－摩根索－斯各特公司——啊，我知道了。就在第五大街，对吧？那些人可是刻薄的吸血鬼。你怎么会到那地方去？”

“因为我找不到别的工作。”嘉莉坦率地说。

“这真是太不公道了。”杜洛埃说，“你不该为那些人卖力气。工厂就设在铺面的后边，对吧？”

“是的。”嘉莉说。

“那可不是个好地方。”杜洛埃说，“不管怎样，你不能干那种活。”

他滔滔不绝地讲着，又是提问题又是叙述自己的情况，并称赞这是家出类拔萃的餐厅，直到侍者端过来一个大托盘，上面摆着他们点的美味佳肴。杜洛埃在招呼人吃饭方面身手不凡。在餐巾和银质餐具的陪衬下他显得十分出色，只见他舒展臂膀，熟悉地操纵着刀叉。切肉的时候，他手上的那几枚戒指铮亮耀目。他伸手去取盘子，撕面包和斟咖啡的时候，新衣服窸窣作响。他为嘉莉盛了满满一盘子菜，以一片温情感动了她的心，彻底改变了她的情绪。他确实是人们常说的那种温柔体贴的人，彻底迷倒了嘉莉。

这位为命运而奋斗的小姑娘见自己时来运转，感到心情欢畅。她先是觉得有点不自在，但眼前偌大的餐厅叫她平静了下来。街上那些穿戴华丽的行人给她以清新悦目的感觉。没有钱寸步难行！能到这儿来吃饭确实是一种享受！杜洛埃一定是个有福气的人。他乘火车旅行，穿漂亮服装，体格健壮，在豪华的餐馆吃饭。他似乎是个十分了不起的人物，她不明白他为什么对她这般友好和关怀。

“这么说，你因为有病把工作给丢啦？”他说，“现在打算怎么办？”

“四处再找找看。”她说。一想到走出这家漂亮的餐厅，贫困就会像饿狗一样紧追不舍，她的眼里露出了忧虑的神情。

“啊，不，”杜洛埃说，“那是不行的。你找工作找了多长时间了？”

“四天。”她回答。

“可想而知！”他像是在对某个想象中的人物讲话，“不能再干这种事啦。那些姑娘，”他挥了一下手，表示所有的女营业员及女工全都一样，“得不到一点好处。唉，你总不能这样生活吧？”

他的言谈举止俨然一副兄长的样子。当弄清了她所干的工作的性质之后，他采取了另外一种手段。嘉莉的确太美了。即便穿着平淡无奇的衣服，仍可看到她窈窕的身材，一双大眼睛温情似水。杜洛埃盯着她瞧，使她有所感悟。她觉察到了他的爱慕。由于他慷慨好施、体贴温柔，这种爱慕便有了强大的动力。她觉得自己喜欢他，而且可以永远这么喜欢他。她心里悄然涌起一股感情，那是一种升华了的感情。她的目光和他的目光不时交织在一起，以此达到情感的融洽交流。

“可以留在这市中心，跟我一起去看戏吗？”他边说边把自己的椅子朝跟前挪了挪。他们的餐桌并不十分宽。

“啊，不行。”她说。

“你今晚有事？”

“没有事。”她回答，声调有点忧郁。

“你不喜欢你住的地方，是吗？”

“唉，说不清楚。”

“找不到工作，你打算怎么办？”

“恐怕要回家乡去。”

说这话时，她的声音在微微发抖。不知怎么，他所带来的影响异常强烈。二人不说话就能达到默契——他理解她的处境，而她心里清楚他已经了解了情况。

“不，”他说，“你不能回老家去！”真正的同情心一时油然而生，“让我来帮助你吧，把我的钱给你一些。”

“不，这可不行！”她向后退缩着说。

“那你打算怎么办呢？”他说。

她静静地思索，仅仅摇了摇头。

他以他那种人特有的相当温和的目光望着她。他的背心口袋里放着一些零碎钞票——全是美钞。他用手指捏住那些软丝丝、无声无息的票子，紧紧攥在手心。

“好吧，”他说，“我帮助你安全渡过难关。你先给自己买些衣服去。”

他第一次提到这方面的事情，让她意识到自己的处境是多么窘迫。他单刀直入，一下子击中了要害。她的芳唇不禁微微颤抖。

她的一只手放在面前的桌子上。当时旁边别无他人，于是他便把温暖的大手按在了她的手上。

“好啦，嘉莉，”他说，“你孤身一人能干什么？还是让我帮你一把吧。”

他轻轻压住她的手，而她想把手抽回去。他紧紧地握牢，她也就不再反抗了。随后，他把美钞塞进了她的手心，见她想推辞，就悄声细语地说：“权当我借给你，这样好啦。算我借给你的。”

他强迫她把钱收下。此刻，她感到有一条奇异的感情纽带把他们俩联结在了一起。出了餐厅，他陪她朝着南边的波尔克街走了很远，边走边交谈。

“你不愿跟那些人住在一起吧？”走到一个地方，他有心无心地说。嘉莉听在耳中，但心里只留下了浅显的印象。

“明天来市中心找我，”他说，“我们去看场日戏。好吗？”

嘉莉推辞了一下，最后还是同意了。

“什么事都不要做，先给你自己买双漂亮的鞋子和一件外套。”

她几乎想都没想他走后，她将会遇到怎样的困难。在他面前，她同他一样兴致勃勃、无忧无虑。

“不要再为家里的那些人烦恼了，”他在分手时说，“我会帮助你的。”

嘉莉离开他时，觉得面前好像有一条巨大的臂膀在为她扫除困难。她收下的钱是两张柔软、漂亮的十元面额的绿票子。

第七章 物质诱惑与绝色美人

金钱的真正意义有待于芸芸众生去议论和理解。只要每个人都能认识到，这种东西主要代表的是一种道德价值，而且只能够把它视为道德价值，应该将它作为老老实实积蓄起来的力量而非抢夺来的特权加以使用，那么，社会、宗教和政治上的纠纷便会一去不复返。嘉莉对金钱在道德上的意义，理解上跟普通人一模一样，毫无突出之处。俗话说："金钱人人皆有，我当力求。"这句话可入木三分地表达出她的见解。她现在手里有了钱——两张软丝丝、十元面额的绿票子，便觉得身价百倍。她有一种思想观念，认为只要腰缠万贯，即便流落荒岛也心甘情愿。只有让她好好饿饿肚子，她才会懂得，在某些情况下金钱是没有价值的。就是到了那种地步，她也不会明白金钱的价值是相对的；毫无疑问，她只会觉得可惜，因为她手握大权却无处施展。

这可怜的姑娘跟杜洛埃分手后，心里激动万分。她也感到几分羞愧，因为她意志过于薄弱，没把钱推辞掉，怪都怪她太缺钱花。这么一想，她心里还是挺高兴的。现在，她要买件漂亮的新外套！她要买精美的纽扣鞋、长筒袜、裙子，还有……就像上次合计仍未拿到手的工资一样，她的欲望一下子超过了现有钞票购买力的一倍。

她对杜洛埃有了真正的认识。在她眼里乃至全世界人的眼里，他都是一个挺不错的好心人。这人的身上未沾一丝一毫的邪气。他给她钱花是出于好心，是因为他知道她缺钱花。他不会把这么一笔钱施舍给一位贫穷的小伙子，但我们不能忘记，贫穷的小伙子实际上绝不能像贫穷的姑娘那样打动他的心。女性激起了他的感情。他天生就是个有情有义的人。假如乞丐能吸引住他的目光，对他说“打发打发吧，先生，我快饿死啦”，他会欣然把适当的一点钱施舍给乞丐，连想都不多想。他既不进行逻辑思维也不进行哲学推理。他的思想够不上这两种活动的档次。他虽然衣冠楚楚、体格健壮，但只不过是只无忧无虑、缺乏思想的扑灯飞蛾。一旦失去社会地位，受到一些有时会作弄人的扑朔迷离、莫名其妙的力量的打击，他就会和嘉莉一样一筹莫展——他会像嘉莉一般束手无策、六神无主和叫人可怜。

在追求女人方面，他绝无半点恶意。他虽然希望能和女人建立联系，可是却不想伤害她们。他喜欢跟女人套近乎，以魅力迷倒她们，这倒不是因为他是个冷酷无情、阴险毒辣的流氓，而是因为他天生情欲强烈，促使他以此作为主要的取乐方式。他爱虚荣，喜夸耀，和所有思想浮浅的女孩子一样醉心于漂亮的服装。一个诡计多端的恶棍可以把他骗得颠三倒四，就像他能赢得漂亮女营业员的欢心一样。他之所以能取得成功，成为出色的推销员，一方面是因为他态度和蔼，另一方面则由于他的公司卓尔不群、声名显赫。他周旋于众生之中，胸怀冲天的热情，然而却不具备一点智慧和崇高的思想，也不具备永恒的感情。萨福夫人[1]会称他为猪猡；莎士比亚会把他叫作“无忧无虑的孩童”；喜欢喝酒的老卡约却认为他是个聪明能干的商人。总之，依他自己看来，他是个杰出的人才。

此人也有其坦率和可取的一面，最好的证据是他把一些钱给了嘉莉。居心不良、阴险狡诈的人，是不会打着友谊的幌子把一角五分钱送给她的。就是缺乏思想的人也不会蠢到这种地步。造物主教野外的野兽在遇到突如其来的危险时赶快逃走。花粟鼠愚蠢的小脑瓜对毒药也会产生畏惧。“上帝保护世间万物”，此话并非单纯对野兽而言。嘉莉脑袋瓜不聪明，却像愚钝的绵羊一样具有强烈的感情。一切生灵都有自卫的本能，要说杜洛埃的调情激起了她的这种本能，那也是微乎其微的。

嘉莉走后，他暗自庆幸赢得了她的好感。唉，让年轻女孩子落到这种走投无路的田地，实在叫人气恼。寒冷的天气一天天迫近，她却身无冬衣。太残酷了。他打算到费兹介路－莫伊酒店去弄支雪茄抽。心里想着嘉莉，他觉得步履轻盈。

嘉莉兴高采烈地回到家，简直无法掩饰内心的喜悦。不过，现在有了钱却产生了一些问题，叫她不知如何是好。梅妮明明知道她没有钱，那她怎么能买衣服呢？刚一跨入家门，这件事便有了答案。买衣服的事行不通，她想不出怎么去向梅妮解释。

“事情进行得怎么样？”梅妮问这话，指的是她白天找工作的事。

嘉莉可一点都不会骗人，不会心里想一套，嘴上说的却是截

---

① 古希腊女诗人。

然相反的另一套。看来她得搪塞一下，但说出的话要和心里的情绪相称。此刻她心绪极佳，所以她没有发牢骚，而是说 :“有人答应给我工作。”

“在哪里？”

“在波士顿商店。”

“这事靠得住吗？”梅妮问。

“哦，明天我去落实一下。”嘉莉回答。她不喜欢毫无必要地拖长说谎话的时间。

梅妮觉得嘉莉是带着良好的心情回家来的，认为现在该给嘉莉谈谈汉森对她来芝加哥闯世界的看法了。

“倘若你找不到工作……”她说了半截就停了下来，想找些轻松的字眼。

“如果不能马上找到工作，我想我就回老家去。”

梅妮见自己的机会来了。

“史文认为，在老家过冬是再好不过的了。”

嘉莉立时明白了自己的处境。她失业了，所以他们不愿再留她住了。她不怨梅妮，也不很怨汉森。她坐在那里回味着姐姐的话，心里感到庆幸，因为她身上装着杜洛埃的钱。

“是啊，”她隔了一会儿说道，“我正想着要那么做呢。”她心里起了强烈的反抗情绪。在她看来，哥伦比亚市无任何值得留恋之处。那儿枯燥、狭隘的生活她了如指掌。而这儿是座神秘的大城市，对她仍具有吸引力。她所看到的只是这座城市的表面现象。如今远离这儿回到故乡过那种无聊陈旧的日子——这种想法让她差点失望地叫出声来。

她早早回到家来，钻进前屋苦思冥想。怎么办呢？她不能把新鞋买来在这里穿。她必须把这二十块钱省出一部分来作为返乡的盘缠。她不愿意问梅妮借路费。可是，怎么解释她从哪里弄来的钱呢？要是有足够的钱能便便当当搬出去住就好了。

她把这个难题想了又想。待到第二天早晨，杜洛埃希望能看到她穿上新衣呢，可这又不可能实现。汉森两口子想让她回老家去，而她只想搬出去住，不想回老家。拿了人家的钱现在看起来是件可怕的事情，因为汉森夫妇明知她没有工作却弄到了钱，不知会怎么想呢。她不由得羞愧难当。这件事情让她心情沮丧。和杜洛埃在一起时总是那么轻松，而现在事情却乱成了一团。她束手无策，感觉比以前还要糟糕得多，因为她手中虽有别人资助的钱，却不能够使用。

她情绪低沉，吃晚饭时梅妮觉得她这一天过得一定又十分艰难。嘉莉最后拿定主意要把钱退回去。收别人的钱是不对的。明天早晨她准备去找工作。中午她将如约去见杜洛埃，把情况讲给他听。这项决定叫她的心直朝下沉，使她又变成了原来的那个郁郁寡欢的嘉莉。

说来奇怪，她手里握着钱，心里就油然而生一种轻松感。即使在做出了痛苦的决定之后，她仍能够撇开关于这件事的杂乱念头，仍把那二十块钱视作神奇美妙的东西。啊，金钱，金钱，金钱！有钱毕竟是件好事。只要有大把的钞票，一切烦恼都会化为乌有。

次日早晨，她起床后早早地出了门。她怀着找工作的坚定决心，不过由于口袋里装着那些令她左右为难的钱，倒使得找工作这件事不那么可怕了。她来到商业批发区，可每路过一家公司，张口求人的念头便让她退缩不前。她心里觉得自己是个十足的胆小鬼。她申请工作不知申请了多少次，过去的历史还会重演。她朝前走啊走，最后还是跨入了一家公司，但结果一如以往。走出来时，她觉得命运在和她作对，再挣扎也是徒然。

她没有多加思考，来到了迪尔伯恩街。这儿的大商场周围停放着许多送货的马车，橱窗排成一长溜，购物的人摩肩接踵。这番情景立即扭转了她的心绪，她对过多的思索已厌倦透顶。为了摆脱烦恼，她要走进去瞧瞧，她要看看那些外套。

有时候我们的思想左右权衡，手里握着钱，又受欲望驱使，然而却觉得良心不安或犹豫不决，这种状况要算世界上最有趣的了。当嘉莉在商场里那些琳琅满目的陈列品中间转来转去时，心里就是这种状况。她上次来过这里，对这里有着极高的评价。如今，她在每一件华美的衣服前都要留恋一会儿，然后匆匆离去。她那颗女性的心充满了热烈的欲望。穿上这些衣服，她该会多么美丽多姿、楚楚动人啊！她来到女服胸衣柜，看到那儿陈列着色彩鲜艳、饰有花边的漂亮内衣，不由得驻足沉思。只要拿定主意，她现在就可以买一件穿。到了珠宝店，她也是久久不愿离去。她看到了耳环、手镯、别针和手链。如果样样都能拿到手，让她干什么她都在所不惜！只要有上那么几样，她也可以打扮得光彩照人。

外套的诱惑力最大。刚进店门，她心里就选定了一件样式别致的棕色小外套，上面镶着珠母大纽扣，这个秋季一直很时兴。她兴奋不已，断定这是自己最心爱的一件。她在陈列着衣物的玻璃柜和架子之间走了走，还是觉得她选的这一件最为称心。她一直都举棋不定，时而觉得既然选定了，可以立刻买走，时而又想到自己的实际处境。最后眼看就要到中午了，她还什么也没买。

现在必须走了，去把钱退给人家。

她赶到时，杜洛埃正等在一街了。

“喂，”他说，“你买的外套呢？”随后又望望脚下，“新鞋子呢？”

嘉莉原想以巧妙的方式说出自己的决定，但这句问话使她提前想好的计划彻底化成了泡影。

“我是来告诉你……这些钱我不能拿。”

“哦，是这么回事吗？”他说，“好啦，你随我来。我们到帕特里奇商店瞧瞧去。”

嘉莉跟他一道走了。刹那间，她心里的疑虑和忧愁全都烟消云散了。对那些在她看来非常严重、打算向他讲明的事情，她简直说不出口来。

“吃过午饭了吗？你肯定还没吃过。我们到这里边去。”杜洛埃说完，拐进了门罗街上靠近州街的一家陈设非常漂亮的餐馆。

“这钱我不能拿。”待二人在一个舒适的角落坐定，杜洛埃点过饭菜之后，嘉莉说道，“我不能在家里穿新衣服。他们……他们不知道我是从哪儿弄来的。”

“你想怎么办？”他微笑着问，“不穿总行了吧？”

“我想回老家去。”她疲倦地说。

“嘿，得啦，”他说，“你想得太多了。我来告诉你怎么办吧。你说你不能在家穿新衣服，那为什么不可以租间带家具的房间，把衣服在里边放个把星期呢？”

嘉莉摇了摇头。像所有的女人一样，她表示不同意，等待着对方劝服。如果他能够胜任的话，得由他打消疑虑，扫清道路。

“为什么偏要回老家呢？”他问。

“唉，在这儿找不到工作干。”

“他们不愿留你住？”他凭着直觉问。

“他们怕是留不起。”嘉莉说。

“让我来告诉你怎么办吧，”他说，“你跟我走，我照顾你。”

嘉莉听了这话，没有吱声。她处境很难，而这话听起来宛如由敞开的门外吹来的一阵惬意的和风。杜洛埃似乎能理解她的心情，讨人喜欢。他超尘脱俗、风流潇洒、衣冠楚楚、富于同情心，说话像老朋友一样亲切。

“你回哥伦比亚市能干什么呢？”他继续朝下说着，一席话使嘉莉脑子里又出现了她所告别了的那个无聊环境的景象，“那儿没有什么可眷恋的。芝加哥才是理想的地方。你可以弄个舒适的房间，添置些衣服，然后找点事做。”

嘉莉透过窗户眺望着车水马龙的街道。这儿不愧是繁华的大城市，只要有钱，生活该多么美好。此时，两匹昂首阔步的红棕马拉着一辆华美的马车疾驰而过，车内坐垫深处坐着一位年轻的女士。

“回到老家，你能得到什么呢？”杜洛埃问。他的话不加掩饰，没有一点含蓄的意思。他料想，他所认为的那些有价值的东西，她一样也不会得到。

嘉莉静静坐着眺望着窗外，心里暗忖着该怎么办才好。汉森夫妇想让她这星期就回家乡去。

杜洛埃把话题转到了为她买衣服的事情上去。

“为什么不给你自己买件漂亮的外套呢？你应该有件外套。我借钱给你，你不必为拿了我的钱而感到不安。你可以自己去租间漂亮的屋子。我不会伤害你的。”

嘉莉看出了他的意思，却无法表达内心的想法。她觉得自己现在的处境比以往任何时候都要让人绝望。

“我要是能找到工作干就好啦。”她说。

“如果你留下不走，”杜洛埃继续说道，“你也许可以找到。你一走，就不可能了。他们不让你住在他们家，我可以为你弄个漂亮的房间嘛。我不会打搅你的，你不必害怕。待到安顿停当，也许你可以找到点事情做。”

他望着她俊俏的脸蛋，心里想入非非。他觉得她是个可爱的小姑娘——这一点无可置疑。她身上似乎有一种力量在支配着她的举手投足。她和商店里普通的营业员不是一类女人。她的头脑并不愚蠢。

其实，嘉莉比他富于想象，趣味比他高。就是因为思维比较细腻，她才感到精神沮丧和寂寞孤苦。她的衣服虽破旧但整齐干净，她风姿绰约又不显得做作。

“你认为我可以找到事做？”她问道。

“当然可以。”他说着，伸出手为她斟了一杯茶，“我会帮助你的。”

她望着他，而他宽慰地笑了。

“告诉你怎么办吧。我们到帕特里奇商店选购你想要的东西，然后为你物色个房间，把你的东西放在那儿。今天晚上我们去看戏。”

嘉莉摇了摇头。

“那么，你也可以回到他们的公寓去，这没关系。我们只是把房间租下，将你的东西放到里边。”

她犹豫不决，直至把饭吃完。

“我们走吧，去看看外套。”他说。

二人一起走了。商店里的时新商品争奇斗艳，一下子吸引住了嘉莉的心。刚吃过一顿美餐，又有兴致勃勃的杜洛埃守在身旁，他所提的计划似乎是可行的。她东瞧西望，终于相中了一件外套，和她在商场所倾心的那件非常像。把衣服拿到手中，她觉得比商场的那件还要漂亮许多。女营业员帮着她把外套穿在身上，真是巧得很，竟然十分合体。杜洛埃见她面貌一新，不由得喜上眉梢。她看起来实在风姿绰约。“就要这件。”他说。嘉莉在镜子前转动着身子，望着自己的姿容，禁不住感到满心欢喜，脸颊上涌起激动的红潮。

“就买这件吧，”杜洛埃说，“可以付钱了。”

“要九块钱呢。”嘉莉说。

“没关系，把它买下吧。”杜洛埃说。

她把手伸进钱包，取出一张钞票来。女营业员问她是否要穿着走，问完后返身离去。不大一会儿，她走了回来，这笔买卖便成交了。

出了帕特里奇商店，他们到一家鞋店为嘉莉选购鞋。杜洛埃站在一旁，看到鞋子的样式十分漂亮，就说道：“把这双穿上吧。”可嘉莉却直摇头。她想回到姐姐家去。他为她买了只钱夹，又为她买了双手套，接着劝她为自己买长筒袜。

“明天你到这里来，”他说，“给你买条裙子。”

嘉莉的一举一动都含着几分疑惧。她在这进退维谷的处境里陷得愈深，就愈是寄希望于自己还未干的事情。既然那些事情尚未发生，便有办法脱身。

杜洛埃知道沃巴什大街有房间出租。他把嘉莉引到那些房间的外边说：“从现在起，你我以兄妹相称。”挑选房间时他四处察看，品其优劣，论其高下，顺顺当当就把事情办了。“她的行李一两天内送来。”他对女房东说，让女房东很是高兴。

屋里只剩下他们两人时，杜洛埃也丝毫没有改变态度。他说话用的仍是那种泛泛的口气，像在街上时一样。嘉莉放下了自己的东西。

“喂，”杜洛埃说，“为什么不今夜就搬来住？”

“不，我不能。”嘉莉说。

“为什么？”

“我不想这么离开他们。”

待来到大街上，他又旧话重提。这是一个暖和的下午，日出风息。通过跟嘉莉交谈，他掌握了她姐姐家的详细情况。

“你还是搬出来住吧，”他说，“他们不会在意的。让我帮助你生活吧。”

她听着听着，心里的疑惧便冰消雪融了。他打算带她四处看看，然后帮她找事做。他心里的确是这么计划的。当他飘游四方的时候，她可以去上班。

“现在我来告诉你怎么办，”他说，“你回去把自己需要的东西拿上，就离开那地方。”

她沉吟良久，最后同意了。他们约好他到皮奥里亚大街等她，她将在八点半跟他会合。五点半她回到家，六点便坚定了决心。

“这么说你没弄到工作？”梅妮问这话，指的是嘉莉信口编出的波士顿商店答应提供的工作。

嘉莉从眼角斜睨了她一眼回答道：“没有。”

“我觉得这个秋天你就别再奔波了。”梅妮说。

嘉莉闭口不语。

汉森回到家，还是那副叫人难以揣测的态度。他默默无语地洗完脸，就去看报了。吃饭时，嘉莉的神经有些紧张。她心里的计划对她压力很大，同时她强烈地感觉到自己在这儿不受欢迎。

“没找到工作，是吗？”汉森问。

“是的。”

他又埋下头去吃饭，脑子里却在想留她在家里住是个负担。得打发她回家乡去，一了百了。她一走，明年春天就不让她再回来了。

嘉莉对自己要干的事情感到害怕，但一想到要结束这种状况，便觉得如释重负。他们不会在意的。尤其是汉森，对她的离去一定感到高兴。他才不管她会发生什么事呢。

饭后她进了浴室，在那儿可以不受干扰，给他们写了张便条。

“再见，梅妮，”条子上写着，“我不打算回老家去。我要在芝加哥再待上一段时间，找个工作干。不必担心，我不会出事的。”

汉森正在前屋看报。像平时一样，她帮着梅妮收拾碗碟和清理房间。一切干完后，她说：“我想下楼到大门口待一会儿。”她简直无法控制自己，声音有点颤抖。

梅妮想起了汉森的告诫。

“史文觉得站在楼下不雅观。”她说。

“这是他的看法？”嘉莉说，“仅此一次，我以后再也不会到那儿去了。”

她戴上帽子，在卧室不安地绕着桌子转，不知把条子塞到那儿好。最后，她把便条放到了梅妮的发梳底下。

她带上大厅的门，停下来想了一会儿，不知他们会怎么看待这件事。她觉得自己的行为古里古怪。待到慢吞吞地下了楼，她回头又望了一眼亮着灯光的楼梯，然后装着散步一样上了街。走到街拐角，她加快了脚步。

就在她急匆匆离去的时候，汉森来到了妻子跟前。

“嘉莉又到门口去啦？”他问。

“是的，”梅妮说，“她说以后再不到那儿去了。”

他走到正在地板上玩耍的孩子跟前，用手指给他逗痒痒。

杜洛埃正候在街口处，一副喜滋滋的样子。

“喂，嘉莉，”他见一个姑娘轻巧的身影向他走近，便说道，“一切顺利吧？好啦，好啦，我们搭车去。”

第八章 艰难时世，委曲求生

在横扫整个宇宙的各种力量面前，幼稚的人类只不过是疾风中的一株小草。人类文明仍处于中间阶段：我们不是野兽，因为我们不再完全受本能支配，但我们也非完善的人，因为我们还未完全靠理性导引。老虎不承担任何责任。我们可以看到，造物主恩赐给它生存力——它一生下来就得到饲养和保护，不用费一点心思。我们可以看到，人类已远离丛林中的巢穴，天生的本能由于太接近自由意志而变得迟钝，而自由意志尚不完美，不足以取代本能为人类指点迷津。人已变得太聪明，不愿总是听从本能和欲望的支配；可是，人又太软弱，不可能老是战胜本能和欲望。作为野兽，生存力使他具有本能和欲望；作为人，他还没有完全学会适应各种力量。他在这种中间阶段左右摇摆——既没有被本能拉过去与大自然水乳交融，也不能靠自由意志使自身达到和谐。他就如疾风中的小草，随着感情的起伏而动摇，时而按照意志行事，时而凭本能，一方面出了错就靠另一方面挽救，在一个地方栽跟头，就在另一个地方站起来——人就是这样一种难以捉摸、变化无常的生物。令我们欣慰的是进化在持续进行，理想是一盏永不熄灭的明灯。等到自由意志和本能的纠葛得到调解之后，等到自由意志强大得足以完全取代本能的时候，人类就不会再动摇了。悟性的磁针将永远坚定不移地指向远方真理的标杆。

在嘉莉心里，正如在世上的许多人心里一样，本能和理性，欲望和悟性，正在为争夺主宰权激烈交锋。她跟着自己的欲望走，被动大于主动。

这一夜，梅妮又纳闷又焦虑，其中并不一定夹杂有思念、懊悔和爱的感情。次日早晨她看到那张字条，不由得惊叫出声："哎呀，你看这是怎么回事？"

"什么事？"汉森问。

"嘉莉妹妹到别处去住了。"

汉森以超乎寻常的敏捷跳下床，看了看那纸条。他只用舌头发出"啧啧"声以表达内心的想法——那是有些人赶马时用的声音。

"你认为她会到哪儿去呢？"梅妮十分警觉地问。

"我不知道。"他的眼里闪过一丝讥笑的神情，"她走了。终于把事情做出来了。"

梅妮困惑地晃动着脑袋。

"唉，唉，"她说，"她不知道自己都干了些什么。"

"我问你，"汉森过了一会儿朝前一摊手说，"你有什么办法呢？"

梅妮的女人天性并非他想得那么简单。她在思量着这种情况下可能发生的事情。

"唉，"她最后说道，"可怜的嘉莉妹妹！"

这场谈话的时间是在清晨五点。此时此刻，那位跟命运抗争的小姑娘正独自辗转反侧地睡在新租下的房间里。

嘉莉的新处境令人兴奋，因为从中她看到了希望。她不是纵欲主义者，沉醉迷恋于奢侈的生活。她在床上翻来覆去，为自己的大胆不安，又为获得解脱感到高兴，千思万想地不知自己是否能找到工作，不知杜洛埃将会怎样帮助她。在杜洛埃看来毫无疑问，那位好人儿的未来已经安排妥当。至于他将要做些什么，全是情不自禁的。他看问题不够清晰，只能如此。他受内心欲望的驱使，一味地追逐女人。他需要从嘉莉那儿寻求欢乐，就像他需要吃丰盛的早餐一样。无论干任何事情，他都不会感到些许的内疚，就这一点而言，他是邪恶和有罪的。你可以相信，他即便有一点内疚，那也是很肤浅的。

翌日他来看望嘉莉，嘉莉就在自己的房间里接待了他。他还是那副眉飞色舞、欢天喜地的老样子。

“嘿，”他说，“有什么地方不开心？走，我们出去吃早饭。今天你应该再给自己买些衣服。”

嘉莉望了望他，一双大眼睛里露出迟疑不决的神情。

“我希望能找点事做。”她说。

“你一定能找到的。”杜洛埃说，“现在着急有什么用呢？先安顿下来，看看城市风光。我不会伤害你的。”

“我知道你不会。”她半信半疑地说。

“新鞋穿上脚了吗？伸出来我瞧瞧。老天，真漂亮呀！把你的外套穿上。”

嘉莉照他的吩咐做了。

“嘿，太合体啦，是吗？”他说着扯了扯外套的腰身，退后几步，满怀喜悦地欣赏着，“现在还缺条裙子。走吧，我们吃饭去。”

嘉莉戴上了帽子。

“手套呢？”他问。

“在这里。”她说着，把手套从梳妆台抽屉里取了出来。

“好啦，走吧。”他说。

刚刚涌上心头的忧虑就这样被清扫得荡然无存。

每一回都是如此。杜洛埃常陪她，很少让她自己待着。她有时独自一人出去转悠，但大部分时间都由他带着去参观。在卡森•比里商店，他为她买了条漂亮的裙子和一件衬衫。她又用他的钱买了些必需的化妆品，直至最后，她打扮得面貌焕然一新。镜子证实了一些她老早就已意识到的事情。她很美，是的，的确很美！她头上的帽子赏心悦目，一双眼睛风情万种。她用牙齿咬了咬红红的小嘴唇，第一次感觉到了自己的魅力。杜洛埃真是个大好人。

一天晚上，他们一道去看当时非常叫座的歌剧《日本天皇》。看歌剧之前，他们拐到迪尔伯恩街的温莎餐厅，那儿距嘉莉的房间有好长的一段路。街上冷风习习。嘉莉凭窗远眺，可以看到西方的天际仍有一抹红霞，但日光渐渐隐退，与夜色衔接的苍穹顶端呈现出深蓝色。半空中飘浮着长长的一抹淡薄的红云，形状宛若远方的一座海岛。不知怎的，马路对面树上那摇晃的枯枝勾起了她的回忆，使她想起了她从前十二月间在老家从窗前看到的熟悉景象。

她踌躇了一下，拧着她的小手。

“怎么回事？”杜洛埃问。

“哦，我也不清楚。”她颤抖着芳唇说。

他觉察到她有心事，于是把胳膊搭在她肩头，拍了拍她的膀子。

“走吧，”他温和地说，“没什么事的。”

她转身穿上了外套。

“今晚最好戴上毛皮围巾护住脖子。”

他们沿沃巴什街朝北走到亚当斯街，然后向西拐。各家商店里已亮起灯光，闪射出道道金色的光芒。弧光灯在头顶上闪烁，高大的办公楼高处的窗口也亮着灯光。寒风阵阵，在街上卷来卷去。六点下班的人群步履匆匆，急急忙忙地朝家赶。人们翻起薄大衣的领子遮住耳朵，将帽檐压得低低的。年轻的工厂女工三三两两结伴而行，谈笑风生。人人都显得激情满怀。

突然，一道目光和嘉莉的目光碰到了一起。那目光来自一群破衣烂衫的姑娘中间。姑娘们身穿褪了色的肥大衣服和破旧的外套，打扮得非常寒碜。

嘉莉认出了那目光，认出那姑娘是鞋厂的一个开机器的女工。那女工心里吃不准，又回过头望了望她。嘉莉觉得她们之间似乎横上了一条深深的鸿沟。她又想起了过去的穿戴和过去的机器，不由得心惊肉跳。直至她撞到了一个行人身上，杜洛埃才注意到了她的神情。

“你一定在想什么心事。”他说。

二人吃过饭，就到了剧院。嘉莉看得满心欢喜。那五彩缤纷、优美典雅的歌剧场面吸引住了她。她思潮澎湃，对地位、权势、遥远的国土以及显贵人物遐想联翩。散场后，她望着辘辘驶去的马车和一群群漂亮的女士出了神。

“稍等一下。”杜洛埃把她拉进华丽的休息厅说。这儿绅士和淑女们来来往往，一个个彬彬有礼，女士们的裙子窸窣，戴着花边帽的头频频点着，微启的嘴唇露出洁白的牙齿，“我们等等看。”

“六十七号，”管马车的人以一种十分悦耳的声音喊道，“六十七号。”

“歌剧好看吗？”嘉莉问。

“好看极啦。”杜洛埃说。他和她一样，也受到了歌剧中典雅和欢乐场面的深深感染。他含情脉脉地挽紧了她的胳膊。她一度抬起头，莞尔一笑，芳唇微启，露出两排整齐的牙齿，一双眼睛闪闪发亮。朝外走时，他俯身耳语：“你看起来真可爱！”他们来到管马车的人跟前，那人正拉开车门，招呼两位女士上车。

“你跟紧我，我们也叫辆马车。”杜洛埃笑着说。

嘉莉没听清他的话，此时她的头脑正沉浸在生活的旋涡中。

他们中途停下来，到一家餐馆吃夜宵。嘉莉隐约觉得时候不早了，可惜现在没有家规管束她。假如她曾经养成过某种习惯，那此刻便是习惯发生效应的时候。习惯是一种奇怪的东西。它可以让一个不信宗教的人爬下床祈祷，这是习惯的影响，而非出于虔诚。受习惯支配的人，一旦忽略了按习惯应该做的事情，就会觉得心里不好受，为违背习惯而懊恼；他会把这种情绪视作良心的谴责，就好像有个细小的声音在督促他重归正道。如果越轨行为非同一般，习惯就得花费大气力才能使这个缺乏理智的人回心转意、循规蹈矩。这种人会说：“上帝保佑，我尽到了我的责任。”可实际上，他只不过是旧戏新作，把他那无法抛弃的把戏再演一遍。

嘉莉的心里并没有印上良好的家规。假如有的话，她的良心会感到不安的。此刻，他们在柔情蜜意的气氛中吃完了夜宵。在各种际遇的影响下，在杜洛埃那难以察觉的激情感染下，在美味佳肴以及安静、豪华、非同凡响的环境作用下，她情绪松弛，支棱起耳朵听对方讲话。她又成了这座城市催眠术的牺牲品。

“走吧，”杜洛埃最后说道，“我们该走啦。”

刚才他们品菜呷酒时，目光不时地碰撞。嘉莉情不自禁地感到一股力量在震颤着她，那力量来自他的凝视。他说话时喜欢摸她的手，像是要把所说的话深印在她心里。这当儿说到走，他又摸了她的手。

他们立起身，来到了大街上。市中心此时空落落的，只能看到几个吹着口哨闲荡的人和一些夜班车，还能看到几家娱乐场在营业，窗口那儿灯火通明。漫步走到沃巴什大街上，杜洛埃仍在口若悬河地说着无聊的话。他一边说，一边紧紧地挽着嘉莉的胳膊。他隔一会儿就说句诙谐的话，然后俯首下看，目光和她的碰在一起。最后他们来到台阶前，嘉莉站到第一级台阶上，这下头就和他的头一般高了。他拉起她的手，亲切地攥住，目不转睛地望着她，而她把目光移向一旁，心里暖洋洋地遐想着。

大约就在这个时候，梅妮在经过了整整一个傍晚的胡思乱想之后，睡得正香。她的一个胳膊肘很别扭地压在身下。扭曲的肌肉刺激了几根神经，于是她昏沉沉的大脑里浮现出了一幅模糊的景象。她梦见她和嘉莉来到了一座古老的煤矿旁。她可以看到高高的斜坡以及从矿井里挖出的成堆的土和煤。她们朝深深的矿井里望去，可以瞧见深底处有一些奇异的湿漉漉的石头，井壁隐没在朦胧一片的阴影中。井口处悬挂着一只下井用的旧筐子，系在一根破旧的绳子上。

“我们下去看看。”嘉莉说。

“啊，不行。”梅妮说。

“可以下，来吧。”嘉莉说。

她伸手拉过筐子，不顾姐姐竭力反对，纵身跳进筐子，向下坠去。

“嘉莉，”梅妮喊道，“嘉莉，快回来。”可嘉莉已到了深处，被阴影完全吞没了。她移动了一下胳膊。那幅神秘的景象鬼使神差般地消失了，取而代之的是一处她从未见过的靠近水边的地方。姐妹俩站在伸向远方的一块木板、陆地或别的什么东西上，而嘉莉立在末端。她们四处张望，脚下的东西渐渐下沉，梅妮听见了水朝上漫的低沉的汩汩声。

“快过来，嘉莉。”她叫喊道，可嘉莉却在向远处走，似乎在逐渐消失，已难以喊得应了。

“嘉莉，”她喊着，“嘉莉。”可她自己的声音听起来也很远，那奇怪的水把一切东西都弄得模模糊糊。她难过地走开了，仿佛失去了某样东西。她一辈子都没这般撕心裂肺地伤心过。

就这样，她那疲倦的大脑里翻江倒海，古怪的幻象和朦胧、古怪的情景一幕幕浮现，又一幕幕消失。最后的一幕令她痛哭失声，因为嘉莉在一块岩石上滑倒，她的手指没抓住，眼看着她朝下掉。

“梅妮！怎么回事？快醒醒。”汉森被吵醒后，摇着她的肩膀说。

“怎么……怎么啦？”梅妮睡意蒙眬地问。

“你醒醒，”他说，“翻翻身。你刚才在说梦话。”

约莫一个星期之后，衣冠楚楚、风度翩翩的杜洛埃迈着悠闲的步子来到了费兹介路－莫伊酒店。

“你好，查利。”赫斯渥从办公室的门那儿朝外望着招呼道。

杜洛埃踱到跟前，瞧着这位坐在办公桌旁的经理。

“什么时候再出门去呀？”赫斯渥问。

“快啦。”杜洛埃说。

“这趟回来不常见你。”赫斯渥说。

“是的，我很忙。”杜洛埃说。

他们谈了会儿一般性的话题。

“喂，”杜洛埃像是突然心血来潮似的说，“哪天晚上我想约你出去玩玩。”

“到哪里？”赫斯渥问。

“当然是到我家去。”杜洛埃满面笑容地说。

赫斯渥诧异地仰脸望望，嘴角淡淡地挂着一丝笑意。他若有所悟地端详着杜洛埃的面孔，然后不失绅士风度地说：“一定去。我很高兴。”

“到时候我们痛痛快快地玩玩扑克牌。”

“我带一瓶赛克酒，好吗？”赫斯渥问。

“当然好。”杜洛埃说，“我将为你做做介绍。”

第九章 事业昌盛，家内风波

赫斯渥的住所在北区，靠近林肯公园，是当时非常流行的砖砌三层楼房，底层稍微比街面低一点儿。二楼的凸窗朝外突出，房前点缀着一小片二十五英尺长十英尺宽的草坪。房后的小院被邻居家的篱墙圈起，那儿有一个马厩，他在里边养马和停放马车。

楼里的十个房间由他自己、妻子朱丽亚、儿子小乔治以及女儿杰西卡分住。另外，家里雇着个女佣，不时由各种血统的姑娘充当，因为赫斯渥夫人并不是个容易取悦的人。

“乔治，昨天我把玛丽打发走了。”这是饭桌旁常听到的话。

“好吧。”这是他唯一的回答。他早就厌倦于谈论这件可恶的事情了。

温馨的家庭气氛是这个世界上万花中的一枝奇葩，任何东西都不如它娇嫩，任何东西都不如它妩媚，任何东西都不如它更能使在这种气氛中长大的人的天性变得坚强和正直。从未接受过这种有益影响的人，绝不会理解有的人为什么在美妙的音乐中听到奇特的旋律时眼睛里会泪光闪闪。他们永远也不了解那联系和激动着全国人心的神秘和弦。

我们不能说，赫斯渥的住所里洋溢着这种家庭精神。这儿既缺乏忍让又缺乏关怀，而没有这两样家也就不成其为家了。这儿有漂亮的家具，按他们的艺术观点摆放得井然有序。可以看到柔软的地毯、带华丽坐垫的椅子、长沙发、一架大钢琴、一尊出自无名艺术家之手的无名女神大理石雕像，还有几尊小铜像。这些小铜像来路不明，但一般来说是大家具店跟家具搭配着一起销售，为的是把房间“装饰得完美无瑕”。

餐厅里放着一架餐具橱，里面摆着闪闪发光的玻璃酒瓶以及其他玻璃器皿和装饰品，安排得实在无可挑剔。赫斯渥在这方面是个内行。在从事业务的同时，他对此已钻研了多年。每一个女佣来后不久，他都要乐此不疲地向她讲述陈列艺术的常识。他绝不是喜欢絮聒的人。恰恰相反，他对家里的生活琐事保持庄重矜持的态度，即人们通常所说的绅士风度。他不争论，也不随便说话。他的行为有些教条化。但凡纠正不了的，他就视而不见。他心里有一种倾向性，就是避开不可能办到的事情。

他曾经非常疼爱杰西卡，尤其是当他年纪较轻、在事业上步履维艰的时候。可现在杰西卡年已十七，养成了一种冷漠和我行我素的个性，这一点就是最富于父爱的人也不喜欢。她正在中学念书，完全用贵族的观点看待人生。她喜欢穿漂亮的衣服，不断让家里为她添置新衣。她心里净想着谈情说爱以及优越的个人享受。她在学校里结交的女友都是富家千金，她们的父亲是当地殷实企业的股东或者业主。这些女孩子有一种与家里的富贵、阔绰相称的神气。她们是杰西卡在学校里唯一器重的人。

二十岁的小乔治在一家大地产公司供职，前途无量。他不拿一分一厘给家里以供日常花销，据说正在攒钱，准备对房地产业进行投资。他有些能力，极慕虚荣，喜欢享受，可他不管怎样寻欢作乐都不妨碍他履行自己的职责。他进进出出，追求自己的计划和理想，偶尔跟母亲说几句话，告诉父亲一些小新闻，但多半场合他都只是夸夸其谈，天南海北地讲一通。他含而不露，把自己的欲望深藏心中。他觉得家里没有人特别想了解他的欲望。

赫斯渥夫人这种女人老想着出人头地，可看到别人处处都胜她一筹，难免有些懊恼。她对生活的了解只局限于那个传统的社交小圈子，她虽然不是里边的一员，但她梦寐以求跻身于其中。她不是不知道，这在她是不可能的。她希望女儿的情况会好一些。通过杰西卡，她也许可以提高点身价。靠着小乔治很可能获得的成功，她也许可以得到受人仰望的特权。赫斯渥干得不错，她巴望着他那小规模的房地产买卖能发达起来。他的资产非常少，但他的收入可观，在费兹介路－莫伊酒店的位置固若金汤。店里的两位老板都跟他处得不错，和他私交甚深。

这样的一些人能创造出什么样的气氛便可想而知了。这种气氛出现在上千次如出一辙的无聊谈话中。

“明天我要到福克斯湖去。”一个星期五的傍晚吃饭时，小乔治宣布道。

“到那里去干什么？”赫斯渥夫人问。

“埃迪•法尔韦弄了条新汽艇，他想让我跟去看看汽艇的航行情况。”

“他买汽艇花了多少钱？”母亲问。

“哦，两千多块。他说汽艇漂亮极啦。”

“老法尔韦一定是发了财。”赫斯渥说。

“我想是的。杰克告诉我，他们现在正往澳大利亚倒运成药，还说上星期送了整整一集装箱到开普敦。”

“真了不起！”赫斯渥夫人说，“四年前他们还住在麦迪逊街的地下室里呢。”

“杰克告诉我，他们家明年春天要在罗比街盖一幢六层楼。”

“真了不起！”杰西卡说。

在这一场合，赫斯渥想早点走开。

“我想我该到市中心去了。”他立起身说。

“星期一我们去麦克维克家吗？”赫斯渥夫人未起身，说道。

“去。”他淡漠地说。

一家人继续吃饭，而他上楼取衣帽不一会儿，房门“咔嗒”一声关上了。

“爸爸大概已经走了。”杰西卡说。

她报道的学校里的新闻属于另外一种性质。

“学校要在楼上的礼堂里举办演出会，”一日，她报告说，“我也要参加。”

“是吗？”她母亲说。

“是的，我必须穿一套新衣服。学校里一些最出色的女孩子都参加演出。帕尔默小姐将扮演波西西[①]。”

“是吗？”赫斯渥夫人说。

“学校又让玛莎·格里斯伍德参加演出了，她自以为能演好。”

“她的家境很差，是吗？”赫斯渥夫人充满怜悯地说，“他们一无所有，对吧？”

“对，”杰西卡答道，“他们家一贫如洗。”

---

① 莎士比亚戏剧《威尼斯商人》中的女主角。

她对学校里的男生小心翼翼地采取区别对待的态度，那些男生有许多都倾心于她的姿色。

“你觉得怎么样？”一天傍晚她对母亲说，“赫伯特·克兰想跟我交朋友。”

“他是什么人，亲爱的？”赫斯渥夫人问。

“哼，一个不足挂齿的人。”杰西卡噘起美丽的嘴唇说，“他不过是个普通的男生，口袋里一分钱也没有。”

这幅图景的另一半，是在肥皂制造商布里福的儿子小布里福送她回家时出现的。当时赫斯渥夫人正坐在三楼的摇椅上看书，碰巧朝外望了一眼。

“和你在一起的那人是谁，杰西卡？”待到杰西卡上了楼，她问道。

“是布里福先生，妈妈。”杰西卡回答。

“是吗？”赫斯渥夫人说。

“是的。他想让我跟他到公园转转。”杰西卡解释说，由于刚才跑上楼来，脸上有点发红。

“好吧，亲爱的，”赫斯渥夫人说，“别去的时间太长。”

当两个年轻人走上街时，她喜滋滋地望着窗外。那真是一幅叫人满意的情景，叫人十分满意。

赫斯渥在这种气氛中生活了许多年，也不费心思去深想它。依他的天性，他不愿企盼较好的东西，除非那较好的东西就摆在眼前，形成鲜明的对比。事实上，他有收获也有付出，有时为自私冷漠的行为感到恼怒，有时则为代表着尊严和显赫社会地位的辉煌的场面感到高兴。他经管的酒店里的生活，就是他自己的生活。他把多半时间都耗在了那里。晚上回到家中，看到的是漂亮的住房。饭菜一般都很可口，极少有例外，普通的仆人也只能做到这种程度了。他比较喜欢听儿女谈话，因为他们总是显得惹人疼爱。赫斯渥夫人爱好虚荣，把自己打扮得花枝招展，而赫斯渥觉得这比平淡无奇强得多。夫妻二人之间的爱情没有消失，彼此没有什么感到十分不满意的地方。她对任何事情都有惊人之见。他们谈问题不够深入，所以不至于对某事发生争执。按人们常说的话，他们可以各持己见。他有时会遇见个把女人，对方的青春、活力和幽默让他的妻子相形见绌。这种萍水相逢可能引起暂时的不愉快，但他依仗自己的社会地位以及某种手段，总能转危为安。他不能搞乱自己的家庭生活，因为那会影响他跟老板的关系。当老板的不想听到丑闻。一个人如欲保住自己的地位，就得行为庄重、历史清白，植根于一个可敬的家庭。所以他做每件事，都缜密周到。下午或星期天到公共场所抛头露面的时候，他总带着妻子，有时还带上孩子。他常去当地的游乐场所，或者去附近威斯康星州的度假胜地过上几天循规蹈矩、光明磊落的日子，在大家喜欢去的地方散步，干些大家都在干的事情。他知道这是很必要的。

在他所认识的那些有钱的中产阶级中，谁要是出了乱子，他总是摇脑袋。这种事情不值得说来说去。要是亲朋密友议论起来，他会嗤之以鼻地抨击一通。“干这种事倒没什么，男人们都这样做，可为什么就不小心点呢？一个人做事必须特别谨慎。”他对行为不轨又东窗事发的人，是没有同情心的。

因此，他会抽出些时间带妻子四处露面。要不是因为能结识一些人，要不是能享受一丁点不受妻子在场与否影响的欢乐，这种事情会让他感到厌烦。有时他非常好奇地观察她，因为她仍有几分动人之处，惹得男人们盯着她看。她和蔼可亲，贪慕虚荣，爱听奉承话。他心里很清楚，这些特点会给一个她这等家庭地位的女人酿成悲剧。按他的观点，他对女性的信心并不大。他的妻子从不具备能够赢得他这种天性的男人信任和欢心的品德。只要她热烈地爱他，他可以保持信任，可一旦这连接的链条断裂，也许会出事情。

近两年来，家里的花销似乎很大。杰西卡需要添漂亮的衣服，而赫斯渥夫人不甘落后，也时常更新装束。赫斯渥过去对此不置一词，但有一天他却开了口。

“这个月该给杰西卡添件新衣服。”赫斯渥夫人一天早晨说。

当时，赫斯渥正在镜前往身上穿一件华美精致的背心。

“我记得她刚买了一件。”他说。

“那只是晚上穿的。”他妻子带着几分得意说。

“我觉得，”赫斯渥回了一句，“近来她买衣服花了不少钱。”

“那是因为她出去应酬的时候多了。”他妻子做结论说。她感到他的语调里包含着一种以前从未听到过的东西。

他不常出门旅行，可一旦出去，总习惯把她也带上。最近有一回，当地的市议员参观团组织到费城参观，前后共十天的时间。赫斯渥受到了邀请。

“地方没有人认识我们。”其中的一位绅士说道，脸上难以掩饰地露出粗俗、愚昧和淫荡的神情，他头上总是戴一顶硕大无比的礼帽，“我们可以痛快地乐乐。”他的左眼移动了一下，像是在挤眼睛，“你应该跟着一起去，乔治。”

次日，赫斯渥向妻子宣布了自己的打算。

“我要出几天门，朱丽亚。”他说。

“到哪儿去？”她抬头看着他问。

“去费城出差。”

她困窘地望着他，期待着下文。

“这次不能带你一起去。”

“没什么。”她答道。但他看得出，她觉得这事有些蹊跷。在他走之前，她又问了他几句话，使他很恼火。他开始感觉到，她是一个讨厌的累赘。

这趟旅行，他纵情取乐，结束时都不想回来了。他不愿意撒谎，实在不想做什么解释，胡乱支吾了几句便把整个事情掩饰了过去。

可赫斯渥夫人对此却想得很多。她坐车出门的时候比以前多了，穿着更漂亮了，而且随随便便就上戏院看戏，以此作为报复。

这种气氛几乎无法归于家庭生活的范畴之内。它是靠习惯维持的，靠传统观念维持的。随着时间的推移，它一定会变得愈来愈枯燥，最终一定会变为火种，一触即燃，把一切都烧个干净。

第十章 落魄人遇有情人

说到世人对女人及其义务的态度，嘉莉思想状况的实质值得分析。像她那样的行为，人们总是以教条公式加以衡量。社会自有一种传统的标准，用以判断所有的事物。所有的男人都应该庄重，所有的女人都应该贞洁。邪恶的人是绝对达不到这条标准的。

尽管斯宾塞[①]以及我们的现代自然主义哲学家都做过大量的分析，但我们对道德观的理解仍很幼稚。这个问题当中的含义不仅仅在于它符合进化的规律，也不只在于它与世间万物是一致的，它有着更深一层的含义。它所涉及的东西比我们肉眼看到的多。首先请回答，心为什么会激动得颤抖；请你解释，为什么有些哀伤的曲子会风靡全世界，经久不衰；请你说明，玫瑰花有什么神奇的法术，不分晴雨都能够绽开，如盏盏红灯。道德观的基本原则就包含在这些现象的深处。

“哈，”杜洛埃心里在想，“我的胜利真叫人心醉。”

“啊，”嘉莉怀着悲哀和疑惧思忖着，“我到底丢掉了什么

① 19世纪英国哲学家，用生物学的观点解释社会问题。

东西？”

面对这个亘古未决的难题，我们态度严肃，全神贯注，却茫然不解。我们努力在寻找的是道德观的真理——确切地回答什么是善。

在社会上某一阶层的人看来，嘉莉有了个安乐窝——在忍饥挨饿、受尽风吹雨打的人眼里，她安全地躲进了平静的港口。杜洛埃在西区联合公园对面的奥格登公寓楼租下了三间带家具的房间。那片小天地里绿茵遍地，空气清新，在今日的芝加哥没有比那儿更美丽的地方了。那儿风光旖旎，让人赏心悦目。最好的那个房间朝着公园的草坪，此时草木枯黄，掩映着一个小湖。联合公园中公理会教堂的尖塔高耸于在寒风里摇曳的枯树枝之上，再往远处可看见另外几座教堂的钟楼。

房间里布置得很舒适。优质的布鲁塞尔地毯富丽堂皇，上面用暗红色和柠檬色织绘着插满奇花异卉的大花盆。两个窗户之间放着一面大穿衣镜。一张柔软的铺着厚绒布的绿色大卧榻占据了一个角落，旁边放着几把摇椅。还有几幅画、几块小地毯和一些小摆设，这便是屋里的全部内容了。

紧傍前厅的卧室里，放着杜洛埃为嘉莉买的衣箱。在壁橱里挂着一大排衣服，比她以前所有的衣服总和还要多，而且都设计得匠心独运。第三个房间可以用作厨房，杜洛埃和嘉莉在里边配备了一个便于移动的煤气炉，烹煮简单的午餐和牡蛎，调制乳酪等杜洛埃最喜欢吃的食品。另外，还有一间浴室。整套房间舒适宜人，因为这儿点着煤气灯，由装着调温装置的火炉供暖，而且还有一个贴着石棉壁的小壁炉。这种舒适的取暖装置在当时刚刚投入使用，由于她手脚勤快又天生喜爱整洁（这种天性现在更加强烈），房间里洋溢着非常欢快的气氛。

嘉莉在这里令人羡慕地安顿了下来。她摆脱了一些非常不愉快的问题，却遇到了许多思想方面的新问题。她在方方面面都发生了翻天覆地的变化，可以说变成了一个完全不同的新人。照镜子时，她发现自己比以前更加美丽；可是在反映她自己的心理及世人观点的镜子里，她看到的却是一个丑恶的嘉莉。面对着这两种形象，她犹犹豫豫，不知该相信哪一种。

“嘿，你真是个可爱的美人儿！”杜洛埃常常对她发出这样的赞叹。

而她会用她那双大眼睛高兴地望着他。

“你知道你很美，是不是？”他会继续朝下说。

“哦，我不知道。”她会回答。有人认为她美，这让她感到高兴，不过她不敢相信她自己也夜郎自大，过高地看待自己。其实，她在这一点上是很犹豫的。

她的良心可不像杜洛埃那样喜欢说赞美之词。在那儿她听到了另外一种声音，她跟那声音又是争论，又是哀求，又是辩解。总之，那声音不是个正直而有见识的顾问。它不过是一般的渺小良心，反映的是世俗观点，是她过去的环境、习惯和传统的综合表现。它和人们的声音，都是真正的上帝的声音。

“唉，你失败了！”那声音说。

“为什么？”她问。

“看看周围的人吧，”它耳语道，“看看那些好人吧。他们瞧不起你的行为。看看那些正派的姑娘吧，待到她们知道你是个软蛋，一定会远远躲开你。你未经尝试就屈服了。”

每当嘉莉独自一人向外眺望公园的时候，她就会听到这声音。

当没有别的事情打岔时，当生活中欢快的一面有点模糊时，当杜洛埃不在跟前时，这偶尔出现的声音便会在耳边响起。它起初听起来比较清晰，可是从不足以使她回心转意。她总有话回答，总是抱怨十二月的冷天气在威胁着她。她孤苦伶仃，想找点事情做，可是却害怕呼啸的寒风。这些困难就是她的回答。

明朗的夏日一过，城市便披上了阴沉沉的灰色外衣。在这种外衣的包裹下，市民们忙忙碌碌准备度过漫长的冬季。无以计数的高楼大厦看起来灰蒙蒙一片，天空和街道阴惨昏暗。孤零零、光秃秃的树木以及在风中飞舞的尘土和纸片，更加重了这凄凉的色调。从又长又窄的街道上掠过的寒风中，似乎有一种撩人哀思的东西。不仅仅诗人、艺术家以及那些自以为完美无瑕的杰出人物察觉到了，连狗和普通的人也有同感。他们的感觉跟诗人一样灵敏，却不具备诗人那样的表现能力。电线上的麻雀、门洞里的猫和拖着沉重货车的马，都感觉到了冬季那长长的剧烈的呼吸。世间万物，不管是有生命的还是无生命的，全部意识到了冬天的到来。如果没有人工点燃的欢快的炉火，没有孜孜为利的商业活动，没有为人们提供喜悦的娱乐场所；如果各类商店不在店内店外照旧装潢布置；如果我们的街道上不挂着五颜六色的广告牌，不见川流不息的顾客，那我们很快就会发现严寒的冬季在沉重地压迫着我们的心。当太阳扣除了一部分我们应该得到的光和热时，我们会多么沮丧。我们对这些东西的依赖程度要超过我们平时的想象。我们是靠热力生长的虫豸，没有了热就会死亡。

在这种阴沉沉的日子里，那个神秘的声音会重新出现，不过很微弱，而且愈来愈弱。

这种思想斗争并非总是占主导地位。嘉莉绝不是一个生性忧郁的人。她也没有心思非把事情弄个水落石出，寻出确切的真理。当她考虑问题陷入缺乏逻辑的迷宫，找不到出来的路时，她就彻底地把事情抛开。

杜洛埃一直规行矩步，堪为他这类人的楷模。他常带她出去玩，在她身上花钱，旅行时也携她同行。有时他出门跑短程生意，她就独自待上两三天，但一般情况下见他的时候还是多。

“喂，嘉莉，”他在生活安顿下来后不久的一天上午说，“我邀请了我的朋友赫斯渥哪天晚上到这儿来，我们一起玩玩。”

“他是什么人？”嘉莉狐疑满腹地问。

“哦，他是个挺不错的人，在费兹介路－莫伊酒店当经理。”

“那是个什么样的地方？”嘉莉问。

“是本市最豪华的酒店，档次很高，非常漂亮。”

嘉莉思索了一下。她不知杜洛埃对那人讲了些什么，不知自己该持怎样的态度。

“不用担心，”杜洛埃猜到了她的心思，于是说道，“他什么都不知道。你现在是杜洛埃夫人。”

嘉莉觉得这样做有些欠斟酌。她看得出，杜洛埃做事不太理智。

“我们为什么不结婚呢？”她想起了他口头上许过的诺，便这样问道。

“会结婚的，”他说，“只要我把手头的交易做完，我们就办喜事。”

他指的是据他宣称他所拥有的一些财产，那些财产需要人操心和管理，在某些方面干扰了他自由自在、规规矩矩的个人活动。

“一月等我从丹佛一回来，我们就结婚。”

嘉莉把他的许诺视为希望的基础——这是对她良心上的一种安慰，是一条令人愉快的出路。只要结了婚，一切就合法了。她的行为就是正确的了。

其实，她并不钟情于杜洛埃。她比他聪明。她隐隐约约开始看到了他的不足之处。若非如此，如若她不能够以某种方法对他进行衡量和判断，她的状况会比现在糟。她原本是会崇拜他的，会因为失掉他的欢心和关怀、遭到抛弃而无处安身，感到提心吊胆。起初她的确有些情绪激昂，急于想把他彻底争取到手，可后来就平静了下来，静观事态的发展，她不太清楚自己对他的看法究竟如何以及自己打算怎么办。

赫斯渥来访时，她发现对方在许多方面都比杜洛埃聪明。他对女人殷勤礼貌，像这种举止可以讨得每一位女性的欢心。他既不卑，又不亢。他的一个很大的魅力在于对人体贴入微。他训练有素，善于取得同性中佼佼者以及到酒店来的商人和自由职业者的好感。一旦有人令他倾倒，他甚至可以使用更高明的手段赢得对方的青睐。凡是漂亮的女人，不管情趣是否高雅，对他都有着莫大的刺激性。他温和、平静、自信，让人觉得他只希望能效犬马之劳，干些让女士比较高兴的事情。

杜洛埃认为划得来的时候，在这方面也是有一手的，不过他太自私，达不到赫斯渥那样的修养。他太轻浮，生活过于随心所欲，而且太自以为是。对付许多不太懂情场艺术的女人，他都得心应手。可是在稍微有些经验、天性高雅的女人面前，他就一败涂地了。他发现嘉莉不属于前一种类型，而属于后一类型的女人。他很幸运，艳福自天而降。几年之后，多了一些经验，局面稍微好转，他就根本无法接近嘉莉了。

“你应该在这儿放架钢琴，杜洛埃。”这天傍晚，赫斯渥一边冲嘉莉微笑一边说道，“这样，你妻子就可以弹琴了。”

这一点杜洛埃倒是没想到。

“是呀，是应该有架钢琴。”他脱口说道。

“哦，我不会弹。”嘉莉说道。

“这不太难学，”赫斯渥回答说，“只消几个星期，你就能弹得很好。”

这天晚上他满面春风，心情特别愉快。一身崭新的衣服看起来雍容华贵。上衣领半柔半挺，很是醒目，属于上等衣料。背心用的是苏格兰格子花呢，缀着两排珠母圆扣。他的领带由闪闪发亮的丝织品制成，不太俗艳也不显清淡。他的穿戴不像杜洛埃的衣着那么吸人眼球，但嘉莉看得出那是精美的衣料。赫斯渥穿的是柔软的黑色小牛皮鞋，擦过后又发出淡淡的光。嘉莉觉得，配上华贵的服装，软皮鞋要比杜洛埃的漆皮鞋强许多倍。这些东西是她几乎无意识发现的。它们自然而然地从环境中显露出来，因为她看惯了杜洛埃的打扮。

“我们玩会儿尤克牌怎么样？”大家轻松地谈了一会儿话后，赫斯渥建议道。他聪明机智，尽一切努力不让嘉莉看出他了解她的过去。对涉及个人的事他避而不谈，只谈与个人无关的事情。他的态度让嘉莉感到无拘无束，他的敬重和诙谐使她芳心大悦。对于嘉莉所说的每一句话，他都装出十分感兴趣的样子。

“这牌我不知道怎么玩。”嘉莉说。

“查利，你的责任可没有尽到家呀。”他和颜悦色地对杜洛埃说，“不过，我们俩可以一起教你。”他继续说道。

他用这一手让杜洛埃觉得他很崇拜他的选择。他的言谈举止中都流露出他喜欢待在这儿。杜洛埃打心底里觉得跟他比以前更亲近了，也对嘉莉更敬重了。在赫斯渥的欣赏之下，嘉莉的容貌焕发出了新的光彩，当时的气氛活跃了许多。

“嘿，让我瞧瞧，”赫斯渥很敬重地从嘉莉的肩头上方望了望说，“你的牌怎么样？”他仔细看了一会儿，“这牌相当不错。”

“真是好手气。让我来教你怎样去击败你丈夫吧。你照我的话做就是了。”

“嘿，”杜洛埃说，“如果你们俩串通一气，我就没一点指望了。赫斯渥一贯都是个高手。”

“不对，那是因为你妻子的关系，是她给我带来了好运。她为什么就不该赢呢？”

嘉莉感激地望了望赫斯渥，冲杜洛埃一笑。赫斯渥的神气显出自己不过是个朋友，仅仅到这儿来消遣消遣。他只是喜欢嘉莉的一言一行，而别无他意。

“瞧，”他说着，压住了一张好牌，给嘉莉机会赢一圈，“一个新手打到这种程度实在了不起。”

嘉莉见牌局对自己有利，高兴地笑了起来。仿佛只要有赫斯渥相助，她就无往而不胜。

他不常看她，可一旦对着她瞧，眼里总有一线温和的光亮。那目光里只有慈祥和善良，而不夹带别的成分。他收回了多谋善变、聪明机智的眼神，代之以天真无邪。嘉莉不由自主地想到，眼下正玩的游戏对他是一种享受。她觉得，在他的眼里她的牌打得很不错。

“玩来玩去赢不了一点东西，就未免太没劲了。”他过了一会儿说，同时把手指伸进了装硬币的衣袋里，“我们赢角币吧。”

“好呀。”杜洛埃说完就要掏钱。

赫斯渥动作更快，抓出来满把新角币。“我来分发。”他说着，给了每人一小堆钱。

“哎呀，这成赌博啦，”嘉莉笑笑说，“这可不好。”

“不是赌博，”杜洛埃说，“仅仅是取乐子。如果连这点钱都玩不起，就进不了天堂。”

“先看看谁赢钱，再听他说教。”赫斯渥悄声对嘉莉说。

杜洛埃微微笑了笑。

“钱要是让你丈夫赢了去，再让他告诉你这有多么不道德吧。”

杜洛埃放声大笑。

赫斯渥的话里带着奉迎讨好的意思，明显得连嘉莉也听出来了。

“你什么时候出门？”赫斯渥问杜洛埃道。

“星期三。”杜洛埃答道。

“你丈夫东奔西颠，生活很艰难，是吗？”赫斯渥对着嘉莉说。

“这次她跟我一起走。”杜洛埃说。

“出发前，二位得陪我去看场戏。”

“当然可以。”杜洛埃说，“怎么样，嘉莉？”

“我非常乐意奉陪。”她回答。

赫斯渥费尽心思让嘉莉把钱赢了去。他为她的胜利感到欢欣鼓舞，把她赢的钱数了一遍，最后拢到一起放到她伸出的手中。他们摆出便餐，席间由他斟酒，吃过后他便知趣地告退。

“忘了，”他说，先看看嘉莉，又瞧瞧杜洛埃，“你们务必要在七点半准备停当。到时候我来接二位。”

他们送他到门口，他的马车候在那里，车上的红灯在黑暗中发出欢快的光芒。

“喂，”他以老朋友的口气对杜洛埃说，“要是把你妻子一个人丢在家里的时候，就让我领她出去转转，消除她的寂寞感。”

“一定。”杜洛埃说，对这样的关怀感到十分高兴。

“你真好。”嘉莉说。

“这不算什么，”赫斯渥说，“我想让你的丈夫也同样为我效劳。”

他微笑着轻快地走开了。嘉莉大为感动。她以前从未接触过如此高雅的人。至于杜洛埃，他的心情也很高兴。

“真是个好人，”二人返回舒适的房间时，他对嘉莉说，“也是我的一位挚友。”

“能看出来。”嘉莉说。

第十一章 时尚生活，感情旋涡

嘉莉善于学习富人的派头和富人的外表。看到样中意的衣物，她立刻就要搞清楚，看自己穿上是否漂亮。大家知道，这不是什么高雅的情趣，也不是明智的行为。伟大的人不会为此费心劳神，反之，最愚蠢的人也不会为之如此心乱神迷。漂亮的衣服对她是一个非常大的诱惑，它们温情脉脉、花言巧语地吹捧着自己，一旦听到它们的恳求，她心里便升腾起欲望，于是俯身倾听。这就是无生命的物体所说的话语！有谁能为我们翻译石头的语言呢？

“亲爱的，”她从帕特里奇商店买来的花边衣领说，“我对你非常合适，请不要把我抛弃。”

“啊，多么小巧玲珑的脚，”柔软的新皮鞋说，“瞧，我把它们保护得多么好。没有我的帮助，它们不知会多么不幸呢。”

这些东西一落入她手里，穿到她身上，她也许会产生把它们扔掉的念头；东西的来路令人心痛，于是她真想去掉心头之患，然而她却不肯把东西放弃。“穿上旧衣服吧，穿上那双旧鞋吧。”良心规劝着她，可是毫无用处。她也许能够克服对饥饿的恐惧，回到老家去；可以在良心的最后强制下，考虑去干艰苦的工作以及在狭窄的生活圈子里经受磨难。但是要想干有损于她仪表的事，让她穿旧衣服，打扮得可怜兮兮，那绝对办不到。

杜洛埃对她在这方面以及诸如此类问题上的观点起了推波助澜的作用，削弱了她抵抗诱惑的力量。凡事要和我们的愿望相符，做起来就不费吹灰之力。他实心实意想让她打扮得漂漂亮亮。他崇拜她的姿容，对此她深信不疑。在这种情况下，她没必要按漂亮女人的标准注重自己的举止。不过，这方面的知识她很快也掌握了。杜洛埃养成了一种习惯，这是他这一类人的特点，那就是留意观察大街上穿着时髦或容貌俏丽的女人，对她们评头论足。他对服装有着女性般的偏爱，所以是个高明的评判人——评判的并非人的心灵，而是人的衣着。他所留意的是，她们怎样迈动小巧玲珑的脚，怎样扬起自己的下巴，怎样优雅地晃动躯体。一个女人优雅地摆动臀部，可以迷得他神魂颠倒，就像叫人眼馋的美酒能迷住酒鬼一样。他会转回身去，目送那渐渐消失的倩影。他会像孩子一样激动万分，内心涌起无法遏制的冲动。他喜欢女人身上的那种东西，一种女人喜欢的东西——风韵。风韵是女性顶礼膜拜的神庙，而他无比虔诚地和女人们一起跪倒在这座神庙前。

“你看到刚才走过去的那个女人了吗？”跟嘉莉一起散步的头一天，他这样说道，“她的步态很优雅，对吧？”

嘉莉瞧了瞧，看到了他赞不绝口的优美步态。

“是的，是很优美。”她回答道，样子很高兴，但心里却意识到自己在这方面可能有些欠缺。既然那步态如此优美，她应该注意观察才是。出于本能，她渴望去模仿。她一定也能做得到。

她这样的人一旦见到被人们所反复强调和推崇的事物，便会摸清规律，设法仿效。杜洛埃头脑不够明智，看不到这是失策。

他看不到，应该让她意识到她这是在跟自己攀比，而非较她强的什么人。对阅历较深、头脑较明智的女人，他是不会这样做的，可是他只觉得嘉莉是个初出茅庐的新手。他不及她聪明，自然无法理解她的情感，于是便不断地开导她和伤害她。对于一个愈来愈爱慕自己的学生和一个作为牺牲品的人来说，这是一个非常愚蠢的举措。

嘉莉态度温柔地接受开导。她看出了杜洛埃的偏爱，也隐约看到了他的弱点。一个女人如果发现男人的爱慕过于明显、过于丰富，就会降低对这个男人的看法。她认为这个世界上只有一个人应该得到至高无上的爱，那就是她自己。如果一个男人同时要讨得许多女人的欢心，他就得对她们当中的每一个竭尽全力。

在自己住的公寓楼里，嘉莉看到了一些现象，具有异曲同工的效果。

同一幢楼里住着一位剧院官员弗兰克•海尔先生，他是斯坦达德剧院的经理，其妻三十五岁，是个楚楚动人的褐发女人。他们这类人在当今的美国比比皆是，生活刚刚勉强过得去。海尔每星期拿的薪水是四十五块钱。他妻子相当迷人，受年轻人观点的影响，不愿过那种操持家务、生儿育女的生活。与杜洛埃和嘉莉一样，他们在上边的一层也租了三个房间。

嘉莉搬来后不久，海尔夫人便和她有了交往，二人结伴出去转悠。在很长一段时间里，这是嘉莉唯一的伴侣，经理夫人的闲谈为她提供了一个了解社会的窗口。这位头脑麻木的人儿说出的琐碎及传统的道德观念，听入嘉莉的耳中，一时把她的心搅得乱哄哄的。

另一方面，她自己的感觉倒是一种纠正的力量。不可否认，总有一股力量在催促她好好做人，它时时刻刻在告诫她，唤醒她的心灵。在走廊对面的那套房间里住着一位年轻的姑娘和她的母亲。她们来自印第安纳州的艾凡斯维尔市，是铁路公司一位出纳员的妻女。女儿来这儿学音乐，母亲为她做伴。

嘉莉没跟她们来往，但常看到那个当女儿的进进出出。有几次她看见她在客厅里弹钢琴，常常听起她的弹奏。这位年轻姑娘就自己的社会地位来说，穿戴特别讲究，白皙的手指上套着一两枚戒指，弹琴时闪闪发光。

嘉莉受到了音乐的感染。她敏感的天性与一些旋律发生共鸣，这就好像弹击钢琴上相应的键时，竖琴的一些琴弦发生共振。她的感情微妙细腻，听到引人哀思的曲调便会迷惘和沉思。那些曲调唤起了她的欲望，使她向往自己所没有的东西，使她对自己拥有的东西紧抓不放。有一首短曲子，那位年轻的女士弹得极其感伤和缠绵。那旋律从楼下客厅敞开的房门传到了嘉莉的耳朵里。当时正值下午和夜晚交替的时刻，悠闲无聊的人很容易伤感遐想。心神远游天涯海角，带回来几束业已枯萎和凋零的欢乐的花朵。嘉莉坐在窗前向外眺望。杜洛埃上午十点就出了门。她无以消遣，就散散步，看看杜洛埃丢在家中的一本伯莎·莫·克莱[1]撰写的书，不过她并不太喜欢这本书。后来，她无聊地换上了晚装。此刻，她让眺望的目光掠过公园，既伤感又沮丧。在这种情况下，她是多么渴望过一种丰富多彩的生活啊。正当她处于这种新的心理状况时，楼下客厅里的琴声悄然传了上来。她的思想受到琴声的感染，变得迷迷离离。她对自己短暂的经历中最美好和最伤心

① 英国19世纪作家，喜欢写冒险传奇小说。

的事情做了一番回忆。她一时充满了忏悔之心。

当她处于这般心绪时，杜洛埃走了进来，随身带来了一种截然不同的气氛。此刻已是傍晚，嘉莉忘记了点灯。壁炉里的火也很小。

“你在哪儿，嘉德？”他唤她时，用的是他给起的小名。

“在这里。”她回答道。

她的声音里含着一丝忧伤和孤独，可是他却没有听出来。他心里缺乏诗情，在这种情况下觉察不到女人的情感，不能对女人生活中的不幸表示安慰。只见他划了一根火柴，点亮了煤气灯。

“哎呀，”他惊叫道，“你哭了。”

她的眼睛仍湿漉漉的，留着模糊的泪痕。

“唉，”他说，“你用不着这样。”

他拉住她的手，一颗善良但自私的心觉得，可能是由于他不在，她感到孤独了。

“现在好啦，”他继续说道，“没事啦。我们随音乐跳会儿华尔兹舞吧。”

这个建议提得极不是时候，让嘉莉觉得他不能够同情她。她虽然说不出他的缺点，弄不清他们二人之间的差异，可她感觉得到。这是他犯的第一个严重的错误。

晚上那位姑娘在母亲的陪伴下步履轻盈地走出门时，杜洛埃对她优雅的风度发了通感慨，这使嘉莉理解了自命不凡的女人做出的时髦小动作的性质和价值。她照着镜子噘起芳唇，同时把脑袋微微一扬，就像铁路公司出纳员的女儿摆出的架势一样。她轻盈地一转身子，撩起裙子，因为杜洛埃对那位姑娘以及另外一些女人的这个动作做过品论，而嘉莉天生善于模仿。爱慕虚荣的漂亮女人无一例外全都喜欢做这种小动作，而她现在开始找到了诀窍。总而言之，她对有关风韵的知识成倍增长，外表也随之发生了变化。她摇身变成了个风姿绰约的姑娘。

杜洛注意到了这一点。一天早晨，他看见了她头发上的新蝴蝶结以及换上的新发式。

“你这样打扮很漂亮，嘉德。”他说。

“是吗？”她娇媚地说。就在当天，她又尝试了另外几种小动作。

她把步子迈得轻轻盈盈的，企图模仿出纳员女儿的优雅步态。究竟那位跟她住同一幢楼的年轻女子对她产生了多么大的影响，是很难说清的。不过，由于那女子的影响，待赫斯渥来访时，他发现她已经不是杜洛埃最初与之交谈的那个嘉莉了，而成了一位出色得多的年轻女人。原先在服饰和举止上的不足已销声匿迹。她漂亮，典雅，由于缺乏自信而腼腆害羞，大眼睛里透着孩子般的天真，使这位男人群里的道貌岸然的伪君子大为倾倒。这种时髦女迷倒传统郎的事例自古有之。如果他心里还残留着一丝对天真烂漫的青春魅力的贪恋，那么现在全都出现了。他望着她俏丽的容貌，感到她放射出青春的微波。在那双清澈的大眼睛里，看不到一点他纵情享乐的天性能理解为狡诈的成分，即便他在那里觉察到了一点虚荣心，他也会认为那是讨人喜欢的东西。

“我不懂，”他乘马车离开的时候自言自语道，“杜洛埃是怎么把她弄到手的。”

他从第一眼就看出她的感情比杜洛埃的丰富。

马车在两排一直延伸到远方的煤气灯之间辘辘地行进。他把戴着手套的两手抱在一起，眼前看到的只有那灯火通明的公寓房以及嘉莉的脸蛋。他在回味着洋溢着青春的美给人带来的欢乐。

“我要送她一束鲜花，”他心想，“杜洛埃不会介意的。”

嘉莉令他着迷，他一点也不掩饰这个事实。杜洛埃比他领先一步，可他根本不为这牵肠挂肚。他只是把思想的丝线撒出去，像蜘蛛一样，希望能捞住点什么。他不知道，也猜不出结果会是怎么个样。

几星期后，杜洛埃从奥马哈短途出差归来时，在芝加哥碰上了一位穿着华丽的女朋友。他原来计划赶回奥格登公寓楼，出其不意地给嘉莉一个惊喜，而现在跟女友聊得兴起，打消了原先的念头。

“我们一起吃饭去。”他说，也不管是否会碰上熟人，给他引起麻烦。

“乐意奉陪。”他的女伴说。

他们来到一家比较好的餐馆，准备神聊一通。二人于下午五点相遇，吃完饭是七点半。

杜洛埃正讲到一段见闻的结尾，脸上正在绽出一个微笑时，不料目光却和赫斯渥的碰在了一起。赫斯渥陪几位朋友来吃饭，看到杜洛埃跟一个女人在一起，那女人不是嘉莉，于是他便有了自己的结论。

“呸，这坏蛋，”他想道，心里随后涌起了一股正义的同情感，“这对那个小姑娘未免太绝情了。”

杜洛埃遇见赫斯渥的目光时，转了几个念头，都把问题看得很简单。后来见赫斯渥故意装着没看到他，他这才有些疑惧。对方的一些表情深深印在了他心上。他想到了嘉莉以及他们上次见面时的情景。老天哪，他得跟赫斯渥解释解释。跟老朋友相遇，偶然说个把钟头的话在常理之中，没有别的意思。

他第一次感到心神不宁了。这是一个道德上的复杂问题，他不可能解释得清。赫斯渥会笑他朝三暮四，而他会和赫斯渥一起大笑。嘉莉永远也听不到，饭桌旁的这位女伴永远也不清楚，可他还是禁不住觉得自己的境况非常糟糕——他虽然并没有过错，身上却沾了些污痕。他无精打采，结束了这顿饭，送女友上了车，然后自己也回去了。

"他没跟我谈起过后来的这些艳遇，"赫斯渥心里想，"他以为我看成了他喜欢的那小妞了。"

"既然我刚为他做过介绍，他就不该认为我在到处勾勾搭搭。"杜洛埃暗忖。

"我看见你了。"当下一次杜洛埃走进他无法不来的豪华酒店时，赫斯渥和蔼地对他说。赫斯渥举起食指指点着，像家长对待孩子一样。

"那是我的一个老熟人，刚出火车站就碰上了。"杜洛埃解释道，"她过去非常美。"

"现在也还是有些姿色的，嗯？"对方以开玩笑的口气说。

"嘿，别瞎猜了，"杜洛埃说，"这次我是躲避不及。"

"回来多长时间了？"赫斯渥问。

"才几天。"

"你应该把那姑娘带来，大家一起吃顿饭。"他说，"你恐怕在关她的禁闭。我去定一个包厢，看看乔•杰斐逊的演出。"

"我可没有关她，"推销员说，"到时候我一定来。"

这叫赫斯渥大为高兴。他觉得杜洛埃对嘉莉没有什么真情实意。他妒忌杜洛埃。这当儿，他望着自己一向都很喜欢的衣冠楚楚、无忧无虑的推销员，眼睛里闪射出情敌的冷光。他开始从智慧和魅力的角度对杜洛埃进行评估。他开始寻找他的缺点，毋庸置疑，不管他怎样把杜洛埃当作一个好人，但杜洛埃作为情人，只会得到他的蔑视。他可以蒙骗住他的眼睛。哼，只要让嘉莉看到星期四发生的那种事情，问题就会得到解决了。他一边谈笑风生，一边在心里浮想联翩，差不多有点喜形于色了，而杜洛埃却毫无察觉。对于赫斯渥这种人的眼神和表情，他缺乏分析的能力。他站在那儿笑容满面地接受了邀请，而他的朋友却在用鹰一样的目光审视着他。

这出别开生面的喜剧所涉及的对象，此刻并没有想到他们俩。她正忙于调整自己的思想和感情以适应新的环境，不可能为他们耗费心思、牵肠挂肚。

一天傍晚，杜洛埃看见她在镜前梳妆打扮。

“嘉德，”他边说边一把拉住了她，“我觉得你骄傲起来了。”

“没有的事。”她含笑答道。

“啊，你可真美呀！”他继续说道，同时伸出胳膊搂住了她，“穿上你的那件海军蓝衣服，我带你去看戏。”

“哦，我答应过海尔夫人，今晚和她一道去看展览会。”她带着歉意说。

“是吗？”他边说，边出神地考虑着这一情况，“要是我，我就不去。”

“唉，我真不知怎么办好。”嘉莉举棋不定，可是却没有表示愿为他毁约。

可在这时，外边传来了敲门声，女仆递进来一封信。

“他说他在等着回音。”女仆解释道。

“是赫斯渥来的。”杜洛埃说，因为他拆信时认出了信封上的笔迹。

“今晚请过来跟我一起去看乔·杰斐逊的演出。”信中有段话是这么说的，“那天我们已说定，由我做东。其他的一切事情往后推。”

“喂，你觉得怎么样？”杜洛埃一副无知的样子问，而嘉莉满心只想答应下来。

“最好由你决定，查利。”她含蓄地说。

“我觉得如果你能取消跟楼上那人的约会，我们应该去。”杜洛埃说。

“我可以取消那个约会。”嘉莉不假思索地回答。

她去换衣服的当儿，杜洛埃寻来信笺写回信。她自己也解释不清，为什么刚接到的邀请信对她具有如此之大的吸引力。

“我梳昨天那种发式怎么样？”她身上搭着几件衣服走出来问。

“当然很好。”他心情愉快地说。

她见他没有感觉出什么来，心里一阵轻松。她愿意去看戏，但她不愿让人觉得这是因为赫斯渥在吸引着她。看来，她和赫斯渥及杜洛埃一道去，是一种最理想的安排。她精心打扮了一番，与杜洛埃一起上楼道了歉，便出发了。

“依我看，”待他们步入戏院大厅时，赫斯渥说道，“今晚我们都光彩照人哪。”

在他欣赏的目光注视下，嘉莉不由得感到心慌意乱。

“我们走吧。”他说着，一马当先穿过休息室步入剧场。

如果世上还有异常华美的衣服，那眼前就是。人们个个都像老话说的那样穿戴得整齐干净。

“看过杰斐逊的演出吗？”在包厢里，他向嘉莉欠过身问。

“从来没有。”她回答。

“他演得棒极啦，棒极啦。”他继续说道，用的是他这种人赞美时常用的口头禅。他打发杜洛埃去拿节目单，随后便把自己听到的一些关于杰斐逊的事情讲给嘉莉听。嘉莉有说不出的高兴，的确被周围的环境、包厢里的布置以及同伴的翩翩风度弄得陶然若醉。有几次他们的目光偶然相遇，她觉得有一股从未有过的感情注入了她的心田。她当时有些解释不清，因为对方的下一个眼神或下一个手势便显得无所谓了，里面仅含着无限的温存。

杜洛埃也加入了谈话，但相比之下几乎可以说是很愚钝。赫斯渥的话让他们俩都很高兴，嘉莉于此便觉得他是个不同凡响的人物。她本能地感到他比杜洛埃出色和高明，同时又极其平易近人。待到第三幕演完时，她便断定杜洛埃只不过是个心肠好的笨蛋，别的方面都很欠缺。在强烈的对比之下，他在她心目中的位置一个劲地下降。

“我过得愉快极啦。”戏演完，他们朝外走时，嘉莉说道。

“是啊，的确让人愉快。”杜洛埃补充了一句，心中全然不知道刚才有过一场交锋，他的防御力量已经遭到削弱。他就像中国皇帝一样自尊自大，却不知自己最好的行省在被别人夺走。

“有你的陪伴，今晚的时光十分美好。”赫斯渥说，“再见。”

他握住嘉莉的小手，两人之间顿时有一般感情的激流在奔淌。

“我累坏了。”嘉莉登上电车后靠在椅背上，当杜洛埃开始讲话时，她便这样说道。

“好吧，你休息一会儿，我去抽支烟。”他说着站起身，蠢头蠢脑地走到电车的前部，把伴侣丢到了身后。

第十二章 激情别移，英雄爱美人

赫斯渥夫人非常了解丈夫的天性，怀疑他抱有某种企图，但对他道德上的缺陷却一无所知。她这种女人，一怒之下不知会干出什么事情来。拿赫斯渥来说，他对她在特定的情况下究竟会采取什么措施心里一点底都没有。他从没见过她大发雷霆。实际上，她并不是个爱发脾气的人，她对别人缺乏信任感，认为他们很容易做出错事来。她深谋远虑，不会做无谓的争吵，以影响她从了解信息中得到好处。她不会把心中的愤怒猛地一下子发泄出来，而是等待和考虑，研究细节和积累情况，直到有足够的力量实现自己的报复心。与此同时，她会不失时机地、或轻或重地实施打击，让冤家对头吃苦，还不让他知道祸从何处来。她冷酷无情、自私自利，心里鬼点子多且从不外露，连眼神里也无所表示。

赫斯渥虽然不能用眼睛看到，但感觉得到她的这种天性，他跟她过着一种和睦且比较心满意足的日子。他一点也不害怕她——因为他没有理由害怕她。她仍然有一丝儿为他自豪，而且这种自豪感由于她渴望巩固自己的社会地位而有所加强。令她心中暗自高兴的是，丈夫的许多产业都用的是她的名字——这是家庭对赫斯渥的诱惑力比现在大时，他采取的一项措施。她毫无理由怀疑家里会出岔子，可眼前晃来晃去的阴影有时让她觉得这项措施的确好。她优越的处境使她变得难以驾驭，赫斯渥谨小慎微，因为他觉得一旦让她不满，什么事情都可能发生。

说来凑巧，就在赫斯渥、杜洛埃和嘉莉坐在麦克维克戏院包厢里看戏的那天晚上，小乔治却和市里一家绸缎批发公司的第三大股东哈•勃•卡迈克尔的女儿坐在正厅里第六排。赫斯渥没有看到儿子，因为他喜欢尽量朝后坐，即便向前欠身，前几排的人也只能看见他的半个身子。到每家戏院看戏他都习惯这样坐，在暴露自己没有好处的情况下，尽量不引起人的注意。

他从不走动，而是小心翼翼地观察着周围的情况，思索着自己万一被瞧见将会付出多么大的代价，因为人们很可能会曲解或误会他的行为。

第二天吃早餐时，他儿子说："昨晚我看见你了，爸爸。"

"你到麦克维克戏院看戏去啦？"赫斯渥以天下最体面的口吻问。

"是的。"小乔治说。

"和谁一道去的？"

"卡迈克尔小姐。"

赫斯渥夫人向丈夫投来疑问的目光，但从他的表情上看不出他仅是到戏院偶然看了场戏，还是有别的情况。

"戏演得怎么样？"她问。

"很好，"赫斯渥回答，"不过演的还是那出老戏《里普•万•温克尔》[①]。"

---

① 根据美国作家欧文的一篇故事改编。

“你和谁一起去的？”他妻子装出一副满不在乎的样子问。

“和查利·杜洛埃夫妇。他们是莫伊的朋友，是来这里游玩的。”

由于他地位特殊，这样解释一般是不会招来麻烦的。他妻子认为这也在情理之中，因为他那种身份需要进行一些她不能参加的社会活动。可是在最近，妻子几次求他晚上陪着去玩，他都推说酒店里有事。而这一次，就在头一天早晨，他还推说看戏的这天晚上有公务要办呢。

“我当时还以为你很忙呢。”她字斟句酌地说。

“是很忙。”他嚷嚷道，“中间插了那事，我也无可奈何。不过看完戏后我一直工作到凌晨两点，总算把损失补了回来。”

谈话至此暂时告一段落，但他心里却留下了不满的阴影。以前，他从未如此不客气地拒绝过妻子的请求。一年一年地，他对自己的婚姻逐渐感到厌倦，觉得同她在一起乏味无聊。如今，天边升起了一轮新太阳，原来的这个发光体在西方趋于暗淡。他满意地把脸完全扭了过去，任何要他回头的召唤都叫他讨厌。

相反，她明知和丈夫已情意淡薄，可是却力图维护表面子上的夫妻关系。

“今天下午我们出去走走吧。”几天之后，她说道，“我想让你到金斯利酒店去见见菲利普斯夫妇。他们在特雷芒饭店下榻，我们领他们四处参观一下。”

菲利普斯夫妇既虚荣又无知，让人觉得索然无味，但由于发生了星期三的那件事，他不好拒绝。他同意了，可是却十分勉强。离开家的时候，他心里气呼呼的。

“这种局面必须结束。”他暗忖，“我有我的工作要干，不能陪着游客去瞎浪荡。”

过了不久，赫斯渥夫人又提了一个类似的建议，只不过这次是陪着看日戏。

“亲爱的，”他回答说，“我忙得焦头烂额，没有时间。”

“可你却有时间陪别人。”她恼恨恨地说。

“没有的事，”他回答，“生意上的应酬避免不了，仅此而已。”

“好吧，不去就算啦。”她嚷嚷道，随之绷紧了嘴唇。二人之间相互抵触的情绪更加强烈了。

另一方面，他对杜洛埃的那个工厂小女工的兴趣，几乎以同样的比例在增长。那位年轻女子在环境的压迫下和新朋友的指导下，已发生了很大的变化。她天生就是一个善于谋求自身解放的人。光辉灿烂的豪华生活对她产生了影响。她对这种生活萌发的欲望，超过了她的了解。海尔夫人对于财富和地位这一专题的高谈阔论，使她懂得了如何区分财富的等级。

海尔夫人喜欢在天气晴朗的下午，沐浴着阳光乘马车兜风，观览一下自己买不起的宅院草坪，聊以自慰。在西区，沿着现在的湖滨大道，建了不少华美的宅第。当时还没有现在的这道用石块和花岗岩筑就的湖堤，但道路铺设得平平展展，一片片漂亮的草坪鳞次栉比，崭新的房屋宏伟壮观。冬季过去之后，早春的晴朗日子刚一到来，海尔夫人就租了辆二轮轻便马车，邀请嘉莉跟她同去游玩一个下午。她们先穿过林肯公园，一直向埃文斯顿进发，四点往回折，大约五点抵达湖滨大道的北端。一年当中的这个时候，白天仍然比较短，傍晚的黑暗此刻已开始降临这座大城市。华灯初照，柔美的光芒似水如银。空中有一种温馨的气息，使人的肉体和灵魂都感到无比舒畅。嘉莉觉得这是一个美好的日子。她得到了许多启迪，思想臻于成熟。她们行驶在平展的马路上，偶尔会遇到一辆过路的马车。她瞧见一辆车子停下来，仆人下车为一位绅士打开车门，那绅士悠然自得，像是下午漫游刚刚归来。隔着刚转绿的宽草坪，她看到闪烁的灯光朦朦胧胧，照射在富丽堂皇的室内摆设上。映入眼帘的时而只是一把椅子，时而是一张桌子，时而是一个装饰华丽的屋角，然而却比任何东西都令她向往。童年时期她所幻想的仙境般的宫殿以及国王的行宫跃然眼前。她想象着，一跨入那雕刻华丽的门道，便可以看到球形水晶灯把光线洒在镶嵌着设计精美的彩色玻璃的房门上，那儿没有烦恼，也没有满足不了的欲望。她确信无疑，那里的人过着幸福的生活。如果她能漫步于那条宽阔的道路，能跨入那在她看来美得似珍珠般的富丽堂皇的门道，雍容华贵，手中掌握着财富和权力——啊！忧愁将会迅速逃遁，心病瞬间便能消失得无影无踪。她望啊望地出了神，心里又是惊奇、欣喜，又是向往。而在这一段时间里，她身旁的那个激动的人儿一直在用迷人的声音冲她耳语。

“如果我们要能有座那样的宅院，”海尔夫人不无感伤地说，“那该多叫人高兴啊。”

“听人说，”嘉莉说道，“没有一个人事事如意。”

关于狐狸吃不上葡萄所发的那套虚伪的论调，她倒是听了不少。

“我发现，”海尔夫人说，“人人都拼命朝上爬，宁肯在深宅大院里忍受煎熬。”

嘉莉回到自己的房间，觉得这套住房相比较而言大为逊色。她并不迟钝，看得出这不过是中等陈设的公寓楼里的三个小房间而已。她不是与自己以前住过的地方相比，而是跟她刚刚看到的府邸相比。那富丽堂皇的宫殿大门历历如在眼前，铺着软座垫的马车辘辘滚动的声音犹在耳旁。杜洛埃算什么？她又算得上什么？她坐在摇椅上摇来摇去，一边苦苦思索，一边凭窗眺望着，让目光掠过灯火闪闪的公园，直盯着沃伦大街以及阿什兰大街上的那些灯烛辉煌的住宅，她心情激动，不想下楼去吃东西，脑子里浮想联翩，除了坐在摇椅上哼歌，什么都无心干。几首古老的歌谣悄然爬上她的芳唇，她唱着唱着，一颗心沉了下来。她渴望着，憧憬着，向往着，时而向往哥伦比亚市那古老住宅里的房间，时而向往湖滨大道上的府邸，时而向往某位女士华丽的衣饰，时而向往某些辉煌壮丽的场面。她无限感伤，心神不稳，但一直在企盼和幻想。最后，她觉得自己的境况既孤独又凄凉，嘴唇禁不住发起抖来。她坐在窗旁的阴影里又哼又唱，任时光一分一秒地流逝，不知不觉又高兴了起来。

正当嘉莉仍沉浸在这种心绪里的时候，公寓里的仆人上楼来通报说，赫斯渥候在会客室里，要见杜洛埃先生和杜洛埃夫人。

“他大概知道查利已出了城。”嘉莉暗忖。

她在冬天不太常看见那位经理，可她出于某种原因老是想着他，这主要是因为他给她留下了深刻的印象。她一时慌了手脚，不知自己外表如何，但照过镜子后很快放了心，走下楼去了。

赫斯渥像平时一样打扮得潇洒漂亮。他不知道杜洛埃已经出了城。听嘉莉说了这事，他脸上的表情没有多大变化，净谈些让嘉莉感兴趣的生活琐事。他说话时那种坦然自若的神气实在叫人惊讶。他像所有富于实践经验的男人一样，心里清楚自己的话引起了共鸣。他知道嘉莉喜欢听他说话，于是毫不费力地口若悬河地朝下讲着，听得她入了迷。他把椅子拉近些，压低了声音，像是在讲贴心的话儿一般。他别的不提，几乎全讲的是自己对男人以及享乐的看法，说他怎样见多识广。他使嘉莉产生了一种愿望，也想看看同样的事物，同时还让她一心只想着他。刹那间，他的个性以及他的形象萦回于她心间，赶也赶不开。他在强调某一点时，会笑眯眯地慢慢抬起眼睛，那目光如磁铁般吸引着她。他可以用极其优雅自如的方式令她心服口服。一次，他强调某事时摸了摸她的手，而她只是嫣然一笑。他似乎创造了一种气氛，把她严严包裹在里边。他始终都是那么机警幽默，好像把她也变成了一个聪明的人。起码来说，她在他的影响下活跃起来，把身上所有的优点都展示了一下，她觉得自己跟他在一起比跟别人在一起要机敏一些。至少，他似乎在她身上发现了许多值得赞美的东西。他没有显露出一丝一毫取悦于她的意思，而杜洛埃的态度却充满了奉迎的味道。

不管杜洛埃是否在跟前，他们俩每次相见都会使嘉莉产生一种有些难以表达的亲密和微妙的感情。她并不健谈，从不善于用语言表达内心的思想，但她心里总是蕴藏着强烈深沉的感情。不管哪一次，她都说不出一句有分量的话，至于眼神和感触，又有哪一个女人不善于表露呢？她和杜洛埃之间从未有过这种交流，实际上，他们不可能交流。她当时心里充满了苦闷，急切地盼望得到解脱，而杜洛埃的及时出现正是代表了一种解脱的力量，所以她才屈服于他。现在她被感情的暗流支配，那是一种杜洛埃永远无法理解的感情。赫斯渥的眼神像情人的话语一般富于感染力，而且更具魅力。那眼神并不要求你立即下决心，你也不可能给予答复。

人们一般都过于注重语言的表达。他们都有一种错觉，以为语言能产生理想的效果。其实，语言只是心理活动最肤浅的表达方式。它们仅仅能模糊地表现出隐藏在背后的那种汹涌澎湃的感情和欲望。不搬弄絮叨的舌头，你的心灵就会侧耳倾听。

在这场谈话中，她听到的并非他的语言，而是他所体现的心声。他的外表是何等温文尔雅！他高贵的气度何等令人动情！他对她所怀有的愈来愈强烈的欲望，像一只手轻轻抚摸着她的心灵。她根本没必要担惊受怕，因为那是一只看不见的手；她没必要担心别人会怎么说，她自己会怎么想，因为那只手无形无体。她在央求、劝说、引导自己放弃旧的权利，接受新的权利，可又没有语言来证明这一点。这种欢畅的谈话对二人的心理活动，就像乐队奏出的低沉音乐对用音乐伴奏的戏剧情节一样，有着异曲同工的效果。

“你参观过北区湖滨路上的那些府邸没有？”赫斯渥问。

“嘿，我和海尔夫人今天下午刚去过。你说那些府邸美不美？”

“非常美。”他回答。

“苍天保佑，”嘉莉若有所思地说，“但愿我也能住进那种地方。”

“你生活得并不幸福。”赫斯渥略略犹豫了一下，然后慢吞吞地说。

他庄重地抬起眼睛，望着她的两汪秋水。他觉得自己深深地触动了她的心弦。现在总算有点机会为他自己说句话了。他悄悄欠过身去，仍目不转睛地盯着她。她想挪开一些，但无济于事，因为这个男人心灵的全部力量在发生着效用。他有充足的理由继续干下去。他盯着瞧着，时间愈长那目光就愈难以抵御。这个小女工在水里愈陷愈深，支撑着她的那几根柱子，正一根根被水冲走。

“嘿，”她最后说道，“你不该用那样的眼光看我。”

“我控制不住自己。”他回答。

她稍微放松了一些，抱着听之任之的态度，使他更加得寸进尺。

“你不满意现在的生活，是吗？”

“是的。”她声音微弱地说。

他知道自己在主宰着局面——他感觉得到。他把手伸出去，摸了摸她的手。

“你不能这样。”她惊叫一声，跳起身来。

“我不是有意的。”他随口答道。

她原该走开，可她没有那样做。她没有就此结束这次谈话，而他表情泰然自若，心里想入非非。过了不大一会儿，他起身告辞，她感觉到他已掌握了主动权。

“别难过，”他和善地说，“随着时间的推移，事情总会处理好的。”

她没有答话，因为她想不出有什么话可说。

“我们是好朋友，对吗？”他伸出手说。

“对。”她回答。

“那么就别讲出去，等着我再来看你。”

他握住她的手不放。

“我不能许诺。”她疑惑地说。

“你应该把心放宽一些。”他说话的语气是那样质朴，不由得感动了她。

“我们不谈这事了。”她答道。

“好吧。”他说，脸上露出了喜色。

他下了楼，坐进了自己的马车。嘉莉关上门，上楼进了自己的房间。她对着镜子解下花边宽领，接着又松开了那条最近才买来的漂亮的鳄鱼皮腰带。

“我这人真糟糕，”她内心由衷感到不安和惭愧，自言自语地说道，“我好像没做过一件正确的事情。”

过了一会儿，她解开头发，让褐色的头发波浪般披散下来。她在心里回忆着这天傍晚的情况。

“真不知该怎么办才好。”她最后喃喃出声道。

而赫斯渥在乘马车离开时对自己说：“好呀，她喜欢我哩，这我可清楚。”

这位心怀激动的经理跑了足足四英里路到了自己的办公室，一路上喜滋滋地吹着口哨，吹的是一支十五年来想都想不起的旧曲子。

第十三章 潜移默化，爱情升级

赫斯渥和嘉莉在奥格登公寓楼的会客室见过面后还不到两天，他就又跑了来。在这段时间里，他几乎在一刻不停地思念着她。她的纵容态度从某种程度上来说，使他的爱愈加炽烈。他觉得自己一定能大功告成，而且这种胜利指日可待。

暂不论他被迷得神魂颠倒，且说他对嘉莉产生的兴趣，其原因不单纯是肉欲。这可是他那干涸了许多年，几乎完全荒芜的感情土壤里开出的一朵鲜花。与以前曾经吸引过他的女人相比，嘉莉也许是比较出类拔萃的。他有过爱情，最终喜结良缘，自那以后再没有产生过恋情。可经过时间的考验和人间的沧桑，他发现自己最初的选择极其仓促和错误。每当想起这事，他就告诉自己，如果再让他选择一次，他绝不会娶这样一个女人。同时，他跟女人的普遍交往降低了他对女性的敬意。他所持的愤世嫉俗的态度，是以他丰富的阅历为深厚基础的。他结识的女性几乎都属于一种类型——自私、无知、华而不实，那些朋友的妻子让人看起来倒胃口。他自己的妻子养成了冷酷、庸俗的性格，这叫他十分讨厌。他了解那个藏污纳垢的地下世界（对此他简直了如指掌），所以他的心肠变硬了。他以怀疑的态度看待多数女人——只欣赏她们的美貌及服饰。他那炽烈、挑逗的目光处处追随着她们。不过，他并非无聊透顶，优秀的女性仍会叫他肃然起敬。他本人并不打算去分析世上为什么竟然还有圣洁的女性。他会脱帽致敬，让那些言语轻薄、心地邪恶的人在女圣人面前哑口无言——活像波威里街上一家酒馆的爱尔兰老板，在从事慈善事业的修女面前卑躬屈膝，自愿虔诚地捐钱捐款。可为什么自己要这么做，他却不多加思考。

像他这般处境的人，在经过了一连串无聊乏味或令人心肠发硬的事件之后，猛然碰上一位单纯天真的年轻女子，不是觉得自己跟她差距太大敬而远之，就是凑上前去，为自己的发现陶醉和自豪。这种男人只有采用迂回的方法才能接近这样的女子。他们不懂得也不知道如何讨得年轻女子的欢心，只能靠艰苦的努力方可奏效。假如苍蝇不幸被蛛网缠住，蜘蛛就可以爬上前来按自己的条件讲价钱。青春少女来到喧闹的都市，一旦陷入花花太岁和膏粱子弟的圈子，哪怕只沾一点边，他们也会跑过来施展他们的迷魂术。

当时，赫斯渥受杜洛埃的邀请，是来会一位盛装艳服、容貌俊俏的女子。他进门时，只打算度过一个纵情狂欢的夜晚，便把那女子永远抛到脑后。可是他所见到的女子年轻美貌，使他一见倾心。在嘉莉那温情荡漾的两汪秋水里，没有丝毫为人情妇的老谋深算。她那羞怯的举止不见半点娼妓的矫揉造作。他立刻看出这是一个错误，意识到是某种艰难的处境把这位苦闷的姑娘推到了他面前，于是兴趣油然而生。他出于同情决心搭救，但里边却掺杂着自私的目的。他想把嘉莉弄到手，因为他觉得让她的命运跟他的交织在一起，比她跟杜洛埃厮混强。他忌妒那个推销员弄到了这位女子，在一生当中他还从未这般忌妒过人呢。

嘉莉自然胜杜洛埃一筹，因为她在智力上凌驾于他之上。她刚刚从农村出来，眼睛里仍闪烁着乡村纯朴的光芒，看不到奸诈也看不到贪婪。这两种特性她虽然也沾染了一星半点，但它们仍处于萌芽状态。她心里充满了惊奇之感和欲望，可是并非贪得无厌。她仍在茫然不解地朝四周打量着这座迷宫般的城市。赫斯渥感觉到了她青春的魅力。他摘取了她，就像从树上摘取一枚鲜果一样。和她在一起，他感到神清气爽，宛若从夏日的炎阳下来到了初春的凉风里。

自从发生了上次那一幕之后，嘉莉孤单一人，没有人为她拿主意。她起初胡思乱想，最后想累了，索性也就不想了。她觉得自己欠杜洛埃一份情，就在她忧心忡忡、精神沮丧的时候，他帮助了她，这一切犹如发生在昨日。他在各方面都给她以亲切的感觉。她承认他的长处在于外表潇洒、心地慷慨，实际上，当他不在跟前的时候，她甚至忘掉了他的自私自利。不过，她还是不由得觉得没有什么约束力可以使她为了他而不倾心于别人。其实，这种想法根本没有任何根据，杜洛埃并没有这样的意图。

事实在于，这位漂亮的推销员举止轻浮、见异思迁，命中注定不能和任何人保持长久的关系。他整日无忧无虑，认为自己具有令所有女性销魂的魅力，所到之处总会有钟情女子，这种情况将始终不变，而他尽可以寻欢作乐。当失去了某个老朋友或者在某户吃了闭门羹时，他也不会太伤心。他年纪尚轻，在事业上春风得意，在精神上他将青春永驻，直至死亡。

要说赫斯渥，他热烈地思念着嘉莉，对她一往情深。他倒没有具体的打算，只是决心要让她表白她对他的爱情。他觉得，在她那低垂的眼帘、游移的目光和举棋不定的态度里，他看到了如蓓蕾般绽放的爱情征兆。他要守在她跟前，让她把小手放在他的掌心，要看看她下一步准备干什么，看她怎样表露对他的感情。他已经多年没有这种热切和激动的心情了。他在感情上又成了翩翩少年，在行动上成了风流侠士。

他的工作得天独厚，为他晚上外出创造了良好的条件。就大体而论，他是个非常忠于职守的经理，在时间的支配上颇得雇主的信赖。众所周知，他把经理的职责履行得非常圆满，所以无论何时，他想离开就可以离开。他的风度、手腕以及华丽的外表使他在酒店里显得举足轻重，同时，长期积累的经验使他在必需品的置办方面成为极其优秀的专家。酒吧招待和助手们可以一个个或一批批地任职和解雇，但只要有他在，老主顾们就不会注意到其中的变化。他为酒店创造了一种主顾们已习惯了的气氛。因而，他可以随意地安排时间，或下午休息或傍晚休息，但在十一点和十二点之间总要赶回来看看一天中最后一两个小时的营业情况，安排打烊时的琐事。

“乔治，你要把一切安排妥当，雇员们都走后你再回家。”莫伊曾经这样对他说过，而他在长期的工作生涯中从没有一次忽视过这一要求。多年来，两位老板下午五点以后从不到酒店来，而他们的经理忠实地履行着这一要求，就好像他们常来巡视似的。

这个星期五的下午，离赫斯渥上一次拜访嘉莉还不足两天，他又打定主意要去看她了，因为他再也等不下去了。

“埃文斯，”他对酒吧招待的领班说，“如果有人找我，就说我四五点回来。”

他匆忙赶到麦迪逊街，登上一辆马车，不出半小时就来到了奥格登公寓。

嘉莉想出去散步，穿上了一件浅灰色毛衣和一件缀着双排纽扣的漂亮外套。她取出帽子和手套，正往脖子上系一条白色花边围巾的时候，公寓里的女仆上来通报说赫斯渥先生想见她。

她一听有些吃惊，但告诉女仆说她马上就下去，接着便急忙打扮起来。

那位令人难忘的经理在等着见她，此刻她说不清自己心里是高兴还是担忧。她有些心慌意乱，脸上热辣辣的，但这主要是因为紧张，而非害怕和欢喜。她不想去推测今天的谈话会向哪一方面发展，只觉得必须小心谨慎，因为赫斯渥对她有一种难以形容的魅力。她用手指最后整理了一下围巾，就下楼去了。

这位一往情深的经理心里非常清楚自己的来意，所以神经也有些紧张。他觉得这一次必须采取坚决的行动，可事到临头，一听到楼梯上传来嘉莉的脚步声，他的勇气就消失了。他的决心稍微削弱了一些，因为他毕竟还不了解嘉莉的意图呢。

然而，当嘉莉进屋时，她的外表使他鼓起了勇气，她看起来十分单纯和迷人，足以为任何一位恋人鼓劲壮胆。她那显而易见的紧张情绪反而打消了他的不安。

“你好吗？”他从容自若地说，“今天下午天气晴朗，我抗不住诱惑，就跑出来了。”

“是啊，”嘉莉来到他面前停下来说，“我也正打算出去走走呢。”

“啊，真的？”他说，“那么，你去取帽子，我们一起去好吗？”

二人穿过公园，沿着华盛顿林荫道朝西走去。林荫道煞是美丽，宽阔的碎石路面，硕大的木房子耸立在离人行道不远的地方。西边的许多富家大户都住在这里，赫斯渥害怕被人认出，不由得感到紧张起来。他们没走几段马路，就在一条背街上看到了一幅马车行的招牌，算是为他解决了难题。他可以带嘉莉乘车到新林荫大道去。

当时的新林荫大道只不过是条乡间道路。他要带她去的那一段虽还在西边，但是非常远，那儿几乎连一户人家也没有。那段林荫道把道格拉斯公园和华盛顿公园（或称南方公园）联结在一起，只是一条铺设得很平整的马路而已，向南延伸五英里，穿过一片杂草丛生的旷野，向东延伸同样的距离，穿过同样的旷野。沿途一多半路程都碰不上一户人家，尽可以畅谈一番，不会有人打扰。

他在马厩里挑了匹温驯的马，他们很快就来到了别人看不见他们，也听不到他们谈话的地方。

“你会驾车吗？”他隔了一会儿问。

“从没有试过。”嘉莉说。

他把缰绳放到她手里，抱双臂于胸前。

“你瞧，这并没有什么难的。”他笑盈盈地说。

“驾温驯的马，是不困难。”嘉莉说。

“只要练练手，你就可以把马驾驭好了，和任何人比都不会逊色。”他鼓励地说。

他一直想在谈话中寻找到缺口，使他们的交谈言归正传。有一两次他闭口不语，希望她的思路能在静默中受到他的感染，可是她仍一副轻松的样子继续说着话。不过，没多久，他的沉默便占了上风。他的思路开始发生效用。他目光茫然地不知望着什么地方，仿佛在思考与她根本无关的事情。但他心里转的念头却昭然若揭。她非常清楚，危险的时刻已经来到。

“你可知道，”他说，“自从认识了你，我度过了几个多少年来最幸福的夜晚。”

“是吗？”她拿腔作势地说，但内心却为他真诚的语气所打动。

“那天晚上我就想告诉你，”他补充道，“但不知怎么却错过了时机。”

嘉莉一声不响地静静听着。她想不出什么值得说的话。尽管上次跟他见过面之后，她苦思冥想，考虑着这件事的是非，内心依稀有些不安，可这当儿又受到了他强烈的影响。

“今天我来这里，”他表情严肃地说，“是想把我的感受讲给你听，不知你愿意不愿意听？”

赫斯渥这种人带有一点浪漫主义色彩。他可以产生热烈的感情，常常是诗人般的感情，在欲望的驱使下，就像眼下这样，他可以变得口若悬河。这就是说，他的感情和声音都染上了表面压抑和悲哀的色彩，这两点是他雄辩辞令中的精髓。

“你可知道，”他把手放在她的胳膊上说，搜索词句时保持着令人不习惯的沉默，“我爱上了你。”听到这话，嘉莉没有动静。她已经完全被这个男人身上的一种气质束缚住了。他以教堂里的那种沉默表达自己的感情，而她深受感染。她目不转睛地望着面前平坦空旷的景色。等了一会儿，赫斯渥又把刚才的话重复了一遍。

“你不应该说这话。”她声音微弱地说。

她的话一点也不足以服人。这只是因为她那模糊的大脑觉得应当说些什么。他对他的话没加理睬。

“嘉莉，”他说道，以一种亲昵的语气称呼着她的小名，“我希望你能爱我。你不知道我多么需要有个人在我身上倾注一点感情。我实际上很孤独。我生活中没有一样东西可以叫人愉快或欢乐，老是跟一些与我无关的人在一起工作和操劳。”

说这话时，赫斯渥真的觉得自己的处境十分可怜。他能够离开一段距离客观地看待自己，能够观察自己生活中他所渴望看到的事物。他说话时，声音里带着因情绪紧张而产生的特殊颤动。这一点扣动了女伴的心弦。

“啊，我还以为，”她用一双充满同情和感触的大眼睛望着他说，“你很幸福呢。你对世界上的事情了解得是那么多。”

“是这样的，”他说道，声音变成了温柔的絮语，“我是了解得很多。”

能听到一个如此有地位有权势的人以这种方式讲话，对她来说是件重大的事。她不由得觉得自己的境况非常奇异。在如此之短的时间里，乡村的狭隘生活怎么会像件衣服一样从她身上脱掉，换上了充满神秘色彩的都市生活呢？最为神秘的要算眼前的景象了——一位有钱有势的男人正坐在她身旁向她求爱。瞧呀，他生活悠闲舒适，权势大地位高，衣饰华贵，然而他却苦苦哀求着她。她想不出公正合理的缘由，索性也就不再为此劳心了。她只顾沐浴在他感情的热烈气氛中，犹如一个浑身冰冷的人傍着令人愉快的炉火取暖，赫斯渥激动万分、热情勃发，以爱情的热浪像熔化蜡烛一样消除了女伴心中的疑虑。

“你以为我生活得很幸福，不该口出怨言吗？”他说，“如果你整日见到的都是对你毫不关心的人，如果你日复一日地去一个除了装模作样及冷漠无情外一无所有的地方，如果在你认识的人当中没有一个可以对你表示同情或者跟你畅谈，你大概也会觉得苦闷。”

他弹奏的这个心弦，使处境凄凉的她发生了共鸣。她知道和冷漠无情的人打交道是什么滋味，知道在一点也不关心你的人群中独往独来是什么滋味。她不是有过亲身体验吗？此时此刻，她不是也非常孤独吗？在她认识的人当中，她可以向谁祈求同情呢？没有一个。她只好独自一人沉思和遐想。

“倘若我能得到你的爱，我就可以心满意足了！”赫斯渥继续说道，“倘若我可以到你身边来和你相伴，那就好了。我飘游四方，心中无所寄托，真是度日如年啊。在遇到你之前，我无所事事，光知道游手好闲和逢场作戏。从你翩翩而至，我心里净想着你。”

昔日的幻觉又出现在嘉莉的脑海里，使她认为这儿有人需要她的帮助，她从心底里可怜这个忧郁孤独的人。想想吧，这样一个地位优越的人，竟然由于没有她相伴而如此死气沉沉，竟然在她自己也孤苦无依的情况下如此苦苦哀求她。这的确太糟糕了。

“我并不很坏，”他抱歉地说，仿佛非得在这方面做下解释不可，“你大概认为，我这人四处游荡、无恶不作吧？我的行为十分轻率鲁莽，但我可以轻而易举地摆脱恶习。如果生活还有一点指望，我需要你来挽救我。”

嘉莉温情脉脉地望着他，那是纯洁的人希望挽救邪恶的人所用的眼神。这样的一个人怎么会需要别人挽救呢？他的错误是什么？她怎样帮他纠正呢？他这么好的一个人，有错也一定是小错误，充其量不过是被夸大的瑕疵，而人们对待这类小错都持宽容的态度。

他把自己说得如此孤苦，不由得深深打动了她的芳心。

“真是这种情况吗？”她静静沉思着。

他伸胳膊搂住她的腰，而她硬不起心肠躲开。他用闲着的那只手握住了她的手指。一阵柔和的春风拂过路面，把去年秋天落下的枯枝吹得朝前滚动。无人驾驭的马儿信步前行。

“请你告诉我，”他柔声细语地说，“就说你爱我。”

她羞怯地垂下了眼帘。

“承认吧，亲爱的，”他充满感情地说，“你爱我，对不对？”

她没有回答，但他感到自己已大功告成。

“告诉我吧。”他以圆润的声音说，一边把她拉到跟前，使两人的嘴唇挨得很近。他温情地捏捏她的手，然后松开她的手，去摸她的面颊。

“你爱我吗？”他说着，把嘴唇贴到了她的两片芳唇上。

她的芳唇替她做了回答。

“啊，”他兴高采烈地说，漂亮的眼睛里闪射出异彩，“你是我的人了，对吗？”

她把脑袋轻轻靠在他肩上，作为进一步的结论。

第十四章 权衡利弊，情场周旋

那天晚上，嘉莉在自己的房间里感到身心愉快、精神亢奋。她为自己对赫斯渥的倾慕以及赫斯渥对她的爱恋深感喜悦，抱着美妙的幻想期盼着星期天夜晚再跟他相会。他们约好由她到市中心去见他，并不觉得必须行踪诡秘，但要是把话说穿，这样做还是为了保密。

海尔夫人从楼上的窗口看到她走了进来。

“哼，”她心里想，“她趁着丈夫出了城，就跟别的男人出去兜风。她丈夫应该对她留点神。”

其实，并非海尔夫人一人对这事有看法。那个接待过赫斯渥的公寓里的女仆也很有意见。她对嘉莉无特殊好感，认为她态度冰冷，惹人讨厌。可是，她对无忧无虑、平易近人的杜洛埃却颇有好感，因为杜洛埃时不时跟她说句中听的话，而且还以其他方式向她表达他对所有的女性都怀有的那种敬意。赫斯渥先生的态度则比较矜持，比较挑剔。他可没有以同样讨人喜欢的方式取悦这位身穿紧身胸衣的女仆。她感到奇怪，不知他为什么来得这么勤，杜洛埃夫人为什么要在杜洛埃先生不在家的时候，在今天下午陪他一道出去。她在厨房里把自己的看法透露给了厨师。结果，就像平时传播流言蜚语一样，一连串的闲话悄悄地在公寓里散布开了。

嘉莉既然倾心于赫斯渥，向他吐露了爱情，也就不再为该对他采取什么态度而思前想后了。她暂时不去想杜洛埃，心里只想着恋人的气质和风采以及他那炽烈的爱。在头一天傍晚，她什么都不干，只回忆着那天下午的详细情景。她的同情之心生平第一次被彻底地激发了起来，为她的个性投上了一束新的光芒。她具有一些主动进取的能力，以前潜伏着，现在开始发挥了出来。她以实际的眼光考虑了一下自己的境况，开始看到一线曙光，看到了她的出路，赫斯渥似乎是一种力量，要拉她去过体面的生活。她的感情是非常值得赞美的，因为那是最近一系列事件的结晶，正是那些事件使她摆脱了不光彩的生活。她不知赫斯渥下一回会说些什么话，只觉得他的爱是一种美好的东西，她期待着能获得更奇妙更丰硕的成果。

而赫斯渥这方面只想着不负责任地寻欢取乐。他不觉得他的所作所为会使自己的生活复杂化。他地位稳定，家庭生活即便不合意但至少也是风平浪静的，而且他的个人自由不受限制。嘉莉的爱只是又为他增添了许多乐趣罢了。除过像平时一样寻欢作乐之外，他还可以享受一下这新的艳遇。他可以快快乐乐地陪她玩，而他自己的事业并不受影响，将一如既往地朝前发展。

星期天傍晚，他在东亚当斯街选了家餐馆，和嘉莉共进晚餐。饭后，他们雇了辆马车前往当时位于第三十九大街附近别墅园林路上的一家气氛愉快的夜间娱乐场。在倾诉衷肠的过程中，他很快就发现嘉莉把他的爱看得要比他预料的高一等。她十分认真地和他保持着一段距离，只接受对于毫无经验的情人才相称的温情脉脉的表示。赫斯渥看出她并非唾手可得的人，也就放长线，不再追得那么紧了。

由于他曾经装出一副相信她已结婚的样子，他觉得还应该继续装下去。他认为离胜利还有一段距离。这段距离到底有多远，他是估计不出来的。

乘车返回奥格登公寓的路上，他问道："我什么时候再来看你？"

"不知道。"她回答，心里一时拿不定主意。

"下星期二到商场去怎么样？"他建议道。

她摇了摇头。

"不能这么快又见面。"她回答。

"我告诉你个办法吧，"他补充说，"我给你写信，由这家西区邮局转交。下星期二你来取，可以吧？"嘉莉同意了。按照赫斯渥的吩咐，马车夫把车停在了和公寓楼有一门之隔的地方。

"再见。"当马车辘辘地远去时，他低声说道。

这件事虽进展顺利，但不幸的是，杜洛埃回来了。次日下午，赫斯渥正坐在自己的那间漂亮的小办公室里，看见杜洛埃走了进来。

"喂，你好，查利，"他友好地招呼道，"又回来啦？"

"回来啦。"杜洛埃笑容满面地走过来，从门口朝里望着。

赫斯渥站起身。

"嘿，"他上下打量着推销员说，"还是这么红光满面，嗯？"

二人开始交谈起来，既谈他们所认识的人，又谈所发生的事情。

“到家里去了吗？”赫斯渥最后问。

“没有，不过我这就回去。”杜洛埃说。

“我没忘记那位小姑娘，”赫斯渥说，“去看过她一次。我想你是不愿让她太孤独的。”

“你说得对。”杜洛埃表示同意，“她怎么样？”

“很好。”赫斯渥说，“不过，她很挂念你。你最好现在就回去，让她高兴高兴。”

“我这就走。”杜洛埃笑吟吟地说。

“我想请你们二位星期三过来，跟我一起去看戏。”赫斯渥在分别时说。

“谢谢，老伙计，”他的朋友说，“我去看看那姑娘怎么说，然后再告诉你。”

他们非常友好地分手了。

“真是个和蔼可亲的人。”杜洛埃转过街角向麦迪逊街走去时，心里思忖着。

“杜洛埃是个好人，”赫斯渥心中想，一边走回办公室里去，“可他跟嘉莉不般配。”

一想到嘉莉，他就极度兴奋，盘算起怎样才能战胜那位推销员。

杜洛埃见到嘉莉，像往常一样将她搂在怀里，可嘉莉却畏怯地不愿意回报他的吻。

“嘿，”他说，“我这一趟真是不赖。”

“是吗？你跟我讲起过那个拉克罗斯人，你和他的交易怎么样？”

“很好，把整整一批货都卖给了他。还有一个代表伯恩斯坦公司的家伙——一个标准的鹰钩鼻犹太佬，他的生意可没有谈成。我把他搞得一钱不值。”

他解开领口和袖上饰纽，准备洗脸换衣服时，详细地讲述起这次出差的经过。听着他绘声绘色的描述，嘉莉不由得产生了兴趣。

“告诉你吧，”他说，“我让办公室里的人都吃了一惊。上季度我卖出的货物比公司任何一个推销员都多。仅在拉克罗斯一地我就脱手了三千块钱的货。”

他把脸浸到水盆里，一边用手搓洗脖颈和耳朵，一边把水吹得噗噗响。嘉莉木然地望着他，心里千头万绪，又是回忆往事，又是思忖眼前的处境。他在擦脸的时候，又继续往下说道：“六月我将申请加薪。我揽了那么多生意，那笔钱他们是付得起的。等着瞧吧，我一定能拿到手。”

“但愿如此。”嘉莉说。

“如果我经手的那一小桩房地产生意成交了，我们就结婚。”他带着极其认真的表情说。说话间，他来到镜子前，开始梳理头发。

“我不相信你真的打算娶我，查利。”嘉莉哀怨地说。赫斯渥近来的表白给了她说这话的勇气。

“这是真的，我真的打算娶你。你怎么会这么想？”

这时，他在镜前停下了梳理头发的手，走到她身边来，嘉莉第一次觉得，自己好像必须躲开他。

“可这话你已经说了许久了。”她扬起俏丽的面庞望着他说。

“哦，我也是这么打算的。但是，要过我意愿中的那种生活，非得有钱不可。待到我提了薪，时机差不多就成熟了，那时我便结婚。你不要担心，好姑娘。”

他宽慰地拍了拍她的肩膀，可嘉莉觉得自己的希望实在渺茫。她看得很清楚，这个做事懒散的人并不打算为她做任何事情，因为他喜欢现在的这种自由自在的状况，不愿受婚姻的约束。

相形之下，赫斯渥显得坚毅而诚恳。他没有持随随便便敷衍她的态度。他同情她，让她知道自己真正的价值。他需要她，而杜洛埃却对她满不在乎。

“不会的，”她悔恨地说，语调里既反映出她的几分胜利心情，又表现了她的无可奈何，“你永远也不会娶我的。”

“那好，你就等一段时间看吧。”他最后说道，“我一定娶你为妻。”

嘉莉望着他，觉得自己是正确的。她一直在寻找一种能够安抚良心的东西，这下可找到了——他轻松随便地把她对他的请求置于脑后。他满口答应要和她结婚，可他就是用这种方式履行自己的诺言的。

“喂，”他自以为妥当地处理了有关结婚的问题，随后便说道，“我今天见赫斯渥了，他想让我们跟他一起去看戏。”

嘉莉一听到赫斯渥的名字吓了一跳，但很快就镇静了下来，没有引起对方的注意。

“什么时候？”她摆出一副淡漠的样子问。

“星期三。我们去吧？”

“你决定去就去吧。”她回答，态度过于勉强和冷漠，差点引起怀疑。杜洛埃有所察觉，不过他认为她是在为刚才关于结婚的谈话闹情绪。

“他说他来过一趟。”

“是的，”嘉莉说，“星期天晚上他到这里来过。”

“是吗？”杜洛埃说，“根据他说的话，我还以为他是一两个星期前来的呢。”

“那时他是来过。”嘉莉回答。她心里没一点底，不知她的两个情人都说了些什么。她的大脑里茫然无绪，唯恐自己的回答会把事情搞糟。

“这么看来，他来过两次？”杜洛埃说，脸上出现了第一朵疑云。

“是的。”嘉莉一副天真的样子说，现在才知道赫斯渥一定声称自己只来过一次。

杜洛埃以为一定是他误解了朋友的话。不管怎样，他对这一情况并不特别重视。

“他都说了些什么？”他略微有些好奇地问。

“他说他来这里是因为他觉得我可能感到孤独。你很长时间没到酒店去了，他想了解了解你的情况。”

“乔治是个好人。”杜洛埃说，心里对那经理的关怀感到高兴，“走吧，我们出门吃饭去。”

赫斯渥见杜洛埃已回来，即刻给嘉莉写信说：“我告诉他，当他不在家的时候，我去看望过你，最亲爱的。我没说去了几次，但他可能想着是一次。如果你说了什么话，请让我知道。接到此信后，派专人送回信，小心肝。我必须见你。请告诉我，你是否能在星期三下午两点来杰克逊街和思鲁普街的转角处跟我相会。希望我们在戏院见面之前，我能先跟你谈谈。”

星期二上午嘉莉到西区邮局取到这封信，立刻写了回信。

“我说你来过两次，”她写道，“他似乎并不介意。如果没有干扰，我一定设法到思鲁普街去。我好像变成了一个非常坏的人，我知道自己的所作所为是错误的。”

赫斯渥如约跟她相会时，把她安慰了一番。

“不必担心，小心肝。”他说，“他再一出门，我们就立即做出安排。我们将把事情办得妥妥当当，让你再不用隐瞒任何人。”

他虽然没有直接说出来，但嘉莉认为他将立即跟她结婚，于是情绪高涨了起来。她建议妥善地处理问题，等到杜洛埃出差后再说。

“你要像以往一样，不要对我表示过分的兴趣。”在谈到晚上看戏一事时，赫斯渥劝告说。

“那你可不许死死盯着我看。”她想到他眼睛里的那股力量，便这样回答。

“我不会的。”他说，分别时紧紧握住她的手，投过来那种她刚刚警告过不准使用的目光。

“瞧，又来啦。”她用一个手指指了指他，调皮地说。

“戏还没有开场呢。”他回答。

他目送着她离去，心里温情一片。青春和美貌对他产生的影响，比美酒还要奇妙。

在戏院里，情况的进展对赫斯渥有利。如果说嘉莉以前觉得他讨人喜欢，那么现在更是如此，他儒雅的风度因为找到了合意的传播媒介而变得无处不及。嘉莉高兴地观看着他的一举一动，差点把可怜的杜洛埃忘到了脑后，而杜洛埃唠唠叨叨没个完，俨然一个东道主。

赫斯渥头脑机灵，没露蛛丝马迹。如果说有些异常的话，那就是他对老朋友比平时更为关注，同时一点没有像得势的情人在自己的心上人面前暗中卖弄那样，巧妙地嘲弄杜洛埃。他觉得这场竞赛不公平，他并非卑鄙小人，丝毫不愿再在精神上揶揄情敌。

只是那出戏却生造出了揶揄的局面，而那也全怪杜洛埃自己。《山盟海誓》中有一幕，讲的是丈夫不在家的时候，妻子听从了情人的花言巧语。

“活该。”甚至在看到那个妻子痛改前非时，杜洛埃还这样说，“对这样一个愚蠢的男人，我没有任何同情心。”

“唉，这种事很难说。”赫斯渥轻声轻语地回答，“也许，他觉得自己是正确的。”

“一个男人要想守住他的妻子，就应该多留点神。”

他们步出大厅，从拥在门口的衣着华丽的人群中朝外挤。

“喂，先生，”一个声音在赫斯渥的身旁说，“能施舍点钱，让我找个住的地方吗？”

赫斯渥正津津有味地跟嘉莉说话。

“说老实话，先生，我连个睡觉的地方也没有。”

求乞的是个脸色憔悴的三十岁左右的汉子，一副穷困潦倒的狼狈相。杜洛埃先看到他，心里涌起一股怜悯之情，递过去一枚角币。赫斯渥没多留意这件事，而嘉莉则是很快就忘掉了。

第十五章　爱的欢乐，青春的魅力

赫斯渥愈是钟爱嘉莉，愈是压根儿不把自己的家庭放在心上。他对一切与自己家有关的事情，都采取敷衍应付的态度。他和妻子儿女坐在一起吃饭，却只想自己的心事，与家里人关心的问题相差甚远。看报时，儿女谈论的话题肤浅乏味，这更提高了他对报纸的兴趣。他和妻子之间横着一条冷漠的鸿沟。

如今嘉莉进入他的生活，他又可以重温幸福了。傍晚到市中心去，他感到兴高采烈。在短暂的时日里，他走着走着，街上就亮起了灯，闪烁着快乐的光芒。一种几乎忘却的感情开始在他心中涌动，加快了这位恋人的脚步。他观看自己那漂亮的衣服时，用的是她的目光——青春的目光。

正当沉浸在这种心绪里的时候，他听到了妻子的说话声。婚姻所带来的无法摆脱的义务把他从梦幻中召回到枯燥的现实里，这叫他十分扫兴。他意识到婚姻是一条束缚他手脚的锁链。

“乔治，”赫斯渥夫人说，用的是他早就熟悉的口气，一听就知道要提要求，“我们想请你为我们搞张赛马场的季节票。”

“你们每场都要看吗？”他提高声调问。

“是的。”她回答。

他们所说的赛事即将在南区的华盛顿公园举行，这在那些不喜欢把自己装扮成虔诚的基督徒和保守派的人当中，被认为是盛大的社交集会。赫斯渥夫人以前从来没要过整个季节的票，可今年出于某种考虑，她决定弄个包厢。原因之一，她的邻居兰姆赛夫妇干煤炭买卖发了财，这次弄了个包厢；原因之二，她最尊崇的比乐医生——一位喜欢养马和下赌注的绅士，曾跟她谈起过准备送一匹两岁的马参加这次大赛；原因之三，她想让一天比一天变得丰腴和美丽的杰西卡展示一下风姿，希望她能嫁个富人。她自己也想凑个热闹，在熟人以及陌生的人群中抛头露面，这也是动机之一。赫斯渥没吱声，把这项建议考虑了一会儿。他们此时正在二楼的起居室里等着吃晚饭。他跟嘉莉和杜洛埃约好晚上去看《山盟海誓》，他回家是来换衣服的。

“零散票是不是也可以呢？”他说，尽量使语调温和一些。

“不行。”她不耐烦地回答。

“喂，”他对她的态度感到气恼，说道，“你没必要发火。我只不过是问你一声而已。”

“我没有发火，”她快言快语地说，“我只是问你要张季节票而已。”

“我告诉你，”他用一双清澈和专注的眼睛盯着她说，“票不容易搞。不知赛马场的经理肯不肯给我。”

他一直在思量着自己跟那些赛马场巨头之间的关系。

“那我们可以买票嘛。”她尖声嚷道。

“说得简单，”他说，“一张家庭季节票要花一百五十块钱呢。”

“我不跟你争论，”她语气坚定地说，“我要张票，就这些。”

在这之前她已经站起了身，此刻便气呼呼地拂袖而去。

“好啊，你去弄啊。”他冷冰冰地说，不过声音压得很低。

这天晚上，饭桌旁又像往常一样少了个人。

翌日上午他冷静多了，后来及时地搞到了票，可这并没有消除裂痕。他并不计较把自己收入中的相当一部分钱交给家里使用，然而却不愿违背自己的意志被迫朝外拿钱。

“妈妈，你知道吗？”杰西卡一天说，“斯宾塞一家准备走啦。”

“不知道。他们要到哪儿去？”

“欧洲。”杰西卡说，“我昨天碰到乔金，是她告诉我的。她提起这事时，一副了不起的样子。”

“她说什么时候了吗？”

“我想是星期一吧。他们还会在报上登消息的，那是他们一贯的做法。”

“没关系，”赫斯渥夫人安慰地说，“哪一天我们也去旅行。”

赫斯渥的目光在报纸上慢慢移动着，他一句话也没说。

“‘我们从纽约乘船到利物浦，’”杰西卡模仿着朋友的声调说，“‘夏天的多半时间准备在法国度过’——虚伪无聊。仿佛到趟欧洲是什么了不起的事似的。”

“如果你这么忌妒人家，那就一定是了不起的事。”赫斯渥插嘴说。

看到女儿闹情绪，让他感到心烦。

“不要再为这些事伤心啦，亲爱的。”赫斯渥夫人说。

“小乔治走了吗？”另外一天，杰西卡问母亲道，于是把一件赫斯渥从未听到过的事情暴露了出来。

“他到哪儿去啦？”他抬起眼睛问。以前不管谁出门，都没有瞒过他。

“他到惠顿去。”杰西卡没去注意受到轻视的父亲脸上的表情，说道。

“到那儿去干什么？”他问。一想到他竟然以这种方式了解情况，他心里就感到窝火和烦恼。

“那儿有网球比赛。”杰西卡说。

“他对我只字未提。”赫斯渥最后说，声调里不由得掺入了一丝苦涩的味道。

“我想他一定是忘了。”他妻子淡漠地说。

过去他一直都受到一定程度的尊敬，那是一种带着钦佩和敬畏的复杂感情。他向往亲密的感情，至今他和女儿之间还存留着部分这样的情意。其实，那只是轻描淡写地说说而已，口气总是谨小慎微。但不管怎样，就是缺乏感情。而现在他看到自己已不能掌握他们的动向了。他的了解不再是那种深刻的了解了。他有时在饭桌旁能见到他们，有时则见不到。他偶尔能听他们讲讲自己所干的事情，但在大多数情况下却听不到。有几天，他发现自己茫然不知他们在谈什么，不知他们打算做什么或者当他不在跟前的时候他们做了些什么，更叫人伤心的是，他觉得有些小事情是背着他进行的。杰西卡开始认为她的事情不用别人过问。小乔治装模作样，仿佛完全是个成年男人，应当有个人的隐私。这些赫斯渥都看在眼里，不禁有些伤感。他习惯于受人尊敬，至少在工作岗位上是这样的，所以他不愿让自己的威信在家中遭到削弱。最为糟糕的是，他看到妻子也愈来愈冷漠和桀骜不驯，而他干看着没办法，还得承担家里的开支。

不过他却自我安慰，认为他并不是没人爱。家里的情况就顺其自然吧，反正出了家门他有嘉莉呢。带着这种心情，他向往奥格登公寓楼里她的那个舒适的房间，在那里他曾度过了几个非常欢乐的傍晚。他心想，如果能彻底摆脱杜洛埃，她夜晚在小安乐窝里等候他归来，那该多么美妙啊。他充满了希望，因为杜洛埃没有理由会把他的婚姻情况告诉嘉莉。事情进展得一帆风顺，他确信不会横生枝节。用不了多长时间，他就可以说服嘉莉，那时便能如愿以偿了。

自打他们看戏后回来的那天起，他就开始按时给她写信——每天早晨一封，还请求她也这么做，按说他没有一点文学修养，但处世的经验和愈来愈热烈的爱情使他写的信别具一格。每封信都是他在办公桌旁经过深思熟虑写成的。他买了一盒色泽雅致、印着姓名头一个字母的香喷喷的信笺，锁在一个抽屉里。他那种舞文弄墨、孜孜不倦办公的架势，叫他的朋友们惊讶不已，酒吧间里的五位招待见他恪尽职守，埋头于办公事务和案头工作，不由得肃然起敬。

赫斯渥对自己流畅的行文也感到吃惊。由于自然规律主宰着一切，他写的东西竟然对他自己产生了影响。他开始感受到了那种他能够用文字表达的微妙感情，每抒发一次感情，他就加深一层理解。用文字表达出来的内心情感左右了他，他认为嘉莉对他所表述的爱慕当之无愧。

嘉莉的确值得一爱，勃发的青春和花一般的美应该在生活中得到这种形式的承认。人世的经历没有抹去她心灵的清爽，反而成就了她肉体的魅力。她温柔的眼睛水汪汪的，里面看不到失望的神情。她曾为疑虑和渴望所折磨，但这些没有留下多深的痕迹，只能从某一忧伤的目光和话语中寻觅到一丝阴影。有时候，在说话和休息的场合下，她嘴巴的表情犹如一个快要伤心落泪的人。这倒不是因为她心里老是这么悲伤，而是她的芳唇在发某些音节时，就会出现这种特殊的形状——这种嘴型和悲伤本身一样富于挑逗性，富于动人的色彩。

她的言谈举止缺乏勇敢的气度，生活没有教会她盛气凌人——这种目空一切的气概是某些女人威风凛凛的力量。她渴望得到尊重，可这种愿望却不够热烈，不足以使她要求别人尊重她。她甚至现在还缺乏自信心，不过由于经历了一些事情，她已经不那么羞怯了。她想获得欢乐，她想获得地位，而她迷惘的大脑却弄不清它们是什么东西。人间万花筒每时每刻都在把新的光彩投射到某样东西上，而这样东西就成为她的追求之物。晃动一下万花筒，另一样东西就变成了美丽无瑕之物。

还有，从精神方面说，她有着丰富的感情，这在她这种性格的人是理所当然的。许多景象都会引起她的感伤——对于软弱和无助的人，她会不加区别地为之悲哀。一看到脸色苍白、衣衫褴褛、精神恍惚、境遇凄凉的人步履蹒跚地从她身旁走过，她总是心痛如绞。她打心底里可怜那些傍晚从她窗前走过，急匆匆从西区的一些工厂往家赶的破衣烂衫的年轻女工。女工们路过时，她会咬着嘴唇站在那里，摇着可爱的脑袋浮想联翩。她觉得她们简直一无所有。衣衫褴褛、穷困潦倒的人叫她黯然神伤，那褪了色的衣服刺痛着她的眼睛。

“她们不得不拼死拼活地工作啊！”这是她唯一的评论。

有时她在街上看到一些人干活——爱尔兰人舞动着鹤嘴锄，运煤工人铲运大堆的煤，一些美国人忙碌地干着纯体力的活——他们触动了她的感情。她现在不干活了，但她觉得繁重的劳动比她当时干活的时候还要显得不幸。她是透过幻想的迷雾进行观察的——那苍白、阴森、半明半暗的迷雾充满了诗情画意。在窗口看到一张面孔，她有时会想起年老的父亲，穿着沾满面粉的磨坊工人的服装。一个在敲鞋楦的鞋匠，从熔铁的地下室的狭窄窗口看到的拉风箱的工人，在高处窗口看到的脱去了上衣、卷起了袖子的钳工——这一切都使她回想起磨坊里的情景。一想到这一点她就感到伤心，只不过很少把这种心情流露出来罢了。对那个她刚刚摆脱不久的辛勤劳作的下层社会，她满怀着同情，最了解其中的甘苦。

赫斯渥不知道，自己正在跟一个感情温柔细腻的人打交道。他不知道，正是她身上的这一特性吸引了他。他从不费心思去分析自己的爱情本质。只要她目光温柔、举止羞怯、心地善良、满怀希望，这就足够了，他跟前的这枝百合花从深不可及的水底汲取苍白的美及芳香，从他无法知悉的泥土里绽出。他挨近它，因为它美丽和清新，使他心情愉快，活得有价值。

嘉莉在实质上发生了很大的变化。她那拘谨的神态已经消失，即便留下一丝痕迹，也和完美的风度一样讨人喜欢。小巧玲珑的高跟鞋穿在她脚上，是那样合适。她掌握了不少有关花边和小领饰的知识，这能大大增加女性的妩媚。她的身段已发育成熟，珠圆玉润。

一天上午，赫斯渥写信约她到门罗街的杰斐逊公园相会。他觉得不便再去登门看望，即便杜洛埃在家也不能。

次日下午一时，他来到了美丽的小公园，在小径旁一丛紫丁香的叶下找到了一条粗糙的长凳。这个时节，明媚的春光还未完全消逝。在附近的一个小池塘边，几个衣服整洁的孩子正在漂白帆布船玩。一位纽扣紧系、腰带上挂着警棍的执法官，正抱着双臂在绿树的阴影里休息。草地上有个老园丁拿着把剪子，在为灌木修枝剪叶。头顶高处是初夏晴朗的碧空，忙碌的麻雀在茂密的闪闪发光的绿叶丛中跳跃着，发出叽叽喳喳的叫声。

赫斯渥早晨走出家门时，仍像以前一样感到烦恼。在酒店里他无所事事，因为这天他没必要再写信。来到公园后他心情轻松，凡是摆脱了烦闷的人都是这个样子。在这凉爽翠绿的灌木树荫下，他怀着恋人的心情四处张望着。他听到马车在邻近的街道上辘辘的滚动声，但由于距离远，传到他耳朵里的只是嗡嗡声，周围城市的喧闹声依稀可闻，偶尔传来的钟鸣似音乐般悦耳。他观望着，心里做着与他目前的困境毫不相关的欢乐的新梦。他回忆起昔日的那个赫斯渥，当时的他尚未结婚，在生活中也没有固定的位置。他回忆起他当时是怎样无忧无虑地追求姑娘们，怎样跟她们跳舞，送她们回家，怎样徘徊于她们的家门前。他简直希望自己能回到那个年代去——在这块叫人心情愉悦的地方，他觉得自己好像变成了一个无牵无挂的人。

待到两点，嘉莉轻快地沿小径向他走来，脸色红润，显得洁净无瑕。她最近才戴上一顶时兴的平顶帽，上面缀着一条漂亮的白点蓝丝带。她的裙子是用华贵的蓝色布料做成的，衬衫跟裙子配套，雪白的底料上绘着发丝一样细的蓝色条纹。长裙下时而显露出棕色的鞋。她把手套攥在手里。

赫斯渥抬头高兴地望着她。

“你来啦，最亲爱的人儿。”他急切地说，一边起身迎接，握住她的手。

“当然喽，”她嫣然一笑说，“你以为我不会来啦？”

“我也说不清。”他回答。

他望了望她那由于赶路满是汗水的额头，随后掏出一条软丝丝、香喷喷的丝手帕，为她揩脸上的汗。

“好啦，”他温情脉脉地说，“没事啦。”

他们依偎在一起，彼此望着对方的眼睛，心里充满了幸福。最后，当长久的欢喜心情趋于平静的时候，他说道：“查利什么时候再出门？”

“不知道。”她回答，“他说眼下要留在这儿为公司处理点事情。”

赫斯渥表情严肃起来，陷入了沉思。过了一会儿他抬起头说：“你还是走出来，离开他吧。”

他把目光移向那些玩漂船的孩子，好像这个请求无关紧要似的。

“我们能到哪里去呢？”她带着同样的表情问，一边揉搓着手套，望着附近的一棵树。

“你想到哪儿去？”他问。

他说话的口气让她觉得，仿佛她必须表示不愿留在当地似的。

“我们不能继续待在芝加哥了。”她回答。

他想不到她会产生这样的念头，竟然提出要远走高飞。

“为什么？”他柔声细语地问。

“哦，因为，”她说，“我不愿意。”

他听着，心里却不明白她话中的含义，她的口气一点也不认真。反正这问题也不需要立刻做出决定。

“那我得放弃我的职位。”他说。

他说话的语气让人觉得，这事不值得过多的考虑。嘉莉思忖了一下，同时欣赏着美丽的景色。

“我不想待在芝加哥是因为他在这儿。”她想到杜洛埃，说道。

“这是一座大城市，亲爱的，”赫斯渥回答，“搬到南区去住，就和移居他城是一样的。”

他选中了那个地区作为目的地。

“总之，”嘉莉说，“有他在这里，我不想结婚。我才不愿逃跑呢。”

赫斯渥一听“结婚”二字，不由得吃了一惊。他很清楚这是她的想法，觉得要想蒙混过关是不容易的。在他那浑浊的大脑地平线上，刹那间亮起了“重婚”警告牌。他怎么也想不出最后会闹出什么事来。他可以看到自己除了赢得了她的芳心之外，再一无长进。现在瞧着她，他觉得她美若天仙。即便里面有些麻烦，但能让她倾心于他就是天大的幸事！由于她持反对的态度，反而提高了她在他心目中的价值。她是值得追求的，关键就在这里。她和那些心甘情愿委身他人的女性有着天壤之别！他把那些女人从心中全部清除了出去。

“你不知道他什么时候出门吗？”赫斯渥低声问。

她摇了摇头。

他叹了口气。

“你是个有决心的小姑娘，对吧？”隔了一会儿，他抬头望着她的眼睛说。

她觉得心头涌起一股柔情。这是一种自豪感，因为他如此钦佩她，也是对这个男人的爱情，因为他如此看得起她。

“不对，”她羞答答地说，“可我又能怎么办呢？”

他又把双手抱在一起，眼光越过草坪向街道上眺望着。

“希望你能到我身边来。”他忧伤地说，“我不愿这样和你分居两处。光等待有什么用处呢？再等也不会比这更幸福，对吧？”

“还谈什么更幸福呢！”她柔声说，“你是最了解的。”

“那么我们就是在浪费时间了。”他以同样的口气继续说，“如果你不幸福，那你认为我幸福吗？我把多半时间都用在坐下来给你写信上。告诉你吧，嘉莉，”他突然换上了语重心长的腔调，紧紧盯住她说，“没有你，我无法活下去，情况就是如此。那么，”他最后说道，摊出白白的掌心，做出一副山穷水尽、无可奈何的样子，“我该怎么办呢？”

他把担子推给嘉莉，这叫她十分感动。这种形同虚设、毫无重量的担子打动了这位女子的心。

“你能不能再等一段时间呢？”她充满柔情蜜意地说，“我想办法弄清他什么时候出门。”

“哦，也许我们可以做出安排，到别的地方去。”

其实她对问题的看法并不比以前清晰，不过出于同情，她的心里已经快到屈服的地步了。

赫斯渥却不了解这一点。他在盘算着怎样说服她，怎样恳求她、感动她，使她抛弃杜洛埃。他想知道，她对他的爱究竟能使她把事情做到哪一步；他在考虑着一个问题，想以此套出她的话。

最后他想出了一条试探性的建议，这种建议往往可以掩饰我们的欲望，同时帮我们查清别人为我们制造的麻烦，从而寻找到一条出路。这和他心里的打算风马牛不相及，未加认真思考他便随口说了出来。

“嘉莉，”他说着望着她的面孔，装出的认真表情与他心里的感受截然不同，“假如为这事，下星期或者这个星期——譬如说今晚吧——我去找你，告诉你我必须远走他乡，我在这儿一分钟都待不下去了，而且一去不返，你愿意跟我一起走吗？”

他的心上人用无限温柔的目光打量着他，其实在他话未出口之前她已想好了应答之词。

“愿意。”她说。

“你用不着再商量或安排吗？”

“如果你等不及，我是不会犹豫的。”

他笑了笑，看出她信以为真了，觉得这是天赐良机，可以出外游玩一两个星期。他原想说自己不过是在开玩笑，借此拂去她那可爱的认真态度，但这番话所产生的效果太让他高兴了，他也就听其自然了。

“假如我们来不及在这儿结婚呢？”他想了想，补加了一句。

“如果一到旅行的目的地就结婚，那也可以。”

“我就是这个意思。”他说。

“那就好。”

此刻，他觉得这天上午阳光特别明媚。他不知自己怎么会想出这样一个计策，虽然不可能实现，但这条锦囊妙计还是使他不由得露出了微笑。从此可以看出她非常爱他。他现在已无所怀疑，只想着要找个办法把她弄到手。

“好啦，”他开玩笑地说，“哪天晚上我去把你接走。”随后便大笑起来。

“不过，如果你不娶我为妻，我是不会同你住在一起的。”嘉莉沉思了一下，补充说道。

“我可不想让你那样做。”他拉住她的手，温柔地说。

既然事情已明了，她感到非常幸福。想到他将拯救自己，她爱他就爱得更深了。至于他，对结婚这件事并没有多想，他认为有了这样的爱，就没有什么可以阻止他最终获得幸福了。

“我们去走走。”他站起身，观望着可爱的公园风光，欢天喜地地说。

“好吧。”嘉莉说。

他们走过一个年轻的爱尔兰人身边时，那人用羡慕的目光望着他们的背影。

“挺般配的一对。”他自言自语道，“他们一定很有钱。”

第十六章 偶然机遇，入世之门

这次在芝加哥逗留期间，杜洛埃在他参加的那个秘密社团上稍微下了些功夫。上次出差时听到的一席话使他对社团刮目相看。

“告诉你吧，”一位推销员对他说，“那是了不起的组织。看看人家哈赞斯塔吧。他并没有多聪明。当然，他有一家大公司做后盾，可单凭这是不行的。告诉你，那是他的地位在起作用。他在共济会里身居要职，这可是非常管用的。他有一枚秘密徽记，作为地位的象征。”

杜洛埃当下就决定，要对这种事情多加注意。所以回到芝加哥后，他就到地方分会总部去走动。“喂，杜洛埃，”麋鹿会地方分会的一个非常显要的人物哈里•昆塞尔先生说，“就靠你帮我们的忙了。”

这是在开过事务会议之后，人们正嗡嗡嗡地闲谈着。杜洛埃四处转悠，跟一二十位他认识的人谈笑风生。

“你们要搞什么活动？”他冲一位同社团的兄弟笑笑，和颜悦色地问。

“从今天算起，我们要在两个星期内排一出剧。我们想问一声，看你认识不认识哪位年轻女士能演个角色——一个很容易的角色。”

“当然认识，”杜洛埃说，“演什么角色？”他根本就没有去想，自己并不认识什么人可以请来演剧。但他天生一副好心肠，满口答应了下来。

“好，现在我来告诉你，我们要搞什么活动吧。”昆塞尔先生继续说，“我们要为分会买套新家具。眼下财会部里的钱不够用，我们想搞个小小的演出筹点款子。”

“当然，”杜洛埃插嘴说，“这是个好主意。”

“这里有好几个人都很有天赋。例如，哈里·伯贝克擅长演黑人戏剧。麦克·刘易斯演反面角色演得不错。你听他朗诵过《翻山越岭》吗？”

“从来没听过。”

“告诉你吧，他朗诵得好极啦。”

“你想让我找位女士演个角色？”杜洛埃问，急着要把这事谈完，好谈别的事情，“你们打算演什么剧？”

“《煤气灯下》。”昆塞尔先生说。这是奥古斯丁·戴利[①]的著名剧作。这出剧曾轰动一时，后来赢得业余戏剧演员的青睐，删去不少复杂的剧情，剧中的登场人物也压缩到了最低限度。

杜洛埃以前曾经看过这出剧。

“很好，”他说，“那是一部优秀剧作。会取得成功的。你们演这剧准能筹到许多钱。”

“我们相信一定能搞得有声有色。”昆塞尔先生回答，“可别忘

---

① 19世纪美国著名剧作家。

了，”他见杜洛埃显出坐立不宁的样子，最后说道，“帮着找位年轻女士演劳拉的角色。”

“没问题，我会留神的。”

他移身走了，昆塞尔刚把话说完，他几乎就把这事忘干净了。他甚至没有想到问问演出的时间或地点。

一两天之后，他收到一封信，这才记起了自己的许诺，信上说下星期五傍晚要举行首次排练，请他立即把物色到的年轻女士的地址告诉他们，以便把台词交给她。

“糟糕，我认识什么人呀？”这位推销员挠挠发红的耳朵，心里思量着，“我不认识一个懂业余演出的人呀。”

他把自己认识的一些女人的姓名回忆了一遍，最后选中了一位，主要是因为她家住在西区，找起来方便。他决定晚上出门时，顺路去见见她。然而，当他乘电车朝西行时，把这事给忘了。待到看了《晚报》上的一则新闻，他才想起了自己的失职。在《秘密社团启事》栏中有三行字，说麋鹿会寇斯特分会将于十六日在艾弗里会堂举办戏剧演出，上演《煤气灯下》。

“老天爷！”杜洛埃惊叫一声，“我把这事给忘了。”

“什么事？”嘉莉问。

此刻他们正在那间被当作厨房用的屋子里，坐在小桌旁。嘉莉常把饭端到这儿吃。今晚她心血来潮，在小桌上摆满了可口的饭菜。

“唉，是关于我们分会的演出一事。他们要演一出剧，让我物色一位年轻女士扮演其中的一个角色。”

“他们打算演什么剧？”

“《煤气灯下》。”

“什么时候？”

“十六号。”

“那么你为什么不物色呢？”嘉莉问。

“我不认识这方面的人。”他回答。

突然，他抬起眼来。

“喂，”他说，“你愿意演这个角色吗？”

“我？”嘉莉说，“我不会演剧。”

“你怎么知道呢？”杜洛埃思忖了一下，问道。

“因为我从没演过。”嘉莉回答。

不过，一想到他竟然请她去演剧，她心里还是很高兴的。她的眼睛放射出亮光，因为，如果有什么东西能吸引住她的兴趣，那便是舞台艺术。

杜洛埃天性如此，抱住这个念头不放，想便便当当地解决问题。

“没什么了不起的。到了那里你能演好。”

“不行，我演不好。”嘉莉声音微弱地说。她为这项建议所深深吸引，可又感到害怕。

“你行，可以演好。为什么不试试呢？他们需要一名演员，而演剧可以给你带来许多乐趣。”

“哎呀，不行，我不行。”嘉莉表情认真地说。

“你会喜欢的，我知道你会的。我见你跳过舞，且善于模仿，所以我才请你去。你聪明伶俐，可以演得好。”

“不对，我并不聪明。”嘉莉腼腆地说。

“好啦，我告诉你怎么做吧。你先去看看，会从中得到乐趣的。其他的那些人都不行，没有任何经验。他们懂得什么叫表演艺术吗！”

一想到他们的愚昧无知，他就皱起了眉头。

“把咖啡递给我。”他又说。

“我才不信我会演剧呢，查利。”嘉莉娇嗔地继续说，“你也不信，对吧？”

“我当然信，只是你看不到而已。我敢说你一定会引起轰动。你现在想去了吧？我知道你想去，一回家我就知道了，所以我才开口问你。”

“你刚说是什么剧来着？”

“《煤气灯下》。”

“他们想让我演什么角色？”

“哦，是个女主角——具体情况我不清楚。”

“是什么样的剧情？”

“哦，”杜洛埃说道，他对这类事情的记性是不太好的，“故事讲的是一位少女遭到了两个坏蛋——住在贫民窟里的一男一女——的绑架。她手里有钱财之类的东西，那两个坏蛋企图抢走。具体怎么样我就记不清了。”

“你知道我演哪个角色吗？”

“老实讲，我不知道。”他思索了一会儿，“噢，我想起来了。劳拉，对，就是劳拉——你将扮演劳拉。”

“你能记起那是怎样一个角色吗？”

“对不起，嘉德，我记不起来了。”他回答，“按说，我应该能记得，因为我看过好几遍呢。剧中有位姑娘幼年时就被人拐走，好像是在街上或什么地方被弄走的，对她穷追不舍的就是我刚才讲的那两个惯犯。”他顿住话头，而嘉莉把一口馅饼叉到面前停在了那里，“她差点儿被淹死——哦，不对，不是那么回事。我告诉你怎么办吧，”他绝望地说，“我去把剧本拿来。我无论如何也回忆不起来了。”

“哎呀，我不知怎么做才好。”嘉莉待他说完，便这样说道，她想在舞台上出风头的兴趣和欲望，在跟她胆怯的心理做斗争，企图占主宰地位，“如果你认为我能演好，我可以去试试。”

“你当然能演好。”杜洛埃说，在鼓动嘉莉的过程当中，他自己也产生了兴趣，“你以为我回到家来，鼓励你去干一件连我自己都觉得你不会取得成功的事情吗？你可以演好的。这对你是有好处的。”

“我什么时候去？”嘉莉想了想说。

“星期五晚上首次排练。今晚我把台词给你拿来。”

“好吧，”嘉莉听天由命地说，“我试试看。但如果演砸了，那就怪你。”

“不会演砸的。”杜洛埃安慰道，“表演时要自然，和在生活中一样。你能胜任。我常常想，你可以当一名出类拔萃的演员。”

“你真的这么想？”嘉莉问。

“一点不错。”推销员说。

这天晚上他出门时，哪里知道他在那个被他抛在家中的姑娘胸膛里点燃了一团神秘的火焰。嘉莉具有易受感染、可塑性强的天性，这种天性发展到最高程度，便是戏剧界的荣耀。她天生是被动的性格，而这历来就是反映主动世界的一面镜子。她生来就喜爱模仿，而且模仿力很强，即便不经过训练，她有时也能对着镜子把剧中各角色的面部表情表演一遍，重现她看过的剧情。她喜欢模仿悲哀的女主角常用的腔调，抑扬顿挫地重复那些最能引起她共鸣的凄惨片段。最近，在几出编排得很成功的戏剧里，她目睹了女主角的优美姿态，不禁深有感触，于是暗地加以模仿，频频舒眉展眼和弄姿作势，一个人躲在自己的房间里一遍遍地表演着。有几回，杜洛埃看到她照镜子，以为她孤芳自赏，其实她只不过是在看到了别人优雅的噘嘴和媚眼之后，加以重现罢了。受到他心不在焉的指责，她把自己的行为错当成了虚荣的表现，带着几丝愧疚的心理接受了指责，而实际上她的所作所为只是想惟妙惟肖地再现自己所喜爱的美，是艺术天性的最初微妙萌芽。众所周知，这种遭人指责的癖好，这种重现生活的欲望表露，正是一切戏剧艺术的基础。

此刻，嘉莉听到杜洛埃夸赞她具有演剧的才能，浑身上下都感到一种满足。他的话宛如一团能够把金属碎屑焊接成整块固体的火焰，把她已经感觉到但从不相信的有关她具有演剧才能的那些浮想，变成了一线绚丽的希望。和所有的人一样，她也是有一点虚荣心的。她觉得自己只要有机会，也能干出番事业。看到舞台上那些衣着华丽的女演员，她常常设想，如果自己当上演员，该会多么光彩照人，心情该会多么舒畅。辉煌的场面、紧张的情节、华贵的衣服以及喝彩鼓掌，这一切在诱惑着她，使她觉得自己也能表演，也能让社会承认她的能力。而现在，竟有人说她确实可以办得到——她在家里所做的那些小小的尝试，甚至让他也觉察到了她的才能。想到这里，她感到心情愉悦。

杜洛埃走后，她坐在窗旁的摇椅上思量这件事。像往常一样，她想入非非，夸大了可能性。这就仿佛他把五毛钱放到她手中，而她从观念上把它当成了一千块钱。她幻想着自己置身于一二十种悲惨的境遇，换上颤抖的嗓音和痛不欲生的表情。一想到奢华高雅的场面，一想到自己成为众人注视的目标和命运的主宰，她就感到喜不自禁。她坐在摇椅上前后摇晃着，感受着被抛弃的沉痛、受骗后的盛怒以及失败后的忧郁。她想到了在各种戏剧中看到的所有的美女——关于演剧的憧憬和幻想，全都像退潮后再次涌来的潮汐一样重新回到她脑海里。她的感情和决心并非当时当地所能产生的。

杜洛埃到市中心时，顺便拐到了分会，一见到昆塞尔，便摆出一副了不起的架势。

“你为我们物色的年轻女士在哪里呀？”昆塞尔问。

“我把人找好了。”杜洛埃说。

“真的？”昆塞尔对他雷厉风行的作风感到十分意外，于是说道，“很好。她住在哪里？”他边说边掏出笔记本，准备录下地址把台词给她送去。

“你想给她送台词吗？”推销员问。

“是的。”

“这样吧，我给她带去。早晨我正好路过她家。”

“你说她住在哪里来着？我们要地址只是为了有事好通知她。”

“二十九号，奥格登公寓。”

“她叫什么名字？”

“嘉莉·马登达。”推销员随口说道。分会里的会员都知道他是单身。

“听起来像是个会演剧的人，是吗？”昆塞尔说。

“是的，是这么回事。”

他把台词拿回家交给嘉莉，样子就像为她办了件好事。

“他说这是最精彩的角色。你觉得能演好吗？”

“得看过台词才知道。我虽然说过自己要演好，可心里还是挺害怕的。”

“唉，瞧你说的。有什么可害怕的？那是个杂牌剧团，别的人还不如你呢。”

“好吧，那就看看吧。”嘉莉说。她虽然还有顾虑，但得到了这个角色，心里感到很高兴。

他又是踱步，又是整理衣服，坐立不宁，最后才继续朝下说。

“他们正筹备印刷节目单事宜，”他说，“我说你叫嘉莉·马登达。这样行吗？”

“行，我想是可以的。”他的伴侣抬眼望着他说。她觉得这事有些蹊跷。

“你知道，这是防备你万一演得不成功。”他又说道。

“啊，很对。”她回答，为他的小心谨慎感到十分高兴。这便是杜洛埃的乖巧之处。

“我不愿把你说成我的妻子，因为你一旦失利，会感到尴尬的。他们对我都太熟悉了。不过，你一定会大获成功的。不管怎样，反正你也许永远也不会再见到他们了。”

“哦，我不介意。”嘉莉破釜沉舟般地说。她已下定决心，要在这场令人着迷的游戏里一试身手。

杜洛埃松了一口气。他刚才一直担心着又会把谈话引到结婚的问题上。

当嘉莉开始看台词时，她发现劳拉是个悲惨痛苦的角色。就像戴利先生描述的那样，这个角色符合言情剧最神圣的传统，这是他刚开始走上写作生涯，就已经发现的。肝肠寸断的样子、颤抖的音乐以及清晰易懂、长篇大论的道白，这些都一应俱全。

“可怜的人儿，”嘉莉看着台词本，拖长声调，用悲哀的语气念道，“马丁，在他走之前，你可一定要给他一杯酒喝。”

全部台词并不多，让她感到吃惊，却不知道别的角色讲话的时候她也得留在舞台上，而且还得配合剧情的发展。

“不过，我想我能演好。”她最后说道。

次日晚上杜洛埃回来时，她为自己这一天所取得的进步感到非常满意。

“喂，练得怎么样啦，嘉德？”他问。

“不错。”她笑着说，“我觉得差不多全记下了。”

“很好，”他说，“那就听上一段吧。”

“哦，不知我能不能在这儿为你表演。”她难为情地说。

“啊，我不明白你为什么不能。在这里表演总比在台上容易吧。”

“这可说不准。”她回答。

最后，她还是激情满怀地表演了发生在舞厅里的一幕，一深入角色就把杜洛埃给忘了，情绪达到了出神入化的境界。

“好，”杜洛埃说，“妙，棒极啦！说实话，嘉德，你演得相当不错。”

她出色的表演以及她可怜弱小的身影东摇西晃最后昏倒在地的场面，使他真的动了感情。他跳起身去扶她，将她搂在怀里，而她笑了起来。

“你就不怕伤着自己？”他问。

“一点儿都不怕。”

“嘿，你真是个了不起的人物。我从来不知道你还能干这事。”

“我也从来不知道。”嘉莉欢快地说，高兴得脸蛋发红。

“好，你一定能演好。”杜洛埃说，“相信我的话就是了。你不会失败的。”

第十七章 舞台之光，生活之光

这次对嘉莉来说十分重要的戏剧演出将在艾弗里会堂举行，演出条件使它比最初设想的还要引人注目。拿到台词的当天上午，这个学演剧的小学生便写信给赫斯渥，说她要在一出剧里扮演角色。

“这是真的，”她写道，生怕他会把她的话当成是在开玩笑，“现在我已拿到了台词本。这是千真万确的。”

赫斯渥看信的时候，慈爱地笑了。

“不知演出效果会是什么样子，我得去看看。”

他立刻回信，针对她的才能说了些好听的话：“我丝毫都不怀疑，你定能获得成功。明天早晨你到公园里来，把情况都讲给我听听。”

嘉莉高高兴兴到了公园，把这件事的细枝末节按自己的理解讲了一遍。

“太好了，”他说，“我真为你高兴。你聪明伶俐，一定能演得很好。”

老实讲，他从未见这位姑娘如此兴奋过。平时她老带着一丝忧伤，而此时此刻却不见了这种神情。她说话时眼睛异彩闪烁，双颊泛起红潮。演剧给她带来的欢乐流露于言表。虽然她每时每刻都顾虑重重，但心情还是很高兴的。这样区区的小事在一般人看来一点价值也没有，而她做起来却难以抑制心中的喜悦。

事态的发展证明这位姑娘是有才能的，赫斯渥为之感到高兴。看到一种艺术上的抱负，不管它有多么幼稚，也是生活中最叫人欢欣鼓舞的事情。这种抱负给人以色彩、力量和美。

此时的嘉莉心里正怀着一丝这样的神圣灵感。她还未登台亮相，便得到了两位爱慕者的交口称赞。他们对她的爱，自然会提高他们对她将要做的事情的看法以及对她已经做到的事情的赞美。她涉世不深，所以还保留着丰富的幻想，一有风吹草动就想入非非，把幻想作为黄金魔棒，用以寻找生活中的宝藏。

“让我想想，”赫斯渥说，“我应该能认识分会里的一些人，因为我自己也是麋鹿会的会员。”

“你可千万不要让他知道是我告诉你的。”

“那倒也是。”这位经理说。

“如果你愿去，我也想让你去看看。可假如他不邀请你，我不知道你怎么可以去。”

“我会去的，”赫斯渥深情地说，“我要做得天衣无缝，不让他知道你给我透过口风。这事就交给我吧。”

这位经理所表现出的兴趣本身对演出就是件大事，因为他在麋鹿会里的地位是值得人们尊崇的。他已经在考虑和几位朋友弄个包厢，到时候为嘉莉献上鲜花。他要把演出搞得隆重热闹，为那位小姑娘捧场。

过了不到一两天，杜洛埃出现在亚当斯街的酒店里，立刻就被赫斯渥瞧见了。当时是下午五点，酒店里满都是商人、演员、经理和政治家——一大群大腹便便、脸色红润的人物，头戴大礼帽，身穿上了浆的衬衫，手戴戒指，领带上缀着别针，个个都打扮得衣冠楚楚。拳师约翰•劳•沙利文在闪闪发亮的酒吧的一端，被一群衣着醒目的运动员围在当中，正气氛热烈地交谈着。杜洛埃迈着欢快的步子走了过来，一双褐黄色的新皮鞋咯吱作响，声音清晰可闻。

“你好呀，我的先生，”赫斯渥说，“我正在纳闷你不知怎么样了呢。我以为你又出差走了。”

杜洛埃笑了。

“倘若你不勤来报到，我们可就要把你除名了。”

“身不由己呀，”推销员说，“一直都很忙。”

他们从那群高谈阔论、不断移动位置的名人雅士当中穿过，向吧台信步走去。就在这短短的一点时间里，衣冠楚楚的经理和人握了三次手。

“听说你们分会要举办演出？”赫斯渥以极其漫不经心的语气说。

“不错。是谁告诉你的？”

“谁也没告诉。”赫斯渥说，“他们送来两张票，我付两块钱，就是这么回事。这次演出精彩不精彩？”

“不知道。”推销员回答，“他们想让我物色一位女子演其中的一个角色。”

“我并没有打算去看，”经理从容不迫地说，“先把票订下再说。那边的情况怎么样？”

“很好。他们准备拿演出的收入解决一些问题。”

“哦，”经理说，“希望他们演出成功。再来一杯吧？”

他不想再多说。到时候要是和几位朋友出现在剧场，他可以说自己是被拉去的。而杜洛埃希望能清除可能产生的误会。

“那姑娘要参加演出。”他思量了一下，突然说道。

“真的吗？这是怎么回事？”

“他们缺人手，让我为他们物色一个，我告诉了嘉莉，她似乎想去试试。”

“真有她的。”经理说，“这的确是件好事，对她也有益处。她有没有表演的经验？”

“一点也没有。”

“哦，没什么，这不是什么特别隆重的事情。”

“不过她很聪明，”杜洛埃说道，意在打消对嘉莉能力的怀疑，“她很快就掌握了她的台词。”

“果真如此？”经理说。

“是的，我的先生，那天晚上，她让我吃了一惊。老天爷，她演得棒极啦。”

“我们必须送她一些漂亮的小礼物。”经理说，“我负责送鲜花。”

杜洛埃见他如此热心，不由得露出了笑容。

“演出结束后，你们一定要跟我去吃顿饭庆贺一下。”

“我认为她能演好。”杜洛埃说。

“我想去看看她的表演。她一定能成功。我们可以为她捧捧场。”经理咧嘴闪过一丝真诚的笑意，这里面既包含着好心，又隐藏着精明。

这时，嘉莉正在参加第一次排练。排练由昆塞尔先生主持，米利斯先生充当助手。这位年轻人过去在戏剧界混过，有一些资格，但是却得不到任何人的理解。他虽然经验丰富、态度认真，却有一点粗鲁，忘记了自己指导的是些业余演员，而非吃这碗饭的下属。

“喂，马登达小姐，”他对在一个片段里正不知所措的嘉莉说，“不要那样傻站着，脸上带点表情。别忘了，你正为陌生人的闯入而惴惴不安呢。步子要这样走……”他低垂着脑袋，在艾弗里会堂的舞台上从这头走到那头。

嘉莉并不喜欢听这样的建议，可是由于当时的场面很特殊，有陌生人在跟前，而且也有一些激动，再加上她一心渴望成功，就变得胆小畏怯了。她按照吩咐，模仿着导演的步子走了一圈，心里却觉得别扭，有怅然若失之感。

“喂，摩根夫人，”导演对一位扮演珍珠角色的少妇说，“你坐在这里。而你，班伯格先生，就站在这个地方。你的台词是什么？”

“请做出解释。”班伯格先生声音微弱地说。他演劳拉的情人雷，一个交际场上的人物，一经发现她是个出身卑贱的流浪女，便思想动摇，不愿再娶她为妻。

“怎么回事？台词本上是怎么说的？”

“请做出解释。”班伯格先生专注地看着台词本，又重复了一遍。

“不错，但本子上还说，”导演指点道，“你要显出大吃一惊的样子。现在，你再说一遍，看你是否显得很吃惊。”

“请做出解释！”班伯格先生字正腔圆地喝道。

“不，不，不对！应该这么说——请做出解释。”

“请做出解释。”班伯格先生模仿着说，声调稍婉转些。

"好些了。现在继续朝下演。"

"一天晚上，"摩根夫人见轮到自己，便张口说道，"父母二人去看歌剧。他们跨过百老汇大街时，又被那群孩子拦住求施舍……"

"停。"导演冲上前说，伸出一只手臂来，"说话时要多带些感情。"

摩根夫人望着他，仿佛害怕受到人身攻击似的。她的眼里闪射出愤怒的光芒。

"要记住，摩根夫人，"他没理会那眼神，不过态度缓和了些补充说，"你在讲述一个悲惨的故事。你现在说的话对你来说是伤心的。要带激情和压抑感，就像这样：'又被那群孩子拦住求施舍。'"

"好吧。"摩根夫人说。

"现在继续朝下演。"

"母亲在口袋里摸零钱，手指碰到了一只冰凉、颤抖的手，那只手抓住了她的钱包。"

"非常好。"导演意味深长地点着头，插进来说。

"小偷！啊！"班伯格先生在念自己的台词时，嚷嚷起来。

"不对，不对，班伯格先生，"导演走上前说，"不是那样。'小偷……嗯？'这样说才是。"

嘉莉觉得还没弄清演员们是否已记住了各自的台词，就更别提带细腻的表情了，于是小声说道："如果我们只是把台词过一遍，看是否记住了，这样是不是好一些呢？从中可以发现些问题。"

"非常好的主意，马登达小姐。"昆塞尔先生说。他坐在舞台旁，静静地观看和出谋划策，但他的点子导演不予理睬。

“好吧，”导演说，多少有些窘迫，“这样也好。”随后，他振作起精神，摆起权威的架势，“这次我们从头来一遍，能带多少表情就带多少。”

“很好。”昆塞尔先生说。

“那只手，”摩根夫人望望班伯格先生，又埋下头看着台词本念道，“被我母亲一把抓住，握得是那么紧，一个细小微弱的声音叫起痛来。母亲低头一瞧，见身旁有个衣衫褴褛的小女孩。”

“非常好。”导演说。此时他无事可做，一副可怜巴巴的样子。

“小偷！”班伯格先生惊呼道。

“声音再大些。”几乎再也无法不管事的导演插进来说。

“小偷！”可怜的班伯格吼叫道。

“是小偷，不过是个还不到六岁的小偷，长着一副天使般的面孔。‘住手，’我母亲说，‘你在干什么？’‘想偷点钱。’那孩子说。‘你不知道偷窃是一种邪恶吗？’我父亲问。‘不知道。只知道饿肚子非常可怕。’女孩说。‘是谁让你行窃的？’我母亲问。‘是她……就在那里。’孩子指着对面门洞里的一个肮脏的女人说，那女人见势不妙突然沿着街道跑了。‘那是老朱达斯。’女孩说。”

摩根夫人念的这段台词平淡无味，让导演感到绝望，他不安地转来转去，最后来到了昆塞尔先生跟前。

“你觉得他们怎么样？”他问道。

“哦，我觉得我们能够把他们训练出个样子来。”后者说，显出一副在困难面前不低头的神态。

“这可说不准。”导演说，“我觉得那个叫班伯格的根本不是演情人的料。”

“他是唯一的人选。”昆塞尔翻起眼睛说，“哈利森在最后关头变了卦，我们还能请谁呢？”

“不知道。”导演说，“恐怕他永远也演不好。”

这时，只听班伯格大声嚷道：“珍珠，你在跟我开玩笑。”

“你瞧瞧，”导演用手掩口，低声说，“老天哪！说句话都那么拖泥带水，对他还有什么办法？”

“尽你最大的努力吧。”昆塞尔安慰地说。

排练就这样进行了下去，直至扮演劳拉的嘉莉进屋对雷进行解释。雷听珍珠讲过劳拉的身世，便写信跟她断绝来往，但信没有寄出去。此时，班伯格正在说雷的最后一段话：“我必须在她回来前离开。她的脚步声！晚了，太迟啦。”当他慌慌张张把信朝衣袋里塞时，嘉莉以甜蜜的声音叫道：“雷！”

“考特兰……考特兰小姐。”班伯格吞吞吐吐地低声说。

嘉莉把他瞧了一会儿，忘掉了所有在场的人。她开始进入角色，嘴唇上露出淡漠的微笑，按照脚本的要求转身走到窗前，就仿佛他不存在似的。她仪态万方，看上去十分动人。

“那女子是谁？”导演一边观看嘉莉与班伯格合演的那幕场景，一边问道。

“马登达小姐。”昆塞尔说。

“我知道她的名字’”导演说，“可她是干什么的？”

“我不知道。”昆塞尔说，“她是我们一位会员的朋友。”

“在我见到的这些人当中，她的能力最强，似乎对她的角色很感兴趣。”

“而且还很漂亮，是吗？”昆塞尔说。

导演没有回答，转悠到一边去了。

在第二幕里，她来到舞厅面对大家，表演得甚至更为出色，赢得了导演的微笑。导演喜欢上了她，便主动走过来跟她搭话。

“以前上过台吗？”他讨好地问。

“没有。”嘉莉说。

“你演得精彩极啦，我还以为你有些经验呢。”

嘉莉只是腼腆地一笑。

他走开去听班伯格的台词，而此时的班伯格正有气无力地说些热情洋溢的话。

摩根夫人看到了事态的变化，不由得妒火中烧，用一双黑色的眼睛狠狠瞪着嘉莉。

“她是个三流职业演员。”她聊以自慰地想着，并因此而瞧不起和憎恶她。

一天的排练结束后，嘉莉回家时，对自己的表演感到很满意。导演的话仍在耳边回响，她希望找个机会告诉赫斯渥，她想让他知道，她的表演是多么的精彩。杜洛埃也是她表露心情的对象，她简直等不及他来问她，可又不好意思提出来。那位推销员今晚却另有心事，她那一点小小的经历在他看来无关紧要。他没有关心地去询问，而嘉莉又不善于自吹自擂，所以只介绍了一些情况也就罢了。他认为她表演得很好是理所当然的事情，用不着他过多地费心劳神。结果，他让嘉莉感到受了压抑，憋出一肚子气来。她强烈地感到遭了冷漠，渴望见到赫斯渥。现在，他仿佛成了世界上她唯一的朋友。第二天早晨，杜洛埃来了兴趣，但伤痕已经留下。

她收到那位经理寄来的一封令人高兴的信，说她拿到信时，他将在公园里等候她。她来到公园时，他像朝阳一样使她感到温暖。

“亲爱的，”他问，“你演得怎么样？”

“很好。”她说，心里被杜洛埃弄得还有些不快。

“把你表演的情况讲给我听听，有意思吗？”

嘉莉叙述了彩排中发生的事情，愈讲愈起劲。

“太让人振奋了。”赫斯渥说，“我由衷地感到高兴。我必须到现场去看看你表演。下次排练是什么时候？”

“星期二，”嘉莉说，“但他们不允许外人进去。”

“我想我是可以进去的。”赫斯渥意味深长地说。

她心情彻底恢复了过来，为他的关怀感到高兴，可是却让他许诺不要去看排练。

“你应该竭尽全力，使我高兴。”他鼓励地说，“要记住，我要你成功。我们将为这次演出庆贺。你从现在起就要努力。”

“我会的。”嘉莉说，心里充溢着激情和热忱。

“这才是好姑娘。”赫斯渥疼爱地说，“别忘了，”他亲切地用手指点了点她，“要竭尽全力。”

“我会的。”她回答，转过头又望了一眼。

这天早晨，整个世界都充满了阳光，她轻快地走着，晴朗的天空把蔚蓝色的光辉洒入了她的心田。啊，祝福那些为此项事业努力的人吧，愿他们实现自己的愿望。也祝福那些理解、鼓励、支持他们的人。

第十八章 天使登台，有情人捧场

待到十六日晚，赫斯渥的巧妙安排已收到了明显的效果。在为数众多的有势力有影响的朋友中，他散布说应该去看看这场演出，结果使昆塞尔先生为分会售出了不少门票，所有的日报都登载了四行字的短新闻。这些都是在他新闻界的一位朋友——《时报》的编辑主任哈里·麦格仑先生的帮助下，他一手安排的。

“喂，哈里，”赫斯渥一天傍晚对他说，当时后者回家已迟了钟点，正站在吧台旁饮酒，“我想你能帮那些孩子的忙。”

“什么事？”麦格仑问。他见这位富有的经理跟自己商量事情，不由得喜出望外。

“寇斯特分会为筹款准备举办一次小型演出会，想在报上登一则短新闻，你该明白我的意思——登一两段话把这事提一下。”

“没问题，”麦格仑说，“我可以为你效犬马之劳，乔治。”

与此同时，赫斯渥完完全全隐藏在幕后。寇斯特分会的会员们简直不明白，他们的这次小型活动怎么会如此顺利，哈里·昆塞尔先生被视为操持这类事务的一把好手。

十六日来临时，赫斯渥的朋友们齐聚于剧场，就跟罗马人听到了元老院议员的召唤一样。自从打算帮助嘉莉的那一刻起，他就为之网罗衣着考究、心平气和、乐于捧场的观众。

那位小学生已掌握了台词，自我感觉良好，但一想到将要在舞台脚灯的照耀下面对济济一堂的观众，她就为自己的命运担忧。她估摸着另外的一二十位男女演员也同样在为演出结果忧心忡忡，并以此安慰自己，可她不能不把大家的失败跟她自己的责任联系在一起。她害怕自己到时候会忘掉台词，害怕表现不出那种她现在觉得自己在剧中一举一动都渗透着的感情。有时她心想，自己要是根本没参加这次演出该有多好；有时则担心自己表演时会吓瘫，脸色苍白、气喘吁吁地站在台上，不知说些什么好，使整个演出功亏一篑。

在剧团里的那伙人当中，班伯格先生销声匿迹了。那个不可救药的人，在导演的批评下终于撑不住了。摩根夫人还在，但妒火中烧，决心哪怕是为了出出气，起码也得跟嘉莉表演得一样好。一个游手好闲的专业演员被请来扮演雷的角色。他虽说是个蹩脚演员，却全然不像从未面对过观众的人那样有怯场的心理。分会告诫过他，叫他不要提自己过去演剧的经历，可他摆上一副自信心十足的架势昂首挺胸地踱着步子，想让大家通过这些次要的证据确信他的身份。

“简直容易死啦，”他用舞台上的那种口吻，拿声拿调地对摩根夫人说，“观众一点都不让我担心。要知道，展示角色的内在精神才是困难的。”

嘉莉不喜欢他那副样子，但她不愧是个出色的演员，一想到晚上得接受他那伪装出的爱，便容忍了他的品质，对他和和气气。

下午六点，她做好了出发的准备，演戏的行头都已办妥，无须她费心。她上午试装，下午一点又排练了一次，安排好晚上用的东西，回到家中最后看一遍台词，等待着暮色降临。

这次，分会派了辆马车来接人，杜洛埃和她一道乘车到了大门口，然后便走进邻近的几家商店寻着买一些上等雪茄。那位小演员精神紧张地走进化装室，开始了不胜翘企的化装。这一来，她将从一位普普通通的姑娘摇身变为劳拉，变为社交界的美女。

耀眼的煤气灯，敞开的衣箱（像是旅行归来，有意展示），散乱放着的化妆盒里的东西——胭脂、珍珠霜、白粉、软木炭、墨汁、描眼睑用的铅笔、假发、剪刀、镜子和装饰品，简而言之，所有的那些妙不可言的化装用品创造出了一种独特的气氛。自从来到这座城市，许多事物都对她产生了影响，但总是远不可及。这种新的气氛比较友好，全然不像那些宏伟壮丽的府第，将她冰冷冷地拒之一旁，使她只有敬畏和远望的份儿。这种气氛亲切地拉住她的手，似乎在说："亲爱的，请进吧。"它为她敞开了大门，仿佛迎接自己的亲人。对于告示牌上的伟人姓名、报纸上长篇评论的奇闻逸事、舞台上漂亮的服饰，对于马车、鲜花和高雅的人群创造出的气氛，她曾经惊诧不已，而现在这不是幻境。这儿有一扇敞开的门，可以看到所有的一切。她来到了大门前，就像偶然寻到了一条秘密通道，瞧，她已置身于宝库之中，找到了欢乐！

她意乱神迷地在台后的小屋里化着装，听见外边人声嘈杂，看到昆塞尔先生东奔西忙，留意到摩根夫人和霍格兰夫人在手忙脚乱地做准备工作，瞧见二十几位演出成员都在四处奔走，为演出结果忧虑重重，于是不由得想到，要是这种情景永远持续下去该有多么好啊。她暗忖，如果自己一炮打响，有朝一日当上一名名副其实的演员，生活该会多么美妙。这种想法在她心里牢牢扎下了根，宛如一首熟悉的曲调在她的耳旁奏鸣。

在外边的小休息厅里，却是另外一番景象，没有赫斯渥的关照，会堂里不一定会爆满，因为分会的会员们对分会福利的关心是有限的。然而，赫斯渥传播的消息产生了作用。这将是一次隆重的活动。四个包厢都各有其主。诺曼·麦克尼尔·海尔博士和他的夫人订了一个厢位，占了个非常好的位置。至少拥有二十万块钱的绸缎商格·罗·沃克，也订了一个厢位。一位大名鼎鼎的煤炭商被招引了来，占了第三个包厢。第四个包厢归赫斯渥及其朋友们，其中包括杜洛埃。此刻纷至沓来的并非名人雅士，一般说来，连当地的杰出人物也算不上。他们是某些社会圈子里的显赫人物，是小康阶层及秘密团体里的要人。这些麋鹿会的绅士了解彼此的身份地位。他们尊重的是能力——积攒一小笔财富，拥有一套漂亮的住宅，置办一辆马车，身着考究的服装，在商业界占一席之地。赫斯渥自然要比这类以此为完美标准的人略高一筹，他精明能干、举止庄重、有权有势，天生具有交朋结友的手腕，是个不同凡响的人。在同一阶层里，他的名气超过了大多数人。大家都认为他持重的态度里隐藏着巨大的潜在影响力以及殷实的财力。

今晚的他如鱼得水，他同几位朋友乘马车直接从雷克托饭店赶来。在休息厅里，他遇到了买雪茄刚刚归来的杜洛埃。五个人慷慨激昂地攀谈起来，又是议论周围的人，又是探讨分会里的一般性事务。

“来这里的都有谁呀？”赫斯渥边说边步入了剧场，那儿灯火通明，一群绅士聚在座位后的空处谈笑风生。

“喂，你好，赫斯渥先生！”第一个认出他的人说。

“很高兴见到你。”赫斯渥轻轻握着他的手说。

“看起来气氛很隆重，是吗？”

“的确如此。”这位经理说。

“寇斯特分会似乎有其会员的大力支持。”那位朋友评论道。

“应该是这样的。”了解内情的经理说，“我很高兴看到这种情况。”

“喂，乔治，”另外一个胖子招呼道，他滚圆的身躯势必非常醒目地展示出上了水浆的衬衫衣胸，“你怎么样啊？”

“非常好。”经理说。

“是什么风把你吹来了？你又不是寇斯特的会员。”

“一时的兴致。”经理回答，“想看看伙计们。”

“夫人也来了吗？”

“她不舒服，今晚不能来。”

“真遗憾……但愿病得不重。”

“没什么，只是觉得有点不适罢了。”

“记得赫斯渥夫人有一次跟你一起去圣乔……”接下来，这位新来者提起了一些琐碎的往事。最后又来了些朋友，把他的话打断了。

“哈，乔治，你好吗？”一位分会会员、西区的政治家和颜悦色地问候道，“很高兴能再次见到你。情况怎么样？”

“非常好。听说你被提名为市议员了？”

“是的。我们没花多大气力就击败了他们。”

“依你看，亨尼西现在会怎么办呢？”

“噢，重操旧业，经营砖呗。你知道，他有一个砖厂。”

“这我可不知道，”经理说，“我想，他惨败之后一定心情颓丧。”

“也许吧。”对方说，同时狡猾地挤了一下眼睛。

应赫斯渥的邀请，一些同他关系贴近的朋友此时乘马车陆续抵达，他们身着华丽衣饰，明显流露出自满的情绪，端着不可一世的架势，大摇大摆走了进来。

“都来啦。”赫斯渥对一位正在跟自己交谈的朋友说。

“一点不错。”这位刚来的约莫四十五岁年纪的绅士说。

“你听着，”他扳住赫斯渥的肩头把他拉到跟前，凑到他耳边乐呵呵地低声说，“如果演得不精彩，我就敲碎你的脑袋。”

“花点钱来看看老朋友也是应该的。管他什么演出不演出！”

另一位朋友问：“这场演出真的很精彩吗？”

经理回答：“不清楚。我想不会很精彩的。”随后，他潇洒地举起了一只手，“都是为了分会嘛。”

“来的人真不少，嗯？”

“是的。你去找找沙纳汉吧，他刚才还问起你来着。”

小剧场里一片喧闹声，里面有功成名就者的说话声，有高级衣料声，有和和气气的招呼声，其中一大部分人都是受了这个人的鼓动才来的。在启幕前的半小时里，随时都可以看见他跟一些显赫的人物在一起——他们五六个人围成一圈，肥胖的躯体、白衬衫宽大的硬胸以及闪闪发亮的别针，都是他们成功的标志。带妻子一道来的绅士把他叫过去，跟他握手问安。坐椅咯吱咯吱作响，服务员点头哈腰。而他目不斜视，眼睛望着前方。他显然是他们当中的佼佼者，那轩昂的气度是那些跟他打招呼的人向往的目标。人们承认他、奉迎他、巴结他，从这些可以看出他的地位。要论地位，他其实只是区区小人物，但在某一方面他又是伟大的。

第十九章 演员倾情，观者心动

帷幕终于要升起来了，化装的全部程序已经结束，观众们坐了下来，乐队指挥用指挥棒意味深长地敲了一下乐谱架，那雇来的管弦小乐队便奏起了序幕曲。赫斯渥停止了谈话，和杜洛埃以及他的朋友萨加·莫里森一起进入包厢。

"喂，看看小姑娘表演得怎么样。"他对杜洛埃说，声音低得其他人无法听到。

舞台上，六个角色已经出现在开场的会客室一幕里。杜洛埃和赫斯渥一眼就看到嘉莉不在里边，就继续耳语着。这一幕里，摩根夫人、霍格兰夫人以及代替班伯格的那个演员担任主角。那个叫巴顿的职业演员除了一副自信的神态以外，再无出众之处，不过此时此刻自信显然是最需要的素质。扮演珍珠的摩根夫人吓得动作僵硬，霍格兰夫人嗓子有些嘶哑。全部角色都慌了神，只是呆板地背台词，根本无表情可言。幸好观众们还抱有一线希望，并具有不爱挑剔的良好天性，才没有发生骚乱，对痛苦的失败表示遗憾。赫斯渥一点都不在乎，他早就断定演出不值得一看。他只希望面子上能凑合过去，演完后他可以庆贺一番。

然而在一阵惊慌过去之后，演员们渡过了彻底崩溃的危机。他们有气无力地朝下演着，把应该具备的表情几乎全忘了个精光，使整个气氛沉闷至极。就在这个时候，嘉莉登了台。

只瞧她一眼，赫斯渥和杜洛埃就发现她也是心慌意乱。她胆怯地走到台前，说道：“先生，我们从八点起就一直在找你。”她的台词说得没有一点韵味，声音低得让人听了痛心。

“她吓慌了神。”杜洛埃咬着赫斯渥的耳朵说。

这位经理没有说话。

当时，她有一句台词，应该说得诙谐幽默才对。

“好嘛，就是说我成了救命仙丹喽。”

可是，她把这句台词说得淡而无味、死气沉沉。杜洛埃有点坐不安稳了。赫斯渥略微移动了一下脚尖。

还有一处，劳拉应该站起来，带着一种大难临头的预感，忧伤地说：“但愿你没说那件事，珍珠，你总该明白‘混淆黑白’这句老话。”

缺乏感情让人觉得滑稽可笑。嘉莉根本就不知道这些，像是在说梦话一样。看来，她非遭惨败不可了。她比摩根夫人表演得还要糟糕，因为摩根夫人已经恢复了镇静，至少把台词说得清清楚楚。杜洛埃把目光从舞台上移开，望了望观众。观众们仍保持着沉默，一定是希望能整个扭转局面。赫斯渥把眼光盯在嘉莉身上，像是要对她施展魔法，让她发挥出色些。他在把自己的决心向她那个方向传送。他真为她感到难过。

过了几分钟，轮到她读那个陌生的歹徒送来的一封信了。那位职业演员和一个叫斯诺基的角色之间的一段对话，稍微改变了一下观众的情绪。扮演这角色的是位小个子美国人，他确实表现出了一些幽默感。他演的是个疯疯癫癫的独臂士兵，靠给人家送信挣口饭吃。他肆无忌惮地大声吼出一串台词，虽然不一定具有预期的幽默，可也十分可笑。他一下台，嘉莉成了中心人物，又恢复了悲哀的气氛。她仍未镇定下来。她神志迷乱地演完她和那个闯入的歹徒之间的一幕，使观众们一忍再忍。最后她退了场，才叫人们松了口气。

“她太紧张了。”杜洛埃说，心里却觉得这样软绵绵的批评是在撒谎。

“最好到后台去给她鼓鼓劲。”

只要能救人脱离苦难，杜洛埃什么都愿意干。他从人群中挤过去，绕到边门，被友善的守门人放了进去。嘉莉正站在舞台的侧面，无精打采地等着下次上场的提示，所有的活力和勇气都消失得无影无踪了。

“听着，嘉德，”他望着她说，“你不应该紧张，振作起来。场下的那些人算不了什么。你有什么可害怕的？”

“我也不知道，”嘉莉说，“好像就是演不好。”

推销员的出现还是令她挺感激的。她是见同伴们慌手慌脚，自己才失去了勇气。

“看你的了，”杜洛埃说，“打起精神来。你有什么可怕的？勇敢地走上台，表演就是了。你在乎什么呢？”

在推销员令人振奋的强力指导下，嘉莉稍微恢复了点生气。

“我演得是不是糟糕透了？”

“一点也不糟。你所需要的是再增加些活泼气氛，照你给我看过的那样演。像那天晚上一样，把头扬起。”

嘉莉想起了自己在家里的得意情形，她竭力去想自己能演好。

“下一幕演什么？”他望了一眼她正在仔细看的脚本，问道。

“哦，是我拒绝雷的场面。”

“这次要演出精神来，”推销员说，“关键是要注入活力，要无所顾忌。”

“下来该你了，马登达小姐。”提示员说。

“啊，老天呀。”嘉莉说。

“傻瓜才害怕呢。”杜洛埃说，“好啦，振作起精神来，我就从这儿看你表演。”

“真的？”嘉莉说。

“是的。好啦，别再害怕啦。”

提示员对她打了个手势。

她走上了台，还是一副无精打采的样子。但紧接着，她恢复了一部分勇气，想到杜洛埃正在看着她。

“雷，”她温柔地说，语气比上一场镇静得多。这一幕在彩排时深得导演的欢心。

“她现在自然一些了。”赫斯渥心里想。

她演得虽不如彩排时那般精彩，却比刚才好了些，起码不再惹观众生气了。整个剧组的表演都有了长进，所以人们就不只注意她一个人了。他们进展得相当顺利，现在看来这出剧凑凑合合可以过得去了，至少对那些不太难的角色是这样的。

嘉莉下场时又兴奋又激动。

“怎么样？”她望着杜洛埃说，“好些了吧？”

“是的，应该说好些了。方法是对的。要注入活力。这次比上一幕演得强上十倍。就这样演，用全部的激情。你能够成功，让他们刮目相看。”

“真的好些啦？”

“应该说是好些了。下面演什么？”

“演舞厅的那一幕。”

“你可以演好的。”他说。

“我不知道。”嘉莉说。

“嘿，我的姑娘，”他嚷嚷道，“那一幕你可是为我演过的！你上台只管表演就行了。这会给你带来乐趣的，就像在家里表演时那样。要是演出那种味道，我敢打赌你一定能引起轰动。你说赌什么吧？你会成功的。”

推销员热情善良的心肠往往能使他口若悬河，他的确认为嘉莉曾把这一幕演得出神入化，希望她能在观众面前重现风采。他的热烈情绪是剧场里的气氛激发出来的。

该上场的时候，他已卓有成效地鼓起了嘉莉的信心。他让她觉得，她演得十分出色。就在他侃侃而谈之际，她心里又产生了那种发人深省的欲望，待到上场时，她的情绪已非常高涨。

“我觉得我可以演好。”

“你当然可以。现在你上场去，等着瞧吧。”

舞台上，范·达姆夫人一副幸灾乐祸的样子，正在含沙射影地攻击劳拉。

嘉莉听着，精神上受到了一种影响——一种难以名状的影响。她在鼻孔里轻轻哼了声。

“这就是说，”那个职业演员以雷的身份开始说道，“社会在受到抨击的情况下会实施可怕的报复。听人说过西伯利亚的狼群吗？一只狼由于虚弱倒下去，其他的狼就会把它吞食掉。这种比喻不文雅，但社会是有一些豺狼本性。劳拉嘲笑社会弄虚作假，而作为虚伪的化身的社会势必勃然大怒，痛恨这样的嘲笑。”

听到自己在剧中的名字，嘉莉吓了一跳。她设身处地，心里产生了辛酸的感觉。她觉得自己是个遭遗弃的人。她守在舞台边，一时心潮澎湃，想得出了神，几乎什么都听不到，只听见自己身上的热血沸腾的声音。

“姑娘们，”范•达姆夫人严肃地说，“要看好我们的财物。技艺如此高超的小偷一来，就无安全可言了。”

“到你啦。”她近旁的提示员说，可是她没有听到。在灵感的驱动下，她已经迈着沉稳优美的步子走上前去。她出现在观众面前，美丽而高傲。根据情节的要求，社会里的豺狼们轻蔑地抛弃她之后，她逐渐心冷如冰、脸色苍白，成了孤苦无依的人。

赫斯渥眨巴着眼睛，受到了感染。感情和真诚汇成的波涛已经冲击到了剧场里最远处的墙壁上。能够融化整个世界的神奇的激情，此时正在发生着作用。

观众们把散漫的注意力集中起来，将游荡的情感聚在一起。

“雷！雷！你为什么不回到她身边去？”这是珍珠的呼声。

每一双眼睛都盯在嘉莉身上，她仍是那样高傲和轻蔑。观众的心追随着她的一举一动，目光追随着她的眼睛。

扮演珍珠的摩根夫人走到她跟前。

“我们回家吧。”她说。

“不。”嘉莉回答，声音里破天荒第一次出现了一种感人肺腑的因素，“你跟他留下吧！”

她几乎像控诉一般用手指着自己的恋人。随后，她以极其朴实，因而十分感人的悲伤语气说：“他的痛苦快结束了。”

赫斯渥发现自己在看一出十分精彩的剧。由于幕落时观众们的喝彩，由于嘉莉是演员，这些因素更提高了他对这出剧的评价。此时，他觉得她很美。她的表演超出了他的预料。一想到她是他的人儿，他就欣喜若狂。

“好啊。”他说道，接着突然心血来潮，跳起身，向舞台门口走去。

他进去后正撞上嘉莉，见她仍和杜洛埃在一起。他心里充溢着极其丰富的感情。她所表现出的力量和情感，几乎令他难以自持。他多么希望能以一个恋人无限的温情滔滔不绝地赞美她，可惜杜洛埃守在跟前，而且杜洛埃的激情也在迅速复苏。按说，杜洛埃比赫斯渥更入迷。至少，他的感情更外露些，这也是理所当然的事。

“好，好，”杜洛埃说，“你演得盖世无双，简直棒极啦。我早就知道你能行。啊，你真是个可爱的美人！”

嘉莉的眼睛里闪烁着成功的喜悦。

“我演得还可以吧？”

“岂止可以！我认为你演得棒极啦。没听见观众们的掌声？”

此时，仍可以隐约听见鼓掌的声音。

“我觉得自己演得有点像……反正我能感觉得到。”

这当儿，赫斯渥走了进来。他本能地感觉到杜洛埃发生了变化。他见那位推销员离嘉莉非常近，心里不由得醋意大发。转念一想，他责怪自己不该打发杜洛埃来后台。他还恨他碍手碍脚。他简直无法屈尊俯就，以普通朋友的身份对嘉莉表示庆贺，不过，他还是控制住了自己。这是一场胜利，几乎是转瞬之间，他眼睛里又出现了那种难以捉摸的光芒。

“我觉得，”他望着嘉莉说道，“我该来告诉你，你演得是多么精彩，杜洛埃夫人。太让人高兴了。”

嘉莉心有灵犀，回答说：“非常感谢。”

“我刚才还告诉她，”杜洛埃插进来说，心里为自己拥有的人儿感到得意，“我觉得她演得好极了。”

“你的确演得很好。”赫斯渥冲着嘉莉说道，从他的眼里她看出了言外之意。

嘉莉开心地笑了。

“其他的几幕你要是演得同样精彩，会让我们大家觉得你天生就是个演员哩。”

嘉莉又笑了笑。她觉得赫斯渥处境尴尬，深深地希望能跟他单独在一起，却不知杜洛埃也发生了变化。赫斯渥受到压抑，不能畅所欲言，怨恨杜洛埃赖在跟前，最后便以浮士德一般的风度鞠躬告退了。来到外边，他妒恨得直咬牙。

“见鬼！”他说，“难道他永远都要当绊脚石吗？”回到包厢里，他郁郁寡欢，想到自己可怜的处境，一时说不出话来。

下一场剧启幕时，杜洛埃跑了回来。他情绪非常高涨，想说说悄悄话，可赫斯渥却假装出一副感兴趣的样子敷衍他。他把眼睛盯在舞台上，虽然嘉莉并不在那儿。台上正在演嘉莉上场前的一幕短短的喜剧场面。他没有去看剧情的发展，而是在暗暗想心事，心里一片凄凉。

剧情的进展并没有改善他的情绪。从这时起，嘉莉轻轻松松就成了众人注目的中心人物。观众们最初对这出剧的印象非常糟糕，原以为不可能再有精彩之处了，而现在他们走向另一个极端，在不精彩的地方也看出了精彩。热烈的气氛对嘉莉产生了影响。她的表演虽然不似长长的第一幕结尾处那样能煽起人们激动的情绪，却也处置得恰到好处。

赫斯渥和杜洛埃望着她那美丽的身影，感到心潮起伏。她崭露头角，在如此感人的环境里发挥出横溢的才华，而且能适当地表现情感和个性，这些使她成了一块绚丽的瑰宝，增强了她在他们眼里的魅力。对杜洛埃来说，她已经不再是从前的那个嘉莉了。他渴望和她一道回家去，向她倾吐衷曲。他急切地等待着散场，他们好双双还家。

赫斯渥却相反，她那新焕发出的魅力使他看到了自己悲惨的处境。他身边的这个男人真是该诅咒。天哪，他甚至无法尽情尽意地喝彩。此时此刻，尽管心里不是滋味，他还得伪装出一副模样来。

在最后的一幕里，嘉莉对两位恋人的吸引达到了登峰造极的地步。

赫斯渥听着一句句的台词，不知嘉莉何时才能上场。不过，他没有等多长时间，剧作家妙笔生花，打发那些寻欢作乐的人出去兜风，嘉莉独自一人上了场。赫斯渥第一次有机会看到她单独面对观众，因为在别的几幕剧里她总和配角在一起。当她上场时，他突然感到，她在第一幕剧结尾处曾经令他感到震撼的力量又发挥了威力。她似乎表现出更丰富的感情，因为全剧正在接近尾声，再没有机会进行淋漓尽致的表演了。

“可怜的珍珠呀，”她用一种自然的悲伤语调说，“缺少幸福固然是件悲惨的事情，但如果幸福几乎唾手可得，却盲目地去摸索，更叫人感到伤心。”

她忧郁地眺望着浩渺的大海，倦怠地把胳膊肘支在发亮的门闩上。

赫斯渥对她以及他自己深感同情。他几乎觉得她是在跟他讲话。他心里感情复杂，充满了迷惘，几乎对她那犹如哀婉的音乐般的声音和态度产生了错觉，认为那是对他的窃窃私语。悲哀具有这种特性，像是独独对一个人倾诉。

“不过，和他在一起她可以过得很幸福。”那位小演员继续说道，“她开朗的性格以及欢乐的笑脸能够给任何一个家庭带来光明。”

她慢慢把身子转向观众，却对他们视而不见。她的动作舒缓自如，似乎剧场里独有她一人似的。随后，她在一张桌子旁坐下，边翻看几本书，边做着思考。

“不能得到的东西我不去奢求，”最后，她仿佛哀叹一般说道，“在这广阔的世界上只有两个人知道我的存在。那个天真的姑娘就要做他的妻子了，而我把她的欢乐当作我自己的欢乐。”

一个叫桃花的角色把她的话打断时，赫斯渥感到很遗憾。他气愤地移动了一下身子，因为他希望她说下去。他对那张苍白的面孔着了迷，对那穿着浅灰色衣裙、脖颈上挂着串珍珠的亭亭玉立的身影着了迷。嘉莉的神情疲惫，需要人的保护，在当时那令人销魂摄魄的虚构场面的影响下，他感情激荡，在心里准备到她身旁，解救她摆脱苦难，因为这会给他自己带来喜悦。

不一会儿，台上又剩下了嘉莉一个人，只听她激动地说：“我必须回到城里去，不管那儿隐藏着什么样的危险。如果可能，我就秘密地去；倘若有必要，我也可以公开地去。”

门外传来马蹄声，接着是雷说话的声音：“我再也不骑了，把马牵到马房里去吧。”

他走上了场。接下来的一幕是赫斯渥心中的爱情悲剧，就像是发生在他那特殊坎坷的经历中的真事。嘉莉早就打算在这一幕出出风头，而现在时候已到，剧情的气氛感染了她。赫斯渥和杜洛埃发现她愈演愈感人。

“我以为你和珍珠一道跑了。”她对自己的恋人说。

“我的确是跑了，但走了一英里路就离开了他们。”

“你没跟珍珠闹别扭吧？”

“没有……我们闹别扭了。我们一直都有分歧。我们交往的晴雨表上总是‘多云’和‘阴天’。”

“是谁的过错呢？”她平静地问。

“反正不是我的过错。”他赌气地回答，“我好事做尽，好话说绝，可好……”

巴顿的台词说得很勉强，但嘉莉那催人泪下的高雅谈吐做了补救。

“可她是你的妻子呀。”她说，全神贯注地望着这位平静下来的演员，声音变得柔和低沉，音乐一样悦耳，“雷，我的朋友，谈恋爱时期犹如一本教科书，为婚后的生活提供主旋律。不要让你们的谈情说爱中出现不满和忧郁。”

她把两只小手合在一起，像乞求一样。

赫斯渥微微咧着嘴，看呆了。杜洛埃高兴得坐不安宁。

“不错，她将成为我的妻子。”那演员继续说道，语气上比嘉莉差劲，但还不至于破坏掉嘉莉一手创造和维持的温情洋溢的气氛。她似乎并不觉得他演得很糟，即便对着一截木头，她也会有声有色地表演。她所需要的配角全在她的想象之中，别人的表演如何，不会对她产生影响。

“你已经后悔啦？”她慢声细语地说。

“当时我失去了你。”他握住她的小手说，“任何一个风情女子，只要给我飞一个媚眼就可以叫我动心。都是你的过错，知道吗？你为什么离我而去？”

嘉莉慢慢扭过身去，似乎在暗暗抑制内心的冲动，然后她又把身子转了回来。

“雷，”她说，“一想到你永远钟情于一个跟你门当户对，而且家产和才能也都跟你匹配的纯洁女子，我感到极大的欣慰。现在你却对我讲出这段话来！你为什么总要跟自己的幸福过不去呢？”

最后一句话问得是如此贴切，像是在问那个恋人，也像是在问观众。

演至最后，那位恋人高声恳求：“愿你像从前那样待我。”

嘉莉带着动人的柔情回答：“那是不可能的，不过我可以代表对你来说已永远死去的劳拉的灵魂跟你讲话。”

“就按你的意思办吧。”巴顿说。

赫斯渥俯身向前。全场的观众一片寂静，都聚精会神。

“你看中的女人不管是聪明还是愚蠢，”嘉莉用忧伤的目光俯视着那个颓然坐下的恋人，说道，“不管是美丽还是丑陋，富有还是贫穷，她只有一样东西可以真正献给你或是拒绝给你——那便是她的心。”

杜洛埃觉得喉头发痒。“她的美貌、智慧和才能都可以卖给你，可她的爱却是金钱买不来的无价之宝。”

经理觉得这段话是对他个人的呼吁。他觉得剧场里仿佛只有他们两个人，他忍不住要为自己所钟爱的这个可怜、悲伤却美丽动人的女子洒下伤心的眼泪。杜洛埃也难以控制自己的感情。他决心要用跟从前不同的态度对待嘉莉。对，他要娶她为妻！她是值得的。

“作为回报，”嘉莉几乎听不到她的恋人那规定好了的低声回答，于是自顾自地说道，使自己的表演跟乐队此刻奏出的如泣如诉的曲调更为和谐，“她只要求你在看她时，眼睛里流露出忠诚；在跟她说话时，语气温柔、体贴、和蔼。不要因为她一时无法理解透你活跃的思想和远大的抱负，你就鄙视她，因为一旦不幸和邪恶使你无法实现自己伟大的目标，便只剩下她的爱可以给你安慰。你瞧瞧那些树，”她继续说着，而赫斯渥费了极大的劲才控制住了自己的感情，“它们有力而庄严。可是，切不要因为花朵只能奉献芳香而轻视它们。要记住，”她最后柔声细语地说，“爱情就是一个女人所能奉献的一切。”她把“一切”这两个字念得特别悦耳，“不过，上帝允许我们带进坟墓的也只有爱情。”

那两个男人被爱火折磨得死去活来，几乎没听清终场时的台词。他们只看到他们崇拜的偶像带着动人的风采走来走去，持续不断地散发出他们意想不到的感染力。

赫斯渥下决心去干的事情有一千件，杜洛埃也是如此。他们和观众们一起鼓掌，请嘉莉出来。洛埃用劲地鼓掌，把手都拍疼了。后来，他又一跃而起，跑了出去。他走时，嘉莉走了出来，她见有人捧着一大篮鲜花从通道向她急步赶来，便等在那里，花是赫斯渥送的。她冲着那位经理的包厢望了一会儿，遇到了他的目光，便嫣然一笑。他恨不得跳出包厢去拥抱她。他忘了自己是有妇之夫，需要行为检点。他差点忘了，和他在同一包厢里的那几个人是认识他的。苍天哪，即便牺牲一切，他也要得到那个可爱的姑娘。他将立即采取行动，那将是杜洛埃的末日，可别忘了。他一天都不愿等了，不能让那个推销员占有她。

他激动得在包厢里待不住，就到了休息厅，然后走到了大街上，心思转个不停。杜洛埃没有回来。过了没几分钟，最后的一幕演完了，他急于要和嘉莉单独见面。他诅咒命运，因为当他想向她表示爱意，想跟她单独说悄悄话的时候，却只能脸上堆笑，鞠躬弯腰，伪装出一副面孔来。一腔热望化为泡影，这让他唉声叹气。他甚至还得装模作样地带她去吃饭。最后他走了进去，向她问好。演员们有的换装，有的聊天，有的则跑来跑去。杜洛埃极其兴奋和激动，正在信口闲聊。这位经理付出了很大的努力才控制住了自己。

“我们去吃饭吧。”他说，用的声调对他内心的感情是一种嘲弄。

“啊，对啦。”嘉莉笑盈盈地说。

这个小演员的情绪非常高涨。她这时算尝到了受宠的滋味，一时间，她成了人们崇拜和追求的对象。靠成功自立的心情此刻第一次隐约地露出了苗头，局势发生了变化，她在俯视而非仰望自己的恋人。她没有完全意识到这一点，谦虚的言语使人感到无比甜美。待她准备停当，他们便上了候在外边的马车，向市中心驶去。她只找到了一次机会表达自己的感情，那就是经理先杜洛埃一步上车，在她身边坐下的时候，趁着杜洛埃还未完全坐到车里，她温柔而又激动地握了握赫斯渥的手。经理感动得要发疯。只要能跟她单独在一起，他就是出卖灵魂也在所不惜。

“唉，”他心想，“真让人痛不欲生。”

杜洛埃滔滔不绝地说个不停，以为别人都爱听他讲话。他的热情令晚饭大煞风景。回家时，赫斯渥觉得自己如果不表达出心里深厚的感情，他会死去的。他满怀激情跟嘉莉贴耳说了声“明天”，而她心领神会。他离开了推销员以及他的猎物，分手时恨不得杀死推销员，而且绝不后悔。嘉莉也感觉到了他痛苦的处境。

“晚安。”他装出轻松和友好的样子说。

“晚安。”小演员温柔地说。

“这个笨蛋！”他此刻对杜洛埃恨恨不已，于是心里说，“这个白痴！看我给他颜色看，而且马上就干！明天等着瞧吧。”

“嘿，你真是个奇才。”杜洛埃捏着嘉莉的胳膊，满面春风地说，“你是天底下最美丽的小姑娘。”

第二十章 你来我往，破绽初露

赫斯渥这样天性的人，心里的激情往往会以剧烈的形式表现出来。这种事情不能光靠苦思和梦想。他可不愿到心上人的窗前去唱歌——在困难面前呻吟和哀叹。夜间由于考虑问题太多，他久久难以入睡，早晨一大早就醒来，又抓住那重要的问题，全心全意朝下思索。他身体不适，心绪也很乱，因为他对嘉莉产生了一种新的兴趣，而杜洛埃却挡住了他的去路。一想到心上人被那个昂然自得、不可一世的推销员据为己有，他便感到无比痛苦。他觉得，如果能解决这个难题——在嘉莉的默许下做出有效的安排，永远摆脱杜洛埃，他甘愿牺牲一切。

怎么办呢？他边穿衣服边想。他在他和妻子同住的卧室里来回踱步，心里权当她不存在。

吃早餐时，他发现自己一点胃口也没有。因为他又在盘子上的肉一动未动，咖啡也放得冰凉，而他却心不在焉地浏览报纸。他不时会看到一些小新闻，却什么也记不住。杰西卡还没有下楼。他妻子坐在餐桌的另一端，在默默地想自己的心事。最近才雇来的用人忘了给他们拿餐巾。为这事，一声责备恼人地打破了沉寂。

“我预先吩咐过你，麦琪，”赫斯渥夫人说，“这话我不愿再重复了。”

赫斯渥瞥了妻子一眼，她正紧皱眉头。

这当儿，她的态度让他怒从心头起。

她下边的一句话是冲着他说的。

“你想好了没有，乔治，什么时候去度假？”

按惯例，每年的这个季节，他们都要讨论出去消夏的事情。

“还没有想好，”他说，“眼下我忙得不可开交。”

“哦，要是出门旅行，你得速做决定，对吧？”她说道。

“依我看，可以再等上几天。”他说。

“哼，”她回答，“可别等得把季节错过了。”

说话时，她气愤地移动了一下身子。

“瞧，你又来啦。”他说，“照你的话，让人觉得我什么事情也没干。”

“那么，我想知道什么时候旅行。”她紧追不舍地说。

“你得再等几天。”他执拗地说，“你总不想在赛马会结束之前就动身吧。”当他希望能冷静地思考其他问题时，她却提出这件事，实在让他生气。

“这没啥，我们可以动身。杰西卡不想等到赛马会结束。”

“那你当初要赛马会季票干什么？”

“哦！”她说，用这种声音发泄内心的反感，“我不跟你争了。”说完站起身就要离开餐桌。

“喂，”他站起来说，坚决的声音留住了她离去的脚步，“你最近怎么啦？我就不能跟你说话了吗？”

“你当然可以跟我说话。”她回答，用加重语气强调了“说话”

这两个字。

“看你办事的那种样子，恐怕这不是你的心里话。你不是想知道我什么时候打算去旅行吗？一个月内去不成，也许一个月之后也去不成。”

“没有你，我们照样能去。”

“你们自己去，嗯？”他讥笑道。

“不错，我们自己去。”

他对那女人坚强的决心感到吃惊，但这只能叫他更恼怒。

“好吧，那就等着瞧吧。我觉得你最近太横行霸道了。看你说话的样子，仿佛我的事得由你决定似的。哼，你办不到。凡是与我有关的事，不用你管。你想去旅行就只管去吧，别拿这类话逼我。”

他的火彻底被逗了起来，黑眼睛里闪着凶光。他把报纸朝下放时，抖得沙沙响。赫斯渥夫人没再说什么。没等他把话说完，她便转身进了大厅，然后上了楼。他停顿了一下，似乎在犹豫，接着坐下来喝了些咖啡，最后站起来到顶层去取帽子和手套。

他的妻子的确没料到会发生这么严重的争吵。她刚才去吃早饭时有点心绪欠佳，脑子里在反复酝酿着一项计划。杰西卡曾提醒她，赛马会不如她们想象的那么有意思，今年的社交机会不似她们预料的那么好。那位美丽的姑娘觉得天天看赛马实在乏味。今年，有地位的人早早就到海滨胜地或欧洲度假了。在她认识的人里边，有几位她感兴趣的小伙子去了沃基肖。她也想到那儿去，而母亲跟她看法相同。

因此，赫斯渥夫人便决定提提这件事。她下楼吃饭时还在想这个问题，但不知怎么气氛有点不对头。争吵过之后，她还弄不清楚是什么原因引起来的。但她断定自己的丈夫是个无理性的人，她无论如何都不能就此罢休。丈夫得把她当有身份的女人对待，否则她得问个究竟。

而那位经理也被这场争吵搅得心烦意乱，直至抵达办公室，再从那儿去见嘉莉。他的脑子里又开始思考有关爱情、欲望和情敌的其他复杂问题。他的心插上翅膀飞向远方。他迫不及待地要跟嘉莉见面，没有她在跟前，简直可以说是日月无光。她必须也应该属于他。

话说嘉莉自打前一天晚上跟他分手之后，就浮想联翩、百感交集。她听着杜洛埃热情洋溢的唠叨话，对有关她自己的部分倍加注意，对有关他的利益那一部分却漠不关心。她尽量和他保持着距离，因为她一心只想着自己的胜利。她觉得赫斯渥的爱情对她的成就是一种讨人喜欢的陪衬，不知他会怎么想。她也为他感到难过，怀着一种奇特的悲哀，竟然在别人的痛苦里寻觅快慰。她这时开始朦胧地感觉到微妙的变化，这种变化使她离开乞怜者的行列，加入恩赐者的队伍。总而言之，她感到十分快活。

然而，第二天的报纸对演出只字未提，于是在周围日常琐事的冲击下，昨晚的盛况便减去了几分光辉。杜洛埃本人对演出的事也谈得不多，净讲些讨她欢喜的话。他本能地觉得，出于某种原因，他必须重新考虑如何赢得她的青睐。

“我想，”第二天早晨，他在他们的房间里穿衣打扮，准备到市中心去的时候说，“这个月我把那桩小买卖处理完，然后我们就结婚。昨天我还跟莫舍谈这件事呢。”

“不，你才不会呢。”嘉莉说。她现在觉得自己有了一点微薄的本钱，敢跟推销员开玩笑了。

“我一定会的。”他嚷嚷道，比平日显得激动，随后他又以乞求的口气补充了一句，“我说的话你难道不相信？”

嘉莉哈哈一笑。

“我当然相信。”她回答。

杜洛埃的自信心有些不足了。他的观察力原本就很肤浅，所发生的事情使他少得可怜的分析能力一点用都不顶了。嘉莉仍跟他住在一起，但已不是那个可怜巴巴、有求于他的嘉莉了。她的声音里出现了一种轻松的调子，那是以前没有的。她不再用依赖的目光去看他。推销员感觉到了一种兆头，要发生什么事情。他的感情因此受到了影响，于是他表现出一些关怀，说些体贴的话，全是为了预防发生危机。

过了不大一会儿他就走了，而嘉莉准备去跟赫斯渥会面。她匆忙梳妆打扮，很快便整理停当冲下了楼。在街口，她跟杜洛埃擦身而过，但谁都没看见谁。

推销员把几张准备交给公司的单据忘到了家。他慌忙上楼冲进屋里去，却只见女佣在里面打扫卫生。

“喂，”他大声叫道，像是对自己说话一样，“嘉莉不在吗？”

“你妻子？不在，她几分钟前刚刚出门。”

“奇怪，”杜洛埃心想，“她对我提都没提。她到底去哪儿了呢？”

他慌慌张张在手提包里找自己需要的东西，找到后便装进了口袋。随后，他把注意力转到旁边的那位俊俏女子的身上，那女子不但长得好看，还对他非常和气。

“你在干什么呀？”他笑吟吟地问。

“打扫卫生呗。”她回答，停下活儿，把一块抹布绕在手上。

“累了吧？”

“不太累。”

“我给你看样东西。”他和蔼可亲地说，步上前去，从衣袋里掏出一张烟草批发公司发行的石印小卡片。卡片上印着个漂亮姑娘，手撑一把条纹遮阳伞，转动卡片背后的一个圆盘可以变换色彩，从伞面的细缝里呈现出红、黄、绿、蓝色。

“构思很巧妙吧？”他把卡片递给她说，还教她怎么转动，“这样的玩意儿以前没见过吧？”

“太好玩了。”她说。

“想要就拿走吧。”他说。

“你的这枚戒指挺漂亮。”他摸了摸她手上的一枚很一般的戒指说，那只手正拿着他送给她的卡片。

“你认为挺漂亮？”

“不错。”他答道，假装要细看，一把捏住了她的手指，“是很漂亮。”

局面打开之后，他便继续欣赏，假装忘了手里还捏着她的指头。可她立即把手抽回去，退后几步靠在窗台上。

“很长时间没见你了。”她躲开了他的这一轻佻的举动之后，卖弄风情地说，“你一定是出差走了。”

“是的。”杜洛埃说。

“你跑的地方远吗？”

“是的，非常远。”

“你喜欢出差吗？”

“哦，不太喜欢，在外边跑跑就厌烦了。”

“我要是能出去转转就好了。”姑娘漫无目的地望着窗外说。

“你的朋友赫斯渥先生到哪儿去啦？”她想到那位经理，突然问道。根据她的观察，那经理似乎有些隐私。

“就在这座城市里。怎么问起他来了？”

“哦，没什么，只是从你回来以后，他再没有来过。”

“你是怎么认识他的？”

“上个月为他通报过十几次姓名。”

“别瞎扯了，”推销员恬然地说，“自从我们搬到这里，他来的次数总共都不过六七回。”

“是这样的吗？”姑娘含笑地说，“那只是你知道的罢了。”

杜洛埃换上了比较严肃一些的口吻。他吃不准她是不是在开玩笑。

“你是在逗乐子。”他说，“怎么那样笑？”

“哦，没什么。”

“最近见他了吗？”

“自从你回来后，就不见他的影子了。”她笑道。

“那么我回来之前呢？”

“当然见过。”

“见过几次？”

“几乎天天见。”

她是个顽皮的搬弄是非者，很想知道自己的话会产生什么样的效果。

“他是来找谁的？”推销员狐疑满腹地问。

“杜洛埃夫人。”

听到这话，他的表情非常窘迫。随后他便努力调整表情，免得让自己像个上当受骗的傻瓜。

“嘿，”他说，“那有什么呢？”

“没什么。”姑娘风骚地把头一歪，回答道。

“他是个老朋友。”他继续说，愈解释愈困窘。

他原可以再调调情，可一时间没了兴致。当楼下有人喊姑娘的名字时，他感到如释重负。

“我得走了。”她说，轻盈地从他身边移开。

“回头见。”他说道，装出一副被人打搅而感到不快的样子。

待她走后，他让感情自由自在地流露了出来。他一向都难以控制面部表情，此刻把心里的疑虑和不安都反映了出来。难道嘉莉真的接待了那么多次来访，却绝口不提吗？赫斯渥真的撒了谎？要不，女佣说那话是什么意思？他当时就觉得嘉莉的态度有点古怪。当问起赫斯渥来了多少次的时候，她为什么显得那么慌张？天哪，他现在想起来啦！这件事从头到尾都有些蹊跷。

他坐到摇椅上仔细思考，抬起一条腿压在膝盖上，眉头皱成了一个疙瘩。他的大脑飞快地转动着。

可嘉莉的行为并无反常之处呀。老天，她不可能欺骗他，她没有做那种事。甚至在昨天晚上，她对他还非常友好，赫斯渥也是如此。看他们的举动，他简直不相信他们会欺骗他。

他想着想着，不由得说出了声。

“她有的时候的确行为古怪。今天上午她打扮一番就出了门，而且连一个字都没提过。”

他搔了搔头，准备到市中心去。此时，他仍皱着眉头。当他步入大厅时，碰上了那个女佣。她正要打扫别的房间，她头戴清洁用的白帽子，帽下胖胖的脸蛋露出善意的笑容。她的笑容使他几乎忘掉了心中的忧愁。他把手亲热地搭到她肩上，仿佛只是路过跟她打个招呼。

“不再生气啦？”她说道，仍是那般顽皮。

“我没生气呀。”他回答。

“我以为你生气了呢。”她笑嘻嘻地说。

“别再开玩笑了，”他以随便的语气说，“你刚才的话可当真？”

“当然，”她回答，随后又换上了一种不愿制造分歧的神情，“他来过许多次。我还以为你知道呢。”

杜洛埃不想再自欺欺人了，不愿再装得无动于衷了。

“他晚上来过没有？”他问。

“有时来。有时他们就出去。”

“在晚上吗？”

“是的。不过，你可别这么生气。”

“我没生气。”他说，“还有其他人看到他了吗？”

“当然有。”姑娘说，就好像这没什么可大惊小怪的。

“在多久以前？”

“就在你回来之前。”

推销员神经质地咬紧了嘴唇。

“不要把事情说出去，好吗？”他在姑娘的胳膊上轻轻捏了一把，问道。

“当然可以。”她回答，“我不会操这份心的。”

“好吧。”他说着便走了，心里认真思考起来。他隐约觉得自己给那位女佣留下了非常好的印象。

“我要找她问个明白。”他恨恨地自言自语道，觉得自己受了不该有的委屈，“天哪，我要弄明白，看她是不是真要那么做。”

第二十一章 暗中幽会，肉欲的冲动

嘉莉赶来时，赫斯渥已等了很长时间。他热血沸腾，情绪紧张，急于要见到这位前一天晚上曾使他魂不守舍的女子。

“你来了。”他压抑住内心的感情说，觉得四肢有了活力，悲喜交集。

“来了。”嘉莉说。

二人朝前走去，仿佛要到一个选好的目的地去，赫斯渥对她绰约的风采百看不厌。她漂亮的裙子发出的声在他听来似音乐般悦耳。

“你满意吗？”他问道，心里想着她前一天晚上表演得是何等精彩。

“你说呢？”

他看到她传过来的微笑，不由得握紧了手指。

“简直棒极啦。”

嘉莉欣喜地笑了。

“很长时间都没看过那么出神入化的表演了。”他补充说。

就像前一天晚上一样，他为她的魅力所倾倒，而且为她现在的风姿激动万分。

嘉莉陶醉于这位男人为她创造的气氛之中。她欢天喜地，满面春光。从他的一言一语，她都能感觉到他对她的倾心。

“你送给我的那些花很漂亮，”她隔了一会儿说，“它们美极啦。”

“你能喜欢它们，我很高兴。”他简短地回答。

他一直在想，自己渴望说的话不能再耽搁了。他急切地想转换话题，谈谈自己的感情，因为时机已完全成熟。他的嘉莉就在身旁。他想开门见山，跟她推心置腹地谈，可又苦于一时找不到合适的词语，寻不出恰当的方法。

“你回到家还好吧？”他突然郁郁寡欢地说，口气像是在自悲自怜。

“还好。”她随口说。

他目不转睛地望了望她，放慢了脚步，用目光死盯住她。

“知道我怎么样吗？”他问。

嘉莉慌了神，因为她意识到感情的闸门已经打开。她真不知该说什么好。

“我不知道。”她回答。

他用牙咬住下嘴唇，过了一会儿又松开了。他在路边停下来，用脚尖踢了踢旁边的草。他以温柔、恳求的目光搜索着她的面孔。

“你不愿意离开他吗？”他动情地问。

“不清楚。”嘉莉回答，心中仍茫无头绪，胡思乱想，找不出确切的主意。

事实上，她正处于进退两难的绝望境地。她十分喜欢眼前的这个男人，他的影响之大，几乎足以使她错误地认为自己对他产生了强烈的爱情。他敏锐的目光、温和的态度以及漂亮的服饰，仍然令她神魂颠倒。她看到眼前的这个男人极其文雅且富于同情心，向她表露出一种令人高兴的感情。她无法抗拒他灼人的气质和闪亮的眼睛。她几乎会不由自主地产生他心中的那种感情。

然而，她心里并非没有一点顾虑。他都了解些什么情况呢？杜洛埃是怎么对他说的？在他眼里，她是个妻子还是情妇？他愿意跟她结婚吗？甚至就在他讲话的当儿，就在她软下心来、眼里出现温柔光芒的时候，她还在问自己，杜洛埃是否对他说过他们并没有结婚。杜洛埃的话向来都靠不住。

不过，她对赫斯渥的爱并不感到伤心。不管他了解多少，他的爱都不会给她带来丝毫的痛苦。他显然是认真的。他的感情是真诚和热烈的。他的话里包含着迷人的力量。她该怎么办呢？她思前想后，寻不出明确的答案，一颗心千头万绪、随波逐流，最后漂浮在一片茫茫无际的大海上。

“为什么不走出来呢？”他温情地说，“我可以为你做一切安排……”

“啊，不。”嘉莉说。

“不什么？”他问，“你是什么意思？”

她脸上有一种惶恐和痛苦的表情。她不明白对方为什么要提出这样不幸的方案。一想到去可悲地过一种非法同居的生活，她就像被刀砍了一样。

他自己也意识到他提的这项建议着实可悲。他想估摸一下后果，却硬是看不出来。在她面前，他鼓起了精神，清醒了头脑，继续苦思冥想，一门心思要实现自己的计划。

“你不愿走出来吗？”他以一种更为虔诚的感情重提旧话，“你知道，离开你我活不成。你很清楚。不能再这样下去了，你说是吗？”

“我知道。”嘉莉说。

“我不会提这样的要求，如果我……我要是有办法，就不会求你了。你看看我吧，嘉莉，你该为我设身处地想想。你不想抛开我，对吧？”

她摇摇头，像是在沉思。

“那么为什么不一了百了，彻底解决呢？”

“不知道。”嘉莉说。

“不知道！唉，嘉莉，你怎么会说这种话？别折磨我了。别开玩笑。”

“我不开玩笑。”嘉莉轻声说。

“你是在开玩笑，最亲爱的，否则你就不会说那种话。你要是知道我多么爱你，就不会那么说了。想想昨晚的情景吧。”

说话时，他的态度极其平和，面孔和身体极其镇静。只有他的眼睛在移动，喷射出销金铄石的神奇火焰。这个人天性的全部精华都在里面显露了出来。

嘉莉没有答话。

“你怎么能这样呢，最亲爱的？”他隔了一会儿问，“你爱我，对不对？”

他爆发出炽烈的感情，令她无法抗拒。一时间，所有的疑虑都冰消雪融了。

“是的。”她坦率而温柔地回答。

“那么，你走出来，今晚就走出来，好吗？”

嘉莉为难地摇了摇头。

“我不能再等待了。”赫斯渥热烈地说，“如果时间太紧，那就改到星期六吧。”

“我们什么时候结婚？”她羞怯地问道，在进退两难之中竟然忘了她曾希望他把她当作杜洛埃的妻子。

经理吃了一惊，因为这个问题比她的问题更难以解决。他虽然不动声色，但大脑却像闪电一样转动着念头。

“你说什么时候就什么时候。”他从容地说，不愿让这个糟糕的问题为他快乐的心境蒙上阴影。

“星期六行吗？”嘉莉问。

他点了点头。

“如果你到时候跟我结婚，”她说，“我就走出来。”

经理望着他可爱动人、美丽标致却难以到手的猎物，做出了异乎寻常的决定。他的感情升华到了巅峰，不再被理智所左右。在这位如花似玉的女子面前，他不愿再考虑那些小小的障碍。他愿意接受这困难重重的局面，不去理会残酷的现实为他设置的障碍。他什么都愿答应，一切条件都愿答应，听由命运帮助他摆脱困境。他要设法登上天堂，不管会产生什么样的后果。天哪，哪怕说尽谎言、弃绝真理，他也要得到幸福。

嘉莉温情脉脉地瞧着他。她真想把头靠在他肩上，因为一切都似乎那么美好。

“好吧，”她说，“到时候我会设法准备好的。”

赫斯渥望着她那张罩着几丝惊异和疑虑阴云的美丽脸庞，心想她是他所见过的最可爱的人儿。

“明天我们再碰个面，”他心情欢畅地说，“把计划讨论讨论。”

他陪她一道朝前走着，心里有说不出的高兴，因为事情的结果叫人皆大欢喜。他虽然只偶尔说一两句话，却在她心中留下了不尽的欢乐和缠绵的情意。过了半个钟头，他觉得该结束这次会面了，因为这个世界在约束着他们。

“明天见。”分手时他说，欢快的神情给他那勇敢的行为增添了一种迷人的风采。

“明天见。”嘉莉说，一边兴高采烈地迈着轻快的步子走了。

这次幽会，她激情满怀，自以为深深爱上了赫斯渥。想到她英俊的崇拜者，她就充满了热望。是啊，她将在星期六之前做好准备。她将离家出走，和他一起过幸福的生活。

第二十二章 祸起萧墙，忍无可忍

赫斯渥家门的不幸，是因为诞生于爱情之中的忌妒并没有随着爱情一道消亡。赫斯渥夫人所怀的忌妒心，以后遇到风吹草动，就会转变成憎恨。就相貌而言，赫斯渥仍值得妻子像过去那样爱他，但在处理关系方面他却有欠周到。随着好感的消失，他对她不再殷勤体贴，这对一个女人来说比公开的犯罪还要严重得多。我们往往以利己的观点去判断别人的善与恶。赫斯渥夫人的自尊心曲解了丈夫冷漠的态度。她认为他的一些行为和言辞是别有用心，其实那只是出于对她失去了兴趣。

于是，她怒气冲冲、狐疑满腹。由于忌妒，她注意着他在处理夫妻关系上的每一个瑕疵，还注意着他在别人面前是怎样愉快和殷勤。他非常注重自己的仪表，从此可以看出他对生活的兴致丝毫都没有减退。他的每一举止，每一顾盼，都蕴藏着他在嘉莉身上寻觅到的欢乐，蕴藏着这一欢快的新追求在他的生活中唤起的激情。赫斯渥夫人有所感觉，嗅到了异常情况，就像野兽远远嗅到了危险一样。

赫斯渥所采取的直截了当的行动以及更为强硬的态度，巩固了这种感觉。我们已经看到他是怎样恼怒地要躲开那些他不再感兴趣、不再满意的责任，最近又是怎样公开大吼大叫，对她过分的要求表示愤慨。其实，这种小规模争吵是充满分歧的气氛所造成的。天空中乌云密布、雷鸣电闪，就要降下暴雨来，不值得去议论。因此，赫斯渥夫人这天早晨离开早餐桌后，由于丈夫麻木不仁地冷淡了她的计划，心里恨恨不已。她来到化妆室，见杰西卡正在十分悠闲地梳理头发。赫斯渥此刻已离开了家。

“你应该早一点下楼去吃饭。”她一边对杰西卡说，一边伸手去取钩针篮子，“东西都放凉了，可你还没吃呢。”

她平时的那种平静的神态不见了，满脸的不高兴。杰西卡注定得面对暴风雨留下的残败局面。

“我肚子不饿。”她回答。

“你为什么不早说，让女佣把东西撤掉，害得她白等了一早晨。”

“她不会计较的。”杰西卡不冷不热地说。

“她不计较，我计较。”母亲回答，“总之，我不喜欢你那样对我讲话。你年纪轻轻就在自己的母亲面前摆臭架子。”

“啊，妈妈，别吵啦。”杰西卡说，“今天早晨到底出什么事了？”

“没出什么事，我也没吵。你不要以为我在有些事情上宠着你，你就可以让人人都等你。我可不吃这一套。”

“我没有让任何人等我。”杰西卡针锋相对地说，一怒之下，态度从玩世不恭的冷漠变成了尖刻的防御，“我说过我肚子不饿。我一口饭也不想吃。”

“听听你怎么跟我讲话，小姐。我可不吃这一套。你给我听着，我可不吃这一套！”

没等这最后一句话说出口，杰西卡已经向屋外走去，甩一下脑袋，摆一下漂亮的裙子，表现出孤傲和冷漠的态度。她可不想听别人跟她吵闹。

这种小规模的争执连续不断地发生，主要是孤傲和自私的天性发展的结果。小乔治在涉及个人权利的问题上，甚至表现得更暴躁、更过火，想让所有的人都觉得他是个成年人，应该享有成年人的特权——一个十九岁的小伙子就这般睥睨一切，是极其没有道理的。

赫斯渥是个相信权威、感情细腻的人。他发现周围的人愈来愈难以控制，愈来愈难以理解，感到非常生气。

遇到这类小事情，譬如提前到沃基肖去，他们就会让他清楚地看到自己的处境。他被逼得去服从命令，而非领导这个家。此外，他们表现得态度尖刻，除过要逐步夺取他的权力，还令人气愤地在精神上给他以折磨，例如轻蔑地哼声鼻子或一声冷笑，这一切叫他忍无可忍。他压抑不住就会发火，希望自己能彻底摆脱这个家庭。这个家对他的欲望和机缘似乎是个极其讨厌的累赘。

尽管如此，他在表面上仍维持着一家之主的样子，虽然他的妻子在竭力反对他。她又是使小性子又是公开对抗。没有别的原因，无非是觉得自己也能当家做主。她没有特殊的证据以证实自己的能力，没有掌握某种可以为她提供权力和理由的材料。然而，要为她那看起来毫无道理的不满提供坚实的基础，缺少的正是这种材料。只要对一桩明目张胆的行动掌握到真凭实据，就会化为一阵冷风，把低垂的疑云变成愤怒的大雨。

赫斯渥的不检点行为终于露出了马脚。就在他跟嘉莉乘马车沿华盛顿大街向西兜风的几天后，本地区英俊潇洒的住院实习医生比尔在他们家的门口碰上了赫斯渥夫人。比尔医生曾沿着华盛顿大街朝东走，认出了赫斯渥，不过那是在过去了一段距离之后才认出来的。他没看清嘉莉，认为她是赫斯渥的妻子或女儿。

“你们出去兜风，遇到朋友是不打招呼的吧？”他打趣地对赫斯渥夫人说。

“要是见了朋友，我是打招呼的。你在哪儿看到我了？”

“在华盛顿大街上。”他回答，以为她会眼睛一亮，立即记起这件事来。

她摇了摇头。

“是在海恩大街附近。你和你丈夫在一起。”

“我想你认错人了。”她回答。随后，她想到丈夫与这事有牵连，不由得心头又立即出现了新的疑云，可表面上却不露声色。

“没错，我看到你丈夫了。”他继续说道，“你我倒没看清，也许是你的女儿吧。”

“也许是的。”赫斯渥夫人说，但心里却非常清楚不是那么回事，因为杰西卡几个星期来一直陪伴着她。她装着没事的样子，想多了解些情况。

“是在下午吧？”她巧妙地问，做出知道那桩事的神情。

“是的，大约两点。”

“那一定是杰西卡。”赫斯渥夫人说，不想显得重视那件事。

医生也有自己的想法，却放下不提了，至少他觉得不值得再谈论了。

在后来的几小时里，甚至几天里，赫斯渥夫人对这条消息想了许多。她确信医生的确看到了她丈夫，赫斯渥口口声声说自己很忙，却很可能陪别的女人兜风去了。于是，她愈来愈生气地回忆起，他经常拒绝跟她一道出去旅游，一道看望朋友，或确切地说，拒绝陪她参加任何能够点缀她生活的社交活动。有人看见他跟一些人去看戏，他说那是莫伊的朋友，而这次有人看见他去兜风，他很可能还会找个借口。也许还有些事情她不知道，要不然他最近为什么这样忙，这样冷漠？在这六个星期里，他出奇地爱发脾气，莫名其妙地拿起帽子就朝外走，不管家里天塌还是地陷。这究竟是为了什么？

她以比较敏感的心情回忆到，他现在看她的目光里已没有了昔日那种满意和赞美的光彩。显然，其中有一条原因，那就是他觉得她人老珠黄，没有了情趣。也许，他看到了她脸上的皱纹。她色褪颜衰，而他仍打扮得风度翩翩，显得青春焕发。他醉心于寻欢作乐，而她……她不愿再想下去。她只觉得自己的状况非常可怜，因此对他恨之入骨。

这件事没有引起波澜，因为缺乏足够的证据，不能兴师问罪。只不过加强了他们之间互不信任、互相仇视的气氛，他们时不时就会怒火勃发，发生一场烦恼的争吵。关于到沃基肖旅游的事情，只是其他同性质事情的一个延续。

就在嘉莉登上艾弗里会堂的舞台演出的第二天，赫斯渥夫人跟杰西卡以及她年轻的朋友巴特•泰勒先生——当地一家室内装饰公司老板的儿子，一道去看赛马。他们早早就乘车出门，偶然碰上了赫斯渥的几位朋友，那几位朋友全是麋鹿会会员，其中有两个看了头一天晚上的演出。本来机缘再巧也不会谈到演出的事，只怨杰西卡对青年男伴献的殷勤太感兴趣，占用了太多的时间。这样赫斯渥夫人不但跟认识自己的几个人打了招呼，还有心绪多说上几句话，继而又把这种友好的短谈发展成长谈。正是一个本意只是想跟她寒暄几句的人，提供了这条引人注意的信息。

“很遗憾，”这个人说道，他身着款式极其漂亮的运动装，肩上挂着一架望远镜，“昨天晚上你没有去参加我们的娱乐活动。”

“是吗？”赫斯渥夫人以询问的口气说，不明白他为什么要用这种语气提起她没有去参加她根本一无所知的什么活动。她正要问是什么活动，却又听他说道：“我见你丈夫了。”

她的纳闷立刻变成了性质比较微妙的怀疑。

“是啊，”她谨慎地说，“玩得痛快吗？他告诉我的情况不多。”

“非常痛快。真的，还没看过那么精彩的业余演出呢。有一位女演员的表演，让我们都吃了一惊。”

“太好了。”赫斯渥夫人说。

“你没能去，真是太遗憾了。听说你身体不舒服，我为你感到可惜。”

哼，身体不舒服！赫斯渥夫人恨不得张大口把这几个字喊出来。不过，她没有凭着一时的冲动去否认和询问，而是用有点刺耳的声音说：“是啊，是太可惜了。”

“看来今天的人不会少，是吧？”那位熟人又换了个话题说。

经理的妻子很想再调查下去，可又找不到机会。她一时心中茫然无绪，只得好好思量一下。她弄不清这新的欺骗究竟是怎么回事，他明明知道她没病，却告诉别人她有病。他这又是不想让她陪着，找出的托词。她决心继续调查。

“昨天晚上你去看演出了吗？”她坐在包厢里，问赫斯渥的另一个跟她打招呼的朋友。

“去了。可惜你没有去。”

“是啊，”她回答，“我那时身体很不舒服。”

“你丈夫告诉过我了，”他说，“那剧演得的确别开生面，比我预料的好得多。”

“观众多吗？”

“场里全坐满了。真是麋鹿会的一个盛大夜晚。我看到了你的许多朋友——哈里森夫人、巴恩斯夫人、柯林斯夫人。”

“称得上是一次社交集会。”

“的确如此。我妻子非常喜欢。”

赫斯渥夫人咬紧了嘴唇。

“原来，”她心想，“他就是这么做的，告诉我的朋友，说我病了不能去。”

她弄不明白他为了什么非得单独一个人去看演出。这其中有鬼。她搜索枯肠，想找出个缘由来。

赫斯渥傍晚回家时，她经过千思万想，已经气急败坏，要让丈夫做出解释，要讨个公道。她想知道他的这种古怪行为包含着什么样的用心。她断定这事情的背后隐藏着自己不知道的秘密，邪恶的好奇心与不信任以及上午的余怒完全搅和在了一起。她就是一场即将降临的灾祸，只见她踱来踱去，眼睛旁聚起阴云，嘴角的肌肉野蛮地勾画出冷酷的线条。

而另一方面，我们完全可以相信，那位经理是带着兴高采烈的情绪回家来的。他跟嘉莉的谈话和协议使他精神振奋，心情愉快得真想高高兴兴唱首歌。他为自己感到骄傲，为他的成功感到骄傲，为嘉莉感到骄傲。他可以和蔼可亲地对待世界上所有的人，不再怨恨自己的妻子。他愿意取悦于人，忘掉她的存在，生活在重新回到他身边的青春和欢乐的气氛中。

所以，他觉得家里现在充溢着极其祥和、舒适的气息。他在大厅里看到一份晚报，女佣放在那里、赫斯渥夫人忘了拿走的。餐室里的桌子干干净净，铺着桌布和装饰布，摆着闪闪发亮的玻璃杯及雕花瓷器。透过一扇敞开的门，他朝厨房里看了看，那里的炉火烧得噼啪响，晚餐快做好了。小乔治正在屋后的小院里跟一条他才买来的小狗嬉戏玩耍，而杰西卡正在客厅里弹钢琴，欢快的华尔兹舞曲响彻了这个舒适人家的每一个角落。每一个人都和他一样，似乎恢复了良好的情绪，陶醉于青春和美之中，都想高高兴兴、愉愉快快。他觉得，仿佛周围的一什一物都是那样美好。他以极其亲切的目光望了望铺好的餐桌以及擦得铮亮的餐具柜，然后上楼到起居室去，准备坐在舒适的安乐椅上看看报，从起居室敞开的窗口可以望到街上的情景。但他进门时，发现妻子一边梳头，一边沉思遐想。

他轻手轻脚走进去，想用一句亲切的话和随口的许诺打消对方可能还郁积在胸里的怒气，但赫斯渥夫人一声不吭。他坐到大椅子上，微微挪动一下身子使姿势舒适些，然后打开报看了起来。过了一会儿，他看到一则关于芝加哥队与底特律队之间棒球比赛的非常滑稽幽默的消息，不禁笑了笑。

赫斯渥夫人正通过面前的镜子，漫不经心地观察着他的举动。她看到他欢快、满足的神情，看到他轻松的态度以及笑吟吟的面孔，心里反而更加生气。令她不解的是，既然他以前表现出嘲笑、冷漠和轻视的态度，而且只要她愿意容忍，他还会继续下去，那么他在她面前为什么又摆出了这副模样？她多么想一吐为快，用激烈的语言特意强调一下自己的看法，把事情的全部经过都逼问出来，直到满意为止。说真的，她那一触即发的愤怒，被一缕思维的细线牵着，才暂时没有爆发出来。

与此同时，赫斯渥看到了一篇诙谐的文章，讲的是一个外乡人来到城里，与赌场的骗子发生了纠葛。他觉得非常滑稽，最后抖动身子咯咯笑了起来。他希望能引起妻子的注意，便把文章给她念了一遍。

“哈哈，”他低声嚷道，仿佛在自言自语，“太逗了。”

赫斯渥夫人继续整理她的头发，连看都不屑看他一眼。

他又动了动身子，接下去看另外一篇文章。后来，他觉得非得给自己良好的心情找个地方发泄发泄。朱丽亚为了早晨的事情也许还在耿耿于怀，但这种局面很容易扭转。实际上，是她做错了事情，不过他不计较这些。她要是想到沃基肖去，马上就可以动身嘛，愈早愈好。一有机会他就告诉她，让这件事彻底过去。

“你可知道，”最后，他针对自己读到的另一则消息说道，“他们提出起诉，要伊利诺斯中央铁路避开湖滨区，朱丽亚？”他问。

她简直不想搭腔，但还是用不客气的语气勉强说了声“不知道”。

赫斯渥竖起了耳朵。她的声音里有一种刺耳的调子。

“他们的起诉倒是件好事情。”他觉得她有点不对头，但还是继续说道，一半是自言自语，一半是给她听。他慎重地把目光又放到报纸上，留心听着细微的动静，想从中了解发生了什么事情。

实际上，像赫斯渥这么乖巧的人，对许多种气氛，尤其是与他自己的心思相关的气氛，是相当留意和敏感的。要不是他心里只想着截然不同的事情，绝不会判断错他那怒气冲冲的妻子的心情。要不是嘉莉的垂青令他念念不忘，要不是她的许诺使他喜不自胜，他绝不会带着如此欢快的情绪看待这个家。今天晚上家里的气氛并不十分明快和欢愉，他只是完全看错了。要是他带着正常的心情回家，便可以大大地适应这里的情形。

他又看了一会儿报纸，觉得应该想个办法扭转局面。显而易见，光凭着一句话是不能跟妻子握手言和的。于是他说道："乔治在院子里的那条狗是从哪里弄来的？"

"不知道。"她气哼哼地说。

他把报纸放到膝盖上，无聊地望着窗外。他不准备发火，只想息事宁人，以和蔼的态度待她，用几句问话取得某种适度的谅解。

"还在为今天早晨的事情这么不开心？"他最后说道，"我们不应该为那件事拌嘴。你要是想到沃基肖去，尽可以去嘛。"

"那样你就可以留在这里跟别的女人厮混？"她带着孤注一掷的表情冲他嚷嚷道，脸上挂着尖刻、愤怒的嘲笑。

他愣住了，像是脸上被人扇了一巴掌。刹那间，他的那种以直报怨和息事宁人的态度不见了。他一眨眼就摆出了防御的姿势，不过却寻不出反击的词。

"你是什么意思？"最后他终于说道，同时挺直腰板，望着眼前的那个冷酷无情、不顾一切的女人，可对方却不予理睬，继续对着镜子梳妆打扮。

"你知道我是什么意思。"她末了说，就好像掌握着大量情况，只是不屑跟他讲罢了。

"哦，我不知道。"他倔强地说，但心里感到不安和紧张，不知下边还会听到什么样的话。那女人果断的态度使他觉得自己在战斗中丧失了主动权。

她没有作声。

"哼！"他把头一偏，咕哝了一声。这是他一生中最怯懦的表现，一点自信心都没有。

赫斯渥夫人觉察到他的话有气无力。她冲他转过身来，像野兽一样，准备实施第二次有效的打击。

“我明天早晨就要去沃基肖的旅费。”她说。

他惊诧地望着她。他以前在她的眼里从来没看到过如此冷酷无情的目光，从来没看到过如此残忍冷漠的神情。她似乎非常镇定，充满了自信和决心，要把所有的控制权从他手中夺走。他觉得自己就是使出浑身解数也防不胜防。他必须进行攻击。

“你是什么意思？”他跳起来说，“你要旅费！真不知你今晚中了哪门子邪。”

“什么邪也没中。”她怒气冲冲地说，“我要那笔钱。给了钱你再去招摇过市好啦。”

“什么招摇过市？屁话！你别想从我这儿得到一分钱！你那样含沙射影究竟是什么意思？”

“你昨天晚上到哪里去啦？”她还嘴说，话头火辣辣的，“你和谁一起在华盛顿街上兜风？当小乔治在剧院看到你时，你和什么人在一起？你以为我是个傻瓜，让人哄来哄去？你以为我光会待在家里，听信你那一套‘太忙’和‘不能去’的鬼话，而你在外逍遥自在，对别人说我不能去吗？我要让你知道，你的那种老爷架子在我的面前摆完啦。你别想再对我和我的孩子发号施令。我和你算是彻底完啦。”

“那是造谣。”他说道。他被逼入绝境，想不出别的借口来。

“哼，造谣！”她恶狠狠地说，不过态度却恢复了镇静，“你愿说那是造谣就说吧，可我心中有数。”

“我告诉你，那是谣言。”他以低沉和严厉的声音说，“几个月来，你一直在到处搜寻毫无价值的罪名，现在以为拿到手啦。你以为抛出点东西来，就能够占上风？告诉你吧，你占不了上风。只要我在这个家里，我就是一家之主。你或者任何其他人都别想对我发号施令。听见了吗？”

他眼睛里闪射着凶光，一步步朝前逼近。那女人摆出一副冷酷、嘲弄和凌驾一切的样子，就好像她已经成了一家之主似的，使他一时恨恨不已，真想掐死她。

她死盯住他，活像个兴风作浪的女巫。

“我不是在对你发号施令，”她回答，“我是在告诉你，我要得到什么。”

这声回答非常冷酷、非常大胆，不知怎么打消了他的气焰。他苦于无法攻击她，无法问她要证据，从她那闪闪发亮的眼睛里，他看到了证据和法律，想起他所有的财产都用的是她的名字。他像是一艘强大有力、咄咄逼人的船只，然而却没有风帆，在大海上摇晃着、挣扎着。

“我告诉你，”他最后说道，稍微恢复了些平静，“你别想拿到钱。”

“那就走着瞧吧。”她说，“我要弄清楚我有哪些权利。如果你不愿跟我讲话，你可以和律师谈。”

这可是很厉害的一招，而且产生了效果。赫斯渥败下了阵。他知道自己要对付的不仅仅是威胁。他觉得他面对的是一项棘手的建议。他简直不知说什么好。这一天的全部欢乐顷刻化为乌有。他焦虑不安、咬牙切齿。可是该怎么办呢？

“悉听尊便。”他最后说，“我和你一刀两断。”说完，大步走了出去。

第二十三章 旧情侣生新怨

嘉莉回到自己的房间时，由于优柔寡断，心里已疑虑重重。她吃不准许诺是否得当，现在既然话已出口，她不知是否应该遵守诺言。趁着赫斯渥不在跟前，她前前后后考虑了一遍，结果发现了一些在听那位经理热情洋溢的谈话时所没有想到的困难。她看到她使自己身陷尴尬的境地，那就是她已被视为有夫之妇，可又同意嫁人。她记起了杜洛埃为她做过的一些事情，现在自己却要不辞而别，觉得好像对不住他。再说，她生活舒适，这对多少有些害怕艰难世道的人来说是至关紧要的，于是心里难免会离奇古怪地生出一些理由来。“你还不知道将来会怎么样呢。外边是一个悲惨的世界，有的人沿街乞讨，而妇女的情况很可怜。你根本弄不清会发生什么事情。别忘了自己饿肚子的时候。不要放弃已经得到的东西。”

说来也怪，她虽然完全倾心于赫斯渥，他却没有牢牢掌握她的观点。她倾听、微笑、赞许，可是没有最终同意。这是因为他缺乏力量，缺乏那种令人神魂颠倒、能够销金铄石、把一切原因和意见搅得乱七八糟、叫推理能力毁于一旦的排山倒海的激情。

这种排山倒海的激情差不多每个人一生中都有过一次，它是青春的特征，有助于初恋的成功。

赫斯渥的年龄比较大，很难说还保持着这种青春的火焰，不过他心里却荡漾着缺乏理智的热烈感情。我们已经看到，这种感情足以使嘉莉倾心于他。嘉莉虽然并没有爱上他，却可以说她自以为堕入了情网。女人往往就是这个样子。这是因为每个女人都向往爱情，渴望获得被人爱的欢乐。渴望受保护、过优裕的生活和被人同情是女人的一种特性。再加上多愁善感以及自然产生的情感，往往使她们难以拒绝对方。这会让她们自以为堕入了爱河。

嘉莉回到家，换了衣服，就动手收拾房间。在家具的摆设一事上，她从不采用女佣的意见。那个年轻的女佣总是把其中的一把摇椅放在屋角，而嘉莉每一次都要把它移开。今天，嘉莉只顾想自己的心事，没留意摇椅又放错了地方。她忙忙碌碌，一直干到杜洛埃五点回来。推销员面红耳赤、情绪激动，下定决心要把她跟赫斯渥的关系了解清楚。可是，他在心里把这事琢磨了漫长的一整天，已非常厌烦，只希望把这件事了结掉。依他看不会产生什么严重的后果，但临到头犹犹豫豫开不了口。他进门时，嘉莉正坐在窗旁的摇椅上晃动，一边望着窗外。

“喂，”她已厌倦了苦思冥想，此时见他慌慌张张，难以掩饰激动的情绪，不由得感到纳闷，于是天真地说，“为什么这样匆忙？”

杜洛埃举棋不定，到了她跟前不知怎么办才妥当。他不是个有谋略的人，也不善于察言观色。

“你什么时候回来的？”他傻乎乎地问。

“哦，大概一小时之前吧。问这干什么？”

“今天上午我回来，”他说，“你不在这里，所以我想着你出门去了。”

“是这样的，”嘉莉简短地说，“我出去散步了。”

杜洛埃疑惑地望了望她。在这类事情上他是不讲体面的，但他还是不知怎样启口。他瞪起眼睛，公然直盯着她。最后她问他说：“为什么用这种眼光看我？到底怎么回事？”

“没什么，”他回答，“我只是在考虑问题。”

“考虑什么问题？”她被他的态度弄糊涂了，微笑着问。

“哦，没什么，没什么大不了的。”

“那么，你的表情怎么是这个样子？”

杜洛埃站在镜台边，带着一种滑稽的神情望着她。他已取下了帽子和手套，此时正心烦意乱地摆弄着近旁的化妆品。他不愿相信眼前的这位漂亮女子会卷入叫他失望的事情里去。出于满腔的愿望，他觉得其实并没有越轨的事情发生。可是，女佣透露给他的消息却在刺痛着他的心。他想直来直去，说些一针见血的话，可又不知怎么说好。

“今天上午你到哪儿去了？”最后他怯懦地问。

“哦，散步去了。”嘉莉说。

“真去散步啦？”他问。

“是的，你问这干什么？”

她开始意识到，他掌握了什么情况。于是，她立即采取了比较谨慎的态度。她的脸色有些苍白。

“我想也许你没去散步。”他旁敲侧击地说，样子显得十分不中用。

嘉莉直视着他，渐渐消失的勇气又回到了她身上。她看出他自己也是一副拿不定的样子，以女人的直觉感到自己没有必要惊慌失措。

“怎么说这样的话？”她蹙起漂亮的额头问，“你今晚的言行太荒唐可笑。”

“我也觉得荒唐可笑。”

他们相互打量了一会儿，随后杜洛埃单刀直入，不顾一切地扯到正题上。

“你和赫斯渥是怎么回事？”他问。

“我和赫斯渥？你这是什么意思？”

“我出门在外的时候，他不是来过十几次吗？”

“十几次？”嘉莉心虚地重复道，“不对。可你说这话是什么意思？”

“有人说你跟他一起出去兜风，还说他每天晚上都来这里。”

“没那种事。”嘉莉回答，“那是造谣。谁告诉你的？”

她的脸一直红到了头发根，但由于屋里光线暗淡，杜洛埃看不清她的脸色。就在嘉莉矢口否认、为自己辩解时，他恢复了充足的自信心。

“反正有人说过。”他说，“你真的跟他没事？”

“当然没有。”嘉莉说，“他来过几次你是知道的。”

杜洛埃停顿下来，思考了一会儿。

“我只知道你告诉给我的情况。”他最后说道。

他激动不安地来回踱步，而嘉莉慌乱地望着他。

“我没跟你提过那些事，这我清楚。”嘉莉恢复了镇静说。

“如果我是你，”杜洛埃没理会她的表白，继续说道，“我就不会跟他来往。你知道，他是有妇之夫。”

“谁……谁是有妇之夫？”嘉莉结巴地问。

“赫斯渥呗。”杜洛埃说，一边观察着效果，觉得这对她是有力的打击。

“赫斯渥！”嘉莉惊叫一声，站了起来。一听这话，她的脸变了好几种颜色。她的内心和外表都恍惚迷乱。

“是谁告诉你的？”她问道，全然忘了这种问话是不妥当的，会招来很大的嫌疑。

“反正我知道。我一直都很清楚。”杜洛埃说。

嘉莉搜索枯肠，想把思想理出个头绪来。她神色非常狼狈，但心里却没有一点瓦解人意志的胆怯感。

“我认为我告诉过你。”他补充道。

“不，你没有，”她突然提高了音调反驳说，“你没有那样做过。”

杜洛埃吃惊地听着她的话，这倒是件新鲜事儿。

“我想我告诉过你。”他说。嘉莉十分庄重地扫视了一下四周，然后走到窗前。

“你不该跟他有任何来往，”杜洛埃以一种受委屈的口气说，“我可是为你尽过力的呀。”

“亏你说得出口！”嘉莉说，“你为我尽过什么力？”

她心里感情起伏，产生了种种矛盾的心理——为隐私被揭穿感到羞愧，为赫斯渥的不诚实感到耻辱，为杜洛埃的欺骗行径以及他对她的讽刺感到愤怒。她的头脑里产生了一种清晰的想法。他是有过错的，这一点毋庸置疑。他为什么要把赫斯渥——一个有妇之夫带回家，对她只字不提？暂且不论赫斯渥的不诚实，他杜洛埃为什么要那样做？他当初为什么不对她讲清楚？他干下了这种背信弃义的事情，现在却站在那里大谈为她尽过力！

“好呀，那我就说吧，”杜洛埃嚷嚷道，万万没料到他的话已在对方的心里燃起了怒火，“我认为我为你尽了很大的力。”

“你尽过力，嗯？”她回应道，“你欺骗了我——这就是你为我尽的力。你寻找一些虚假的借口，把你的老朋友带到这里来。你把我当作——唉。”到这儿，她再也说不下去了，把两只小手痛苦地绞在一起。

“我看不出这跟那事有什么联系。”推销员莫名其妙地说。

“你是看不出，”她振作起精神，咬牙切齿地回答，“你当然看不出，没有你能看出的东西。难道你当初就不能告诉我吗？你让我一错再错，直至无法挽救。待到此刻你才鬼鬼祟祟跑回来，把情况讲清楚，还声称你为我尽过力。”

杜洛埃从来没想到过嘉莉还有这种嘴脸。她情绪激动，杏眼圆睁，芳唇颤抖，全身上下都显出受了伤害的样子，发泄着愤怒。

“谁鬼鬼祟祟？”他问道，略微感觉到自己说错了话，但认定自己蒙受了冤屈。

“你！”嘉莉跺着脚说，“你是个遭人憎恶、自鸣得意的懦夫！你还以为自己是什么？如果你还有点男人味，就不会想到去做那样的事。”

推销员愣住了。

“我不是个懦夫。”他说，“不管怎样，你跟别的男人来往是什么意思？”

“哼，别的男人！”嘉莉嚷嚷道，“还提别的男人——这你心里最清楚。我是跟赫斯渥先生有交往，那是谁的过错？他不是你带到家里来的吗？你亲口告诉过他，让他来这里带我出去玩。现在事情全过去了，你却跑来说我不该跟他来往，还说他是有妇之夫。”

她说到最后那四个字，便打住了话头，绞动着双手。一想到赫斯渥的不诚实，她的心就像被刀剜了一样。

“唉，”她啜泣出声，然而却令人惊奇地控制住自己，没让眼泪涌上来，“唉，唉！”

“想不到我出门在外的时候，你会跟着他瞎跑。”杜洛埃不妥协地说。

“哼，想不到！”嘉莉被这个男人不合常理的态度刺激得愤怒至极，说道，“你当然想不到。你只想得到能让你开心的事情。你想把我当成玩具，受人耍弄。我要让你瞧瞧，这是办不到的。我要跟你一刀两断、分道扬镳。你可以把你的东西拿回去。”她取下他送给她的小胸针，狠劲抛到地上，接着便走来走去，仿佛要收拾起属于她的那些东西。

这不仅让杜洛埃感到恼怒，也使他更迷惑了。他诧异地望了望她，最后说道：“真不知你的怒气从何而来。这件事我没有说错。我帮过你的忙，所以你不该做任何对不起我的事。”

“你帮过我什么忙？”嘉莉把头向后一扬，芳唇微启，怒气冲冲地问。

“我认为我为你做过许多事情。”推销员说着，环顾了一下四周，“你要的衣服不都是我给的吗？你想到哪儿去，我就带你到哪儿去。我有的你都有，而且你的东西比我的多。”

不管怎样说，嘉莉并非忘恩负义的人，平心而论，她承认受了人家的恩惠。她不知怎么回答才好，可她的怒火还没有平息。她觉得推销员不可补救地伤害了她。

“是我问你要的吗？”她还嘴说。

“哦，是我送的，”杜洛埃说，“而你接受了！”

“你说起话就像是我问你要东西似的。”嘉莉回答，“你站在那里大谈特谈为我尽了力。我不稀罕你的烂东西，你把它们拿走，今晚就拿走，愿意怎么处理随你的便。我一分钟都不想再在这儿待了。”

“好啊！”他说道，一想到将要蒙受的损失，便怒不可遏，“把东西都用过了，臭骂我一顿，就一走了之。真是妇道人家的行径。当你一无所有的时候，是我收留了你，后来遇到了别人，我就没有用了。我早就想到会落到这种地步。”

他想到自己所受的待遇，确实感到很伤心，瞧他的表情，就好像没有办法得到公平似的。

“不是那回事，”嘉莉说，“我不会跟任何人走的。你卑鄙到了极点，根本不为别人着想。告诉你吧，我恨你，一分钟都不愿再跟你住在一起了。你是个无礼的大……”她犹豫了一下，没有骂出口来，“否则，你就不会说那种话。”

她拿起帽子和外套，把外套放到晚礼服的上面。几绺卷曲的头发从头一侧的丝带里滑了出来，遮盖在她又烫又红的面颊上。她感到愤怒、屈辱，伤透了心。一双大眼睛里积满了痛苦的泪水，但眼睑却没有湿。她心烦意乱，茫茫然拿不出个主意来，真不知这件棘手的事情如何了结。

“哈，这样收场倒挺好，”杜洛埃说，“想收拾东西走人？你可真是能干。我敢说你和赫斯渥有一手，不然你就不会这个样子。这破烂房子我不想要了。你不必因为我搬出去。你可住在这里，我不在乎。但苍天在上，你是对不起我的。”

“我不愿跟你住在一起，”嘉莉说，“我不想和你共同生活。自从搬到这儿以来，你什么事情都不做，只知道吹牛皮。”

“哼，我可不是那种样子。”他回答。

嘉莉抬腿向门口走去。

“你到哪儿去？”他说着，抢先一步，拦住了她。

“放我出去。”她说。

他最可贵的一点是富于同情心，一见嘉莉朝外走，不知要到哪儿去，他虽然满腹怨气，还是动了恻隐之心。

嘉莉无计可施，只是拉门。

这种剑拔弩张的局面让她无法忍受。她又拉了一下门，仍无济于事，便哭了起来。

“好啦，理智点，嘉德，”杜洛埃温和地说，“何必要这样冲出家门呢？你没有地方可去。为什么不留在这里，安静下来呢？我不会惹你心烦的。我不想再在这儿住了。”

嘉莉啜泣着从门边走到窗前。她伤心得连话都说不出了。

“你理智一点。”他说，“我并不想拦你。你高兴走就可以走，但你为什么不仔细考虑考虑呢？上天知道，我不会挡你的路的。”

他没有听到回答。不过，在他的恳求影响之下，嘉莉平静了下来。

“你留在这里，我可以走。”他最后补充说。

嘉莉听到这话，心里感情复杂。她的大脑思维原本就缺乏逻辑的约束，此刻更如脱缰的野马。她想到一处，感到激动，想到另一处，却又怒火冲胸。她想到自己的委屈，想到赫斯渥和杜洛埃的委屈，想到他们的善良的宠爱，想到外部世界的艰险以及自己在那个世界栽过的跟头，想到不能如此住下去，因为这套房间不再名正言顺属于她，其中的原因令她头皮发紧——千般思虑使她心乱如麻。她就像一只无处停泊、任暴风雨吹打、除过随波漂流再没有一点办法的小船。

“喂。”隔了一会儿工夫，杜洛埃闪出一个新念头，便走过来把手搭到她肩上说。

“别碰我！”嘉莉躲开说，但手帕却没有从眼睛上拿掉。

“不要再为这次拌嘴耿耿于怀了，就让它过去吧。你在这儿住到月底，那时就可以对何去何从做出比较明智的判断。行吗？”

嘉莉没有回答。

“你最好还是留下，”他说，“不用收拾东西了，你是无处可去的。”

他仍没有听到回答。

“如果你留下，我们可以暂且不谈那事，而我可以出去。”嘉莉把手帕略微朝下拿开一些，望了望窗外。

“你愿意这样子吧？”他问。

还是没有回答。

“愿意不愿意？”他又问了一遍。

她只是茫然地望着街上。“嘿！快点告诉我，”他说，“你愿意吗？”

“不知道。”嘉莉被逼不过，只得低声说道。

“答应我，留下来吧，”他说，“这件事我们就不谈了。这样做对你是最妥当的。”

嘉莉听了他的话，可是不能给予合乎情理的回答。她觉得这个男人温柔体贴，对她仍兴趣不减，这让她感到一阵懊悔。她的处境极其尴尬困窘。

至于杜洛埃的态度，完全是个吃醋的恋人。此刻他感情复杂，既为受欺骗感到愤怒，又为失去嘉莉感到伤心，还为情场失败觉得可耻。他想设法保住自己的权利，而其中的一个权利就是挽留嘉莉，使她觉察到自己的错误。

“你愿意吗？”他催促道。

“哦，容我想想。”嘉莉说。

事情虽然仍悬而未决，但也算有了个台阶。他们要是能以合适的方式谈谈，这场争吵看起来好像是可以平息的。嘉莉无地自容，杜洛埃创痛巨深。他假装要把一些东西收拾好放进手提包里。

嘉莉用眼角的余光观察着他，心里产生了一些合乎情理的想法。他做过错误的事情固然是真的，可她又表现得怎么样呢？他虽然有些自私，可毕竟和蔼可亲、心地善良。这次吵嘴，他始终没说一句严厉的话。另一方面，那个赫斯渥比他更具欺骗性。他的爱情和激情全都是伪装出来的，他一直在对她撒谎。唉，背信弃义的男人啊！而她却爱上了他。跟他那边现在是完结了，她再也不愿见到他。她要写信把心里的看法都告诉他。可以后怎么办呢？这儿有个窝，而杜洛埃恳求她留下。显而易见，如果安排妥当，这里的情况可以一如既往，在这里总比流浪街头、无处栖身强。

正当她浮想联翩时，杜洛埃却花费了很长时间翻抽屉找衣领，又不辞劳苦地寻找衬衫袖纽。他并不急于办完这件事。他觉得嘉莉对他具有永不消退的吸引力。他不愿一走了之，断掉他们之间的关系。一定还有回旋的余地，让她承认他是对的，而她做错了事情——二人言归于好，将赫斯渥永远拒之门外。天哪，那家伙可耻的欺骗行径实在让他痛心。

“你是不是认为你可以到舞台上试试？”他沉默了一会儿，然后问道。

他很想知道她心里是怎么打算的。

“我还不知道以后做什么好呢。”嘉莉说。

“倘若你愿意试试，我也许可以帮你的忙。我在那一行有许多朋友。”她没有搭腔。

“你身无分文，不要出去闯荡世界了。让我帮助你吧。”他说，“在这地方你独自谋生是很不容易的。”

嘉莉只是坐在摇椅上前后摇晃着。

“我不愿让你去面对艰难的世道。”

他激动地提起一些其他的细节，而嘉莉仍摇个不停。

“为什么不把事情都讲出来，就此了结呢？”他过了一会儿说，“其实你对赫斯渥并没有意思，是吗？”

“怎么又要提那事？”嘉莉说，“要怪都怪你。”

“不，不能怪我。”他回答。

“你也是有过错的，”嘉莉说，“你不该编出一套那样的故事。”

“可你跟他并没有多深的关系，对吧？”杜洛埃自顾自地说下去，急于听到她矢口否认，以安慰自己的心灵。

“我不愿谈这件事。”嘉莉说。和解又突然转成了责问，这一点刺痛了她。

“你这样做有什么好处呢，嘉德？”推销员不放松地说，他停下手头的事情，意味深长地举起一只手来，“你至少应该让我知道我所处的位置。”

“我不愿意，”嘉莉说，感到无处躲藏，便生起气来，“不管发生了什么事情，都是你自己的过错。”

“这么说，你真的有意于他？”杜洛埃问道。他彻底停下手中的事情，感到一股怒火冲上心头。

“哼，住嘴！”嘉莉说。

“那好，我可不愿受人耍弄，”杜洛埃嚷嚷道，“如果你愿意，你可以跟他厮混，但你休想牵着我的鼻子走。对我坦白不坦白，随你的便，可是休想再把我当傻瓜哄！”

他把已整好的最后几件东西塞进手提包，气呼呼地猛然合上了包。随后，他将找东西时脱下的上衣一把抓在手里，拿起手套朝外走去。

“去见你的鬼吧，我才不在乎呢。”他走到门口时说，“我可不是好愚弄的。”他猛地一下拉开门，又猛地把门关上。

嘉莉边望着窗外，边细听着。最让她吃惊的是推销员突如其来发的一顿火。她简直难以相信自己的耳朵，因为他历来都是和蔼可亲、温文尔雅的呀。她不理解人的感情来自何处。纯真爱情的火焰是一种奇妙的东西，它像一团鬼火，轻飘飘奔向欢乐的仙境。它是一座熊熊燃烧的熔炉，使用的燃料往往是忌妒。

第二十四章 妻子步步进逼，丈夫穷途末路

那天夜里，赫斯渥留在市中心没回家，上完班后就到帕尔默饭店住宿。妻子的威胁行径在他的整个前程上投了一层阴影，搅得他胆战心惊。他虽然说不准她的威胁有多么严重，但他断定她的态度如果长此不变，会给他带来无尽的烦恼。她决心已定，并在一场非常关键的较量中击败了他。今后会怎么样呢？他起先在他那小办公室里来回踱步，后又到客房里走来走去，思前想后，琢磨不出对策来。

相反，赫斯渥夫人不愿失去自己的优势，决定采取行动。既然已经威慑住了他，她就应穷追不舍地提出条件，倘若他承认下来，她的话以后将成为法律。她现在要按时索取钱款，而他不得不给她，否则就给他颜色看。他何去何从无关紧要。其实，她并不在乎他还回不回家。家里没有他反而会过得愉快得多，她可以随心所欲，不用跟任何人商量。她打算找个律师，再雇个侦探，她要立刻查清自己到底能占多大便宜。

赫斯渥在屋里踱着步，心里考虑着几点重要的情况。“她把家产用她的名字注册，”他不住口地自言自语，“这一招太毒辣了。

多么阴险的一步棋啊！”

他也考虑到了自己的经理位置。“如果她闹起来，我就会丢饭碗。我的名字要是上了报，他们就会把我开掉。我的朋友也会疏远我！”一想到她的行为会招来飞短流长，他的怒气就越大。报纸上会怎么说呢？每一个他所认识的人都会充满好奇心。那时他不得不解释和否认，把自己变成众矢之的。到时候莫伊会找他谈话，让他吃不了兜着走。

想到这些，他两眼之间皱起了小密纹，汗水打湿了额头。他想不出解决问题的办法——连一条出路也没有。

就在他忧虑重重之际，他不断想到嘉莉以及星期六马上就要办的事情。他的事情虽然盘根错节，但他并不为这件事担心。在这场灾难之中，这是唯一叫人高兴的事情。他可以做出满意的安排，如有必要嘉莉会愿意等待的。明天看看情况如何，再跟她谈。他们将像平时一样相会在一起。他眼前只看得到她俊俏的脸蛋和婀娜的体态，只怪生活不尽如人意，要不然他在她那儿寻觅到的欢乐便可以天长地久。那该会多么美好啊。后来，他又想起了妻子的威胁，皱纹和冷汗又重新出现。

次日早晨，他从饭店去上班，看到除过普通的信件之外，没有别的。不知怎么，他觉得似乎在信件堆里可以发现问题，待到把所有的信封都浏览一遍，没有可疑的地方，这才放下心来。在抵达办公室之前他没有一点胃口，这时才感觉有点饿，于是决定先去太平洋大饭店喝杯咖啡，吃几块面包，然后再到公园见嘉莉。危险没有减弱，但也没有露出苗头，对他来说，没有消息就是好消息。如果有充足的时间思考问题，也许会想出个办法来。一定会的，一定会的，他不会让这件事转为灾难，而自己无计可施。

然而来到公园后，他左等右等不见嘉莉来，一颗心就沉了下去。他在自己心爱的地方坚持了一两个小时，后来站起身，开始心神不宁地四处走动。她会不会出了什么事，来不了啦？他妻子会不会找上门了？绝对不会。他一点没去考虑杜洛埃，绝对想不到他会发现破绽。他愈想愈不安，后来死了心，觉得也许没出什么事。她今天早晨脱不了身，这就是没有来信通知他的原因。他今天会接到信的。待到他赶回去，信也许已放在他的桌子上了。他要立刻回去看看。

过了一会儿，他放弃了等待，郁郁不乐地到麦迪逊街去搭电车。晴朗的蓝天布满了白云，将太阳遮住，使他的心情更加沉重。风向已转向东方，待他赶回办公室，天空已大有降一下午毛毛雨的趋势。

他走进办公室检查信札，但没发现嘉莉的信。幸好也没有他妻子的信。他感谢上天，因为眼下他需要深深思考时，不必面对妻子的干扰。他又踱起步来，假装情绪和往常一样，但内心却苦恼得无法形容。

一点半钟，他到雷克托饭店吃午饭，回来时见一个信差在等他。他带着疑惑的心情望了望那小家伙。

“我要带回去回信。”小信差说。

赫斯渥认出了妻子的笔迹。他把信拆开，不动声色地看起来。信是以极其正规的方式启头的，措辞自始至终都很严厉和冷酷。

“希望把我要的钱马上送来。我要用这笔钱执行我的计划。如果你不愿回来，可以随你的便。这是毫无关系的，但我必须拿到钱。所以不许拖延，让信差把钱送来。”

他看完后，手里拿着信站在那里。信里的放肆语气使他大为震惊，也激起了他的愤怒，激起了他内心深处的反感。冲动之中，他原来只想写“见鬼去吧！”作为答复，但后来采用折中的办法，告诉小信差说没有回信。随即，他坐在椅子上，茫然地瞪着双眼，考虑着这样做的后果。她会有什么反应呢？那个该死的贱货！她是不是想逼迫他屈服呢？他要回家去跟她见个分晓，这就是他要做的事情。她做事情未免太盛气凌人了。起初他心里转的就是这些念头。

可后来他又恢复了一贯的谨慎态度，必须采取措施。冲突的高潮已经接近，她绝不会坐着等待。他对她了如指掌，知道她一旦决定了一项计划，就会一干到底。也许事情马上就会交给律师处理。

“去她的吧！”他咬紧牙关，轻声说道，“她要是给我找麻烦，我就让她有好戏看。我要叫她改变说话的口气，即使动用武力也在所不惜！”

他从椅子上立起身，走过去向街上眺望。连绵的淅沥细雨已经下了起来。行人们翻起衣领，卷上裤腿。没带伞的人把手插进衣袋，带伞的则撑起雨伞。街道像一片黑布圆顶的海洋，在汹涌澎湃地涌动。货车和大篷车吱吱呀呀，形成了一条喧闹的湍流，到处都可见人们在想方设法避雨。赫斯渥却几乎没有去留意这幅场景。他一直在考虑怎样对付妻子，要让她改变对他的态度，免得他做出伤害她的举动。

四点又来了一封短信，只说如果晚上不把钱送去，就把事情于明日告诉费兹介路和莫伊，采用别的方式把钱拿到手。

事情逼得这么紧，差点让赫斯渥惊叫出声。好吧，就把钱给她送去吧。他要亲自去送，回到家里跟她谈谈，而且说干就干。

他叫了辆马车，顶着凄风苦雨向北区驶去。路上，他考虑着这件事的细枝末节，火气平息了下来。她都了解哪些情况呢？她干了些什么？也许她找到了嘉莉，这谁知道，或者……或者去找过杜洛埃。也许她真的掌握着证据，意在整倒他，如藏在暗处的伏兵一样给他个出其不意。她不是个鲁莽的人，要不是有充分的证据，怎么会如此羞辱他？

他开始觉得，要是当初以某种方式妥协，把钱送去就好了。也许现在还来得及。总之，他要回家去看看。他绝不会再吵架。

走到自家住的那条街时，他深切感到自己处境艰难，心里一再希望能有一个解决问题的办法，希望自己能找到一条出路。他下了车，走上门前的台阶，一颗心紧张得怦怦乱跳。他掏出钥匙想去开门，但钥匙孔里从屋内已插入了一把钥匙。他转动把柄，可门是锁着的。他又按门铃，里边没人应声。他又按了一下，这次按得比较用力，仍没有人应声。他接连使劲按了几次，都没有动静。后来，他走下了台阶。

台阶底下有一扇门通向厨房，外边加了一道铁栅，是用来防盗贼的。他来到这扇门前，发现也闩上了，厨房的窗户也关着。这是怎么回事？他按了一下铃，然后等待着。最后，他见没人应，就转身回到马车跟前。

“他们大概都出去了。”他带着歉意对那个把红脸膛埋在宽松的防水布雨衣里的马车夫说。

“我见楼上窗户那儿有个女孩子。”马车夫回答。

赫斯渥望了望，但那儿已没有人了。他阴沉着脸爬上马车，心里既有解脱感，又觉得恼恨。

原来玩的是这种把戏！把他拒之门外，还让他朝外拿钱。天哪！这真让人无法容忍！

第二十五章 境遇悲惨，情绪低落

赫斯渥再次回到办公室时，心里更加迷茫了。天哪，天哪，他心想，他这是中了哪门子邪？事情怎么会急转直下，变化得这么快？他简直弄不清这一切是怎么发生的。一种骇人听闻、荒诞离奇、不近人情的事情突如其来压在了他头上，不容他斟酌和反驳。

与此同时，他时不时想到嘉莉。她那边到底出了什么事呢？没有信来，也没有任何消息，她本来答应早晨跟他见面，可现在已经是夜晚了。明天他们将碰头，一道远走高飞——但是到哪儿去呢？他发现最近由于情况紧急，他没有在这方面制订计划。他不顾一切地堕入了情网，要是在正常情况下，他一定会不惜一切努力把她争取到手，可现在——现在怎么样呢？假设她发现了真情呢？假设她也给他写封信，宣称自己已掌握全部情况，要跟他一刀两断呢？照现在的情况看来，这样的事情很可能会发生。另一方面，他还没有把钱送回家去。

他在酒店里那打磨得明光净亮的地板上走来走去，双手插在口袋里，皱着眉头，嘴巴闭得紧紧的。他抽了支上等雪茄，得到一丁点安抚，但这并非治疗心病的灵丹妙药。他每隔一会儿就会握握拳头跺跺脚——这是他心情烦躁的表现。他的整个身心都受到剧烈强劲的震动，大脑已经快到了忍受的极限。他喝的白兰地和苏打水比几个月来任何一个夜晚都多。总而言之，他方寸已乱，成了心神不宁的典型。

尽管他费尽了心思，但一个晚上都没想出个良策，只好把钱送去。他心里十分不情愿，经过两三个小时的激烈思想斗争和权衡，最终还是取过一个信封，把妻子索要的那笔数额的钱放进去，慢慢地封好。

接着，他唤来了酒店里的杂役工哈里。

“你按这个地址送去，”他把信封递给哈里说，“把它交给赫斯渥夫人。”

“是，先生。”杂役工说。

“如果她不在家，就拿回来。”

“是，先生。”

“你见过我妻子吗？”他见杂役工转身要走，为了小心起见，便问了一声。

“哦，见过，先生。我认识她。”

“那就好。快去快回。”

“要回信吗？

“我想就不要了。”

杂役工匆忙离去，经理又陷入了沉思。钱已经送去了，不用再为这件事伤神费心了。今晚他一败涂地，应该想开点才对。可妻子逼人太甚，让他咽不下这口气！他仿佛看见她在门口迎住了杂役工，脸上挂着冷笑。她接过那个信封，就会知道自己已大获全胜。只要能拿回信封，他绝不会再送出去。他深深叹口气，揩去面额上的汗水。

为了能放松一下，他起身到几位正在喝酒的朋友跟前，加入他们的谈话。他竭力想对周围的事物产生兴趣，但是却不能。他的心老是往自己家里跑，想象着那儿出现的情况。他一直都在想，杂役工把信封交给她时，她会说些什么。

过了大约有一小时零三刻钟，杂役工回来了。他显然把信封送到了，因为他走过来时，没有要从口袋里掏东西的表示。

“怎么样？”赫斯渥问。

“我交给她了。”

“我妻子吗？”

“是的，先生。”

“有回话吗？”

“她说送去得正是时候。”

赫斯渥恶狠狠皱起了眉头。

晚上，这件事也就到此为止了。他反复思量起自己的处境，直到半夜才回帕尔默饭店睡觉。他不知第二天早晨会发生什么事情，担心得睡不安稳。

翌日来到办公室，他打开信箱，心里既忐忑不安又满怀希望，不知里边都有些什么样的信件。没有嘉莉的信，也没有妻子的来信，这倒让他感到欣慰。

他已经把钱送去，而妻子已经收下，这一点使他的心境趋于平静。他不再担心这件事，心里少了几分烦恼，多了一些化干戈为玉帛的希望。他坐在办公桌旁，心想一两个星期内不会出什么事情。在这段时间里，他可以认真思考。

这一思考过程刚一开始，他就想到了嘉莉，想到了把她从杜洛埃手中夺走的举措。现在怎么办呢？在考虑这件事的时候，他想到她没有来相见也没有给他写信，心里的痛苦便骤然升级。他决定通过西区邮局给她去封信，要她讲明原因并前来见他。想到这封信大概星期一才能转至她手中，他心里十分发急。必须想个快捷的办法——但什么办法好呢？

他把这件事琢磨了半小时，由于怕暴露，不打算派信差或亲自乘车上门。他发现时间在白白流失，便动手写了信，然后又开始思考。

几小时过去了，他原先考虑的跟嘉莉结合的可能性也随之化为泡影。按原来的想法，他此刻正在高高兴兴地协助嘉莉，致力于把他们二人的命运联结在一起，而现在已是下午时分，却什么事情也没干。三点、四点、五点、六点相继来到，可是仍没有信来。不能自拔的经理在屋里踱着步，悲惨地忍受着失败的凄苦。他送走繁忙的星期六，迎来星期日，一件事情也没做成。酒吧全天停业，他独自一人沉思遐想，跟自己的家、酒店里的热闹场面以及跟嘉莉隔绝开来，一丝一毫也改变不了自己的状况。这是他一生中最可悲的星期日。

在星期一的第二批邮件里，他看到一封看起来非常正规的信，使他思忖了好一会儿。信上印着“麦格雷戈、詹姆斯和海埃律师事务所”的字样，开头非常正规地写着“尊敬的先生”和“敬告”，接下来便言简意赅地通知他，说他们受朱丽亚·赫斯渥夫人的委托，负责办理某些有关她的赡养和产权的问题，烦劳他立即到律师事务所面谈。

他把信仔细看了好几遍，然后光是摇头。如此看来，家庭纠葛才刚刚开始。

“天哪！”他隔了一会儿，叫出了声，“让我怎么办？”

后来，他把信折好，放进了衣袋。

嘉莉那儿还没有消息，这更增加了他的苦痛。他现在已经有把握断定，她知道了他是有妇之夫，正在为他的不诚实生气。眼下他最需要她，所以损失显得更为严重。他心想，如果她不立刻送个音讯来，他就冲到那儿去硬要见她。真正最让他忍受不了的是这种遗弃。他真心地爱过她，而现在眼看有可能失去她，觉得她的魅力又增加了许多。他一心渴望能得到她的音讯，怀着无限的忧思想念着她。不管她怎么想，而他绝不能失去她。无论发生什么样的情况，他都要把这件事办妥，而且说干就干。他要去找她，把家里的矛盾全盘托出。他要讲讲他的现状，讲讲他多么需要她。那样，她肯定就不会遗弃他了吧？是的，她不会的。他将苦苦哀求，直至她怒火全消，直至她原谅他。

他突然闪出一念：“假如她不在那儿，假如她已经走了呢？”

想到此处，他站了起来。这让他不敢想象，使他再也坐不安宁了。

可是，他的苦思冥想并没有产生任何结果。

星期二的情况也是如此。他的确曾打起精神去找嘉莉，可一到奥格登公寓，他发现一位男子在注视他，便掉头跑掉了。他没敢接近那幢房屋。

搭乘伦道夫街的电车回去的路上，他不知不觉到了儿子那家公司大楼的斜对面，这是这次出访中遇到的一件令人丧气的事。他感到锥心般的痛苦。他曾经来公司看过儿子几次，而现在那小子连片言只语都没给他写过，就好像他的孩子没有一个觉察到了他的出走。唉，唉，命运常常以古怪的方式捉弄人。他回到办公室，加入了朋友们的谈话，仿佛神聊一通便能麻木痛苦的神经似的。

当天晚上，他到雷克托饭店吃过饭，立刻又回到办公室。只有在酒店热闹的场面和辉煌的气氛中，他才感到轻松。有许多烦琐的小事他都过问，见了每个人他都敷衍几句。全部人都走光了，他还在办公桌旁待了很长时间，直到巡夜的更夫拉了拉前门看是不是锁牢了时，他才离开。

星期三，他又收到了麦格雷戈、詹姆斯和海埃发来的一封措辞客气的短函。短函内容如下：

尊敬的先生：

我等接受朱丽亚·赫斯渥夫人的委托，将于明日星期四一点对您提出起诉，要求离婚和提供赡养费，谨告之。在这之前如听不到您的答复，我等将认为您无意和解，届时将采取相应措施。

你忠实的，云云

“和解！”赫斯渥苦涩地嚷嚷道，“和解！”

他又摇了摇头。

事情已昭然若揭，他知道将会有什么样的结果。他要是不去见他们，他们就会立即起诉。他要是去了，他们会提出一些让他气愤的条件。他把信折好，和另一封放在一起，然后戴上帽子，出去到附近一带遛弯儿。

第二十六章 钱囊羞涩，出门谋生

被杜洛埃抛下的嘉莉听着他远去的脚步声，简直不知道发生了什么事情。她只知道他已拂袖而去。过了一会儿，她才考虑起他是否还回来的问题——不是马上就回来，而是以后还回不回来。她环顾四周，见照进室内的斜阳的余晖正渐渐消逝，不知怎么，她觉得这些房间与往日有所不同。她走到梳妆台前，划了一根火柴，点亮了煤气灯，随后回到摇椅上继续思索。

过了好一会儿，她才把思想集中起来，可一旦集中了思想，便开始考虑到现实的严重性。她成了孤零零的一个人。杜洛埃要是不回来怎么办？倘若再也听不到他的音讯怎么办？这套装饰得漂漂亮亮的房间就住不长了，到时候她得搬出去住。

值得称赞的是，她从来就没有信赖过赫斯渥。想到那方面的事，她只感到痛心疾首和深深的懊悔。说真的，这种明显的人性堕落令她十分吃惊和恐惧。他会眼睛都不眨地把她哄得团团转，她会被引入一个更陌生、更糟糕的环境里。然而，她还是难以忘怀他那英俊的容貌和翩翩的风度。只是他的欺骗行为显得太荒唐、太卑鄙，与她对这个男人的全部感受和了解大相径庭。

可现在她孤苦伶仃，这一念头眼下压倒一切。怎么办？再次走出去工作？到商业区去四处寻找机会？啊，对啦，去演戏！杜洛埃提起过这件事。可是有希望吗？她在椅子上摇来摇去，深深地思考着各种各样的事情，而时间一分一秒悄然流逝，夜幕已彻底降临。她粒米未进，坐在椅子上思虑不已。

她记起自己还没吃饭，便来到后屋的小食柜前，里面放着某一顿早餐吃剩下的东西。她望着这些食物，心里生出几分忧虑来。依她看来，食物比平时有着更重大的意义。

吃饭时，她开始盘算自己有多少钱。她觉得这一点无比重要，于是立刻便去找钱包。钱包放在梳妆台上，里边放着七块钱钞票和一些零钱。想到数额之小未免沮丧，可由于房租交到了月底，她又高兴了起来。她思量着如果自己当初流浪街头会是什么样一种情况。她此刻想起那样一种情形，觉得现状还是令人满意的。她至少还有一点时间，也许到时候一切事情都会顺利解决的。

杜洛埃走了，可那有什么关系呢？他看起来不像真生气。他似乎是一怒之下才有了那样的举措。他会回来的，一定会回来的。他的手杖放在墙角，而这里有他的一条硬领。他把薄大衣忘到了衣橱里。她四处瞧着，看到十几样这类东西，想以此给自己吃定心丸，可随之又产生了另外一种想法。要是他不回来，该怎么办？

另外还有一种设想，即便不似这般令人不安，也差不了多少。她可以跟他谈谈，把情况解释一下。而他一定会让她承认他是对的。那样一来，她就无法跟他生活在一起了。

星期五，嘉莉想起了跟赫斯渥的约会。按照诺言确定的约会时辰一过，她非常明确清楚地意识到灾难已经降临到了自己头上。她心情又不安又沮丧，觉得必须采取行动，于是她穿上褐色的外出服，十一点动身再次前往商业区。她必须找个工作干。

中午十二点有降雨的苗头，下午一点便下了起来，迫使她收兵回营，逗留家中，也使赫斯渥精神沮丧、闷闷不乐。

第二天是星期六，在许多贸易公司都是半个假日，而且风和日丽。由于前一天夜里下了雨，草木格外葱绿。她走出门时，麻雀叽叽喳喳欢快的叫声响成一片。她望着那可爱的公园，不由得觉得生活对那些无忧无虑的人是多么美好，于是一心希望自己能逢凶化吉，继续过以前的舒适日子。考虑这个问题时，她并无意于杜洛埃或他的臭钱，也不想跟赫斯渥藕断丝连，只想重新得到从前的那种满足感和平静的心境，因为当时她毕竟是幸福的，至少比现在必须自谋生路幸福些。

来到商业区，已经是十一点了，营业时间快结束了。起初她没有意识到这一点，心里充满了昔日来这块紧张严酷的地方闯世界时所感受到的苦痛。她徘徊于街头，自我安慰着，决心要找到工作，同时觉得也许没必要急于求成。机会很难碰，而她还有几天的时间。另外，她还不相信自己真的又一次面临着自食其力的难题。不管怎样，有一点较之过去有了改进。她知道自己的仪表已有所改善，她的风度已大为不同。她衣着合体，而那些以前坐在发亮的栏杆后以及堂皇的办公间里向她投来淡漠目光的穿着考究的男人，此刻眼里含着温柔的光注视着她。在某种程度上，她从中汲取了力量和满足，但心里还有点不踏实。她只求能正当地找到工作，而不需要特殊的恩惠。她有所需求，但谁都别指望用甜言蜜语或小恩小惠收买她。她要脚踏实地地自食其力。

看到一些店铺商行，她觉得应该进去问问有无工作，可门上却写着“本店星期六一时停止营业”，倒感到高兴和满意，因为这给了她借口。瞎碰了许多家这样的门面之后，她发现时钟的指针已到了十二点一刻，便认为今天不用再寻找了，于是搭电车去了林肯公园。那儿总是有东西可以观赏的，如鲜花、动物及湖泊等。她自我安慰地认为星期一可以早早起床，出去找工作。再说，从现在到星期一之间的这段时间，很多事情都可能发生。

星期天也同样在疑虑、担忧和自我安慰中度过了，天知道她还怀着哪些奇异的心境及情绪。行动，必须立即采取行动——在这一天里，这种念头每隔半小时就会出现在她的脑海里，如嗖嗖作响的鞭梢猛烈抽打着她。另外有些时候，她会环顾四周，觉得情况并不是那么糟糕，她一定能安然无恙地摆脱困境。这时，她会想起杜洛埃让她登台演戏的建议，认为自己在演艺上还是有希望的。她决定明天去碰碰运气。

于是，她星期一早晨早早起床，精心打扮一番。她不知怎样申请演员工作，但她觉得这跟剧院有直接的联系。只要到剧院找经理，问他要工作就行了。如果有空缺，她就可以得到，或者，至少可以让经理告诉她怎么办。

这类人她一个都没有接触过，不了解戏剧界的荒淫和放荡！她只知道海尔先生在剧院有一席之地，但由于跟他的妻子太熟，不愿去找他。

这时她想起了一家剧院——颇受公众青睐的芝加哥歌剧院，经理大卫·阿·亨德森在当地很有声望。她在那儿看过一两场精彩的演出，还听人讲起过另外几出歌剧。她对于亨德森其人以及如何申请工作都一无所知，但她本能地觉得那是个有希望的地方，于是就在附近转来转去。她鼓足勇气迈进富丽堂皇的大门，进了门就是金碧辉煌的走廊，挂着镶嵌在镜框里的正在走红的演员肖像，通向静悄悄的票房，至此她再也不敢朝前走了。一位大名鼎鼎的喜剧歌剧演员这星期在这儿演出，那显赫豪华的气派令她望而生畏。她不敢想象自己能在如此高雅的环境里找到工作。想到自己狂妄的举动可能会遭到严词拒绝，她不由得浑身打哆嗦。她只敢胡乱看看那些华丽的图片，然后便退了出去。她觉得自己的临阵脱逃是正确的，如果再到歌剧院找工作，那才叫非分之想呢。

这段小小的经历结束了当天她找工作的历程。她倒也去过别处，但只从外边观望。她用心记下了几家剧院的地址，尤其是颇负盛名的大歌剧院以及麦克维克剧院的地址，然后就走开了。她的情绪一落千丈，因为她又一次意识到那些辉煌的剧院和公司高不可攀，意识到她对社会的要求就像自己理解的那样无人理睬。

当天晚上，海尔夫人来访，瞎聊乱扯，硬是赖着不走，使她无法考虑自己艰难的处境和这一天的遭遇。但睡觉之前她坐下来思量，心里产生了极其阴郁的预兆。杜洛埃一直没露脸。各方面都没有消息。她把宝贵的积蓄花掉一块钱购置食物和买车票。显而易见，她坚持不了多长时间。再说，她尚未找到挣钱的渠道。

在这种情况下，她想到了住在西范布伦街上的姐姐，自从那晚出逃后还没见过她的面，又想到了哥伦比亚市的家，似乎已成了一去不复返的过去。她不愿到那些地方去寻求庇护。回想起赫斯渥，只能使她感到伤心。他竟然用那样卑鄙的手段欺骗她，实在残忍。

星期二，她还在迟疑犹豫、胡思乱想。经过前一天的失败之后，她没心思急着去找工作，但是却责怪自己前一天表现得太懦弱无能。于是，她又去了芝加哥歌剧院，不过却没有足够的胆量靠近。

可后来还是鼓起了勇气到票房打听。

“是剧团的经理还是剧院的经理？”负责票务的那个穿着漂亮衣服的人问道。他对嘉莉的脸蛋产生了好感。

“我也不知道。”嘉莉一下子被问住了，只好这样说道。

“剧院的经理今天你见不上，”那个小伙子殷勤地说，“他出城去了。”

他注意到她茫然不知所措的表情，又补充道：“你想问什么事情？”

“我想问问能不能给我个工作干。”她回答。

“你最好去见剧团的经理。”他说道，“不过他这会儿不在。”

“他什么时候来？”嘉莉问，听到这情况，反而觉得有些轻松。

“哦，在十一点和十二点之间，你可以来找他。两点以后他也在这里。”

嘉莉谢过他，迈着轻快的步子走了出去，而那小伙子在他那涂成金黄色的小房子里从一扇侧窗望着她的背影。

“长得很俊俏。”他自言自语地说，觉得她的谦虚对他是极大的荣耀。

一个大喜剧团跟大歌剧院签过约，正在这里演出。嘉莉来到大歌剧院，请求见剧团的经理。她全然不知这位经理的权限很小，不知即便有空缺，也会从纽约派演员来补充。

“他的办公室在楼上。”票房里的人说。

经理室里已有了几个人，两个闲坐在窗户跟前，还有一个正和坐在带拉盖的办公桌旁的经理谈话。嘉莉不安地扫视了一圈，心里感到害怕，唯恐当着众人的面求职，而窗户跟前的那两个人正仔细打量着她。

“我不能那样做，”经理说，“弗罗曼先生订过规矩，不允许到后台参观。不行，不行！”

嘉莉怯生生站在那儿等待着。室内有几把椅子，但无人请她坐下。跟经理谈话的那个人垂头丧气走了出去。不可一世的经理把目光放在面前的报纸上，认真看起来，就好像唯有报纸才叫他最为投入。

“哈里斯，今天早晨《先驱报》上登的有关纳特·古德温的消息你看了没有？”

“没有。”被问的人说，“怎么回事？”

“他昨晚在胡利剧院就戏剧发表了精彩的讲话。最好找来看看。”

哈里斯走到一张桌子跟前，开始寻找《先驱报》。

“有什么事？”经理冲嘉莉问道，显然是刚刚注意到她。他以为是来讨免费票的。

嘉莉鼓起了全身那少得可怜的勇气。她觉得自己初出茅庐，肯定会遭到拒绝。对此她深信不疑，只希望能装出来请教的样子。

“请你赐教，我怎样才能登台表演？”

这是一种最适当的询问方式。坐在椅子上的那人对她产生了兴趣，她开门见山的请求以及直率的态度引起了他的好感。他绽出了微笑，室内其他的人也笑了，只不过他们把自己的心情稍微掩饰了一下。

“很难说。”他回答道，一边厚颜无耻地打量着她，“有舞台经验吗？”

“有一点。”嘉莉回答，“我参加过业余演出。”

她认为必须炫示一下自己，才能吸引住他的兴趣。

“没学过演剧吗？”他摆出郑重其事的样子问，想让他的朋友以及嘉莉都觉得他是个谨慎的人。

“没有，先生。”

“这就难说了。”他回答，懒洋洋地朝椅背上一靠，任她站立在面前，“为什么想登台演剧呢？”

她被那人的放肆弄得很难为情，对他无耻的浪笑只好报以微笑，说道：“是为了谋生。”

“哦。”他回答，为她整洁的外表着迷，觉得也许能跟她套套近乎，“这倒是正当的理由，对吧？你要演剧，芝加哥不是个好地方。你应该到纽约去，那儿的机会比较多。你别指望能够在这里一炮打响。”

嘉莉温和地笑了笑，感激他竟能放下架子，给她提这么多建议。他留意到了她的笑容，却有些曲解她的意思，以为不费吹灰之力就碰上了调情的机会。

“请坐下。”他说道，从办公桌旁拉过去一把椅子，压低声音，让屋里的那两个人听不到。那两个人心领神会地相互挤了挤眼。

“喂，我要走了，巴尼。”其中的一位离去时对经理说，“今天下午见。”

“好吧。”经理说。

剩下的那个人捡起一份报，像是要阅读。

“你可有想法，要演什么样的角色？”经理柔声细语地问。

“哦，没有。”嘉莉说，“作为第一步，演什么都行。”

“明白了。”他说，“你住在本市吗？”

“是的，先生。”

经理非常温柔地笑了笑。

“你有没有试过当伴舞演员？”他换上一种更为亲热的神态问。

嘉莉觉得他的态度有点过于热情和不自然。

“没有。”她说。

“多数想演剧的姑娘都是这样起步的，”他继续说道，“这是一条积累经验的好路子！”

他用亲切友好、循循善诱的目光望着她。

“这我倒不清楚。”嘉莉说。

“事情是比较难办的，”他继续说道，“但总是有机会的。”接着，仿佛突然想起来什么一样，他掏出怀表看了看。“我两点有个约会，”他说，“现在得去吃午饭。你愿意跟我一起去吗？我们可以边吃边谈。”

“哦，不去了，”嘉莉立即看清了那人的全部动机，说道，“我也有个约会。”

“太遗憾了。”他说，意识到自己有点操之过急，也意识到嘉莉就要离他而去了，“欢迎再来。我也许能给你提供些情况。”

“谢谢。”她有些惶恐地应了一声，便走了。

“她长得蛮漂亮，是吧？”经理的朋友说。他没听清经理具体都说了哪些打情骂俏的话。

“是有些漂亮。”对方说，一想到这次调情的失败就恼火，“可她永远也当不上戏剧演员，只不过是个伴歌伴舞的料，仅此而已。”

这段小小的插曲差点毁掉她要到芝加哥歌剧院见那位经理的雄心，但隔了一会儿她还是决定要去见见。那个人考虑问题比较稳重。他马上就说没有一点可能性，似乎还觉得她来歌剧院找工作是冒傻气。

“芝加哥可不是学手艺的地方。”他说，“你应当到纽约去。”

她仍不肯放弃，又去了麦克维克剧院，可那儿一个人也找不到。那里正上演《古老的家园》，她要找的人不见踪影。

这些事儿使她一直忙活到下午四点，她筋疲力尽，准备打道回府。她觉得好像还应该坚持下去，到别的地方问问，但截至目前所得到的结果令她泄气。她乘电车用了三刻钟的时间到了奥格登公寓，但她决定继续往前走，到西区邮政支局去，因为她一贯是在那儿取赫斯渥的信。那里果然有一封，写于星期六。她拆开信，带着复杂的心情看了起来。这封信感情炽烈，对于她的爽约、以后又音信全无诉说得如此沉痛，倒使她可怜起那个人来。很明显，他是爱她的。他身为有妇之夫，心存非分之想，胆敢这样做，实在是一种邪恶。她觉得好像应该有个答复，于是决定写信告诉他，就说她已知道他是有妇之夫，对他的欺骗行为十分生气。她要告诉他，他们俩之间已彻底完结。

她回到家后立刻动笔，花了很多时间斟词酌句。这封信极为难写。

“我没必要对你解释我为什么没去见你。”她的部分内容是这样写的，“你怎么能这样欺骗我？别指望我还会跟你来往。无论如何我都不会愿意的。天哪，你怎么能做出这种事？”她怒不可遏地朝下写着，“你给我带来了你无法想象的痛苦。希望你忘掉对我的恋情。我们绝不该再约会了。再见。”

第二天早晨她拿着信来到街角，迟迟疑疑地把它投入邮筒，心里还是拿不准是否应该这样做。随后她搭车到市中心去。

百货商店正处于淡季，但由于她长得端庄美丽，受到的接待比普通的年轻女求职者热情些。他们又问到了那一套她早已熟悉的老问题。

“你能做什么？以前在零售店里干过吗？有经验吗？”

在大商场、西伊公司、考姆帕尼公司以及所有的大商店里，情况也都差不多。正值淡季，她可以晚些时候来，那时他们也许愿意雇用她。

一天下来，她筋疲力尽、情绪低落地回到家，发现杜洛埃来过。他的雨伞和薄大衣不见了。她觉得还少了别的东西，却又不敢肯定。东西并没有全部被拿走。

看来，他的出走变成了永别。现在让她怎么办呢？显而易见，用不了一两天，她又要像原来那样面对这个世界了。她的衣着会露出寒碜相。她又习惯地富于表情地合起双手，紧紧贴在一处，眼里涌出大颗的泪珠，热辣辣滚下面颊。她成了孤零零一个人，非常孤苦伶仃。

杜洛埃的确来过，但心情与嘉莉猜想的截然不同。他指望见到她后，就说自己是回来取衣橱里没拿完的衣服的，出门之前再度跟她言归于好。

所以他回来时见嘉莉不在，感到很失望。他在屋里磨蹭着，希望她就在附近，马上便会回来。他不时侧耳倾听，巴望听到她上楼的脚步声。

与此同时，他思量着被她撞见时，自己可以装出一副刚刚进门、感到意外的样子。然后，他可以解释说他需要拿自己的衣服，看看情况怎么样。

可他左等右等，不见嘉莉回来。他起初在抽屉里摸来摸去，以为她随时都可能回来，随后又倚着窗户朝外瞧，最终干脆坐到摇椅上休息。仍不见嘉莉露面，他开始坐立不宁，燃起了一支雪茄。然后，他在屋里踱来踱去，望望窗外，看到乌云正在积聚。他记起了三点的约会，认为这样等下去是没有用的，于是拿起雨伞和薄大衣，想把这些东西带走。他希望借此吓吓她。明天他再来取别的东西，看看情况如何。

举步离去时，他为没能见到她感到万分遗憾。墙上挂着她的一幅肖像，身穿他第一次给她买的那件外套，表情比他近来看到的要动人些。他不由得动了真情，以他罕见的痴情望着她的秀目。

“嘉德，你对不起我呀。”他说，仿佛在跟她本人讲话一样。随即，他走到门口，细心扫视一圈后，就出去了。

第二十七章 孤注一掷，铤而走险

在收到麦格雷戈、詹姆斯以及海埃的那封明确的短函之后，赫斯渥心烦意乱地上街溜达了一圈，回来时看到了嘉莉上午写给他的信。他认出了她的笔迹，激动万分，急忙把信拆开。

“好啊，”他心想，“她是爱我的，不然绝不会写信来。”

看了信的内容，头几分钟他有些心灰意冷，但很快便振作了起来。“如果她无心于我，是绝不会写信的。”

这是一种力量，能帮助他和沮丧的心情做斗争。信里的措辞没有给他什么帮助，但其中的精神他自以为是了解的。

词清意明的责备使他得到了解脱，这里面即便没有怜悯，也的确有极浓的人情味。他长时间地封闭自我，而现在转向外界——转向这样的一种源泉寻求安慰。神秘的感情绳索，束缚着我们所有的人！

他脸上有了血色，暂时忘掉了麦格雷戈、詹姆斯和海埃的信。如果能得到嘉莉，也许他就可以摆脱整个纠葛，也许会转危为安。只要不失去嘉莉，他才不在乎妻子会采取什么样的行动呢。他立起身来回踱步，做起了跟自己可爱的心上人生活在一起的美梦。

但没过多长时间，他又想起了那些烦人的事儿，想得他心力交瘁。他想到了明天以及诉讼的事务。他一点措施都没采取，而下午的时光在悄然流逝。现在是四点一刻，五点律师回家，明天还有一上午的时间。就在他思考的当儿，最后的十五分钟过去了，五点到了。他放弃了今天去见律师的念头，把思路转到嘉莉身上。

值得一提的是，这个人并不考虑他的行为是否正当。他没有为此而担心，他的一门心思都放在如何说服嘉莉上。这没有什么可非议的。他深深爱着她。他们的共同幸福就取决于这一点。那个杜洛埃只要让开就万事大吉啦!

就在想入非非之际，他想起明天早晨要换件干净的衬衣。

他买了件衬衣和六七条领带，便到了帕尔默饭店。走进大门时，他好像看见杜洛埃拿了钥匙上楼去。怎么可能是杜洛埃！随后他心想，杜洛埃和嘉莉也许临时下榻于此，他径直走到服务台跟前。

“有个杜洛埃先生在这儿下榻吗？”他问服务员。

“我想是的。”服务员说着，一边查阅他的私人登记表，“没错。”

“真的吗？”赫斯渥嚷嚷道，尽量掩饰着惊异的心情。“他一个人吗？”他又问。

“是的。”服务员说。赫斯渥转过身去，咬紧嘴唇，以便发泄或隐匿心中的感情。

“这是怎么回事？”他心想，“他们一定是吵架了。”

他情绪高涨地匆忙回到客房，把衬衣换上。换衣服的时候，他打定主意要去查个水落石出，看嘉莉是独自一人在家还是搬了地方。他决定马上登门拜访。

“我清楚怎么做。”他暗忖，“我要走到大门跟前问杜洛埃是否在家。一问就知他在不在以及嘉莉现在何处。”

想到这里，他差点手舞足蹈起来。他决定吃过饭后马上动身。

六点出了客房，下楼时他谨慎地四处张望，看杜洛埃是否在附近，然后便出去吃饭。然而，由于急着去办事，他简直吃不下东西。出发之前，他觉得最好查清杜洛埃在哪里，于是又回到了饭店。

“杜洛埃先生出去了吗？”他问服务员。

“没有，”服务员回答，“他在自己的房间里。你想递名片吗？”

“不，我过会儿去看他。”赫斯渥说完，就走了出去。

他到麦迪逊街乘电车直接去了奥格登公寓，这次勇敢地走到了门前。听到叩门声，那个女佣来开门。

“杜洛埃先生在家吗？”他和颜悦色地问。

“他出城了。”那女子说，因为她听嘉莉是这样对海尔夫人说的。

“杜洛埃夫人在吗？”

“不在，她到剧院去了。”

“是吗？”赫斯渥颇感意外，然后又显得有重要事情似的说，“你知道是哪家剧院吗？”

那姑娘实际上并不知道嘉莉去了哪里，但由于不喜欢赫斯渥，想给他找点麻烦，便回答道：“知道，是胡利剧院。”

“谢谢你。”经理说道，微微举了举帽子表示敬意，然后走掉了。

“我到胡利剧院看看去。”他心里是这样想的，但终未成行。尚未抵达城市的中心区之前，他做了通盘考虑，认为到那儿是没有用的。他虽然渴望见到嘉莉，但他知道她一定跟别人在一起，不愿闯到那里去哀求她。再等一下吧，明日早晨他可以来嘛，只是明天早晨他还得去对付律师。

这一趟给他高涨的情绪泼了一盆冷水。他很快又闷闷不乐、忧心忡忡，来到酒店急着要寻求解脱。酒店里非常热闹，有许多人聚在那里谈天说地。库克县的一些政治家正在大厅的后部围着一张樱木圆桌商量事情。几位寻求快乐的年轻人在酒吧神聊，准备过一会儿去看戏。在吧台的一端，一个寒酸而又斯文的人，长着个红鼻子，头戴旧礼帽，正静悄悄地一个人喝闷酒。赫斯渥冲政治家们点点头，走进了自己的办公室。

十点左右，他的朋友弗兰克·勒·泰恩特先生，当地的一位运动员和赛马师闯了进来，见他一个人待在办公室里，便来到了门口。

“你好，乔治！”他嚷嚷道。

“你好，弗兰克。”赫斯渥说，不知怎么看到他心里感到一阵轻松。“请坐。”他指了指小房间里的一把椅子。

“你怎么啦，乔治？”泰恩特问，“你看起来有点不高兴。是赛马赌输了吧？”

“今晚不大舒服。前几天患了轻感冒。”

“喝杯威士忌就好啦，乔治。”泰恩特说，“这你该知道。”

赫斯渥微微一笑。当他们仍在谈话的时候，赫斯渥另外的几位朋友走了进来。待到十一点过后不久，剧院散了场，一些演员陆续出现，其中有些是名角。

随后，一场在美国酒店里常见的那种海阔天空的社交谈话开始了，追名逐利的人企图通过这样的谈话从声名显赫的人身上沾几分光彩。如果说赫斯渥有某种倾向性，那就是向名人雅士倾斜。

要论地位，他认为自己属于他们当中的一员。如果有不赏识他的人在场，他会自视清高、万分敏感，一丝不苟地严守自己的位置。不过像今天这种情况，他可以作为绅士抛头露面，被名人雅士不折不扣地当作朋友，跟他们平起平坐，他感到十分高兴。遇到这种场合，他会“喝上一盅”。

当社交气息特别浓厚的时候，他甚至会跟同伴们开怀痛饮，自己的酒钱一分不少付，仿佛他也是外来的顾客。如果说他曾经差点喝醉过酒，或者更确切地说，在达到烂醉如泥的状态前，脸蛋又红又热，感到非常舒服的话，那就是在这样的一些人之间，在跟名人雅士侃侃而谈的时候。今夜他虽然心事重重，但和朋友们在一起还是很轻松的。既然名人雅士济济一堂，他便把心事暂时抛至一旁，尽情跟他们交谈。

没过多久，酒劲上来，他们开始讲些百听不厌、惹人发笑的事情——这是美国人在同类情况下谈话的主要内容。

十二点一到，酒吧该打烊了，人们纷纷离去。赫斯渥极其诚恳地跟他们握手。他感到身心非常愉快。按当时的状况，他头脑清晰，但充满了幻想。他觉得自己遇到的那些麻烦好像并不十分严重。他走进办公室，开始翻阅账簿，等待着酒吧招待以及出纳员离去，而那些人很快就走了。

待人们走光后，他就查看是否所有的东西都已锁好，免得夜里出事，这是经理的职责，也是他的习惯。按规矩，除过银行关门后所收的现金，钱是不能放在店里的，连这样的钱也由出纳员锁在保险柜里，只有出纳员和两位老板知道密码。然而，赫斯渥夜里还是要谨慎地拉拉现金抽屉和保险柜，看是不是锁得牢靠。然后，他锁上自己的小办公间，拧亮保险柜旁边的灯，这才离开酒店。

他从来没有发现过异常情况。可今天夜里，他放下办公桌的拉盖，走出办公室检查保险柜。他用的办法是猛地一拉。这一次，柜门竟然被拉开了。他有点诧异，探头发现那些现金没有人动过，显然是没锁好。他的第一个念头当然是检查一下抽屉，然后关上柜门。

“明天我得把这情况告诉梅休。”他心想。

梅休半小时前离店时，一定以为自己转过了旋钮，锁好了柜门。他以前从来没有失误过。可今天夜里梅休心不在焉，脑子里在考虑自己的一桩生意。

“我来看看这里。”这位经理想着，拉出了盛钱的抽屉。他不明白自己为什么想这样做。这完全是一种多余的举动，要是换个时间，他绝不会这样做。

抽屉一拉开，一沓子钞票，每扎一千元，像是银行发行的原封货，吸引住了他的目光。他不知究竟有多大的数额，停下来望着那些钞票。随后，他拉开了第二个现金抽屉，里边放着当天的进项。

“据我所知，费兹介路和莫伊从来没有这样放过钱。”他心里说道，“他们一定是忘了收走。”

他望着这个抽屉，又犹豫了起来。

“把钱数一数。”一个声音在他耳旁说。

他把手伸进第一个抽屉，拿起那沓钞票，让钞票一扎一扎散落下来。每一扎一千元，面额为五十和一百元。他数了数有十扎。

“我为什么不把保险柜关上呢？”他心里首鼠两端，暗自思忖。

回答他的是一句离奇的话：“你拥有过一万元现金吗？”

唉，这位经理记得他从未拥有过这许多钱。他所有的财产都是靠慢慢积累起来的，现在被妻子所拥有。全部资产满打满算有四万多块钱，但都将归属于他的妻子。

想着这些事情，他心里乱成了一团。后来他把抽屉放进去，合上柜门，手搭在旋钮上犹豫起来，因为只要把旋钮轻轻一转，便会断绝一切诱惑。他仍犹豫不决。末了，他走到窗前，放下了窗帘。接着，他把先前锁好的房门又推了推。究竟是什么使他疑神疑鬼？他为什么要这样偷偷摸摸？他回到吧台的尽头，似乎要把胳膊放在上边好好想想。后来，他走过去打开小办公室的门锁，开了灯，他又打开办公桌，坐在桌前，脑子里尽是古怪的念头。

“保险柜开着呢，”一个声音说，“柜门那儿有一条小细缝，没有锁上。”

经理的心里千头万绪，乱成了一锅粥。这时，他又想起了白天的种种烦恼。而眼前摆着一条出路，用金钱可以解决问题。有了钱和嘉莉，便有了一切。他站起身，愣愣地站着，眼睛盯着地面。

“怎么办？”他的心里在问。他慢慢抬起手，搔搔头想寻求答案。

这位经理可不是傻瓜，不会因为一念之差就误入歧途，可他的处境非常特殊呀。美酒在他的血管里流淌，冲上头来，使他乐观地看待眼前的机会，也夸大了一万块钱对他的作用。他认为有了钱便有了美好的前景，他可以得到嘉莉。一点不错，他能够办得到！还可以摆脱掉他的妻子。那封短函要求他明天上午去面谈，他没必要去搭理他们了。他回到保险柜跟前，把手放在旋钮上，然后拉开柜门，取出盛钱的那个抽屉。

抽屉一旦取出放在面前，要是再不把钱拿走，就似乎是一种愚蠢的想法了。是的，当然非常愚蠢。啧，他可以和嘉莉安安静静过上许多年。

天哪！这是怎么回事？他第一次感到了紧张，仿佛一只严厉的大手抓住了他的肩膀。他惊恐地四处张望，连一个人影、一点声音都没有。外边的人行道上，有人慢吞吞地走过。他端起抽屉和钱，又放回到保险柜里，然后把柜门半掩上。

良心上从不动摇的人，很难理解意志比较薄弱、在职责和欲望之间踌躇不决的那种人艰难的处境，除非能给予生动的描绘。那些从没有听到过幽灵似的时钟以“嘀嗒”“嘀嗒”庄严的声音非常清晰地诉说“你应该”“你不该”“你应该”“你不该”的人，是无法做出判断的。不仅仅感觉灵敏、思维有条有理的人会产生这种心理矛盾，就连最迟钝的人，当受到欲望驱使干坏事时，也会萌发是非感，而这种是非感与他的犯罪倾向在程度和力量上成正比。我们不能忘记，这也许并不是对是非的认识，因为动物对邪恶的本能畏缩不属于对是非的认识。人在受到认识的约束之前，还是由本能驱动的。正是本能在提醒罪犯，正是本能（在缺乏有条不紊的推理时）使罪犯感觉到危险，使罪犯害怕失手。

每当第一次冒险干某种陌生的罪恶勾当时，一个人会犹豫不决。思维的时钟会“嘀嗒”“嘀嗒”地反映出他的愿望以及对愿望的否决。对那些在心理上从未有过进退维谷经历的人来说，以下的简单揭示会有所裨益。

赫斯渥把钱放回去后，心里又轻松和大胆起来。没有人看到他，这儿只有他一个人，没有人知道他想干什么。他可以安安静静地想出个办法来。

晚上的酒劲还没有退尽。在经历过难以名状的恐惧之后，他虽然额头冒汗手发抖，但火热的酒精仍在为他壮胆。他几乎没留意到时间的流逝。他把自己的处境又考虑了一遍，眼睛老是看到成堆的金钱，脑子老想着金钱的用途。他走进小办公室，又来到门口，回到保险柜跟前。他把手放在旋钮上，打开了柜门。金钱就在里边！当然，仅仅看看那些钱是不会有危险的！

他又拉出抽屉，拿起了钞票。钞票是那么平展，那么整齐，那么便于携带。它们占的地方简直太小了。他决定把钱拿走。是的，他主意已定，要把钱放入衣袋。然后他估量了一下，发现衣袋里盛不下。用手提包装！当然，可以用他的手提包，把钱装到那里边，全都可以放得进去。没有人会怀疑的。他走进小办公室，从墙角的架子上取了手提包。他把它放在办公桌上，向保险柜走过来。出于某种原因，他不想在大厅里装钱。

他先拿整扎钞票，又拿白天零散收的钱。他要带走所有的钱。他把空抽屉放回去，一推铁门，就在快要把铁门关上时他停了下来，站在柜旁斟酌再三。

在这种情况下，思想的动摇几乎让人无法理解，可这又是真实情况。赫斯渥不敢断然决然付诸行动。他要想一想，权衡一下，看这是否上等良策。他对嘉莉怀着热烈的欲望，同时又被自己乱糟糟的事情逼得发急，所以刚才一直认为这是上策，可临到头又犹豫了。他不知道这会对自己造成什么样的后果，不知是否很快会引火烧身。他没有一次想到过是非善恶，而且无论发生什么情况也绝对不会想到。

他把全部钱装入手提包后，思想发生了突然变化。不行，不能干这种事！想想看，这会引出多么大的丑闻！还有那些警察！

他们会追捕他。他不得不逃跑，可是逃到哪里去呢？唉，当一名逃犯该是多么的可怕！他又拉出那两个抽屉，把钱都放了回去。慌乱之中他忘了自己在做什么，竟然把钱放错了抽屉。就在他关柜门时，记起放错了地方，于是又把门拉开，两个抽屉果然给搞错了。

他取出抽屉，纠正了错误，可这时恐惧感却消失了。何必要害怕呢？

他手拿着钱，而保险锁“咔嗒”响了一下。柜门锁上啦！真的锁上了吗？他抓住旋钮，狠劲一拉。门关得死死的。天哪！他现在没有退路了，这一点毫无疑问。

他一看到保险柜果真被锁上了，额头冒出了汗珠，浑身抖得似筛糠。他四下望了望，当下做出了决定。眼下不容耽误了。

“如果我把钱放在保险柜上边，然后离开，”他心里说，“他们会知道钱是谁拿的。我是最后一个关门的人。另外，还会发生别的事情。”

他立刻变成了一个行动果敢的人。

他匆忙走进他的小房间，取下薄大衣和帽子，锁好办公桌，一把抓起手提包。随后，他只留了一盏灯，把别的灯全都熄灭，打开了房门。他竭力拿出往日镇定自若的神态，但那种神态已消失殆尽。他很快产生了懊悔的心情。

“这事要是没干就好了。”他想，“这是一个错误。”

他沿着街道径直朝前走去，途中跟一个他认识的更夫打了个招呼，那人正在检查各家的门户。他必须出城，而且刻不容缓。

“不知道火车的情况怎么样？”他心想。

他立即掏出怀表看了看，已经快深夜一点半钟了。

他碰到第一家杂货店就停了下来，因为他看到里边设有长途电话间。这是家出了名的杂货店，是最早安置私用电话间的店家。

“我想用用你们的电话。”他对值夜班的店员说。

那人点了点头。

“请接 1643。”他在查到密执安中央火车站的号码后，对电话总台说。很快他就跟票务员通上了话。

“到底特律去的车什么时候开？他问。

那人报出了时间。

“今天夜里还有车吗？”

“没有卧铺车了。啊，对啦，还有呢。”他补充道，“三点有趟邮车开出。”

“很好。”赫斯渥说，“什么时候抵达底特律？”

他心里想，只要能赶到那里，就过河进入加拿大，然后慢慢地前往蒙特利尔。一听说中午可以抵达底特律，他的心放了下来。

“梅休九点之前是不会打开保险柜的。”他想，“中午前他们查不到我的行踪。”

随后，他想到了嘉莉。如果要接她，就必须以极快的速度去接。必须带她一起走。他跳上了一辆停放在近旁的马车。

“到奥格登公寓。”他高声说道，“如果跑得快，就多给一块钱。”

车夫用鞭子抽打着马儿，使马儿似乎飞驰起来，速度相当快。路上，赫斯渥考虑着怎么办。到了目的地，他飞步跑上台阶，拼命地按门铃把用人唤醒。

“杜洛埃夫人在家吗？”

“在家。”吃惊的年轻女佣说。

“叫她穿好衣服，赶快到门口来。她丈夫受了伤躺在医院里，想见她。”

女佣见这个人样子紧张、态度郑重其事，便相信了他的话，急忙上了楼。

“怎么回事？”嘉莉说着话点亮了煤气灯，寻找自己的衣服。

“杜洛埃先生受伤进了医院。他想见你。马车候在楼下。”

嘉莉飞快穿好衣服，不大一会儿就下了楼，除了必要的东西之外什么都没有带。

“杜洛埃受了伤。”赫斯渥急忙说。

“他想见你。快走吧。”

嘉莉吓得慌了神，相信了他的话。

“快上车。”赫斯渥说，扶她上了车，自己也跟着跳了上去。

车夫吆喝马掉头。

“密执安中央火车站。”赫斯渥站起身说，声音压得很低，不让嘉莉听见，“尽量把车赶快些。”

第二十八章 出逃也，私奔也

马车跑了很远的路，嘉莉心情才平静了些，在夜风的吹拂下睡意全消，问道：“他出了什么事？伤得严重吧？”

“不太严重。”赫斯渥一本正经地说。他为自己的处境深感不安，现在有嘉莉在身边，只想平安无事地逃出法网。所以除了特别有利于计划的话，他一句也不愿多说。

嘉莉并没有忘记她和赫斯渥之间还有笔账需要勾销，但她情绪激动，一时顾不上，一心只想着结束这趟奇怪的旅行。

“他在哪里？”

“在离这儿很远的南区。”赫斯渥说，“我们得坐火车去，那样最快。”

嘉莉没言语，马儿向前飞奔。城市夜间的神秘气氛吸引住了她的注意力。她观望着排排连绵不断的路灯向后闪去，观望着一幢幢黑黝黝、静悄悄的房屋。

“他是怎么受的伤？”她问道，意在了解他的伤情。赫斯渥心里明白。他不愿再说没有必要的谎话，可是在摆脱危险之前，不想让她提出抗议。

“我不太清楚。”他说，“他们只是找到我，让我接你出来。他们说没必要惊慌，但要我一定把你带来。”

这个人严肃的表情使嘉莉信以为真。她沉默了下来，心里惊疑不定。

赫斯渥看看表，催车夫快马加鞭。对于一个身处险境的人来说，他算是极其冷静了。他心里只想着必须赶上火车，悄悄地逃走。嘉莉显得很驯顺，他为此感到庆幸。

马车及时抵达车站，他扶她下了车，递给车夫一张五块钱的钞票，然后急匆匆朝里走。

“你等在这里，”来到候车室时，他对嘉莉说，“我去买票。”

“去底特律的火车，离发车还有多长时间？”他问售票员。

“还有四分钟。”售票员说。

他极其谨慎小心地付钱买了两张票。

“很远吗？”他赶回来后，嘉莉问他。

“不太远。”他说，“我们得赶快上车。”

来到进站口，他把她推到前面去，检票员检票时，他站在她和检票员之间，让她看不到什么，然后便急步追上。

站里停着一长列邮政车厢、卧铺车厢和一两节普通车厢。由于这趟车是最近才补加的，乘客极少，所以只有一两个乘务员等在那里。赫斯渥和嘉莉登上后边的一节普通车厢，几乎刚一坐下，外边就隐约传来了“都上去了”的喊声，接着列车便启动了。

嘉莉觉得事情有点蹊跷，因为赫斯渥慌里慌张把她带到车站来，却什么解释的话也没有。整个事情太反常，与她心里想象的格格不入。

“近来怎么样？”赫斯渥温柔地问，这时的他已感到轻松了些。

“很好。”嘉莉说。她心里十分不安，所以在态度上不能表现得恰当得体。她仍急着去见杜洛埃，想看看到底发生了什么事。赫斯渥观察着她，感觉到了这一点。他并不为此而感到不安。她的激动情绪和同情心没有惹起他的担心。相反，他为她具有这样的美德感到非常高兴。他只是在考虑如何对她解释，甚至连这一点在他的心里也不算最严重的事情。他自己干下的事情以及眼下的逃跑才是沉重地压在他心头的巨大阴影。

“我真是太愚蠢了，竟干出了那种事。”他心里一遍遍地在说，“好一个弥天大错！

稍微平静下来的时候，他简直不相信自己犯了罪。他不敢想象他成了一个被追捕的逃犯。他常在报上看到这类事情，认为一定非常可怕，可现在这种事落在了他头上，而他只是干坐在那里追怀往事。他的前途与加拿大的边境线息息相关，他渴望赶到那里去。至于其他方面，他回顾了晚上的所作所为，认为自己是一错再错。

“不过，”他心想，“我又有什么办法呢？”

他决定尽量弥补，要做的头一步是把事情的前后经过再回忆一遍。这一通思考毫无成效，只给他带来烦恼，使他头昏脑涨，无法跟嘉莉提自己的计划。

列车轰隆隆地穿过湖边的车场，徐徐驶向第二十四大街。车窗外可以看得到分道闸和信号灯。机车的汽笛发出短促的鸣叫，铃声时有所闻。几位乘务员提着灯在车厢里走过。他们在锁车门，检查车厢，准备做长途旅行。

不一会儿，列车开始加速，嘉莉看见寂静的街道飞闪而过。机车鸣了四声汽笛，这是过重要的道口时危险的讯号。

“很远吗？”嘉莉问。

“不太远。”赫斯渥说。对于她的单纯，他忍不住想发笑。他渴望跟她解释和抚慰她，但那得等到完全走出芝加哥的世界。

又过了半小时，嘉莉方才感觉到他带她去的那个地方十分遥远。

“在芝加哥吗？”她情绪紧张地问。此刻他们已把芝加哥远远地甩到了后边，列车正风驰电掣地穿过印第安纳州的州界。

“不在，”他说，“我们去的地方不在芝加哥。”

他话中有话，蓦然引起了她的警觉。

她皱起了漂亮的额头。

“我们不是去看查利吗？”她问。

他觉得时机已经成熟，现在解释以后就不用费口舌了。于是，他带着最温柔的表情摇了摇头。

“什么？”嘉莉说。她看到此次出行与她想的可能不一样，不禁慌了神。

而他只是用非常慈祥和安慰的目光望着她。

“你要把我带到哪儿去？”她问道，声音里含着恐惧。

“如果你安静下来，我会告诉你的，嘉莉。我想让你跟我一起到另一座城市去。”

“啊，”嘉莉提高嗓门，低声喊了起来，“让我下车。我不想跟你走。”

她被这个男人的大胆无礼吓坏了。她压根儿没想到会出这种事。她只有一个念头，那就是下车离开他。只要飞驰的列车能停下来，他那可怕的诡计就不会得逞。

她站起来，想冲到过道上去——到哪儿去都行。她知道自己必须采取行动。赫斯渥温和地把一只手搭在了她肩上。

“安静地坐下，嘉莉。”他说，“安静地坐下。光站在这里是解决不了问题的。你听我说，我会把我的打算告诉你的。先等一等。”

她在推他的膝盖，而他又把她拉回到座位上。没有人看到这一争执的场面，因为车厢里人很少，而且他们都昏昏欲睡。

“我不愿意。”嘉莉说道，可是一边却违背心愿地坐了下来。

“让我走，”她说，“你怎么敢这样？”她的眼睛里开始涌出大颗的泪珠。

此刻的赫斯渥打起十二分精神对付眼前的难题，不再去想自己的处境。他必须稳住这姑娘，否则她会给他带来麻烦。他使出浑身解数百般劝说。

“你听我一句，嘉莉，”他说，“你不能这样哭闹。我并不是有意伤害你的感情。我绝不愿做任何惹你伤心的事。”

“唉，”嘉莉啜泣着，“唉，噢……噢！”

“好啦，好啦，”他说，“你千万不要哭了。愿听听我的话吗？请你听听我的解释，我要把我为什么做出这种事讲给你听。我是欲罢不能啊。请你相信，我控制不住自己。听我说，好吗？”

她哭哭啼啼，使他心神不宁。他敢肯定，他的话她一句也没听进去。

“听我说，好吗？”他问道。

“不，我不听。”嘉莉怒火万丈地说，“我要你放我走，不然我就告诉乘务员。我不愿随你一道去。太无耻了。”恐惧的啜泣声又一次打断了她想说的话。

赫斯渥听着，感到有点惊愕。他觉得她那样伤心是理所当然的，可他希望能很快地把事情处理好。过不了多久，乘务员就要来查票了。他不愿把事情张扬出去，不愿惹出任何麻烦。当务之急是必须让她安静下来。

“火车不停，你是下不去的。”赫斯渥说，“到下一站不会用很长时间。到了站，你想下就下吧，我不拦你。我只想让你听我几句话，容我解释解释，好吗？”

嘉莉似乎没在听，只是把脸对着窗户，而车窗外是黑乎乎的一片。列车正在平平稳稳地飞驰，越过田野和片片树丛。驶近孤寂的林间道口时，长长的汽笛声带着忧伤的音调，宛如音乐一般。

这时，乘务员进了车厢，正在检查芝加哥上车的一两张车票。他来到赫斯渥跟前，赫斯渥把两张票递了过去。嘉莉虽然摆出了要采取行动的架势，可是却没有动弹。她没有朝旁边看。

乘务员走后，赫斯渥心里的石头落了地。

“你生我的气是因为我骗了你。”他说，“我并非有意地，嘉莉。我的确不是故意的。我是出于无奈。自从第一次见到你，我就觉得自己无法离开你。”

他没有提及最后的一次欺骗，就好像那是件可以置之不理的事情。他想让她相信，他的妻子不再是他们中间的障碍了。他竭力不去想自己偷来的那笔钱。

“别说了，”嘉莉说，“我恨你。希望你离我远点。车一停下来，我就下去。”

说话时，由于激动和反感，她浑身颤抖。

“好吧，”他说，“但你听我把话说完，好吗？你说过你爱我，不妨听我讲讲嘛。我并不想伤害你。你要走，我可以给你回去的路费。我只是想把情况告诉你，嘉莉。不管你心里怎么想，都不会妨碍我对你的爱。”

他充满柔情地望着她，而她却一句话也不答。

“你以为我卑鄙地欺骗了你，可我没有。我并不愿意那样做。我和我的妻子已断绝了关系。她妨碍不了我了。今生今世我也不会再见她。这就是我今夜在此的原因，也是我去接你的原因。”

“你说查利受了伤，”嘉莉气势汹汹地说，“你欺骗了我。你一直在骗我，现在又企图强迫我跟你私奔。”

她激动得站起来，又想从他身边走过去。他没有拦她，于是她坐到了别的位子上。后来他也跟了过去。

“别抛弃我，嘉莉。”他含情脉脉地说，“请容我解释一下。你要是听完我的话，就会明白我的处境。我告诉你，我和我的妻子没有感情。多年来一直是这样，否则我就不会去亲近你了。我会尽快地跟她离婚，再也不见她。我和她已彻底完结。我需要的唯有你。倘若能得到你，我绝不再去想别的女人。”

嘉莉带着一种十分恼怒的心情听了他的这席话。不过，且不论他做了些什么事情，他的口气听起来倒是满诚恳的。赫斯渥的声音和神态都有些紧张，自然会打动人。她不想跟他拉拉扯扯，因为他是个有妇之夫。他曾经欺骗过她，现在又一次骗了他，她认为他是个可怕的人。不过，他的大胆和魅力中却有一种叫女人着迷的东西，如果女人要是觉得所有的一切都是因为爱她而引起，就更会为之倾倒。

火车的行进对于解决这个僵局起到了很大作用。飞转的车轮和渐渐远逝的田野把芝加哥愈来愈远地抛在了后边。嘉莉可以感觉得到，自己被带到了遥远的地方，列车正兼程赶赴远方的某座城市。她有时真恨不得喊叫起来，大吵大闹一场，叫人帮她的忙；有时却觉得这样做于事无补，因为无论做什么都帮不了她的忙了。赫斯渥一直绞尽脑汁地想以苦苦哀求感动她，引起她的同情。

“我当时无计可施，这样做也是迫不得已呀。”

嘉莉不屑听他辩白。

“当我知道除非跟你结婚，否则你不愿跟我交往时，我就决定将一切都抛掉，带你一道出来。我要到另一座城市去。我想先到蒙特利尔待一阵子，然后就去你想去的地方。如果愿意，我们可以移居纽约。”

“我不愿跟你有任何关系。”嘉莉说，“我要下车。我们这是到哪儿去？”

“底特律。”赫斯渥说。

“啊！”嘉莉感到一阵悲伤，失声喊道。目的地那么遥远、那么明确，似乎增加了回家的难度。

“你难道不愿跟我一起去吗？”他问道，仿佛非常害怕她执意不去，“你只消随我走就行了，什么都不用担心。我绝不会干扰你的。可以到蒙特利尔和纽约看看，你如果不愿待，还可以回去嘛。这样总比今天夜里就回去强。”

嘉莉开始觉得他的建议还算公道：她尽管担心自己一旦要回去会遭到他的反对，但还是认为这条方案合情合理。啊，蒙特利尔和纽约！此时此刻，她正在向那两座陌生的大城市飞奔，如果高兴的话，可以游览参观。她心里打着主意，但脸上却没显露出来。

赫斯渥看出她有一丝依从的意思，便加倍热情起来。

“我放弃了所有的一切，”他说，“再也无法回芝加哥去了。假如你不跟我一道走，我就得独自一人去异地生活。你不会对我一点情意都不讲，对吧，嘉莉？”

“我不想听你说话。”她强硬地回答。

赫斯渥静默了一会儿。

嘉莉感觉到火车逐渐慢了下来。倘若她还想采取行动，现在就是时候。她不安地移动着身子。

“千万不能走，嘉莉。”他说道，“如果你曾经喜欢过我的话，就跟我一道重新开始吧，你让我怎么办，我就怎么办。我会跟你结婚的，不然你可以回去嘛。你仔细想一想。倘若我不爱你，就不会带你来的。苍天在上，嘉莉，实话告诉你，离了你，我活不下去。我活不下去！”

这个人的哀求炽烈而诚恳，深深引起了她的同情。他心中燃烧着一团熊熊的烈火。他爱她爱得过于热烈，绝不愿在自己痛苦的时刻放弃她。他激动不安地拉起她的手，恳求地紧握着。

列车还没有停下来，正在驶过侧轨上的几节车厢。车窗外一片黑暗和凄凉。窗户上沾着一些水滴，表明外边在下雨。嘉莉进退两难，可怜巴巴地拿不定主意。待火车停下时，她还在听他哀求。列车后退了几英尺，便静止不动了。

她举棋不定，根本无法采取行动。时间一分钟一分钟地过去了，她还在迟疑着，而他仍在哀求。

“如果我想回来，到时候你允许吗？”她问道，就好像她现在占了上风，她的同伴彻底屈服了。

“当然允许，”他回答，“你知道我会的。”

嘉莉听他讲话，神态就好像刚刚颁布了一道特赦令。她觉得事情仿佛完全操纵在自己手中。

列车又风驰电掣地飞奔起来。赫斯渥换了个话题。

“你非常累了吧？”他问。

“不累。”她回答。

“让我给你在卧铺车厢弄个铺位，好吗？”

她摇了摇头。虽然她心里苦恼，虽然他耍了诡计，但她开始注意到她一直都觉得他体贴入微。

“还是弄个铺位吧，”他说，“你会觉得舒服得多。”

她摇了摇头。

“那么让我把我的衣服为你铺好。”他说完站起身，把薄大衣垫起来，供她舒舒服服地枕上。

“现在你可以休息一会儿。”他温柔地说。见她依从了自己，他真想亲吻她。他在她旁边坐下，思索了片刻。

“外边一定在下大雨。”他说。

“看起来是这样。”嘉莉说。听着狂风送来的雨点声，她的情绪逐渐平静下来，而列车则穿过黑暗轰隆隆地向一个新的天地疾驶。

赫斯渥多少使嘉莉安静了些，这让他感到满意，但那只是极短暂的轻松感。既然她已经不再反对，他把所有的时间都用于思考自己的失误。

他的处境糟糕到了极点，因为他并不想要他偷来的那笔可耻的钱。金钱或任何其他的东西都补偿不了他愚蠢地放弃了的环境。它不能还给他那成群的朋友，他的名声、房子以及家庭，也不能把他心目中的嘉莉还给他。他被迫离开芝加哥，离开了他安逸舒适的生活。他失去了尊严、欢乐的聚会以及惬意的傍晚闲聊。究竟为了什么？愈想愈觉得难以忍受。他萌发了一个念头，要恢复以前的生活。他要把夜里偷来的那笔可耻的钱归还回去，然后做一下解释。也许，莫伊会理解的。也许他们会原谅他，允许他回去。

中午时分，列车驶入底特律，他开始感到十分紧张。警察一定在追踪他。他们大概已经通知了各大城市的警方，而警探正在寻找他。他记起了一些窃贼落入法网的案例。于是，他呼吸沉重，脸色有些发白。他的手没处搁，似乎必须干点什么。他佯装欣赏风景，但心里却无所感觉。他不断地用脚敲打地板。

嘉莉注意到了他不安的表情，但没说什么。她不明白他为什么不安，也不知道事态的严重性。

他心想不妨问问人，看这趟车是否继续朝前开，到蒙特利尔去，或者到加拿大的某个地方。也许他可以节省点时间。他跳起身，找到了乘务员。

“这趟车有没有到蒙特利尔去的车厢？”他问道。

“有。后边的那节卧铺车厢就是到那儿去的。”

他本想再问些情况，但觉得不妥当，于是决定到车站再问。

列车轧轧响着，喷着气驶进了车场。

“我看最好直接到蒙特利尔去。”他对嘉莉说，“下车后，我去看看怎么转车。”

他内心非常紧张，但竭力装出镇定自若的样子。嘉莉只是用不安的大眼睛望着他。她的心情很不稳定，不知如何是好。

待列车停下，赫斯渥引路出了车门。他谨慎地四处张望，假装照料嘉莉。没有发现被监视的迹象，他向票房走了过去。

“到蒙特利尔的下班车什么时候开？”他问。

“二十分钟后。”那人说。

他买了两张车票和两个卧铺号。随即，急忙回到嘉莉身边。

“我们马上又要上车了。”他说道，没留意嘉莉满脸的倦容。

“但愿能摆脱这一切。”她闷闷不乐地嚷嚷道。

“一到蒙特利尔，感觉就会好了。”他说。

“我什么东西也没带，”嘉莉说，“连块手帕也没有。”

“一到那儿，你想买什么就买什么，最亲爱的。”他解释说，“你可以把裁缝请进家。”

这时，列车员高声喊叫要开车了，于是他们便上了车。列车启动时，赫斯渥松了口气。列车开了不大一会儿就到了河边，然后乘渡船过河。列车刚从船上开下来，他就吁了口气坐回到位子上。

“不会再有多长时间了，”他说，心情一放松才想起她来，“明天一大早就到了。”

嘉莉佯装不睬，没有答话。

“我去看看有没有餐车，”他又说道，“我的肚子饿了。”

第二十九章 逃亡列车，一叶孤舟

没有出门旅行过的人，一旦走出自己熟悉的家门，便觉得一景一物都是那般引人入胜。这种感情仅次于爱情，能给人以安慰和欢乐。新鲜事物如潮似浪，令人目不暇接，只能够反映感觉印象的大脑被大量的景观弄得不知所措。于是，恋人被遗忘，烦恼被搁置一旁，生死被置之度外。在一声平凡而又极具戏剧色彩的“我要出门了”的背后，积聚着多少激动的感情。

嘉莉望着窗外飞闪而过的景色，几乎忘记了自己是上当受骗才踏上了这漫长的旅途，忘记了她没有旅行用的必需衣物。她有时竟完全忘了赫斯渥就在身边，只顾用惊奇的目光眺望简陋的农舍和舒适的住宅。那是一个令人神往的世界。她的生活刚刚开始。她一点也不觉得自己是个失败者。她也没有丧失希望。那座大城市里有的是机会。也许她能挣脱枷锁，赢得自由哩——谁知道呢？也许她会过上幸福生活。她心里转着这些念头，全然不去想自己的过错。正由于她满怀希望，才在精神上得到了解脱。

第二天早晨，列车安全驶入蒙特利尔，他们下了车。赫斯渥为脱离险境感到高兴，而嘉莉对这座北部城市新奇的气氛充满了好奇。赫斯渥很久以前来过这里，此刻记起了他曾经下榻的那家饭店。一出车站的大门口，他听到有位马车夫在叫那家饭店的名字。

“我们这就去那儿开房间。”他说。

来到服务台，赫斯渥把登记簿转过来，而服务员也正好走了过来。

他在考虑用什么名字登记。由于服务员就在面前，他没有时间迟疑。他突然想起了从车窗里看到的一个名字，觉得蛮不错。于是他从容写下了“乔•威默多克夫妇”。在形势逼迫下，这是他所能做出的最大让步。不过，他还是用了自己名字的缩写。

当他们被引到自己的房间时，嘉莉立刻发现他为她开了一个漂亮的卧室。

“那儿有个洗澡间，”他说，“安顿好后，可以彻底冲洗一下。”

嘉莉走过去向窗外眺望，而赫斯渥望着镜子里的自己，觉得他风尘仆仆、肮脏不堪。他没有带衣箱，没有更换的衬衣，连把梳子也没有。

“我去按铃叫人送肥皂和毛巾来，”他说，“还让他们送梳子来。你洗个澡准备吃早饭。我刮完脸就来接你，然后我们出去为你选些衣服。”

说话时，他和蔼可亲地满脸挂笑。

“好吧。”嘉莉说。

她坐到一把摇椅上，而赫斯渥等杂役工来，不一会儿就听到了敲门声。

“请送肥皂、毛巾和一罐冰水来。”

“是，先生。”

“我要走啦。”他对嘉莉说，一边冲她走过去，伸出两只手来，可她却动也不动，没有跟他握手。

“你不是还在生我的气吧？”他柔声细语地问。

“哦，不是。”她回答道，态度十分冷漠。

“难道你根本不爱我？”

她没有回答，用沉着的目光望着窗外。

“你就不可以给我一丁点爱吗？”他哀求着，拉起她的一只手，而她挣扎着要把手抽回去，“你曾说过你是爱我的。”

“可你为什么要骗我？”嘉莉问。

“我也是不得已啊，”他说，“我太想得到你了。”

“你没有权利得到我。”她回答。一语击中了要害。

“哦……嘉莉，”他说道，“事已至此，说什么都太晚了。难道你就不愿做些努力，给我一点爱吗？”他站立在她面前，显得心里非常难过。她否定地摇了摇头。

“请允许我再从头做起吧。从今天起，当我的妻子吧。”

嘉莉站起来像是要走开，可他却拉着她的手。他伸出胳膊搂住她，她拼命挣扎，却无济于事。他把她搂得非常紧，体内蓦然升腾起压倒一切的肉欲。他的激情剧烈地爆发了出来。

“放开我。”被他紧紧搂在怀里的嘉莉说。

“难道你不爱我吗？”他说，“从现在起做我的妻子，好吗？”

嘉莉从未对他怀有恶感。就在刚才她还带着一些满足感在听他讲话，追忆着昔日对他的恋情。他是那样英俊潇洒，无所畏惧！

可是此刻，这种感情转变成了反抗的情绪，一种薄弱的反抗情绪。由于被紧紧搂着，这种情绪仅仅左右了她片刻，随之便开始逐渐隐退。她心里产生了另外一种感觉，把她拥入怀中的这个男人身强体壮、对她感情深厚，他爱她，而她孤苦伶仃。如果不顺从他，接受他的爱，她又能到哪儿去呢？在他那奔涌的强烈感情冲击下，她的抵抗变成了半推半就。

他捧起她的头，望着她的一双眼睛。她真不知道，他身上有着那么大的磁性。刹那间，他的诸多罪孽被忘了个干干净净。

他把她搂得更紧了，亲吻着她，她觉得再反抗下去是不顶用了。

“你会跟我结婚吗？”她问道，一时忘了怎么能够结婚。

“今天就结。”他满心欢喜地说。

这时杂役工来敲门，他不无遗憾地松开了她。

“你马上准备好，行吗？”他问。

“好的。”她回答。

“我三刻钟后回来。”

当他开门放入杂役工的时候，嘉莉满脸绯红、情绪激动地走到了一旁。

下了楼，他在门廊停下来寻找理发室。此时此刻，他心情舒畅。刚才对嘉莉的胜利补偿了这几天他所遭受的磨难。看来，生活值得一搏。这次抛弃自己习惯和喜欢的环境向东逃跑，好像有幸福在等待着他。雨过天就晴，大难不死必有后福。

他举步正要到紧靠门边的一个饰着红白条纹的小理发室去，却听到了个声音亲热地招呼他。他的心立时“咯噔”朝下一沉。

“喂，你好，乔治老伙计！”那声音说，“你来这儿做什么呢？”

赫斯渥和那人一照面，认出是他的朋友股票经纪人肯尼。

“来料理一点私事。”他回答道，大脑像电话局的接线盘一样忙个不停。这个人显然不知道内情——他没有看报。

“嘿，在这么老远的地方碰到你，让人感到意外。”肯尼先生亲切地说，“就住在这家店里吗？”

“是的。”赫斯渥想到在登记簿上留下的笔迹，局促不安地说。

“要住很长时间吗？”

“不，只住一两天。”

“是吗？用过早餐了吗？”

“用过了。”赫斯渥漠然地撒谎说，“我正要去修面呢。”

“能去喝一杯吗？”

“修完面再说。”这位以前的经理说，“一会儿我会找你的。你在这里住吗？”

“是的。”肯尼先生说，随后他又转话头问道，“芝加哥的情况怎么样？”

“和平日差不多。”赫斯渥温和地微笑着说。

“带妻子一块儿来的吗？”

“没带她。”

“今天我们得再聊一聊。我去吃早餐，办完事来找我。”

“我会的。”赫斯渥说完走开了。这次谈话对他是一场折磨，字字句句都增加了问题的复杂性。这个人引起了他无数的回忆，代表着他所放弃的一切。芝加哥、他的妻子以及他那典雅的酒店——所有的一切都出现在这人的寒暄和询问中。芝加哥的报纸很快就会送来。当地的报纸今天也会刊出报道。想到这个人可能很快就会了解他的真面目——一个保险箱窃贼，他忘却了赢得嘉莉的胜利。走进理发室时，他差点痛苦得呻吟出声。他决定逃之夭夭，找家比较偏僻的饭店歇脚。

走出理发室时见门廊里空无一人，他不由得大喜，快步向楼梯奔去。他要带上嘉莉从女士出入口溜走。他们可以找个不太招人耳目的地方吃早饭。

然而，就在穿过门廊时，另有一个人在打量他。那人属于普通的爱尔兰人，身材矮小，衣着寒碜，而脑袋却像是选区政客大脑袋的缩小版。他显然刚才在跟服务员说话，但此刻却用敏锐的目光观察着这位前经理。

赫斯渥觉察到了那来自远处的目光，认出了那人的身份。他本能地认为那人是个侦探——他被监视上了。他匆忙走过，装出一副漫不经心的样子，但脑子里却闪出无数念头。会发生什么事呢？这些人会采取什么措施呢？他心神不安地想到了引渡法。对这类法律他不甚了解。也许他会被捕的。天哪，让嘉莉发现就糟啦！蒙特利尔太危险，不能久留。他渴望逃出这里。

当他回去时，嘉莉已洗完澡，正在等他。她看起来容光焕发，比方才欢快了些，然而却态度冷漠。他走后，不知怎么她又恢复了冰冷的态度。爱火没有在她的心里燃烧起来。他感觉到了这一点，又添了几分烦恼。他无法将她搂入怀中，甚至连试也没有试。她的神态禁止他那样做。他没敢大胆妄为，部分原因是他在楼下的经历和思考的结果。

“准备好了吧？”他和蔼地问。

“准备好了。”她回答。

“我们出去吃早饭。这家饭店我不十分中意。”

“好吧。”嘉莉说。

他们走了出去，而那个爱尔兰人站在拐角处盯着他瞧。赫斯渥简直无法控制自己的表情，险些暴露出他了解那家伙的身份。那家伙蛮横的眼神令人恼恨。不过他们还是走了过去，赫斯渥对嘉莉讲解着这座城市的情况。没走多远他们便看到了一家餐馆，于是走了进去。

“这座城市古里古怪的。”嘉莉说。她之所以感到惊奇，完全是因为这儿跟芝加哥不一样。

“这里不如芝加哥热闹。”赫斯渥说，“你不喜欢吗？”

“是的。”嘉莉说。她对这座北部大城市已怀上了偏见。

“是啊，这儿不是引人入胜的地方。”赫斯渥说。

“在这儿有什么可待的？”嘉莉问，不明白他为何要选中这座城市来旅游。

“是没多大意思。”赫斯渥回答，“这里是度假胜地，有一些漂亮的风景。”

嘉莉听着，有些心神不稳。她的处境令人忧虑，哪还有心思游山玩水。

“我们不会在这儿待很久。”赫斯渥说，此时留意到她的不满，心里的确很高兴，“吃完饭给你选些衣服，我们立即到纽约去。你会喜欢那里的。除过芝加哥以外，哪一座城市都不如那儿热闹。”

其实，他正打算溜之大吉呢。他倒要看看那些警探怎么办，他在芝加哥的雇主们会采取什么样的行动，反正他一走了之，到纽约去避风头，因为那儿易于藏身。他了解那座城市，知道那儿无限神秘，极有可能让他销声匿迹。

然而，他愈想愈觉得处境可悲。他看到，来这里并不等于万事大吉。公司可能会雇侦探追踪他，雇平克顿手下的人或者穆尼和博兰侦探所的人。他们可能会在他试图逃离加拿大的时候抓住他。所以，他得在这里潜伏数月，人不像人鬼不像鬼！

回到饭店里，赫斯渥急于看晨报，可又害怕看。他想知道有关他罪行的消息传播到了哪些地方。于是，他告诉嘉莉他过一会儿再上楼去，接着就去寻报纸了解情况了。周围虽然没有熟悉的或可疑的面孔。但他不愿在门廊里看报，便来到二楼的大客厅傍窗坐下，浏览起报纸来。对于他的罪行虽然报道得很少，但还是有的，夹杂在杀人、车祸和结婚等乱七八糟的电讯里，有那么几笔描写。他半喜半忧地希望自己能化险为夷。在这遥远的避难所里每待一分钟，都会加重他的心理负担，他认为自己犯下了弥天大错。早知如此，他完全可以寻找一条比较稳妥的出路。

在回房间之前，他丢下了报纸，不愿让它们落到嘉莉手里。

“喂，你感觉怎么样？”他问她。而她正专心致志地观望窗外的景色。

“哦，很好。”她回答。

他走上前，正要跟她谈谈，却听到外边传来了敲门声。

“可能是送衣服的人。”嘉莉说。

赫斯渥打开门，外边站着那位他曾经十分怀疑的人。

“你是赫斯渥先生吧？”那人说，样子非常狡诈，十分自信。

“是的。”赫斯渥平静地说。他非常了解这种类型的人，所以又恢复了几分往日的那种满不在乎的神情。这类人在酒店的顾客里属于最低的一个层次。他走出去，随手关上了房门。

“我来这儿的意图你是知道的，对吧？”那人神秘地说。

“可以猜得到。”赫斯渥轻声说。

“你是不是打算把钱留下来？”

“那是我自己的事。”赫斯渥冷冰冰地说。

“你知道，这是办不到的。”侦探冷眼望着他说。

“你听着，伙计，”赫斯渥盛气凌人地说，“你对情况一点也不了解，我也不便解释。我打算怎么做，不需要别人指手画脚。请多包涵。”

“等你到了警方手里，”那人说，“说这种话就不顶用了。我们只要想找碴儿，可以给你带来诸多烦恼。你在这家饭店里登记用的不是真名，没有带妻子一道来，而且报界还不知道你在此处。你应该放明白些。”

“你想知道什么？”赫斯渥问。

“我想知道你是否要把钱送回去。”

赫斯渥迟疑着，眼睛盯着地面。

“跟你解释也没有用。”他最后说道，“你没必要问我这些。要知道，我不是傻瓜。我了解你能做些什么，也知道你不能做什么。如果想找麻烦，那就悉听尊便。我清楚你办得到，但那也不能帮你弄到钱。对何去何从我自有主张。我已经给费兹介路和莫伊写了信，没有什么可对你说的。你等着听他们的回音吧。”

他说话当时离开房门顺着过道朝前走，免得让嘉莉听见，此刻他们站在过道的尽头，那儿通向大客厅。

“你不肯把钱交出来？”那人说。

这种话大大激怒了赫斯渥，热血冲进了他的大脑。千头万绪涌上心头。他不是贼，并不想要那笔钱。只要能对费兹介路和莫伊解释解释，也许就没事了。

“听着，”他说道，“跟你谈这些也不顶什么用。不错，我是尊重你的权力，但我要和了解实情的人交涉。”

“你是不能携款离开加拿大的。”那人说。

“我并不想离开。”赫斯渥说，“待到我准备走的时候，就不会有人有理由阻拦我了。”

他转过身去，那侦探紧紧盯着他，让他无法忍受。但他还是朝前走了，回到了房间里。

“来人是谁？”嘉莉问。

“从芝加哥来的一位朋友。”

一个星期来他担惊受怕，而刚才的这场谈话令他大为震动，不仅引起了他深深的悲哀，还给他带来了道德上的反思。最叫他伤心的是，他被当作盗贼受到追捕。他开始看清了社会不公正性的实质，人们看问题只看一个侧面，往往只看悲剧漫长过程当中的某一幕。所有的报纸只注意到了一点——他拿走了钱。至于怎么拿的以及为了什么原因，它们则漠不关心。复杂的来龙去脉无人知晓。他得不到理解，被人安了个罪名。

这天，他跟嘉莉一道坐在房间里，决定把钱还回去。他要给费兹介路和莫伊写封信解释清楚，然后把钱寄去。他们也许能原谅他，请他回去。他对侦探撒谎说给他们写了信，而现在他要把谎言变为事实。然后，他将离开这座怪诞的城市。

为了令人信服地叙述清这件扑朔迷离的事情，他思索了有一小时。他想把妻子的情况告诉他们，却说不出口。最后他大事化小，声称他招待朋友喝醉了酒，发现保险柜开着，居然取出了钱，不料无意中关上了柜门。他懊悔万分，为给他们添了许多麻烦表示遗憾。他将尽其所能解决问题，归还钱款——大部分钱款。其余的一些他将尽快还清。他是否能官复原职？关于这一点，他只是暗示了一下。

这个人心里乱成了一团，从信中的结构便可以看得出来。他一时竟忘了，即使让他官复原职，那也是件极端痛苦的事情。他忘了自己和过去已一刀两断，即使他能设法让自己跟过去接轨，那分而复合的裂痕却永远不会消失。他总是忘这忘那——忘了妻子、嘉莉，忘了他需要钱和目前的处境等，所以写得条理不清。但是，他还是把信发了出去，等着收到回信后寄钱。

与此同时，他随遇而安，在嘉莉身边尽情索取欢乐。

中午时分，太阳出来，金色的阳光潮水般泻入敞开的窗户。麻雀叽叽喳喳叫着，空中飘荡着欢歌笑语。赫斯渥无法把目光从嘉莉身上移开。在他忧虑重重的心里，她就像一束明媚的阳光。啊，她要是能全心全意地爱他，要是能用胳膊搂住他的脖子，心情高兴得像他在芝加哥小公园里看到她时那样，他该会多么幸福呀！那会对他是一种补偿，会向他表明他并非丧失了一切。那样，他就不会顾虑重重了。

“嘉莉，”他再一次站起身，冲她走过去说，“你肯不肯从今往后跟我一起生活？”

她用不屑的目光瞧了他一眼，可一看到他那真情实意的表情，她便产生了同情之心。这就是爱情，热烈而坚定，在困难和苦闷中得到升华。她不由得绽开了微笑。

“从现在起，让我成为你的一切吧。”他说，“不要再让我感到忧愁了。我将对你忠贞不渝。我们到纽约去租一套漂亮的公寓。我将重返商场，我们可以过得幸福美满。你愿意成为我的人吗？”

嘉莉不苟言笑地听着。她心里没有澎湃的激情，但事态的变化以及这个男人的亲近却撩起了她几分情意。她为他感到十分难过，这种心情由不久前的高度崇拜演变而来。她对他从未有过真正的爱情。如果她分析一下自己的感情，就会知道这一点的，可他热烈的感情在她心里激起的波涛冲垮了他们之间的屏障。

“你会跟我一起生活的，对吧？”他问。

“是的。”她点点头说。

他把她拉入怀里，将吻印在她的芳唇和面颊上。

“不过，你必须跟我结婚。”她说。

“我们今天就去领结婚证。”他回答。

“怎么领？”她问。

“更名改姓。”他回答，“我要用个新名字，过一种新的生活。从现在起，我就叫默多克。”

“请别用这个名字。”嘉莉说。

“为什么？”他问。

“我不喜欢它。”

“那么用什么名字好呢？”他问。

“哦，只要不用这个名字，叫什么都行。”

他想了一会儿，双臂仍搂着她，然后说道：“就叫惠勒怎么样？”

“还可以。”嘉莉说。

“好啦，那就叫惠勒吧。”他说，“今天下午我们去领结婚证。”

他们请一位洗礼会的牧师为他们主婚，那是他们所找到的最合适的神职人员。

芝加哥的公司终于来了回信，是莫伊先生口授的。他对赫斯渥干出的事情非常吃惊，为出现这种情况十分遗憾。如果把钱退还回去，他们不会起诉他，因为他们对他的确没有恶意。至于他重返酒店、官复原职之事，他们还吃不准会产生什么样的影响。此事尚待考虑，以后跟他联系，也许用不了多久，云云。

从信的大意看来，他没有指望重返酒店，他们想用最轻松的方法追回钱款。赫斯渥看到了自己的厄运。他决定把九千五百块钱交给他们声称要派来的代理人，留下一千三百块钱自己用。他拍电报表示同意，对当天来饭店找他的代理人解释了情况，拿了收据，然后让嘉莉收拾她的行李。在开始采取这项最新举措的时候，他有点灰心丧气，但最后还是恢复了过来。他唯恐即便到了这个时候还会被抓住送回去，所以企图掩饰自己的行动，但这几乎是不可能的。他吩咐把嘉莉的衣箱送到车站，然后他从那儿托运到纽约。似乎并没有人监视他，可他还是夜里启程上路。他心里忐忑不安，害怕在越过国境的第一站或纽约车站上，会有执法官员在等着他。

嘉莉不知道他的盗窃行为以及恐惧，第二天早晨进入纽约境内时，心里很高兴。当列车沿着哈德逊河行进时，排列在宽展的河道两旁的圆顶青山以秀丽的景色令她心旷神怡。她听说过哈德逊河以及大都市纽约，现在望着窗外，心里不由得感慨万千。

当列车在斯布丁•杜佛尔折向东方，沿哈莱姆河东岸行驶时，赫斯渥惴惴不安地告诉她，他们已经来到了城市的边缘。根据在芝加哥的经验，她以为会看到一长列一长列的车厢和大片的铁轨，可这里的情况却不一样。哈莱姆河上的几只船以及东河上数量较多的船只映入她的眼帘，轻轻拨动着她年轻的心。这是最先出现的迹象，预示着大海就在前边。接下来看到的是一条平展的街道，两旁耸立着五层高的砖楼，后来列车钻进了隧道。

在黑暗和烟雾中穿行了几分钟后，便重见了天日，这时只听乘务员喊道："中央总站到啦！"赫斯渥站起身，把小提包拎在手中。他的神经紧张到了极点。他和嘉莉在门旁等了等，随后便下了车。没有人接近他，但当他走向临街的出口时却偷偷地东张西望。他魂不守舍，居然把嘉莉完全给忘了。嘉莉落在后边，不知他为何如此心不在焉。穿过车站大厅时，他的紧张感达到了顶峰，随后便缓和了下来。来到人行道上，没有人注意他，只有马车夫向他揽生意。他长长吁了口大气，转过身去，想起了嘉莉。

“我以为你丢下我，要一个人跑掉呢。”她说。

“我在试图回忆，看哪趟电车能送我们到吉尔赛饭店去。”他回答。

嘉莉没听清他的话，因为她正兴趣盎然地观看繁华的景色。

“纽约有多少人口？”她问。

“一百多万。”赫斯渥说。

他环顾四周，喊住了一辆马车，不过这次换了副神态。

多少年来，他第一次想到要把这些小的花销考虑在内。这种事让人不痛快。

他决定马上找饭店住下，然后租套公寓。于是，他告诉了嘉莉，嘉莉表示同意。

“如果你愿意，今天就可以物色公寓。”她说。

“送我去贝尔福饭店。”他对车夫说，知道他认识的人不常住在那里。然后，他坐了下来。

“住宅区在哪儿？”嘉莉问。她觉得街道两旁的那些五层高楼不是住宅楼。

“到处都是。”对这座城市非常了解的赫斯渥说，“在纽约没有草坪，所有的这些都是住家户。”

“哦，这我倒是不喜欢。”嘉莉说。她开始有了自己的见解。

第三十章　繁华都市，新的人生之旅

不管赫斯渥在芝加哥是怎样一个人物，但很显然，他在纽约只不过是海洋中不起眼的一滴水。芝加哥的人口仍在五十万左右，百万富翁为数不多。有钱人的财富尚未达到耀眼的地步，不足以使所有的中产阶级默默无闻。市民们对戏剧界、艺术界、社交界和宗教界的名人雅士并非崇拜得五体投地，以致不把地位优越的人放在眼里。在芝加哥，出人头地有两条途径——从政和经商。而在纽约，成功之路比比皆是，且每条路上都有成百成千的人在孜孜不倦地追求，所以名人雅士多如牛毛。这个海洋里满都是鲸鱼，一条普普通通的小鱼肯定引不起人的注意，只会完全彻底地从人们的视野里消失。换句话来说，赫斯渥根本不足挂齿。

这种情形会产生一种微妙的结果，有时被人所忽视，但它却导致了一幕幕人间悲剧。伟人创造的气氛，对小人物有着不良影响。这种气氛很容易而且很快能感觉得到。漫步于宏伟壮观的府第、豪华漂亮的马车以及各种金碧辉煌的商店、餐馆和酒店之间，嗅到鲜花、绸缎和美酒散发出的香味，领略到春风得意的人发出的朗朗笑声以及寒光闪闪的枪刺一般的目光，感受到利如刀剑的微笑和趾高气扬的步伐，你就会明白那些名人雅士和达官贵人创造出的是什么样的气氛。毋庸置疑，这并非崇高的王国，但只要世人为之心往神驰，视其为必须达到的理想境界，那么在一些人的心目中它就是洞天福地。这一境界里的气氛会给人的心灵带来极端危险的影响。它就像化学药剂一样。这里的每一天都像一滴药剂，影响、腐蚀人的观点、目标和追求，使其永远地染上色彩。这里的每一天对从未涉足过的人来说都是有害的，就好像没抽过鸦片的人吸上了鸦片，由此而产生的欲望一旦实现，便最终会导致醉生梦死。唉！无法实现的梦想在咬啮和诱惑着我们的心，缥缈的幻象不停地召唤和引导着我们，直至死亡和毁灭分解掉它们的力量，把我们糊糊涂涂送回大自然的怀抱。

像赫斯渥这种年龄和性格的人，不会沉湎于青春的幻想和炽烈的欲望，也不会怀有在年轻人的心中似泉水般奔淌而出的美好希望。眼前的气氛不会在他心里引起十八岁小伙子的那种憧憬，可他一旦产生了这种憧憬，就会因为缺乏希望而变得加倍痛苦。他不能不注意到方方面面的富贵和奢侈的场景。他以前来过纽约，知道这里到处是轻歌曼舞。从某种程度而言，这是一块令他敬畏的地方，因为这儿聚集着天底下他最崇尚的东西——财富、地位和名望。他当经理时跟他推杯把盏的名人雅士大多源于这块以自我为中心、人口稠密的地方。关于这儿的一些地方，这儿的人所过的享乐、奢侈的生活，流传着最动人的故事。他知道自己其实每天都不知不觉地置身于富人中间。在这样一个富足的地方，有十万或五十万块钱算不了什么，过不上高贵的生活。时髦和浮华需要有更多的钱，所以穷人无立锥之地。当他面对着这座城市，离开了朋友，丧失了他那不多不少的财产，甚至名声，被迫重整旗鼓，为争取地位和舒适的生活开战时，他强烈地意识到了这一切。他还没有老，但他并不愚蠢，感到老之将至。突然之间，这华丽的服饰以及地位、权势组成的场面对他产生了特殊的意义。跟自己悲惨的处境相比较，这种感觉就更强烈了。

现实令人苦恼。他很快便发现，摆脱被捕的恐惧并非生存的主要意义。随着危险的解除，另一需要却叫人头痛。这区区一千三百块钱，用来支付房租、购置衣服和食物以及进行娱乐，要应付几年的时间，这怎能叫一个平常每年花费五位数于此的人心情平静呢。来纽约后的头几天，他对这个问题思考再三，决定必须赶快采取行动。于是，他在晨报的广告栏里寻找做生意的机会，着手进行调查工作。

不过，那是在他安顿好之后才开始的。他和嘉莉按照计划去寻找公寓，在靠近阿姆斯特丹大街的第七十八大街上物色到了一套。那是一幢五层楼，他们的房间在三层。由于街道尚未被楼房填得严严实实，东边可以看到中央公园里的绿色树梢，从西侧的窗户则能望见哈德逊河的宽广水面。他们有六个房间和一个洗澡间，都在一条直线上，每月得付三十五块钱的房租——这在当时是普通价钱，对住家户是偏高了些。嘉莉注意到这里的房间比芝加哥的小，便讲了出来。

“找不到更好的了，亲爱的，”赫斯渥说，“除非住老式房屋，但那样你就享受不到这些方便的设施了。”

嘉莉选中这套住房是因为它是新盖的，木头门窗色彩鲜艳。这样的新楼房安装有暖气，提供着优越的条件。固定的炉灶、冷热水供应、运货用的升降机、传话筒以及看门人的呼人铃，使她感到非常高兴。她具有家庭主妇的天性，对这些玩意儿十分满意。

赫斯渥与一家家具公司商量好，由他们提供全套家具，先付五十块钱，以后每月付十块。随即，他定制了一块小金属牌，上面刻着“乔·威·惠勒”的姓名，镶嵌在大厅里自家的信箱上。守门人喊嘉莉为惠勒夫人，听起来极其别扭，可最后她习惯了，便把这称呼当成了自己的名字。

安置完家里的这些琐事，赫斯渥便去调查广告上登的一些机会，想在市中心的某家生意兴隆的酒店里购买股份。由于在亚当斯街的那家豪华酒店里干过，他对广告上的那些普通酒店看不上眼。他花了好几天时间查了三家酒店，都觉得不中意。不过，通过与人交谈他掌握了大量情况，发现塔玛尼－赫尔酒店是有些势力的，还发现跟警方搞好关系很有价值。他看出最赚钱、生意最红火的是那些从事非法经营的地方，而非费兹介路和莫伊办的那种酒店。这种盈利丰厚的地方往往在二楼附设有雅致的密室以及单间酒座。从大腹便便的老板衬衫前胸上闪闪发光的大钻石以及剪裁得体的衣服上便可以看出，这儿的卖酒生意跟各处一样利润很大。

最后他终于找到了一个人，在沃伦街开着家酒店，生意状况似乎极好。酒店的外观相当不错，而且有发展前景。店主声称经营状况良好，不过看起来也的确如此。

“和我们打交道的是高层次的人，”他告诉赫斯渥，“有商人、推销员和自由职业者，在穿着上都很讲究。这儿没有游手好闲的人，我们不准他们入内。”

赫斯渥听着收款机“叮当”“叮当”的响声，观察了一会儿经营情况。

“两个人合营也能赚上钱吗？”他问。

“倘若你懂得售酒业，自己可以看嘛。”店主说，“我拥有两家酒店，这只是其中之一。另一家位于纳索街。照料两家酒店，我单力难支。要是能找到十分懂行的人，我情愿把这一家跟他合营，由他管理。”

“我有丰富的经验。”赫斯渥漠然地说，然而却不敢提费兹介路－莫伊酒店。

“那悉听尊便，惠勒先生。”店主说。

他只出让三分之一的股权、设施和商誉，而愿意合营的人则要拿出一千块钱，还要有经营能力。这里边不涉及房产问题，因为房子是酒店老板从不动产商那儿租来的。

对方的姿态是真诚的，但赫斯渥不知在这家酒店拥有三分之一的股权每月是否能生出一百五十块钱的利润，因为据他估计得需要这么多钱供家里日常开销，过得舒服些。可是，他为了寻找合意的投资场所屡经挫折，现在没有时间再犹豫。看起来，三分之一的股权每月可以得到一百块钱的分红。只要经营得当，加以改进，分红也许会更多。于是，他同意合股，先交了一千块钱，准备第二天来上班。

他最初扬扬得意，告诉嘉莉说他把事情安排得妥妥当当。可时间一长，有些问题就值得他深思了。他发现自己的合作伙伴非常不近人情，常常喝得酩酊大醉，脾气乖戾。赫斯渥在做生意时最不愿见到的就是这种情况。另外，经营状况很不稳定。来这儿的顾客跟他在芝加哥接待的顾客有着天壤之别，要交朋友得费九牛二虎之力。这些人来去匆匆，从不寻求友情的乐趣。这儿既无聚会也无悠闲的畅谈。一天天、一星期一星期地过去了，听不到一句他在芝加哥每天都能够听到的那种亲热的寒暄。

另外，赫斯渥怀念名人雅士——那些穿着讲究、给酒店增光添彩、带来远方以及上流社会传闻的精英人物。一个月里，这样的人他一个也没看到过。晚上上班时，他有时在晚报上会看到有关他认识的那些名人雅士的消息——他跟那些人在一起喝过许多次酒。他们光顾的是芝加哥的费兹介路－莫伊酒店或住宅区的霍夫曼酒家那种地方，但他知道他们绝不肯屈尊来这里。

而且生意也不如他想的那样赚钱。分红增加了一点，但他必须在家庭花销上精打细算，显得丢人现眼。

当初，他夜晚回到家，看到嘉莉，觉得满心欢喜。他在六七点赶回来跟她共进晚餐，次日早晨九点才离开，但过了一些时候这种新鲜感便消失了，他开始觉得自己的责任成了负担。

第一个月还没有过完的时候，一天嘉莉语气十分自然地说：“这星期我想去买件衣服。”

“什么样的衣服？”赫斯渥问。

“哦，出门穿的。”

“好吧。”他微笑着说，但心里却以为买衣服会给他的经济造成负担。翌日无话，但第三日早晨他问道：“衣服买了吗？”

“还没买。”嘉莉说。

他停顿了一会儿，像是在思考，然后说：“迟几天买，你不介意吧？”

“不会的。”嘉莉回答，不明白他这话的含义，以前据她所知，他从未有过手头拮据的时候，“为了什么原因呢？”

“我会告诉你的。”赫斯渥说，“我的这项投资目前占用了许多钱。我期望在短期内全部收回，但眼下手头很紧。”

“嘿！”嘉莉回答，“当然可以的，亲爱的。你为什么不早告诉我呢？”

“当时没这个必要。”赫斯渥说。

嘉莉虽然满口答应，但赫斯渥说话的语气使她想起了杜洛埃以及杜洛埃总是声称要了结的小小的生意。这只是瞬间的想法，然而却是一个开端。她对赫斯渥有了新的看法。

以后其他的事情时有发生，全是同一类型的鸡毛蒜皮的小事，但积累起来最终给人以明显的启示。嘉莉并不是一个愚蠢的人。两个人在一起住长了，不可能不了解对方。心里的难处不管愿意不愿意告诉别人，都会流露出来。忧愁的表情和闷闷不乐的态度，就很能说明问题。赫斯渥照样穿着漂亮的衣服，但还是加拿大的那身装束。嘉莉注意到，他的衣服不多，可他也不添置。她还注意到，他很少提议出去游玩，闭口不谈食物，似乎老想着自己的生意。他再也不是芝加哥的那个无忧无虑的赫斯渥，不是她所熟悉的那个豪放阔绰的赫斯渥了。变化太明显，逃不过她的眼睛。

后来，她又感觉到了一种变化——他对她不再推心置腹。他分明在遮遮掩掩，把话闷在自己肚里。于是，她就一些小事提了些问题。这种状况会让一个女人心情不愉快。有了纯真的爱情，会觉得这合乎情理，有时还觉得这是公正的，但绝不会满意。没有纯真的爱情，得出的结论则更明确、更不满意。

要说赫斯渥，正在跟由于环境改变而带来的种种困难做艰苦卓绝的斗争。他是个机灵人，知道自己铸成了大错，混到今天这一步已相当不错了，可是不由得要把现状与昔日的风光做比较，而且每时每刻每一天都在比较。

来到这座城市不久，他碰上了过去的一个老朋友，自那以后就心里不痛快，害怕再遇上熟人。那是在百老汇大街上，当时他看到自己认识的一个人走了过来。想假装没看见已经来不及了。他们交换的眼神太专注了，让人一看就知道他们彼此认识。所以，那位朋友——芝加哥一家批发公司的采购员，觉得必须停下脚步来。

“你好吗？”他伸出手说，明显地带着复杂的感情，同时显得缺乏真正的兴趣。

“很好。”赫斯渥说，也显得很尴尬，“你怎么样？”

“很好。我来这里采购货物。你现在住这儿吗？”

“是的。”赫斯渥说，“我在沃伦街经营着一个店。”

“是吗？”那朋友说，“这让我感到高兴。我会去看你的。”

“请务必来。”赫斯渥说。

“再见！”那人说完，和气地笑笑，继续走他的路了。

“他压根就没问我的门牌号码，”赫斯渥心想，“他就不想来。”他拭去额头上的汗珠，衷心希望再也不要碰到老朋友了。

这些事情影响到了他善良的性情。他只希望经济状况会有所好转。他要供养嘉莉，支付买家具的钱，还要维持自己的地位。能给嘉莉提供的娱乐固然不多，但眼下也只能如此了。也许他可以不显山不露水地把面子撑下去，只要一成功便全都好了。在这里，他没有把人性的弱点，把夫妻生活的种种困难考虑在内。嘉莉还年轻，跟他想法不一样是常见的事。饭桌旁，他们随时都可能因感情走极端而产生矛盾，最和谐的家庭也常出现这种情况。如此产生的小龃龉，事后需要伟大的爱来排除。如果没有伟大的爱情，双方都斤斤计较，不久就会出现问题。

第三十一章 随遇而安，结识新友

这座城市以及他自己的处境对赫斯渥产生了影响，嘉莉何尝不是如此，她心平气和地接受了命运的安排。她起先对纽约缺乏好感，但很快就表现出了极大的兴趣。它明朗的氛围、熙攘的街道以及怪异的冷漠，使她难以忘怀。她居住的这种小公寓房她前所未见，可是没多久便赢得了她的青睐。新家具令人赏心悦目，赫斯渥亲手布置的餐具柜散发出耀眼的光彩。每个房间的陈设都恰到好处，在所谓的客厅或者前屋里安放着一架钢琴，因为嘉莉说她想学琴。她雇了个用人，在操持家务的方法及知识方面进步很快。她平生第一次感到有了归宿，据她看来，在世人的心目中有了正当的名分。她的想法既欢快又天真。在很长一段时间里，她都很关注公寓楼的布局，不明白十户人家同居一楼，为何形同路人，谁都不关心谁。起雾时，海港里数百艘船的汽笛声，在海峡内行驶的汽船和渡船那冗长、低沉的鸣叫，也令她惊讶不已。仅仅因为这声音来自大海，就够神奇的了。她常常从西边的窗户眺望哈德逊河以及河两岸迅速建起的大城市的景色。这使她遐思冥想，足以让她百看不厌，欣赏上一年多的时间，另外，赫斯渥对她的关怀表现得无微不至。他虽然满腹心事，可从不把困难暴露给她。他依然是那副自尊自重的神态，对新的环境坦然处之，为嘉莉在家务上的癖好和成就感到高兴。每天晚上他都按时赶回来吃饭，觉得小餐厅极为舒适可爱。从某种意义上来说，房间狭小反倒显得华丽，看起来满满当当的。铺着白布的餐桌摆上漂亮的盘子，点上四座灯台，每盏灯上安着红灯罩。嘉莉和女佣烧制的牛排、猪排美味可口，时而还用罐头食品加以点缀。嘉莉钻研做饼干的技术，很快便技艺精湛，能拿出一盘盘好吃的甜点来。

第二个月、第三个月和第四个月就这样一晃而过。冬天来临，他们觉得最好待在家中，所以不大谈看戏的事情。赫斯渥不露声色，尽全力支付所有的开销。他假装在攒钱增加投资，以期将来获更大的利。他只用一定数量的钱给自己买衣服，很少提出为嘉莉买东西，第一个冬天就这样过去了。

第二年，赫斯渥经营的生意有了些起色。他按月提取一百五十块钱，如先前期待的一样。不幸的是，他对嘉莉此时已得出某些结论，而且他结交了一些朋友。

嘉莉生性喜欢被动地接受，而非主动进取，似乎对自己的处境心满意足。每隔一段时间他们就一起去一次戏院，偶尔还按时令到海滩上以及城里各景点游玩，然而却不与人交往。赫斯渥在她面前自然而然地摈弃了温文尔雅的举止，换上一副随便、亲热的态度。二人之间没有误解，不存在明显的意见分歧。实际上，他无钱无友，过的是一种既不会遭人妒忌也不会惹人议论的生活。嘉莉十分同情他的努力，对于过不上芝加哥的那种享受的生活毫不计较。纽约作为一个整体以及她的公寓，暂时看起来还是让人满意的。

可如上所述，随着生意有了起色，赫斯渥开始结交朋友，也开始允许自己有更多的衣服。他自认为家庭生活对他非常珍贵，可又纵容自己，偶尔还不回家吃饭。第一次不回家，他派人捎信说他有事缠身。嘉莉一个人吃饭，希望这种事再不要发生。第二次他也是叫人捎来了口信，但已到了临开饭的当儿，第三次他彻底忘了通知家里，事后才解释了一通。这些事件的发生，每一次都间隔几个月的时间。

“你到哪儿去了，乔治？”第一次事件发生后，嘉莉这样问道。

“在办公室忙得脱不了身。”他和颜悦色地说，“有些账目必须清理一下。”

“我很遗憾你不能回家。”她心平气和地说，“我准备的饭菜很丰盛。”

第二次他给了一个同样的借口，可是到了第三次，嘉莉就觉得有点不正常了。

“我回不了家，”他晚间回来后说，“简直忙得焦头烂额。”

“就不能让人捎个话回来吗？”嘉莉问

“我是想那样做，”他说，“可是后来给忘了，等到记起来就已经太迟了。”

“我还为你做了非常可口的饭菜呢！”嘉莉说。

经过对嘉莉的观察，他开始认为她的思想完全属于家庭妇女的那种类型。一年之后，他真心地觉得她对生活的主要兴趣很自然地表现在做家务上。虽然他在芝加哥观看过她演剧，虽然受到他创造的条件的限制，他在过去的一年中看到她足不出户、跟他厮守在一起，虽然她无亲无友，他还是得出了这种奇怪的结论。

他为有这样一个知足的妻子感到满意，而满意的心情又产生出了必然的结果，这就是说，他既然发现她是知足的，觉得只要提供能使她知足的东西就行了。他提供了家具、装饰品、食物以及必需的衣服。至于给她提供娱乐，带她到外边绚丽多彩的生活中去，这种想法愈来愈少。他自己被外边的世界所吸引，却觉得她不一定愿意去。有一次，他独自去看戏。另一次，他陪两三个新朋友晚上玩扑克。由于经济状况又渐渐好转，他就想穿着漂亮的衣服去招摇过市，但与芝加哥的岁月相比还是收敛了许多。对于很可能会碰上熟人的娱乐场所，他避而不去。

嘉莉通过各种方式的观察，感觉到了这些。她这种人不会为他的行为深感不安。由于爱他爱得不深，所以她不会妒忌得死去活来。其实，她一点也不感到妒忌。赫斯渥原该引起深思，可是却为她态度平静而感到高兴。他不回家，对她似乎也不是坏事情。她相信他去寻觅男人们通常的乐趣了——和别人聊天、到某处逗留一下以及找朋友商量事情。她非常愿意让他以自己的方式去娱乐，可她不愿受到冷落。不过，她似乎仍然十分理智。她只是发现赫斯渥有些变了样。

他们在第七十八大街住到第二年，有一天过道对面的房间空了下来，一位非常美丽的女子和她的丈夫搬了进去，后来嘉莉跟他们结识了。这完全是由楼房的布局造成的，因为他们两家的某一处被运货用的升降机连接在一起。这个升降机把燃料、杂物等送上来，将垃圾废物送下去，由同一层楼的两家合用，两家都有一扇小门通到里面。

如果两家的住户同时听到看门人的哨声，打开升降机的门时，便会面对面地相遇。一天早晨，嘉莉来取报纸，那个新搬来的大概二十三岁年纪的肤色浅黑的美人也出于同样的目的走了过来，她穿着睡袍，披着晨衣，头发乱七八糟，但看起来美丽动人、和蔼可亲，使嘉莉顿生好感。新房客只是羞怯地一笑，但这就足够了。嘉莉觉得很想结识她，而对方的心里也产生了同样的感觉，她喜欢嘉莉的那张天真的面孔。

“隔壁搬来的那个女子真是漂亮。”嘉莉在吃早饭时对赫斯渥说。

“他们叫什么名字？”赫斯渥问。

“不知道。”嘉莉说，“门铃上的姓氏是万斯。他们家有人弹琴弹得非常好听，我想一定是她。”

“在这座城市里，很难说得清自己的邻居是什么样的人，你说是吗？”赫斯渥的话里反映出了纽约人对邻居的一贯看法。

“你想想看，”嘉莉说，“在这幢楼房里跟九户人家住了一年多，我连一个人也不认识。这两口子搬来一个多月了，可今天早晨以前，他们俩我一个都没见过。”

“这也很好嘛。”赫斯渥说，“谁能知道搬来的是什么样的邻居呢？有些人是非常坏的。”

“我想也是。”嘉莉赞同地说。

谈话转到了别的事情上去，嘉莉没再想这件事。可一两天后，她出门到市场去，与进门的万斯夫人撞了个满怀，后者认出她来，点了点头，嘉莉报以微笑。这带来了她们交往的可能性。如果这次没有依稀的相认，便不会有以后的往来。

嘉莉一连数星期没再见到万斯夫人，但透过分隔两家前厅的薄墙却听到了她的弹奏，嘉莉很喜欢那些欢快的曲子以及精彩的演奏。嘉莉的琴弹得只是一般水平，觉得万斯夫人弹奏出的种种乐曲已接近伟大的艺术。根据她截至目前的所见所闻（仅仅是些片段和模糊印象），这对夫妇有几分高雅，而且境况恬适。所以，嘉莉准备酌情发展友谊。

一日，嘉莉家的门铃响了，正在厨房里的女佣一按电钮，打开了底层总出入口的前门。嘉莉候在三楼自家门前，看是谁前来看望她，却见来的是万斯夫人。

“请见谅，”万斯夫人说，“我刚才出去时忘了拿大门的钥匙，所以就想到了按你们家的门铃。”

公寓楼里其他的住户忘记带大门钥匙时通常也是这么做的，但他们都不说道歉的话。

“当然。”嘉莉说，“我很高兴你来我家。有时候我也忘拿钥匙。”

“今天的天气让人心情愉快，是吗？”万斯夫人停留了一会儿，说道。

这样，两人又说了一些寒暄的话，便正式开始了友好的交往。嘉莉发现万斯夫人是个讨人喜欢的同伴。

她们相互串了几次门儿。两家看起来都布置得不错，但万斯家收拾得更奢华些。

“今晚我想请你过来见见我的丈夫。”她们有了交情后不久，万斯夫人说，“他想见见你。你会打牌吗？”

“会一点。”嘉莉说。

“哦，我们可以玩玩牌。你丈夫回来，把他也带过去。”

“他今晚不回家吃饭。”嘉莉说。

“哦，那他回来时，我们把他叫过去。”

嘉莉同意了，当天晚上见到了肥胖的万斯，一个比赫斯渥年轻几岁的人，他那看起来很恬适的夫妻生活多半是靠金钱的威力而非容貌的魅力得来的。他一见到嘉莉就对她产生了好感，表现得亲切和气，教了她一种新的牌戏，跟她谈纽约以及纽约的娱乐生活。万斯夫人弹了几首钢琴曲，最后赫斯渥寻了来。

“很高兴见到你。”当嘉莉为他们做介绍时，他对万斯夫人说，显示出了曾经叫嘉莉神魂颠倒的迷人风度。

“你是不是想着你的妻子离家出逃了？”万斯先生在别人为他做介绍时伸出手说。

“我还以为她找到了一个更好的丈夫呢。”赫斯渥说。

这时他把注意力转到了万斯夫人那儿，嘉莉刹那间又看到了他所擅长的乖巧和奉迎的手段，而这正是她在这一段时期里潜意识地觉得从他身上消失的东西，她还看到自己的衣着很不体面，跟万斯夫人的穿戴根本无法相比。这再不是朦胧的念头了。她认清了自己的处境。她觉得她的生活枯燥乏味，因而感到闷闷不乐。昔日的那种对她有所帮助有所鼓励的忧郁感重新萦绕在她的心头。这使满怀憧憬的嘉莉考虑起自己的前程来。

这种觉醒没有立即产生行动，因为嘉莉缺乏主动进取性。不过，她似乎善于投身于变化的大潮，随波逐流地漂浮。赫斯渥无所察觉。他不知道嘉莉在他身上观察到了强烈的反差。他甚至没注意到她眼中的愁云惨雾。最为糟糕的是，她现在觉得家里寂寞冷清，便找万斯夫人做伴，而万斯夫人也非常喜欢她。

“走，下午看日戏去。”一天早晨万斯夫人跨入嘉莉的房门说，身上还穿着起床时披上的柔软的粉红色晨衣。赫斯渥和万斯近一小时前都出去忙各自的事情了。

“好吧。”嘉莉说，她注意到万斯夫人全身上下都显出受娇宠、得到无微不至照料的神态，看起来像是非常受疼爱，有求必应，

“看什么戏呢？”

“哦，我很想去看纳特－古德温的表演。”万斯夫人说，“我认为他是最棒的演员。报上说这是一出非常好的戏。”

“我们什么时候走？”嘉莉问。

“我们一点出发，从第三十四大街沿着百老汇街朝前走。”万斯夫人说，“遛遛大街是很有意思的。他就在麦迪逊广场戏院演出。”

“我很高兴去。”嘉莉说，“买票得用多少钱？”

“不超过一块钱。”万斯夫人说。

她说完告辞，一点又重新出现，打扮得花枝招展，穿一件深蓝色的外出服装，配一顶时髦的帽子，嘉莉把自己收拾得也相当迷人，但和这个女人一比较，便感到伤心。她似乎有许多嘉莉所不具备的漂亮东西，如金首饰、绣着她姓名缩写的精致的绿色皮荷包以及图案异常华美的杂色手帕等，嘉莉觉得如欲跟这个女人媲美，就必须添几件比较漂亮的衣服，因为看到她们俩的人，光凭衣饰也会选中万斯夫人。这想法让人苦恼，却有失公正，因为嘉莉如今出落得亭亭玉立，长得更加标致，完全是一个风韵独具的绝色美人。她们俩的衣饰在质量和新旧上是有些区别，不过区别不太明显。然而，这却增强了嘉莉对自己处境的不满。

当时的情况跟现在一样，在百老汇的街头漫步是这座城市的一大景观，在日戏开幕之前和散场之后，不仅喜欢卖弄风姿的漂亮女人群聚街头，也有男子喜欢盯着她们看，欣赏她们的美色。这是由美丽的面孔和漂亮的服饰组成的队列，非常引人注目。女人们穿戴上最精美的鞋帽和手套，胳膊挽着胳膊悠然逛商店或者看戏，从第十四大街一直到第三十四大街，漂亮的商店和戏院鳞次栉比。男士们也尽其所能，穿上最时兴的衣服上街炫耀。裁缝在这里可以获得量体裁衣的启发，鞋匠可以了解合适的鞋型及色彩的情况，而帽子商也有帽子商的收获。讲究衣饰的人一旦有了新衣，定会先到百老汇大街上去亮亮相，这是千真万确的。这是一种众所周知的实际情况，若干年后，一首名为《他有什么权利到百老汇去？》的流行歌曲在描绘演日场戏的下午街头漫步时涉及了这一现象以及其他的情况。那首歌出版发行后，在这座城市的各音乐厅引起了很大的轰动。

嘉莉自从来到这座城市里，还没见过这种争艳斗俏的大游行；当这一景观出现时，她从没到过百老汇。可万斯夫人却习以为常，她不仅实实在在地了解这一现象，而且经常置身于其中，既观赏别人又展示自身，用她的美貌撩拨人，把自己跟城里美丽的时髦女郎做比较，免得在服饰上落后于他人。

她们在第三十四大街下了电车，嘉莉迈着轻松的步子向前走去，但目光很快就集中到了那些擦身而过以及随她们一道前行的美人儿身上。她突然觉察到，万斯夫人被英俊潇洒的男人以及服饰典雅的女人用肆无忌惮的目光盯得十分局促不安。眼睛盯着人瞧似乎是件正当和自然的事情，嘉莉发现也有人在盯她和给她递飞眼。男人们身穿无比精美的大衣，头戴大礼帽，手持银头手杖从近旁走过，常常要望望她怯生生的眼睛。女士们走过时，身上笔挺的衣服窸窣作响，满脸堆起微笑，浑身散发出香水味。嘉莉发现她们当中少的是淑女贤妇，多的是风情女子，她们一般都脸上搽粉，嘴唇上涂脂，头发上洒香水，大眼睛里充满迷惘和倦怠。嘉莉不无惊愕地看到自己正置身于追赶时髦的人群中，正在一个争艳斗俏的场所参加展览——这该是一个何等辉煌绚丽的场所啊！路上珠宝店琳琅满目的橱窗处处可见。花店、皮货店、男子服装用品店以及糖果店鳞次栉比。街上车水马龙。高档商店的门前站立着傲慢的看门人，穿着宽大的上衣，腰带和衣服上都缀着闪闪发光的铜扣，穿着棕黄色长筒靴、白色紧身裤和蓝外套的马车夫忠实地等候着在店里购物的女客人。整条大街闪耀着富贵和灿烂的光彩，可嘉莉觉得自己不是这里的一员，她无论如何也没有万斯夫人的举止和风韵，而万斯夫人由于美丽充满了自信。她想象着，许多人一定都能够清楚地看到在两个人当中她的穿着比较差。这让她感到痛心，于是她决心再也不到这儿来了，除非能把自己打扮得漂亮一些。但同时她又渴望以平等的身份来这儿出风头，感受其中的快乐。啊，到那时，她该会多么幸福！

第三十二章 阔绰与寒碜，庸俗与高雅

经过这次漫步，嘉莉百感交集，这使她极其容易接受之后所看的那出戏的伤感情调。她们去看的那位演员以演欢快的喜剧而成名，同时又在喜剧里掺入大量的伤感情调，以形成对比和表现幽默。我们知道，嘉莉在芝加哥时曾醉心于舞台艺术，她始终没有忘记自己在芝加哥的那次成功的演出。在许多个漫长的下午，当她坐在摇椅上看最新出版的小说，享受这唯一的欢乐时，演出的情景会萦绕她的心间，充满她的大脑。每一次看戏，她总会想起自己的才华。一些场景使她渴望成为剧中的角色，设身处地地表达那个角色内心的感情。几乎每一次回来她都带着生动的幻想，第二天独自苦思冥想。她生活在这些幻想之中，就像生活在日常生活的现实里一样。

她很少带着一颗被现实生活搅乱的心来看戏。可今天，看到华美的服装、欢乐的人群以及美丽的面庞，她心里低声吟唱起一支渴望的歌。啊，这成百上千跟她擦肩而过的女子究竟是什么样的人？那些华美雅致的衣服、五光十色的纽扣以及金银首饰是从哪里弄来的？这些千娇百媚的女子住在什么样的地方？她们家里精雕细刻的家具、装饰漂亮的墙壁和精美的挂毯到底是怎么一种样子？她们那不惜钱财布置起来的富丽堂皇的住房坐落在哪儿？这些皮毛光洁、体格强健的马儿以及华丽的马车停放在什么样的马厩里？那些衣帽光鲜的随从住在什么样的地方？啊，豪华的住宅、通亮的灯火、诱人的香水、恬适的闺房以及丰盛的饭桌，多么叫人向往！纽约一定满都是这种藏娇之地，不然怎么会有这些美丽、高傲和目空一切的尤物。她们是温室里的花朵。她自知不是她们中间的一个，心里发痛。她昔日的美梦终究未成现实。真不知这两年为什么要甘于寂寞，为什么在壮志未酬的情况下还麻木不仁。

这出戏是以客厅为背景虚构的，盛装艳服的女士和先生在金碧辉煌的环境中遭受着爱情和嫉妒的折磨。对那些一天到晚渴望有如此豪华的物质环境可始终未能如愿以偿的人来说，戏里的妙语警句具有勾人的魅力。它们妙就妙在，在理想的条件下展示主人公内心的痛苦。谁不愿坐在镀金的椅子上伤感？谁不愿守着香喷喷的挂毯、带坐垫的家具以及穿制服的仆人忍受痛苦？在这种环境里伤感是件令人向往的事情。嘉莉巴不得有这样的遭遇。在这样的洞天福地，无论什么样的痛苦她都愿忍受，如果办不到的话，至少可以在舞台上同样优越的条件下演演戏。她心里被自己看到的一切深深地打动，觉得这出戏极端美好。她很快就沉醉于戏中的那个世界，希望永远都不要回来。幕间休息时，她观察了一下坐在前排和包厢里的显赫的观众，对纽约所能提供的机会有了个新的认识。她相信自己看到的只是一个部分——这座城市是个充满欢乐和喜悦的旋涡。

出了戏院又走上百老汇大街，她的感慨更为深刻。她来时目睹的那幅情景又进一步升华，达到了巅峰。如此辉煌壮观的场面以前她从没见过，这使她对自己的处境形成了固定的看法。如果不能过这样气派的日子，就等于没有生活过，更谈不上享受过生活。女人们挥金如土，这她在每一家路过的漂亮商店里都看得到。那些优雅的女士感兴趣的似乎主要是鲜花、糖果和珠宝。她的零花钱像这样痛痛快快地逛不了几次大街。

这天晚上，她觉得自家的那套漂亮的小公寓黯然失色，认为不如别人的住所。她以淡漠的目光看着用人准备饭菜，脑子里想着戏里的一幕幕场景。尤其令她念念不忘的是一个美丽的女演员——一个在剧中被人追求、后来堕入情网的恋人。这个女人的风姿令嘉莉倾倒。她的服饰超群绝伦，她的痛苦表演得十分逼真。嘉莉可以感受得到她所表达的苦楚，坚信自己也能演得出来，有些地方甚至还能演得更好。

于是她默默背诵起台词来。啊，如果能让她演这样的角色，生活的前景该会何等广阔！她也能演得催人泪下。

赫斯渥回家时，嘉莉正闷闷不乐。她坐在摇椅上晃动着、思索着，不愿让人打断她那陶醉的幻想。所以她说话不多，或一声不吭。

“你怎么啦，嘉莉？”赫斯渥觉察到了她的沉默寡言和郁郁不欢，过了一会儿问道。

“没什么。”嘉莉说，“今晚我不太舒服。”

“该不是病了吧？”他走到非常近的地方问。

“哦，不是。”她有点闹脾气地说。

“这太糟糕了。”他边说边走到一旁，把刚才由于略微俯了俯身而弄皱的背心拉整齐。“我原想我们今晚可以去看场戏呢。”

“我不想去。”嘉莉说道，心里恼恨他打断了她美好的幻想，并把美好的幻想驱逐出了她的脑海，“今天下午我看了场日戏。”

“哦，是吗？”赫斯渥说，“叫什么名字？”

“《一座金矿》。”

“演得怎么样？”

“非常好。”嘉莉说。

“今晚不想再去啦？”

“我想是的。”她说。

然而，待她从忧郁的心情中苏醒过来，坐到餐桌旁时，她又改变了主意。腹中的一点食物创造了奇迹。她随着去看了戏，从而暂时恢复了平静的心绪。可是，那重重的一击已唤醒了她的灵魂。她也许能摆脱不满的情绪，但那种情绪还会重新出现。长时间的周而复始便会奏出奇效！滴水能够穿石——石头终究会彻底屈服！

那次看过日戏后不久，大概过了有一个月的时间，万斯夫人请嘉莉随他们两口子一道去看夜戏。她听嘉莉说赫斯渥不回家吃晚饭。

“何不跟我们一道吃去！一个人就不要做饭了。我们到雪利饭店共进晚餐，然后去里姻戏院看戏。走吧，跟我们一起去吧。”

“我乐意奉陪。”嘉莉回答。

她三点开始穿衣打扮，准备五点半前往那家当时正在排挤德尔莫尼科饭店、取代其显赫社会地位的著名饭店。嘉莉这次的穿着显示出她与美丽的万斯夫人交往所受的影响。后者常常诱导她去注视女装上的一切新奇的潮流。

“你想不想弄一顶这样或那样的帽子？”“镶嵌着椭圆珍珠扣

的新式手套你看见了没有？”——这些只是千言万语中的简单的几句。

“下次买鞋，亲爱的，”万斯夫人说，“你就买带纽扣的厚底漆头皮鞋，今年秋季最兴这种样式。”

“好的。”嘉莉说。

“喂，亲爱的，你在阿特曼商店见到那些款式新颖的女式衬衫了吗？有些式样真是漂亮极啦。我看到有一种你穿上一定很帅。我当时一看到就是这么说的。”

嘉莉兴趣盎然地听着这些话，因为这些话比一般漂亮女人之间的家常话富于友好的情意。万斯夫人非常喜欢嘉莉沉稳的善良天性，因而实实在在地乐于向她推荐最时兴的东西。

“罗德－泰勒百货公司正在卖一种很漂亮的哔叽呢裙子，为何不买一条穿？”一天她说道，“那是圆筒样式，以后就要流行起来了。你穿深蓝色一定很好看。”

嘉莉对她的话十分热心。她和赫斯渥之间从不谈这种事情，她开始跟他提这样和那样的要求了。赫斯渥虽然同意，但不发表任何议论。他注意到嘉莉的这种新倾向，后来又听到许多关于万斯夫人的事情，听说她追求享乐的生活方式，就怀疑嘉莉受到了她的影响。他本来不想立即提出任何异议，可他觉得嘉莉愈来愈欲壑难填。这实在不合他的心意，可他以自己的方式爱着她，于是便听之任之。不过，两人打交道的过程中有一些细小的事情使嘉莉觉得自己的要求他并不乐于接受。他并不热心于为她买东西。她由此而认为自己正逐渐受到冷淡，于是心里出现了一道淡薄的阴影。

这一回，在万斯夫人的建议下，嘉莉打扮了一番，穿得比较合自己的心意。她把最好的衣服穿在身上，虽然仅此一件，但她心里挺舒坦，觉得这衣服既齐整又合体。她看上去是个打扮入时的二十一岁女郎，而万斯夫人的赞美使她丰满的脸颊泛上红晕，大眼睛里放射出异彩。天像是要下雨，万斯先生听从妻子的要求，叫了辆马车。

“你丈夫不去吗？”在自家的小客厅见到嘉莉时，万斯先生问。

“不去。他说过不回来吃晚饭。”

“最好留张便条，告诉他我们去的地方。他也许可以赶去。”

“我会的。”嘉莉说道，刚才她没有想到这一点。

“告诉他，我们要在雪利饭店待到八点。那地方我想他是知道的。”

嘉莉拖着窸窣作响的裙子跨过走廊，没摘手套草草写了条子。当她返回时，万斯家又新来了一位客人。

“惠勒夫人，请允许我给你介绍我的表兄艾姆斯先生。”万斯夫人说，“他跟我们一块儿去。是吗，鲍勃？”

“很高兴见到你。”艾姆斯冲嘉莉彬彬有礼地鞠躬说。

嘉莉一眼看到他身材高大健壮，还注意到他的脸刮得净光，相貌堂堂，而且很年轻，不过再没有其他的特点。

“艾姆斯先生刚来纽约，打算住几天。”万斯插话说，“我们准备领他四处转转。”

“哦，是吗？”嘉莉嘴上说着话，又瞧了一眼新来的客人。

“是的。我刚从印第安纳波利斯来，要在这儿待一个星期左右。”年轻的艾姆斯说道，一边坐在椅子边上等着万斯夫人最后梳妆完毕。

“你一定觉得纽约很值得一看，是吧？”嘉莉没话找话地说，纯粹是为了避免很可能出现的沉默僵局。

“这地方太大，怕一个星期转不过来。”艾姆斯风趣地回答。

这位年轻人极其和善，没有一点矫揉造作的样子，嘉莉觉得他似乎还未脱尽年轻人害羞的心理。他好像并不健谈，可值得称道的是穿着考究，一身豪爽的气派。嘉莉感到要跟他攀谈似乎并不困难。

“嘿，我想各位已准备停当。马车就在门外。”

“走啦，诸位。”万斯夫人笑盈盈地走进来说，“鲍勃，你可要把惠勒夫人招呼好。”

“我会尽力的。”鲍勃微笑着说，朝嘉莉跟前凑了凑，“你不需要太多的照顾，是吧？”他以一种讨好但又害羞的语气说。

“希望如此。”嘉莉说。

他们下了楼，一路上万斯夫人提着各种建议，然后大伙儿登上了敞篷马车。

“好啦。”万斯说道，“砰”的一声关上车门，随即车子便启动了。

“我们去看什么戏？”艾姆斯问。

“索斯恩演的《楚姆利老爷》。”万斯说。

“啊，他称得上是盖世无双！”万斯夫人说，“他是最为诙谐的人。”

“我看到报纸上是这么称赞他的。”艾姆斯说。

“我毫不怀疑，”万斯插进去说，“我们会看得很高兴的。”

艾姆斯坐在嘉莉旁边，觉得自己有责任招呼她。他对这位如此年轻、如此漂亮的夫人产生了兴趣，但那只是带着敬意的兴趣。他可不是喜欢寻花问柳的花花公子。他尊重已婚女子，心里只想着印第安纳波利斯的一些可以婚娶的漂亮姑娘。

“你出生在纽约吗？”艾姆斯问嘉莉道。

“哦，不。我来这里才两年。”

“你也有足够的时间了解纽约了。”

“我觉得自己对纽约了解得不多。它对我差不多还像我初来时那样陌生。”

“你不是从西部来的吧？”

“是来自西部，我是威斯康星州人。”她回答。

“看起来，这座城市里的大多数人好像来的时间都不太长，听说印第安纳州我的许多同行都在这里。”

“你是干哪一行的？”嘉莉问。

“我为一家电气公司做事。”小伙子说。

嘉莉就这么跟他闲聊着，万斯夫妇偶尔也插上几句。有几次大家一道交谈，带着几分幽默，一路说着话来到了饭店。

嘉莉沿途看到的是一派喜庆欢乐的气象。街上车水马龙、行人如织，第五十九大街的电车上挤满了人，在第五十九大街和第五大道，普拉扎广场边上的几家新饭店灯火辉煌，使人产生对豪华饭店生活的想象。第五大道是富人居住的地方，到处可见马车以及穿着晚礼服的绅士。来到雪利饭店，一位风度十足的守门人打开车门，扶他们下马车。年轻的艾姆斯挽住嘉莉的胳膊肘，搀她走上台阶。他们进入顾客如云的前厅，然后脱下外衣，走入豪华的餐厅。

嘉莉长这么大，从未见过这等场面，自打来到纽约，赫斯渥手头拮据，不能带她涉足这种场所。这儿有一种难以形容的气氛，使新来者觉得这才是梦寐以求的地方。由于收费昂贵，来这里的顾客只是有钱人或喜欢享乐的阶层。在《晨报》以及《晚间世界》

上，嘉莉经常看到有关这家饭店的消息。她看到过关于在雪利饭店举行舞会、派对和晚宴的短讯。某某小姐定于星期三晚上举办鸡尾酒会。某某年轻的先生将于十六日在雪利饭店设宴招待一方朋友。涉及社交界一般活动的这类常规性报道，她每天都忍不住要看上几眼，所以对这座奇妙的美食殿堂里的豪华奢侈生活了解得很清楚。如今，她终于真的来到了这里。她是在那个高大魁梧的守门人护卫下登上绚丽的台阶的。在另一位高大魁梧的守门人护卫下，她步入前厅，接着就有几位穿制服的小伙子前来伺候，他们负责为客人拿手杖和大衣等。此刻来到富人吃饭的餐厅，这儿金碧辉煌，所有的一切都装饰精美、光彩夺目。啊，万斯夫人多么幸运呀——年轻、美丽、富有，至少有钱坐马车来这种地方。富有是件多么美妙的事情啊。

万斯引路穿过一排排闪闪发亮的餐桌，而每张餐桌旁都坐着两三个或五六个客人。第一次来这里的人一眼就会看到四周洋溢着自信和威严的气氛。白炽灯光、擦得明光净亮的玻璃杯上的反光以及墙壁上闪闪的金光，交汇成一种光的情调，得花好一会儿工夫仔细观察才能辨清各种光源。绅士洁白的衬衫硬胸、女士鲜亮的衣服、钻石、珠宝和漂亮的衣饰品都特别引人注目。

嘉莉走进来时，风姿可与万斯夫人媲美，在侍者领班为她安排的位子坐下。她仔细留意着所有细小的东西，留意着侍者及侍者领班点头哈腰献殷勤的小动作——美国人就喜欢花钱买这种小动作。侍者领班拉出每把椅子的神态以及招呼他们入座的手势，本身就值好几块钱。

一旦坐下来，富有的美国人那种铺张浪费、不利于健康的吃阵便摆开了，这会让全世界真正有教养、品德高尚的人诧异和震惊。菜单上列的菜肴名目繁多，足够供养一支军队，旁边标的价格高得叫人感到荒唐可笑。一份汤五角或一元，有十几种可供选择；牡蛎有四十种做法，半打六角钱；正菜和鱼肉的价钱够一个人住一夜普通等级的饭店。在这份印刷极其精美的菜单上，一元半和两元似乎是最一般的价格。

嘉莉留意到了这种现象，在浏览童子鸡的价格时不由得回忆起另外一份菜单和一个截然不同的场合——那是她第一次跟杜洛埃坐在芝加哥的一家高级餐厅里。这只是瞬间的回忆，宛如一首古老歌谣里的一个悲哀的音符，眨眼便消逝了。可就在那一瞬间，她看到另外一个嘉莉，贫穷、饥饿、走投无路，由于找不到工作，只能在冰冷、封闭的芝加哥门外徘徊。

墙壁上绘着彩色图案，若干绿蓝色方块镶嵌在镀金的华丽框架之中，框架的四角精致地雕塑着花果和自由自在飞翔的胖胖的爱神。天花板上更是金光闪闪，绘着五彩藻井，围着一圈灯光——白炽灯与闪亮的棱镜以及镀金的灰泥卷须交相辉映。地板涂成红色，上了蜡，擦洗得发亮，四面八方都装着高大、漂亮的斜边镜子，无数次映照出人影、面孔和枝形大烛台。

餐桌本身并无显著的特色，但由于餐巾上印着“雪利”的字样，银器上镌刻着“蒂芬尼”[①]的牌号，瓷器上有“哈维兰”[②]这个姓氏，带红灯罩的小枝形台灯光辉四射，墙壁反射过来的光泽洒在客人的衣服和面庞上，这些餐桌就显得不同凡响了。每一个侍者鞠躬、后退以及侍候客人的姿势，平添了几分高贵典雅的气氛。他们对每一个顾客都照料得无微不至，半躬着腰，侧耳倾听，

---

① 一家老牌金银器皿公司。

② 著名的瓷器商。

双手叉腰，嘴里说着："汤——甲鱼汤，好的。一份，好的。牡蛎——当然——半打——好的。芦笋橄榄——好的。"

他们对所有的人都一视同仁，不过万斯却代大家点菜，一边征求意见和建议，嘉莉睁大眼睛打量着周围的人。原来这就是纽约上等人的生活，原来富人就是这样消磨他们的白天和傍晚。她那可怜的小脑瓜由不得从一幕幕的情景推想到整个社交界。她认为每一位贵夫人下午都会到百老汇大街溜达，到戏院里看日戏，晚上则乘马车上餐厅赴宴。所到之处都气派十足，有马车恭候，有随从伺奉，可这些与她无缘。在漫长的两年里，她从没有来过这种地方。

万斯在这里如鱼得水，昔日的赫斯渥也会是这般模样。他慷慨地点了汤、牡蛎、烤肉和配菜，又叫人送来几瓶酒，盛在柳条篮里置于桌旁。

艾姆斯心不在焉地望着聚餐的人群，留给嘉莉一个有趣的侧影。他长着一个高额头，鼻子又大又结实，下巴也还讨人喜欢。他的嘴型宽而漂亮、深褐色头发微微向一侧分开。他虽然已是成年男子，但在嘉莉看来还有一丝孩子气。

"要知道，"他经过思考，转过脸来对嘉莉说，"有时候我觉得这般挥金如土实在可惜。"

嘉莉瞧了他一会儿，对他的严肃神态略感惊讶。他似乎在思考她从未想过的问题。

"你真的这么认为？"她兴致勃勃地问。

"是的，"他说，"花的钱远远超过了饭菜的价值。他们无非是讲排场摆阔气。"

"我觉得有钱就应当花。"万斯夫人说。

“花钱不是件坏事。”万斯说。他虽然已经点过了菜，可还在研究那份菜单。

艾姆斯再一次把目光移开，嘉莉又打量起他的额角。她觉得他在思考一些古怪的问题。他观望旁边的人群时，眼神很温和。

“你看那边那个女人的衣服。”他又转向嘉莉说，冲着一个方向点点头。

“在哪儿？”嘉莉说着，顺着他的目光望去。

“就在那边的拐角。看到那枚胸针了吗？”

“那胸针真大啊。”嘉莉说。

“那是我所见过的最大的一簇珠宝。”艾姆斯说。

“真的吗？”嘉莉说。她好像很愿意顺着这位年轻人，与此同时或者也许还要早一些，她就有一种极其朦胧的感觉，认为他比她学问深，智慧胜她一筹。他看起来正是这样，嘉莉的可取之处就在于能够理解别人比自己强，她一生见过许多人，都觉得他们是她模糊的想象中的学者。身旁的这位强壮的年轻人目光清澈自然，似乎掌握着许多她不十分理解却持相同意见的知识。她觉得这样的人才是好男人。

话题转到了一本当时很流行的书上——阿尔伯特·罗斯撰著的《塑造一位少女》。万斯夫人读过这本书，万斯在一些报纸上也看过有关的评论。

“一个人写书，可以引起轰动，”万斯说，“我发现这个叫罗斯的人被人们广泛议论。”他说话时望着嘉莉。

“我没听说过他。”嘉莉诚实地说。

“啊，我可听说过，”万斯夫人说，“他写过许多作品。最近出的这本书写得非常好。”

“他算不上杰出的作家。”艾姆斯说。

嘉莉把目光转向他，就像望着一位哲人。

“他的东西差不多跟《朵拉·索恩》一样糟糕。”艾姆斯做结论地说。

嘉莉觉得这是对她个人的责难。她看过《朵拉·索恩》，或者说在过去精读过它。她觉得那本书写得还凑合，但是却认为人们对它的评价都很高。而现在这位目光清澈、头脑聪明、在她看来有几分像大学生的年轻人，却对其进行嘲笑。他认为那是本拙劣的书，不值得一读。她垂下眼帘，第一次因为不能理解他而感到痛苦。

但艾姆斯说话的口气里并没有嘲笑或高傲的意味。这种东西在他身上见不到蛛丝马迹。嘉莉觉得他的观点只是高层次的善意见解，是正确的思想，她很想知道在他看来还有哪些东西是正确的。他似乎觉察到她在倾听他讲话，并跟他产生了共鸣，于是在这之后就把多半话冲着她说。

侍者躬着腰忙前忙后，摸摸盘子看是不是不够热，送上刀叉，殷勤地干这些小事情，力图让就餐者对豪华的气氛留下深刻印象。在这段时间里，艾姆斯也微微向一旁侧着身，有见识地把印第安纳波利斯的事情讲给嘉莉听。他的确头脑非常聪明，虽然主要的学问都在电学知识上，但对其他的事物以及各种各样的人却也反应敏捷、热烈。红色的灯光把他的头发染成了沙黄色，把明亮的光彩送入他的眼中，当他欠过身来的时候，嘉莉注意到了这些现象，感到自己非常年轻。这位男子远远超过她一等。他看起来比赫斯渥聪明，比杜洛埃稳健和明智。他显得天真无邪、思想纯洁，她觉得他异常讨人喜欢。她还注意到他对她的兴趣并非亲近。她没有进入他的生活，跟他生活中的各方面都无任何联系，可此刻他谈到的这些事物却对她产生了吸引力。

“我不愿当富人，”待到吃得兴起、肚子里的食物使他情绪激昂时，他对嘉莉说道，“不愿富得把钱这般挥霍。”

“哦，是吗？”嘉莉说。她第一次感到这种新的态度很特别。

“是的。”他说，“乱花钱有什么好处呢？人不一定有这种东西才算幸福。”

嘉莉对这话持怀疑态度，但由于出自他的口，便对她有些分量。

“他独自一人也许能生活得很幸福，”她心中暗想，“他是那么坚强。”

万斯夫妇接连不断地插话，艾姆斯只能利用间歇时间谈论这些发人深省的事情。不过，这也足够了，因为他那青春的气息无须语言已经打动了嘉莉。他身上或者他那个世界里有种东西引起了她的兴趣。他使她想起了她在戏台上看到的场景——悲痛和牺牲总是跟这种她不清楚的东西相伴相随。他用一种特有的冷静和淡漠的态度，消除了一些由于拿这种生活跟她自己的生活做比较所产生的苦涩感。

出了饭店，他挽起她的胳膊，扶她上了马车，随后大伙儿又启程上路，向戏院进发。

看戏的时候，她全神贯注地听他讲话。他提到戏中情节，都是她最欣赏、最为之感动的情节。

“你觉得当一名演员好不好？”有一回她问道。

“我认为很好，”他说，“要当一名出色的演员。我觉得演戏是一种伟大的事业。”

仅仅这一句赞美的话就让嘉莉怦然心跳。啊，她要是能当上演员，当一名出色的演员，那该有多好！这个人很有头脑，他了解和赞成演戏，倘若她成为优秀演员，就可以赢得他这种男人的赞美。她觉得他的话说到了她的心坎上，虽然事情和她毫不相关。她不明白自己为什么会有这种感觉。

戏演完时，情况突然有了变化——他不跟他们一道回去。

“哦，你不一块儿回去？”嘉莉说，心里产生了一种不应当有的感情。

“是的，”他说，“我就住在离这儿不远的第三十三大街。”

嘉莉不能再说什么，但是为这一变化震惊。她早就在为这愉快的夜晚逐渐消逝而惋惜，她以为还有半小时呢。啊，半小时是多么短暂啊，该有多少苦闷和哀愁需要倾诉呀！

她装出无所谓的样子跟他道别。这有什么关系呢？然而没有了他，马车里显得孤寂冷清。

回到家中，她心里还在想这件事。她不知自己是否还能再见到这个男子。但是这又有什么关系呢——这又有什么关系呢？

赫斯渥已经回到了家，并且已上床睡了。他的衣服零乱地丢在一旁。嘉莉来到卧室门口，看到他后又退了回去。她暂时还不想进卧室。她要想一想，不愿去睡觉。

回到餐厅，她在摇椅上落座，晃动起来。她边思索边把小手紧紧地扭在一起。透过渴望和矛盾的欲望的迷雾，她开始看清了。啊，几多期望和惋惜，几多悲哀与痛苦！她晃动着摇椅，开始看清楚了。

第三十三章 每况愈下，生活的阴影

此事没有立即产生什么影响。这种事情通常要在很长时间里才会逐渐产生影响。第二天早晨就会带来情绪的变化，眼前的环境总会抚平伤口。只有在短暂的瞬间，我们才看得到痛苦的事实。有了对比，我们的心才会醒悟。撤掉对比，痛苦便会消失。

此后，嘉莉又过了六个多月这种日子。她再没见过艾姆斯。艾姆斯来看望过一次万斯夫妇，但她只是从万斯的妻子口中得知的。后来他到西部去，曾经散发出的魅力也随之渐渐消失了。可是，此事在她心里造成的影响却没有消失，而且永远也不会完全消失。她对衡量男人有了一个理想的标准——尤其是衡量身边的男人。

在这段时间里，他们来纽约已快满三年了，赫斯渥的事业沿着平坦的道路前进着，既无明显的滑坡现象也无显著的上升趋势，旁观者都能看得清楚。但在心理上却是有变化的，变化之明显足以非常清楚地预示他的前景。那是他离开芝加哥后事业中断所造成的。一个人在财富或物质方面的进步和他在身体上的成长十分类似。要不就像少年步入成年期一样，变得强壮、健康、聪明，或者宛若接近暮年一般，日益衰弱、苍老、头脑迟钝。没有其他的情况。人到中年，青春的活力停止发展和衰老的趋势到来之前，中间往往有一段时期，两种趋势几乎处于十分平衡的状态，不会向任何一方发展。但时间一长，这种平衡会向坟墓的一侧倾斜。起初很缓慢，接着稍微加快，最后便迈开大步向坟墓挺进。人在财富的积累方面也是如此。如果财富增长的过程从未中断，从未达到平衡的状态，就不会垮下来。如今的富人可以雇用年轻人，这常常能阻止财富的土崩瓦解。年轻人把财富视为与自己息息相关，由此保证了财富持续和直线发展。倘若一个人孤立无援，完全靠自己料理钱财，时间一长他就会变得十分衰老，而他的财富会随他的力量和意志一道化为乌有。他和他的财富将彻底消失，被四面八方的来风吹得无影无踪。

现在来看看这种比较在哪些方面有所不同。财富和人一样是一种有机体，除了创业者之外，它还要吸收其他人的智慧和力量。除过用薪水吸引年轻人，它还要跟年轻的力量结为同盟，即便创业者的力量和智慧逐渐消失，年轻人也可以使它继续生存。社会或国家力量的壮大，也可以保障它的生存。它可以用于提供需求日益增大的某种产品。这时，它立即就不需要创业者的特殊照料了，只需加以指导，而无须高瞻远瞩。人在衰老，可需求在继续发展，财富不管落入谁人之手，都能生存下去。于是，有些人永远都看不到自己在能力上的倒退。只有在偶然的情况下，他们被剥夺了财富或成功的事业，才会感到自己的能力已今不如昔。赫斯渥身处新的环境，意识到自己不再年轻。假如他看不到这一点，那就全是因为他的状况十分平衡，走向衰老的绝对态势还未露出征兆。

他不善于推理或反省，所以无法分析自己在思想和肉体上正在发生的变化，但他感到了那种变化给他带来的压抑。不断地拿过去的地位跟现在的对比，反映出走下坡路的趋势，这使他老是郁郁寡欢，或至少情绪低落。经实验证明，心情长期受到压抑，会在血液中产生某些所谓破坏素的毒素，正如愉快欢乐的好心情会产生所谓生长素的有益的化学物一般。由懊悔而产生的毒素会严重毒害人体，最终导致体质的明显下降。赫斯渥就是属于这种情况。

随着时间的推移，他的气质受到了影响。他眼里不再有当年在亚当斯街所特有的活泼和精明的神情。他的脚步不如从前那样敏捷和稳健了，他总是在想啊想的。他新交的朋友并非名人雅士，而属于比较低下的阶层，有些淫荡和粗俗的人。跟这些人为伍，他不可能像在芝加哥的酒店与高雅的顾客结交那样欢快。这就使他苦苦地沉思不已。

慢慢地，极其缓慢地，他不再热衷于迎接、讨好以及款待那些光临沃伦街酒店的人。一点一点非常缓慢地，他开始意识到了那个被他抛弃的世界是何等美好。当身在其中的时候，他并不觉得有多么风光。似乎任何人都可以轻而易举地升到那种位置，有足够的衣服穿，有足够的钱花。可如今他走了出来，便觉得那儿遥不可及。在他眼里，那儿仿佛是一座高墙围起的禁城，城门口有人把守，叫你无法进得去。城里的人不屑出来问你是谁。他们在里边欢天喜地，把城外的人全都抛于脑后，而他也被摈诸门外。

每天从晚报上他可以看到这座禁城里的活动。在赴欧旅客名单里，他看到了一些曾经常光顾他待过的那家酒店的高级客人的姓名，戏曲栏目常常报道他认识的一些人最近的成功演出。他知道他们仍然在花天酒地。他们坐在卧铺车厢里全国到处跑，报界用有趣的新闻报道迎接他们，一旦回到禁城内他们就出入于饭店高雅的大厅、就餐于辉煌明亮的餐厅。他所认识的人，跟他一起喝过酒的人，全都是富翁，而他却被人们所忘却！惠勒先生是何许人？沃伦街酒店在哪个地方？唉！

如果有人认为平凡的大脑产生不了这种想法，只有高层次的思维才会想出这样的事情，那我得敦促他们注意，高层次的思维是排斥这种想法的，高层次的思维产生出哲学以及不屈不挠的精神，而具有那种精神的人不屑考虑这类事情，不愿为考虑这类事情遭受折磨。平凡的大脑则对一切跟其物质利益有关系的事情都极其敏感。不学无术的守财奴会为失去一百块钱痛不欲生。只有爱比克泰德[①]在最后的一点物质财富被人拿走时，才会一笑置之。

在第三个年头，这种思想开始在沃伦街酒店发生作用。到店里来的顾客数量，较之他经营以来的全盛时期略微少了一些。他为之感到气恼和焦虑。

一天晚上，他推心置腹地告诉嘉莉，说他这个月的经营状况不如上个月。这番话是作为某种建议，当她想买小东西时提出来的。她曾留意到，他为自己买衣服似乎并不同她商量。她茅塞顿开，觉得这是一种计策，或者他说这种话是不想让她买东西。她的回答非常温和，但心里很不服气。他一点也不关心她。她靠着万斯夫妇，才得到了一些享乐。

可现在万斯夫妇却宣布他们要出门了。春天来了，他们要到北方去。

---

① 古希腊斯多葛派哲学家。

"啊，对啦，"万斯夫人对嘉莉说，"我想把这套公寓退掉，将东西存起来。我们夏天不在这儿住，房子空着是无谓的浪费。我想等回来后，住得离市中心稍微近些。"

嘉莉听了这话心里着实不好受。万斯夫人的陪伴曾给她带来不少欢乐。这幢楼房里她再不认识别人，她又要孤独了。

赫斯渥对盈利略微下降的忧虑和万斯夫妇出门之事是同时出现的，所以嘉莉既要忍受寂寞又要面对丈夫郁郁寡欢的心情。她变得烦躁和不满，这种不满情绪并非如她所想是针对赫斯渥，而是针对生活。有什么意思呢？生活枯燥乏味、单调无聊。她到底有什么东西呢？除了这套狭小的公寓房，她一无所有。万斯夫妇可以去旅游，去干有价值的事情，而她却守在这里。她活在世上究竟是为了什么？她愈想愈多，随之就潸然泪下——眼泪似乎是该流的，它是这世界上唯一能使她好受些的东西。

这种状况又持续了一段时期，两口子过着十分单调的日子，后来情况又稍微有些恶化。一天晚上，赫斯渥想了个办法压制嘉莉购置衣服的欲望，也为了减轻他自己提供费用的负担，就这样说道："我觉得跟肖内西一起干不出什么名堂来。"

"怎么回事？"嘉莉问。

"哦，他是个迟钝、贪婪的爱尔兰佬！他对改革的方案一项也不同意，可不改革又赚不来钱。"

"你就不能说服他吗？"嘉莉说。

"我试过，没有用。要想有所长进，我看唯有自己开家酒店。"

"那为什么不开呢？"嘉莉说。

"唉，我把钱都投在了那里。我想，如果攒上一段时间的钱，我就可以开家酒店，赚很多的钱。"

“我们能攒下钱吗？”嘉莉说。

“可以试试嘛。”他建议道，“我一直在想，如果我们在市中心租套小一些的房，过一年勤俭节约的日子，就可以攒足够的钱投资开一家像样的酒店。到那个时候，就可以按你的意愿安排生活了。”

“我认为挺好。”嘉莉嘴上这么说，心里却觉得落到这种田地实在不是滋味。住小公寓听起来像是穷人过的日子。

“第十四大街后边的第六大道一带有许多漂亮的小公寓房，我们可以租上一套。”

“既然这么说，那我去看看。”嘉莉说。

“我认为不出一年就可以跟那家伙分道扬镳。”赫斯渥说，“照现在这样的经营方式，是不会有好前景的。”

“我会去看房的。”嘉莉说道。她看出他提出换房这件事是很认真的。

最后，他们果然搬了家。嘉莉心里感到十分难过。实际上，这件事对她的影响比以往任何事情都严重。她开始把赫斯渥完全当作一个男人看待，而非恋人或丈夫。她觉得自己作为妻子是跟他紧紧绑在一起的，不管命运如何，是和他息息相关的。可她开始发觉他郁郁不乐、沉默寡言，不再是一个年轻力壮、活泼欢快的人了。在她看来，他的眼睛和嘴巴周围显出了一些老相，据她估计还有其他的一些方面也使他暴露了真正的本质。她觉得自己选错了人。顺便提一句，她还回忆起当初实际上是他强迫她一起逃到这里来的。

新公寓地处第十三大街，在第六大道以西还远的地方，里面只有四间住房，嘉莉对新环境不太满意。这儿没有树木，也不似从前那样两边可以望见河流。街上满满当当盖的都是住房。他们的公寓楼里有十二户人家，都是些可尊敬的人，但是跟万斯夫妇截然不同。比较富有的人需要比较大的住房。

嘉莉没有雇女佣，独自一个待在这套小公寓里。她把房间布置得相当迷人，但她自己却怎么也高兴不起来。赫斯渥想到不得不这么降低生活标准，心里也不高兴，但他觉得没有别的路可走。他必须装出满不在乎的样子，由它去吧。

他尽量让嘉莉觉得没必要为经济担忧，而应该感到庆幸，因为一年之后他就可以带她经常出入戏院，吃丰盛的饭菜了。这只不过是权宜之计罢啦，他的心情变得只想一个人待着，可以静静思考。默默沉思似一种疾病开始侵袭他的肌体，只有看报和沉思才是值得干的事情。爱情的欢乐悄然溜走。现在面临的是生存问题，要在非常平凡的生活环境里做最大的努力。

在下坡路上没有立足之处和平坦的地方。由于他的处境所造成的心绪，使得他和合作伙伴之间的裂痕加深。最后，那家伙想把赫斯渥一脚踢出去。可碰巧土地所有者办了一桩不动产交易，才算有效地解决了问题，总比双方都心怀鬼胎强。

“你看到了吗？”肖内西一天早晨指着手里一份《先驱报》的不动产交易栏，对赫斯渥说道。

“没看到。什么事情？”赫斯渥说着便低头看那则消息。

“这片土地的所有人把土地给卖了。”

“真的吗？”赫斯渥说。

他看了看，报上果然有一则消息，说奥古斯特·维尔先生已于昨天把沃伦街和赫德森街拐角的那片 25×75 英尺的土地以五万七千块的价钱过户给了杰·费·斯劳森。

“我们的租赁期什么时候满？”赫斯渥一边思考一边问道，“是明年二月吧？”

“不错。”肖内西说。

“报上没说新主人要把地做什么用途。”赫斯渥又埋头看着报说。

“大概很快就会听到消息的。”肖内西说。

果不其然，事情正是如此。原来旁边的地也是斯劳森先生的，他打算盖一座现代化办公楼。现有的房屋要拆除，而办公楼大约需一年半的时间落成。

事态是逐步发展的，于是赫斯渥开始考虑酒店的前景。一天他跟合伙人谈起了这事。

“把酒店开在附近别的地方，你认为是不是值得一试？”

“有什么用呢？”肖内西说，“这一带再找不到街拐角了。”

“在其他的地方你认为赚不上钱吗？”

“我不愿碰那个运气。”对方说。

眼看就要发生的变化对赫斯渥是件极其严重的事情，散伙意味着他将失去自己那一千块钱的投资，而他一时节省不出一千块钱来。他明白肖内西只是厌倦了他的经营，街角的新房子一落成，肖内西可能会独自把它租下来。他开始忧心忡忡，觉得必须找新的关系，同时他看出除非想出办法来，否则就立即会出现严重的经济危机。这使他没有心绪欣赏他的公寓或嘉莉，于是家里一片愁云惨雾。

在这段时间里，他尽可能抽出身去四处观看，但机会不是很多。更为糟糕的是，他已经不再具有初来纽约时的那种动人的风度，愁闷的心理在他的眼里投了一层阴影，给人以不好的印象。

口袋里也不像以前有一千三百块钱作为交涉的资本。过了约莫有一个月，未取得任何进展。肖内西的口气很死，说斯劳森不愿再延长租赁期。

“我看已经彻底没指望了。”他装出焦虑万分的神态说。

“没指望就算啦。”赫斯渥倔强地说。不管他心里怎么想，他不愿让对方看出来。不能让肖内西为此而得意扬扬。

一两天之后，他觉得必须把一些情况告诉给嘉莉。

“要知道，”他说，“我认为酒店里的生意快到了山穷水尽的地步。”

“怎么会这样？”嘉莉吃惊地问。

“土地所有人把地给卖了，而新主人不肯再租给我们。那儿的生意可能会就此完蛋。”

“你们不能到别的地方干吗？”

“没有合适的地方。再说肖内西也不想干了。”

“投进去的钱算完啦？”

“是的。”赫斯渥说，脸上现出若有所思的表情。

“那不是太糟糕了吗？”嘉莉说。

“里边有鬼。”赫斯渥说，“就这么回事。他们会在那儿重起炉灶另开张的。”

嘉莉望着他，从他的整个神态中猜出了这意味着什么。情况很严重，非常非常严重。

“依你看，是不是能另想个办法？”她胆怯地问。

赫斯渥思忖了一会儿，他不好再吹嘘他有钱可以投资了。现在她看得出来他已“破产”。

“不知道。”他沉重地说，“我可以试试。”

第三十四章 意志消退，精神沉沦

一旦掌握了一些实际情况，嘉莉和赫斯渥一样对眼前的处境老是思考个不停。她用了几天的时间才完全认识到丈夫的生意一旦垮掉，他们将面临贫困，为生存而挣扎。她回想起最初在芝加哥的遭遇，回想起汉森一家以及他们的住房，便心生反感。那种生活真是可怕！一切与贫穷有关的东西都是可怕的，她希望能找到一条出路。近来由于跟万斯夫妇交往，她已彻底不能用满足的眼光看待自己的境况了。万斯夫妇给她提供几次机会接触这座城市里上流社会绚丽多彩的生活，使她深深着了迷。她学会了怎样打扮和到哪种地方去玩，尽管她无足够财力满足这两种享受中的任何一种，如今，她眼里和脑子里满都是这种东西，这种无处不在的现实。她的境况愈窘迫，另一种境况就愈显得迷人。现在，她眼看要彻底落入贫困的深渊，另一个世界就扶摇直上，宛如祷求的拉撒路[1]张开双臂拥抱的天堂。

于是，艾姆斯在她的生活中注入的理想也存留了下来。他已

① 《圣经》中的一个患癞病的乞丐，在世间受尽苦难，死后入天堂。

经走了，但他的话犹在耳旁：金钱并非一切；世界上还有许多她不知道的东西；演戏是美好的事业；她读到的文学作品是糟粕。他是个坚强和思想纯洁的人——具体比赫斯渥和杜洛埃坚强、优秀到什么程度，她也难以说得清楚，但其间的差别令她痛心。那是一种她故意不去正视的事情。

在沃伦街酒店的最后三个月里，赫斯渥常常抽出时间按照报上的生意广告出去寻找机会。这多多少少算是一件令人沮丧的事情，因为他心里老想着必须马上找到机会，否则就要靠剩下的几百块钱过活，那时将无力投资，只好受雇当职员。

他发现在报上登过广告的所有生意机会不是太昂贵就是太寒碜。此外，冬季迫近，报纸上在宣传生活是如何如何艰难，于是空气中弥漫着世道艰难的气氛，或至少在他看来如此，由于他心里有难处，便也注意到了他人的难处。浏览晨报时，关于公司倒闭、家庭挨饿或有人倒毙街头（据说是饥饿引起）的新闻，没有一则能逃过他的眼睛。一次，《世界报》令人触目惊心地报道说“纽约今冬有八万人失业”，这像尖刀一般刺痛了他的心。

“天哪，八万人！”他暗忖，“这真是太可怕了。”

这对赫斯渥来说是一种新的思维方式。在过去的日子里，这个世界似乎满可以过得去。他在芝加哥经常从《每日新闻报》上看到类似的事情，可是却不加留意。如今，这种事情犹如晴朗的天边飘荡的灰色云团，要把他的生活锁罩和掩蔽在冰冷的灰色之中。他试图摆脱这种事情，忘掉它们，重新振作起来。有时候，他在心里对自己说：“发愁管什么用？我还没有离开酒店呢。还有六个星期的时间呢。即便情况糟得不能再糟，我也有足够的钱维持半年的生活。”

说来也怪，他在为前程担忧时，时常会转念想到妻子和家人。在头三年中，他尽量不去思考往事。他憎恨她，认为没有她可以过得很好。随她去吧，他一定能生活得美美满满。可如今日子不好过了，他就开始思考她在干什么以及他的孩子们生活得怎样。他仿佛看到他们像从前那样过着恬适的生活，占着舒适的住房，使用着他的钱财。

“天哪！他们真是可耻，把所有的一切都夺了去。”有几次他朦胧地想着，“我并没做过亏心事啊。”

追忆往事时，他分析了当时他窃取钱财的原因，开始有了几分为自己辩白的意思。他干了些什么——究竟干下了什么事情——就这样赶他出门，把诸多困难压在他头上？似乎在昨天他还生活舒适、手头宽裕，可现在他的一切都被剥夺一空。

“她拿我的那些东西不是她理应得到的，这一点是肯定的。要是大家知道内情就好了，我并没有那么大的过错。”

他不想把事实公布于众，只是要为自己寻求精神上的慰藉，使他能够像一个正直的人一样忍受现状。

当日下午，离沃伦街酒店关门大吉还有五个星期，他根据《先驱报》上的广告，离开酒店跑了三四个地方。有一处在黄金街上，他到了那里但没有进去。那地方看起来十分低劣，使他觉得无法容身。另一处在波威里街，他知道那条街上有许多家豪华酒店。这一家酒店靠近格兰德街，装饰得非常漂亮。他跟店主谈投资问题整整用了三刻钟的时间，店主说他身体不好，所以想找个合伙人。

“哦，现在谈谈吧，买一半股权需要多少钱？”赫斯渥问，心里清楚自己顶多能拿出七百块钱。

“三千块。”那人说。

赫斯渥的脸沉了下来。

“现金吗？”他问。

“现金。”

他竭力装出一副慎重的神情，好像真的要买一样，但眼里却显露出了愁苦。最后他说再考虑一下，便离去了。跟他谈话的那人隐约觉察出他境况艰难。

“我认为他并不想买。”他自言自语地说，“他的话不对路。”

下午的天空灰似铅块，冷飕飕的，刮起了一股讨厌的冬季风。赫斯渥到很远的东区，去看第六十九大街附近的一家酒店，待五点赶到那里，天色已逐渐暗下来。店主是个大腹便便的德国人。

“关于你们的这则广告，谈谈好吗？”赫斯渥问道，但打心眼里不喜欢酒店的外观。

“噢，事情都过去了，”那德国人说，“现在不卖了。”

“哦，是这样吗？”

“是的，没那回事啦，全都过去了。”

“那好吧。”赫斯渥说着，转过了身去。

德国人没再理睬他，这让他很生气。

“真是头发疯的蠢驴！”他自言自语道，“他登那广告做什么用？”

他怀着一颗十分沉重的心向第十三大街走去。回到家，只有厨房里亮着灯，嘉莉正在那儿做饭。他划根火柴点亮煤气灯，连声招呼也没跟她打，就在餐厅里坐了下来。她来到门口，朝里望了望。

“原来是你。”她说完就回厨房去了。

他应了一声，甚至连头也未抬，继续看刚买来的晚报。嘉莉看出他的情况很不妙。他闷闷不乐的时候，便减去了几分英俊的风采。他眼角的皱纹加深，由于心情阴郁，天生的微黑肤色使他显得有点恶狠狠的，他成了一个十分惹人讨厌的人。

嘉莉摆好桌子，端来了饭菜。

“准备吃饭。”她说道，从他的身旁走过去取东西。

他没有应声，继续看他的报。

她走回来，在自己的位子坐下，情绪极其低落。

“现在不想吃吗？”她问。

他折起报纸，朝跟前坐了坐，除了说声“请把那个递给我”之外，好长时间默默无语。

“今天天气不好，是吗？”嘉莉过了一会儿问道。

“是的。”他说。

他不吃东西，只是拨弄着盘中的食物。

“酒店肯定要关门吧？”嘉莉问。她又说出了他们经常讨论的话题。

“这当然是肯定的。”他说，生硬的语气没缓和多少。

这声回答激怒了嘉莉，因为她为此事也苦恼了一天。

“你没必要那样对人讲话。”她说。

“啊！”他嚷了一声，把椅子朝后一推，仿佛还要说什么，但是却打住了。随即，他拿起了报纸。嘉莉离开了座位，费了很大劲才控制住自己。他看出她被刺伤了心。

“请不要走，”当她返身回厨房时，他说道，“吃你的饭吧。”

她没吱声，从他身边走了。

他看了会儿报，然后起身穿上外套。

“我到市中心去，嘉莉。”他走出餐厅说，“我今晚心情不好。”

她没有回应。

“别生气啦。”他说，“明天就会好的。”

他望着她，然而她却睬都不睬，继续洗她的盘子。

最后他说了声再见，便走了出去。

这在他们两人之间是第一次由于处境艰难而引起的强硬的结果。随着酒店末日的接近，忧郁几乎成了一种永恒的气氛。对于这件事，赫斯渥无法掩饰自己的感情。而嘉莉不禁担忧自己要漂泊何方。于是，他们的谈话甚至比平时还少，可这倒不是因为赫斯渥对嘉莉起了反感之心，而是由于嘉莉净躲着他。她对他的冷淡引起了他的抵触情绪，他觉得跟她友好交谈几乎是件非常艰难的事情，后来又不满地发现嘉莉的态度更增加了交流的难度，使其更加不可能实现。

酒店的末日终于来临了，当这一天确实来到时，赫斯渥早已做好了心理准备，认为定会有电闪雷鸣、下瓢泼大雨，谁料竟是一个晴朗、平凡的日子，阳光照耀，气温宜人。于是心里轻松了一大截。他来到早饭桌旁时，觉得事情并不十分可怕。

“喂，”他对嘉莉说，“今天是我在人世间的最后一天。”

嘉莉对他的幽默报以微笑。

赫斯渥非常愉快地浏览着报纸，像是卸掉了一副重担。

“我到店里去一下，”他用过早餐后说，“然后就去找门路。明天我要找一整天。现在这事一脱手，我想总会有办法的。”

他带着微笑走出门到酒店去了。肖内西已等在那里，他们根据股份分成，办完了一切手续。他在店里待了几小时，又出去了三个多小时，可回来时，高兴的心情已消失了。他曾讨厌这个地方，可这儿将不复存在，他又觉得有些遗憾。他希望事情不是今天这个模样。

肖内西显得很冷静，一副公事公办的样子。

“好啦，”他在五点说道，“我们可以把零钱也数一数分掉。”

他们分了零钱。各种设施已经售出，钱也分了。

“再见。”赫斯渥在最后分手时说，尽量在最后的时刻显得和气些。

“再见。”肖内西说，几乎不屑去注意他的表情。

沃伦街酒店就这样永远关闭了。

嘉莉在家里准备好了丰盛的晚餐，可赫斯渥乘车回到家后，显得表情严肃、心事重重。

“怎么样？”嘉莉好奇地问。

“事情了结了。”他边脱衣服边回答。

她望着他，心里不清楚他的经济状况现在怎么样。他们吃着饭，交谈了几句。

“你的钱够不够在别的地方投资？”嘉莉问。

“不够。”他说，“我得干点别的事情攒钱。”

“如果能找到家酒店就好啦。”出于焦虑和希望的缘故，嘉莉这样说道。

“我想会找到的。”他若有所思地说。

在以后的一些日子里，他一到早晨就穿上大衣出门去。出去寻找机会时，他起初安慰自己，想着口袋里有七百块钱，仍可以做出较好的安排。他想到酿酒厂寻寻门路，因为据他所知，酿酒厂一般都管辖几家租赁来的酒店。后来他记起得花好几百块钱购置设施，那样他就没钱供家里每月的开销了。为维持生计，一个月得花去他近八十块钱。

“不行，”他在头脑最清醒的时刻说，“我不能那样做。我要想别的办法积蓄财力。”

可一开始考虑自己究竟打算做什么事的时候，这项“想别的办法”的计划便复杂化了。去当经理吗？到哪儿去找这样的位置？报纸上没有招聘经理的启示。他心里很清楚，这样的位置要靠长年累月的服务才能得到，要不就用一半或三分之一的股权买到手。他的钱可不够到有空缺的大酒店买个经理当。

然而，他还是出发了。他的穿着相当讲究，而且仍相貌堂堂，可是这却给人造成了假象。看到他的人，立刻就想到像他这般年龄的人，身体强壮且又穿得漂亮，一定是个富人。他外表好似一个生活舒适的老板，黎民百姓还指望从他手里领赏钱呢。如今已四十三岁的年纪，身体发福，走起路来很不容易。多年来，他已不习惯户外活动了。虽然到各处去差不多都乘电车，一天下来也腿乏，肩膀和脚发痛。仅仅上车下车，时间一长，也会产生这样的后果。

人们把他看得比实际情况富裕，这一点他很清楚。他痛苦地发现这有碍于他找工作。他不愿意让自己的外表差劲些，而且他羞于提不相称的请求，暴露自己虚有其表。所以他犹犹豫豫，不知如何是好。

他想到饭店里当个职员，但立刻记起他毫无经验，更为要紧的是，这一行没有熟人或朋友可以投奔。在几座城市里，包括纽约，他是认识一些饭店老板，但他们都知道他跟费兹介路及莫伊之间的事情，不好去向他们求职。他想到了另外一些行业——他所知道的一些高楼大厦或贸易公司，如杂货批发、五金工具和保险公司等，可他全都没有干过。

如何去找工作成了一块心病。难道他必须亲自去询问，等在办公室门外，然后带着一副出众和富有的外表声称自己是来找事做的？这种想法使他伤心和痛苦。不，他办不到。

实际上，他东游西荡、胡思乱想，后来由于天气寒冷就进了一家饭店。他对饭店了如指掌，知道任何体面的人都可以坐到前厅的椅子上休息。这是百老汇中央饭店，是本市最辉煌的饭店之一。来这儿找椅子坐对他是件痛苦的事情。想不到他竟然沦落到这种地步！他以前听说过饭店里有一种人称“暖椅子者”的闲汉。他得意的日月里，也是这般称呼那些人，可如今，尽管有可能会遇到熟人，他也来到了饭店的前厅里避寒歇脚。

“我不能这样做事。”他心里想，“不预先想好到哪些地方去，早晨就出来是不顶用的。我要想好一些地方，然后去寻找。”

他一时想起，酒吧招待的位置时常有空缺，可他又放弃了这念头。他——从前的经理，怎么能当酒吧招待！

干坐在饭店的前厅里实在无聊，于是他四点就回了家。进家门时他尽力做出干事业的神态，但那是蹩脚的装模作样。餐厅里的摇椅倒是挺舒适。他高兴地一屁股坐下，拿着几份买来的报纸看了起来。

嘉莉路过这儿去做饭的时候，对他说道：“收房租的人今天来过了。”

“哦，是吧？”赫斯渥说。

他想起已到了二月二日。而收房租的总是这天来，不由得略微皱了下眉头。他伸手到口袋里摸钱包，第一次尝到了光出不进的滋味。他望着那一大卷绿钞票，就像一个病人在看治病的良药。

随后，他数出二十八块钱来。

“拿去吧。”当嘉莉再次走过时，他对她说道。

他埋下头又看起报来。啊，这真是一种享受，不用跑路也不用操心！如潮的电讯真是奇妙的忘川[①]之水！他忘掉了自己的部分烦恼。如果你相信的话，报上说布鲁克林有个年轻漂亮的女人向法庭起诉要跟富有肥胖的制糖商丈夫离婚。还有一则消息详细报道了一艘船在斯塔腾岛公主湾外的冰雪中沉没的经过。一个生动的长栏目讲述的是戏剧界的活动——上演的戏目、演员的亮相以及戏院经理的通告。范妮·达文波特正在第五大道举行首场演出，戴利推出《李尔王》。赫斯渥从报上看到，范德比尔特一家随朋友们一道提前去佛罗里达州度假。肯塔基群山中发生了引人瞩目的枪战。就这样，他待在温暖的房间里，守在火炉旁，坐在摇椅上晃动着，把报纸看呀看的，等着把晚饭端上来。

---

① 希腊神话中冥府的一条河流，死者饮其水，则忘尽前生。

第三十五章 日落西山，苦海沉浮

翌日早晨，他翻阅着报纸，把一长串广告吃力地看了一遍，做了些摘记。随后，他把目光移往男工招聘栏，但心里很不是滋味。漫长的一天在等待着他，必须找到事情做，而这是他开始的第一步。他浏览着那冗长的栏目，主要招聘的是面包师、改衣工、厨子、排字工和车夫等，只有两则启事引起了他的注意。一则是一个家具批发公司招聘出纳员，另一则是一家威士忌商行招聘推销员。当推销员他想都没想过，但他立刻决定去看看。

他去的那家公司叫阿尔斯伯里公司，是经销威士忌的。

他一露面，即刻被请去见经理。

“早安，先生。”经理说道，起初以为面前是一个外地来的客户。

“早安。”赫斯渥说，“如果我没记错，你们登过广告招聘推销员吧？”

“噢，”那人说，明显地露出恍然大悟的神情，“是的，是的，我登过。”

“我想应该来看看，”赫斯渥庄重地说，“这一行我是有些经验的。”

“哦，是吗？”那人说，“你有些什么经验？”

“早先我在几家酒店里当过经理。前不久，我还在沃伦街和赫德森街拐角处的一家酒店里拥有三分之一的股权。”

“我明白了。”那人说。

赫斯渥打住话头，等着对方谈看法。

“我们是需要一名推销员。”那人说，“不过，我不知道你是否喜欢干这种工作。”

“明白了。”赫斯渥说，“哦，就目前而言，我没有选择的余地。如果位子空着，我很愿意干。”

听到“没有选择的余地”这种言辞，那人很不以为然。他想要的是一个不考虑选择或挑肥拣瘦的人，尤其不想要年岁大的人。他需要积极主动、热爱工作又不计较工资低的年轻人。赫斯渥一点也不中他的意。赫斯渥的架势比他的雇主还足几分。

“好吧，”他回答说，“我们很愿意考虑你的申请，但几天内决定不下来。你最好把履历证明书送来。”

“我会的。”赫斯渥说。

他点头告辞，返身走了。来到拐角处，他瞧了瞧条子上家具公司的地址，看到是在西二十三街，便寻了去。但那家公司不太大，看起来不怎么样，里边的人懒懒散散、工资低微。他从旁边走过时朝里望了望，然后决定就不进去了。

“也许他们想聘的是姑娘，一星期十块钱的薪水。”他说。

待到一点，他想吃点东西，便去了麦迪逊广场的一家餐馆。在那里他把要找的地方又考虑了一遍。他感到身体疲倦。天空中又阴云密布，刮起了风，在街道的对面，穿过麦迪逊广场公园，矗立着几家大饭店，俯瞰着热闹的景象。他决定到一家饭店的前厅里坐一会儿，那儿又暖和又明亮。在百老汇中央饭店他没见到熟人，在这里很可能也不会碰上。他在靠近大窗户的一张红丝绒长沙发上坐下来陷入了沉思，从那里可以眺望繁华的百老汇大街。在这儿他的境况似乎并不怎么糟糕。静静地坐着向外眺望，钱包里还有几百块钱给他些许的安慰。他多少可以忘掉一些奔波的疲倦和求职的烦恼。可这只不过是从一个严重的状况逃到了一个不太严重的状况。他仍郁郁寡欢，情绪低落。这儿的每一分钟似乎都过得非常缓慢，一小时得很长很长时间才能消失。饭店里进进出出的客人以及外边那些春风得意的行人，他们在百老汇大街上来来往往，穿着和精神面貌都显示出他们红运当头，使赫斯渥目不暇接、心潮翻腾。自从来到这座城市，这差不多是他第一次有充足的闲暇时间欣赏这种景观。如今自己不得已闲下来，他竟然弄不懂别人在忙碌些什么。他看到的青年是何等快乐，女人何等漂亮。他们全都穿着非常考究的衣服，一门心思赶路，到哪个地方去。他看到如花似玉的姑娘投来卖弄风情的目光。啊，只要有钱就能跟她们厮混——这他心里有数！他有过那样的际遇，可时间过去得太久啦！

外边的钟表时针指着四点。天色还有点早，但他想回家去。

回去的念头一起，他便联想到如果自己归家过早，嘉莉会以为他无所事事。他也不希望这样，可这一天漫长得难以打发。进了家门，就到了自己的天地，他可以坐在摇椅上看报。这种忙忙碌碌、令人分心和浮想联翩的景象就会被关在门外。他有报纸可以读嘛。于是，他回了家。嘉莉正孤零零一个人在看书。门窗都关着，屋里的光线十分暗。

“你会把眼睛弄坏的。”他看见她时说。

脱下外套后，他觉得应当把这一天的情况讲一些给她听。

“我跟一家酒业批发公司谈了。”他说，“可能会出门搞推销。”

“这不是挺好嘛！”嘉莉说。

“反正不会太糟。”他回答。

这一阵他总从街角那个人手里买两份报纸——《晚间世界》和《夕阳报》。所以现在他路过那里不用停脚，只管拿上报就行了。

他把椅子拉近火炉，点亮了煤气灯。后来的情况就跟前一天晚上一样了。一切烦恼都消失在了他酷爱看的新闻报道中。

第二天的情况比头一天还要糟，因为他想不出该到哪儿去。他把报纸看来看去，直到十点，没有一则广告中他的意。他觉得应该走出去，但这念头叫他厌恶。到哪儿去，能到哪儿去呢？

“别忘了把这星期的家用钱留给我。”嘉莉轻声说。

他们曾经商量好每星期给她十二块钱用于日常开销。听到她的话，他轻声叹口气，取出了钱包。他又产生了那种可怕的感觉。他一个劲把钱朝外掏啊掏的，却一个子儿也不朝里进。

“天哪，不能再这样下去啦！”他在心里说道。

他对嘉莉任何话也不说。她可以感觉得到，她的要求搅得他心神不安。跟他要钱很快就会成为令人难堪的事情。

“可我又能怎么办呢？”她心想，“唉，我何必为此而苦恼？”

赫斯渥出门到百老汇去。他打算想出个地方来。没多长时间，他来到了第三十一大街的格兰德饭店。他知道这家饭店的前厅很舒适。他走了二十条街的路，身上发冷。

“我到他们的理发室去修个面。”他想。

这样，修过面后，他心安理得地在前厅坐了下来。

这次他又觉得时间难以排遣，便早早回了家。这种情况持续了好几天，每一天他都为必须去找工作而感到痛苦，每一天都由于厌恶、沮丧和羞怯躲入饭店的前厅闲坐。

最后，来了三日暴风雪的天气，他索性足不出户。这场雪是在一天傍晚时分开始降落的。这是真正的大雪，雪片又大又绒又白。第二天早晨仍风雪交加，报上说有暴风雪。从前窗可以望得见外边落了厚厚的一地松软的雪。

“我想今天就不出去了。”他吃早饭时对嘉莉说，“报上说今天的天气非常恶劣。”

“可送煤的还没有把煤送来呢。”嘉莉说，她定了一蒲式耳[①]的煤。

“我去看看。”赫斯渥说。这是他破天荒第一次提出要干点家务事。可以说，正是想坐在家里的愿望催促他这样做，以作为对享受这种特权的一种补偿。

整天整夜地下雪，城市里开始出现了普遍的交通阻塞问题，报纸花大量的笔墨描绘这场暴风雪，用大号字体渲染穷人的疾苦。

赫斯渥坐在墙角的火炉旁看报，他连想都不去想找工作的必要性。暴风雪铺天盖地，使一切事情都陷于停顿，也使他把这种必要性抛到了脑后。他舒舒服服地烤着脚。

嘉莉带着几丝忧虑观望着他的舒坦相。尽管暴风雪很大，但她觉得他不该安于享受。他把自己的处境看得过于乐观。

而赫斯渥一个劲地在看报，对嘉莉没太注意。她干着家务活，没有说话打搅他。

---

① 容量单位，在美国相等于 35.238 升。

次日仍在下雪，再下来的一天天气寒冷刺骨。赫斯渥听信了报上的警告，坐着没动。现在，他主动做些别的小事情。一件事是到肉铺，另一件是上杂货店。实际上，他根本没去想这些小事情有什么真正的意义。他觉得自己仿佛并非一点用也没有——遇到如此恶劣的天气，他在家还是很顶用的。

可第四天是个晴天，他从报上得知暴风雪已经过去。然而现在他懒散成性，觉得街上一定十分泥泞。

待到中午，他终于放下报纸走出了家门。由于气温略微转暖，街上泥泞难行。他乘车穿过第十四大街，在百老汇大街换车向南。他拿着一则珍珠街一家酒店的广告。可是一到百老汇中央饭店，他就改变了主意。

"有什么用呢？"他望着车窗外的泥浆和积雪心想，"我没钱进行投资，事情十有八九会泡汤。我看还是下车吧。"于是他下了车。他来到饭店的前厅坐下，又闲待着不知干什么好。

正当他心满意足地坐在前厅里懒散地胡思乱想时，一位衣冠楚楚的人从前厅路过，停下脚步用劲地朝这边看，仿佛不敢确信自己的记忆，然后走了过来。赫斯渥认出是卡吉尔，芝加哥卡吉尔大马厩的老板，他们最后的一次见面是在艾弗里会堂观看嘉莉演出的那天晚上。赫斯渥还立刻想起这个人当时曾带着他的妻子凑上来跟他握手。

赫斯渥十分难为情，眼里露出了尴尬的神情。

"嘿，是赫斯渥！"卡吉尔现在想了起来，说道。他很遗憾一开始没立即认出赫斯渥，那样可以避免这次会面。

"是的。"赫斯渥说，"你好吗？"

"很好。"卡吉尔说，搜肠刮肚地想找出些话来，"在这里下榻吗？”

“不是，”赫斯渥说，“只是来赴个约会。”

“我知道你离开了芝加哥，可是却不清楚你以后的情况怎么样。”

“哦，如今我就住在这座城市。”赫斯渥回答，心里急着要溜走。

“大概混得不错吧？”

“非常好。”

“高兴听到这些。”

他们面面相觑，有几分尴尬。

“哦，我到楼上跟朋友有个约会。我得走了，再见。”

赫斯渥点了点头。

“活见鬼。”他嘟哝着，转身向门外走去，“我知道会发生这种事。”

上了街，他走过了好几个路口。他的表才一点半钟。他努力思考着，看到哪里去或干什么事好。天气这么冷，他只想躲进屋里。最后，双脚感到又湿又冷，他就上了一辆电车。电车把他送到第五十九大街，这儿和别处相差无异。下得车来，他转身沿着第七大道朝回走，但路上的泥雪让人步履维艰。转来转去没个落脚处，这其中的痛苦使他无法忍受。他觉得自己好像染上了风寒。在一个街角停下来，他等着朝南开的电车。这样的天气不能出门，他得回家去。

嘉莉见他三点差一刻就回了家，颇感意外。

“这鬼天气不能出门。”他只说了这么一句，然后脱下外套，换了鞋。

晚上他觉得要感冒，便吃了些奎宁。他发烧一直发到第二天早晨，这一天他坐在家里由嘉莉伺候。他一病就成了个可怜虫，穿着颜色暗淡的浴衣，头发蓬乱着，样子不十分雅观。他眼角露出憔悴，显得很苍老。嘉莉注意到了这些，心里觉得不高兴。她想表现得和蔼及富于同情心，但这个人的样子却叫她敬而远之。

接近傍晚的时候，在微弱的光线下他的脸色很不好看，于是她劝他上床休息。

“你最好一个人先睡吧，”她说，“你会感觉好些的，现在我给你铺床去。”

“好吧。”他说。

她在干这些事情的时候，心情极其沮丧。

“这是什么日子！这是什么日子！”她一直这么想着。

这天有一次，当他弓起背坐在火炉旁看报时，她穿过房间，看见了他，不由得皱起了眉头。她来到不太暖和的前屋，坐在窗前哭起来，难道这就是她命里注定的生活？跟一个失了业的对她漠不关心的闲汉蜗居在狭小的公寓里？她现在只是他的一个奴仆而已，再无其他可言。

她哭得眼圈红肿，为他铺床时点亮了煤气灯，铺好床就叫他进来。此时他发现了这一事实。

“你怎么啦？”他望着她的面庞问。他声音沙哑，而且头发蓬乱，使他的面容显得越发可憎。

“没什么。”嘉莉有气无力地说。

“你哭了。”他说。

“我没哭。”她回答。

他知道她并非爱他才哭的。

"你不必哭哭啼啼。"他爬上床说,"事情会好转的。"

一两天之后他又下了床,但由于气候依然恶劣,便滞留家中。那个意大利卖报人现在送晨报上门,而他拿到报就孜孜不倦地看起来。后来他出过几次门,但又碰上了一个昔日的朋友,便开始感到在饭店前厅闲坐让人心神不宁。

他每天都早早地回家,最后干脆也不装模作样了,索性哪儿也不去。冬天不适合去找工作。

在家待着,他自然就注意到了嘉莉操持家务的方式。她在管家理财方面差得太远,他算第一次发现了她这方面的欠缺。不过,这都发生在她按期问他要家用钱令他感到头痛之后。坐在家里,他觉得时间一星期一星期地过得真快。每个星期二嘉莉都向他要钱。

"你看我们能不能生活俭朴些?"他在一个星期二的上午问道。

"我已尽力而为了。"嘉莉说。

当时再没说什么,但第二天他又说道:"你去过甘斯沃尔市场吗?"

"我不知道有这样一个市场。"嘉莉说。

"听说那里的东西要便宜得多哩。"

嘉莉对他的建议非常冷淡。这种事情她一点也不喜欢。

"你买一磅肉花多少钱?"一天他问。

"哦,价格不一样,"嘉莉说,"牛腰肉每磅是两毛二分钱。"

"是不是太贵了些?"他说。

他又过问了一些其他的家务事,天长日久这似乎成了他的癖好。他把物价问清,就记在心里。

他跑腿的能力也有所提高,当然是从小事情做起。一天上午嘉莉正要拿帽子出去,却被他拦住了。

“到哪儿去，嘉莉？”他问道。

“到面包房去一趟。”她回答。

“还是让我替你去吧。”他说。

在她的默许下，他去了。每天下午他都到街角买报纸。

“你要什么东西吗？”他会这样问嘉莉。

渐渐地，她开始使唤起他来。不过，这样她就拿不到每星期十二块的家用钱了。

“今天你该给我些钱。”大约在这个时期的一个星期二她说道。

“要多少？”他问。

她很清楚这句话的含义。

“哦，大约五块钱吧，”她回答，“那是我欠卖煤人的钱。”

就在同一天，只听他说：“街拐角的那个意大利人卖的煤是每蒲式耳两毛五分钱。以后到他那儿买。”

嘉莉无所谓地听着他说话。

“好吧。”她说。

后来她只消吩咐“乔治，今天得买点煤”，或者“你该去买些晚饭吃的肉”。

他会先弄清她的需求，然后去买。

随着这种现象的出现，就产生了吝啬。

“我只买了半磅牛排，”他一天下午买报回来说，“我们似乎一向都吃不下很多。”

这些可悲的琐事在刺痛着嘉莉的心，使她的生活黯淡无光，使她的灵魂在痛苦中煎熬。唉，这个男人变化真大！他整天整天坐在家里看报，似乎对这个世界丝毫不感兴趣。碰上好天气，他偶尔出去走走，从上午十一点到下午四点，待上四五个小时。她无可奈何，只好带着痛心的轻蔑观察着他。

由于寻找不到出路，赫斯渥变得麻木不仁。他的小金库逐月缩小，现在只剩下了五百块钱。他把钱紧紧抱住不放，隐约觉得这样仿佛可以使清贫的生活无限期地延续下去。他闲待在家中，决定把一些以前的旧衣服拿出来穿。起初是在下雪天。事情伊始，他只说过一次辩解的话："今天的天气糟透了。我在家就穿这衣服就行了。"

最后这成了司空见惯的事情。

另外，他以前修一次面付一毛五分钱，还给人家一毛钱的小费。经济刚一开始陷入困境，他就把小费压到五分钱，后来干脆一文也不给。随即，他试着进每次收费一毛钱的理发店，觉得修面修得还不错，就经常光顾了。接下来，他把每天修面改为两天一次，后来三天一次，这样减下去，直至固定为每星期一次。一到星期六，他的样子就变得非常可怕。

当然，随着他自尊心的消失，嘉莉也对他丧失了敬意。她不明白这个人是中了哪门子邪。他口袋里有些钱，也有体面的衣服，打扮起来还不算差。她没有忘记自己在芝加哥时的艰难挣扎，但也没有忘记自己从未放弃过努力。他却听天由命，连报纸上的广告也不再看了。

最后，她终于清楚地表达了心中的看法。

"为什么要在牛排上涂这么多黄油？"一天晚上他闲站在厨房里问她。

"当然是为了烧得好吃些。"她回答。

"这些日子黄油非常昂贵。"他提醒说。

"你要是有工作干，就不会这么计较了。"她回答。

他哑了口，回去看报了，但这句驳斥的话刺痛了他的心。她这是第一次说如此伤人的话。

这天晚上，嘉莉看了会儿书，就跑到前屋去睡。这是一种反常的现象。后来赫斯渥决定上床睡觉，像往常一样没点灯。这时才发现嘉莉不在床上。

“奇怪，”他说，“也许她还坐着呢。”

他没再多想，自顾自睡了。第二天早晨醒来，嘉莉不在他身旁。说来也怪，这件事谁也没提竟过去了。

夜晚降临时，嘉莉有了一丝谈话的情绪，便说道：“我想今天晚上一个人睡。我有些头痛。”

“好吧。”赫斯渥说。

第三天夜里，嘉莉连句解释的话也没有就到前屋去睡了。

这对赫斯渥是残酷的打击，但他什么也没说。

“好吧，”他忍不住皱起眉头在心里想着，“就让她一个人睡好了。”

第三十六章 丧失自尊，雪上加霜

过完圣诞节后就返回了纽约的万斯夫妇，并没有忘记嘉莉；可是他们，或者说是万斯夫人，从没有去看望过她，原因很简单，只因为嘉莉没把地址告诉他们。按她的性格，在第七十八大街住的时候她一直跟万斯夫人保持着联系，可后来被迫移居第十三大街，便害怕万斯夫人把这视为家道败落的迹象，于是想方设法要向她隐瞒自己的地址。由于找不到合适的办法，她只好怀着愁苦的心情彻底放弃了给朋友写信的乐趣。万斯夫人对这奇怪的沉默感到纳闷，以为嘉莉离开了纽约，最后索性当她失踪就不再去想了。所以她到第十四大街采购时碰到嘉莉，感到十分意外。嘉莉也是去那儿买东西的。

"嘿，惠勒夫人，"万斯夫人说，一眼把嘉莉从上到下打量了个遍，"你到哪儿去啦？为什么不来看我？这段时间我一直在纳闷，不知你怎么样了呢。真的，我……"

"见到你真让人高兴。"嘉莉说，心里又是欢喜又是窘迫，现在跟万斯夫人邂逅最不是时候，"我就住在这市中心，一直都打算着去看你。你目前住在哪里？"

“第五十八大街，”万斯夫人说，“离第七大道不远——一百二十八号。来看我好吗？”

“我会的。”嘉莉说，“真的，我一直想去呢。我知道我应该去。说来惭愧。可你知道……”

“你们住在哪里？”万斯夫人问。

“第十三大街，”嘉莉勉强地说，“西一百一十二号。”

“啊，”万斯夫人说，“就在跟前，是吧？”

“是的。”嘉莉说，“哪天你可一定要来家里坐。”

“好的，你可真是个很不错的人哪。”万斯夫人笑着说，可同时又注意到嘉莉的衣着有点不如以前。“他们家住的地方也不怎么样。”她心里想着，“他们的生活一定很拮据。”

不过，她非常喜欢嘉莉，很想帮她的忙。

“跟我到这里来一下。”她嚷嚷道，钻进了一家商店。

嘉莉回家时，赫斯渥像平时一样在看报。他似乎对自己的处境无动于衷，胡子至少有四天没刮了。

“唉，”嘉莉心想，“万斯夫人看到他这副模样怎么办呢？”

她痛苦万分地摇了摇头。看来，她的处境好像愈来愈叫人无法忍受。

她被逼到了绝望的境地，于是在吃晚饭时问道：“批发公司那边有消息吗？

“没有。”他说，“他们不想聘缺乏经验的人。”

嘉莉丢下了这个话题，觉得再也没有什么可谈的了。

“今天下午我碰到万斯夫人了。”她隔了一会儿说。

“是吗？”他应了一声。

“他们现在回到了纽约。”嘉莉继续说道，“她打扮得漂亮极啦。”

“只要她丈夫出得起钱，她就可以穿得漂亮些。”赫斯渥回答，“她丈夫干的是赚钱的工作嘛。”

赫斯渥眼睛盯着报纸，看不到嘉莉投来的无限厌倦和不满的目光。

“她说她想哪天到家里来。”

“怎么现在才想起要到这里来？”赫斯渥带着几分嘲讽说。他不喜欢那女人花钱的方式。

“哦，不知道。”嘉莉说，被这个男人的态度激怒了，“也许是因为以前我不想让她来。”

“她太喜欢享受了。”赫斯渥意味深长地说，“除非有很多钱，否则没人能跟得上她的步子。”

“万斯先生似乎并不觉得有多难。”

“他也许现在不觉得，”赫斯渥很清楚她话里的意思，于是固执地说，“但他的一生还长着呢，谁知道以后会怎么样。他也许会跟其他人一样穷困潦倒呢。”

这个男人的态度有点恶毒。他似乎斜着眼幸灾乐祸地看那些走运的人，巴望他们倒霉。他自己的情况似乎不包括在内，要另当别论。

这种强烈的自信和自尊感是从过去遗留下来的。如今坐在家里从报上看到别人的作为，有时会引起他的这种自尊和不服输的情绪。他有时会忘掉奔波的辛苦和找工作时的狼狈相，支棱起耳朵来，仿佛在说：“我能够有所作为。我还没有完蛋。如果我愿意去寻找，有许多事情可做。”

正是怀着这种心情，他偶尔也会穿戴整齐，修好面，戴上手套，精神抖擞地冲出去。他没有明确的目的。这情况倒更像晴雨表。他觉得正是时候出去干点事。

这种时候，他的钱也会跟着流失。他知道市中心有几家扑克赌场。市中心的酒店里以及市政厅有他的几个熟人。去看看他们，跟他们友好地聊聊，可以改变一下心情。

他曾经打得一手好扑克。多次应酬中，他都净赢一百块或更多的钱，但在当时那点钱只不过是小菜一碟，根本算不上什么。现在，他想到了打扑克。

“我或许能赢上他几百块钱。我的手还不陌生。”

说句公道话，他心里已几次出现过这个念头，但直到最后才付诸行动。

他第一次闯入的扑克赌场设在西街一家酒店的楼上，离渡口不远。那地方他以前是去过的。玩扑克的人坐了好几桌。他观察了一会儿，发现赌金的总额下得都非常大。

“给我发一副牌。”他在新的一局开始时说。他拉过一把椅子，仔细盯着自己的牌。打牌的人都默默地打量着他，虽不明目张胆，却十分聚精会神。

他起初手气不好，拿到一把杂牌，既无顺子又无对子。开始出牌了。

“我不要。”他想。

凭着这手牌，他甘愿把这一局输掉。时间一长他的手气就好了，终局走时他还赢了几块钱。

第二天下午他又重返赌场，一为取乐，二为赢钱。这次他拿到三张同点数的牌，便不断下注，但最后以惨败告终。对面的一位好斗的爱尔兰青年打得一手好牌，他是赌场所在的塔玛尼地区的政界幕僚。他的坚毅让赫斯渥感到吃惊，下注时沉着冷静，即便虚张声势，手段也很高明。赫斯渥开始犹豫起来，但他保持着或至少想保持镇定的态度，昔日他曾靠这种态度在赌桌旁骗过了那些通灵的青年，那些人似乎不看人的外表迹象（不管这种迹象多么微妙），而是观察思想和心情。他克服不了胆怯的心理，认为这个人牌好，会坚持到底，把最后的一块钱压到赌注上，如果他愿意奉陪的话。可他觉得自己的手气不错，希望多赢一些。为什么不再加上五块钱呢?

“我加三块钱。”那青年说。

“加五块。”赫斯渥把自己的筹码推出去说。

“再加一倍。”青年推出去一小堆红筹码说。

“再给我一些筹码。”赫斯渥取出一张钞票对负责的管理员说。

年轻的对手脸上露出了讥诮的冷笑。筹码拿出来后，赫斯渥加了注。

“再加五块。”那青年说。

赫斯渥的额头汗津津的。他这时已陷得很深——对他来说非常深。整整六十块钱都压了上去。他本来并不是个胆小鬼，但一想到可能会输掉这许多钱，便软了下来，最后他退缩了。他不能再在这副好牌上压注了。

“摊牌吧。”他说。

“三对二！”青年把手中的牌摊开说。

赫斯渥的手从半空掉了下来。“我还以为我的牌比你的好呢。”他有气无力地说。

那青年把筹码朝怀里搂，而赫斯渥走了，在楼梯上停下数了数剩下的钱。

“还有三百四十块。”他说。

这一输再加上日常开销，许多钱都不见了。

回到家后，他决定再也不赌了。

想起万斯夫人要来拜访，嘉莉针对他的穿着又温和地提出了抗议。这天他回到家，就换上了在家穿的那套旧衣服。

“为什么你老穿这套旧衣服？”嘉莉问。

“在家里穿好衣服有什么用？”他反问道。

“哦，我认为那样感觉好些。”随后她又补充了一句，“可能有人要来拜访。”

“谁？”他问。

“万斯夫人。”嘉莉说。

“她没必要看我嘛。”他绷着脸回答。

他这样缺乏自尊心，这样冷漠，使得嘉莉几乎恨起他来。

“哼，”她心想，“他坐在家里，还说‘她没必要看我嘛’。他真该为自己感到羞耻。”

万斯夫人来的时候，那才真叫苦不堪言呢。她是买东西的路上顺便来的。她穿过普通的门厅走过来，敲响了嘉莉的门。随即她便感到一阵痛心和沮丧，因为嘉莉出去了。开门的是赫斯渥，以为敲门的可能是嘉莉。一时间，他的确吃了一惊，那失去的青春和自尊又回到了他心里。

“哦，”他有点结巴地说，“你好吗？”

“你好！”万斯夫人说，简直不敢相信自己的眼睛。她立刻就注意到他十分慌乱。他不知是不是该请她进来。

“你妻子在家吗？”她问。

“不在。”他说，“嘉莉出门去了。你不进来坐吗？她马上就会回来的。”

“不进去了，”万斯夫人发现所有的一切都起了变化，就这样说道，“我实在忙得很。我只是想上来看看，但不能久留。请转告你妻子，让她一定到我家去。”

“我会的。”赫斯渥说。他朝后退了一步，对她的离去感到如释重负。事后他坐到椅子上，心里羞愧难当，无力地将双手抱在一起苦苦思索。

嘉莉从另一个方向走进来，觉得看到了万斯夫人离去的身影。她睁大眼睛去看，但还是不敢肯定。

“刚才有人来过吗？”她问赫斯渥。

“是的，”他内疚地说，“是万斯夫人。”

“她看见你了吗？”她问，流露出十分绝望的神情。

这话像鞭子一样抽打在赫斯渥的心上，使他登时黑了脸。

“如果她长着眼睛，是会看到的，门是我开的。”

“啊，”嘉莉说，由于紧张的缘故把一只手紧紧攥了起来，“她说了些什么？”

“什么也没说。”他回答，“她当时不能久留。”

“而你就是这副模样！”嘉莉一反长期的克制说。

“这又怎么了？”他怒气冲冲地说，“我又不知道她要来。”

“你知道她可能会来的。”嘉莉说，“我告诉过你她要来，不是吗？有几十次我求你穿别的衣服。唉，这简直太糟糕了。”

“好啦，别说啦。”他回答，“这有什么关系呢？反正你也不能跟她来往。他们家太有钱了。”

“谁说我想跟他们来往？”嘉莉气呼呼地问。

“你的行为像是那样，为我的衣服大吵大闹。你以为我犯了……”

嘉莉打断了他的话。

“不错。”她说，“我就是想跟人家来往也办不到，可错误是谁造成的呢？你清清闲闲坐在家里，管什么我跟谁来往。你为什么就不能出去找工作呢？”

这真是晴天霹雳。

“这关你什么事？”他说着，气势汹汹地站起身来，“房租是我付的，不对吗？我提供……”

“不错，房租是由你付。”嘉莉说，“听你的话，好像世界上再没有别的东西，只有一套公寓让你闲坐在里边。三个月来你除了坐在家里干涉别人，什么事情也不做。我倒要问问，你当初为什么要娶我？”

“我并没有娶你。”他大声吼叫着说。

“那么请问，你在蒙特利尔办的那是什么事？”她问。

“我并没有娶你。”他回答，“你不要再有这种想法了。听你说的话，好像你不知道似的。”

嘉莉张大眼睛看了他一会儿。她原以为那是合法的、具有约束力的婚姻呢。

“当时你为什么要对我撒谎？”她气急败坏地问，“你为什么要强迫我随你私奔？”

她的话语几乎变成了啜泣。

“强迫！”他噘起嘴说，“我就那么爱强迫人？”

“天哪！”嘉莉再也忍受不了折磨，嚷嚷着扭过身去，“天哪！天哪！”她快步跑到前屋去了。

赫斯渥这时情绪激动、满腔怒气。这无论对他的思想还是道德观都是很大的震动。他向周围看看，擦去额头上的汗，然后取衣服穿上。嘉莉那边没了动静；她听见他在穿衣，便停止了啜泣。她有一点惊慌，首先想到的是自己身无分文，倒不是怕他一去不复返从而失去他。她听见他打开衣橱的顶层取帽子。后来餐厅的门关上，她知道他走了。

静静待了一会儿之后，她眼睛干干地站起来向窗外眺望。赫斯渥正从公寓楼沿着大街向第六大道走去。

他顺着第十三大街前行，跨过第十四大街，向联合广场迈进。

“哼，找工作！”他心想，“找工作！她让我出来找工作。”他也努力要躲开良心上的责备，因为凭良心说她是对的。

“万斯夫人的来访真该诅咒。”他心想，“她站在那里把我上下打量。我知道她心里在转什么念头。”

他记得曾在第七十八大街见过她几次。她总是打扮得花枝招展，而他在她面前也不甘示弱，摆出不比她差的神气。如今却让她瞧见了他这副模样，想起来实在痛心。他难过地皱起了眉头。

“见鬼！”他一个钟点里连说了十几次。

他是四点一刻走出家门的，嘉莉那时泪水涟涟，晚上算吃不上饭啦。

“真倒霉。”他说，心里却硬撑着想掩饰自己的羞耻，“我不是个饭桶。我还没有完蛋。”

他在广场上四周望望，看见了那几家大饭店，决定进去吃顿饭。他要买份报，到那儿舒服舒服。

他步入莫尔顿饭店华丽的餐厅，而莫尔顿当时在纽约是一家最高级的饭店。他找了个铺着软垫的位子，看起了报纸。他没有去多想自己日益减少的金库不允许他这般挥霍。犹如一个大烟鬼，他对安逸上了瘾。只要能解除精神上的痛苦，能满足他对舒适生活的欲望，任怎样都行。他必须这样做。今日有酒今日醉——他不愿去想明天，就像他不愿去想灾难一样。像对待必然的死亡一样，他竭力要驱除自己必然很快将一贫如洗的念头，而且几乎做到了这一点。

在厚厚的地毯上来来往往的穿着漂亮衣服的客人，把他带到了过去的岁月。饭店的一位年轻的女客人在凹室里弹钢琴，令他心旷神怡。他坐在那儿继续看着报。

这顿饭花掉了他一块五毛钱。八点吃完饭，然后见客人们纷纷离去，外边来寻找欢乐的人愈聚愈多，他不知自己该到哪里去。不能回家去。嘉莉这工夫还没睡呢。不，今晚他不回家去。他要在外边转悠，像无牵无挂（并非堕落）的人那样闲荡。他买了支雪茄，来到街角，这儿有他所喜欢的人——经纪人、赛马师以及演员。站在街角，他想起了在芝加哥时的那些夜晚，想起他是怎样欢度时光。当时的游戏丰富多彩，这使他想到了扑克牌。

“那天我的牌出得不好，”他心想，仍念念不忘他输掉的六十块钱，“我不应该软下来。原本是可以把那家伙压下去的。当时我状态欠佳，所以才一败涂地。”

随后他琢磨起那场牌戏的种种机会，觉得有几次如果心再硬一点，是可以赢的。

“打扑克我是老手，能够打出名堂来。今晚我再去试试手气。”

他眼前浮现出大堆赌注的幻影。假如赢上几百块钱，他该不该涉足这一行呢？他认识许多人都以赌博为生，而且生活得很好。

“他们的钱一向不比我的少。”他心想。

于是，他来到了附近的一家扑克赌场，心情和过去的那些日月一样。跟嘉莉争吵激动了一场，又到饭店里喝着鸡尾酒抽着雪茄吃了顿晚饭，他达到了忘我的境界，几乎又成了昔日的那个赫斯渥。其实他已非昔日的赫斯渥，而只是一个心乱如麻、受幻影诱惑的人。

这家赌场跟那一家很相像，不过是设在一家上等酒店的内室。赫斯渥观看了一会儿，后来一副牌局引起了他的兴趣，便加入了进去。和上次一样，他起先打得很顺手，赢了几次就高兴起来，兴趣和决心从而变得愈来愈大。最后，这场扣人心弦的赌博使他着了迷。他喜欢其中的风险，凭着微不足道的牌打下去，要压住对方，赢一大笔赌金。他得了手，这使他的自满之心变得强烈和坚定。

在情绪高涨之际，他觉得自己来了红运。没有人能打得这么好。这时他又拿到一手不怎么样的牌，又想把赌注加高。另外的几个赌徒，似乎猜透了他的心思。他们的观察是那么细腻。

“我有三张同点数的牌，”一位赌徒心里嘀咕道，“对那家伙我要奉陪到底。”

最后，下注开始。

“我加你十块。”

“好的。”

“再加十块。”

“好的。”

“再加十块。”

“好样的。”

结果，赫斯渥压上去七十五块钱，那个对手确实有点傻眼。也许这家伙（赫斯渥）真有一手硬牌呢。

“摊牌吧。”他说。

赫斯渥亮了牌，结果输了。一下输掉七十五块钱这一惨痛的事实叫他红了眼。

“再来一盘。”他冷冷地说。

“好吧。”那人说。

一些赌徒退了场，但旁观的闲人接替了他们的位置。时间在流逝，最后到了十二点。赫斯渥坚持了下来，输赢都不多。接着他感到疲倦，最终的一盘又输了二十块钱。他的心里很难过。

他出赌场时已是凌晨一点一刻。寒冷、空寂的街道，似乎在嘲笑他的处境，他缓步西行，忘掉了他跟嘉莉的争吵。他上了楼，走进自己的房间，仿佛什么也没发生过似的。他心里只想着输掉的钱。他坐在床沿上把剩下的钱数了数，现在只有一百九十块钱和一些零币了。他把钱放好，开始脱衣服。

“真不知我这是怎么啦！”他想。

早晨，嘉莉默默不语，他觉得自己还得朝外走。他对她不好，可是却不愿赔罪。于绝望之中，他就这样在外边跑了一两天，过得像个绅士一样——或者他自以为像个绅士，花着口袋里的钱。这种我行我素的行为很快就使他心力交瘁，更别提他的钱包了——这一来，三十块钱不见了踪影。后来他又恢复了冷漠、痛苦的心情。

“收房租的今天来。”三天后的早晨嘉莉淡漠地对他说。

“是吗？”

“是的。今天是二号。”嘉莉回答。

赫斯渥皱皱眉头，然后心情沮丧地取出钱包。

“交一次房租，钱可真不少。”他说。

他眼看只剩下一百块钱了。

第三十七章　如梦方醒，另觅生机

后来他的钱是怎样花得只剩下了五十块钱，再解释也不顶用了。七百块钱在他的管理下，只维持到了六月。在接近最后的一百块大关时，他预感到灾难就要来临。

“我不明白，”一天他拿买肉花的一小笔钱做题目说道，“我们过日子似乎太费钱。”

“我并不觉得有多费钱。”嘉莉说。

“我的钱快用完啦，”他说，“我简直不清楚都花到了哪儿去。”

“全部的七百块钱吗？”嘉莉问。

“只剩一百块了。”

他看上去那样绝望，使她感到害怕。她开始看到自己的生活没有根基。她一直都有这种感觉。

“唉，乔治呀，”她嚷嚷道，“你为什么不出去找个工作？你是能够找到的。”

“我找过了。”他说，“你总不能强迫人家给你个位置吧。”

她无力地望着他说：“那你说怎么办呢？一百块钱花不了多长时间。”

“我不知道。”他说，“除了找工作，我也没别的办法。”

一听这话，嘉莉感到十分惊慌。她绞尽脑汁地思索起来，以前她常把舞台视为进身的门户，从那儿可以进入她朝思暮想的黄金世界。如今，就像在芝加哥时一样，舞台成了她苦难中的最后一线希望。如果他不能很快找到工作，就得采取别的措施。也许她又得走出家门，独自拼搏。

她开始考虑起如何寻找工作。她在芝加哥的经历证明她没有找对路子。一定会有人愿意听她的申请，对她进行测试，愿意给她工作干的。

一两天之后他们在早饭桌旁谈话时，她拉出了关于戏剧的话题，说她了解到萨拉•伯恩哈特[①]要来美国。这件事赫斯渥在报上也看到了。

“怎样才能登台演出，乔治？”她最后天真地问。

“不知道。”他说，“一定是通过戏剧代理人。”

嘉莉在喝咖啡，没有抬眼看他。

“是专门帮人找演员的吧？”

“是的，我想是的。”他回答。

蓦然，她问话的语气引起了他的注意。

“你该不是还想着要当演员吧？”他问。

“不是，”她回答，“我只是感到好奇而已。”

这种想法他是不同意的，虽然她并没有说出来。经过三年的观察，他不再相信嘉莉能在这一行出人头地，她似乎过于单纯，过于屈从人意。他认为戏剧艺术里都带点比较浮夸的味儿。如果

① 法国著名演员。

她想上舞台，就会落入某个卑鄙的经理手中，跟其他人成为一丘之貉。他很了解那些所谓的其他人，嘉莉脸蛋漂亮，可以混得很不错，可是把他往哪儿放呢?

“如果我是你，就不动这个念头。这比你想象的要难得多。”

嘉莉觉得他话里含有蔑视她才华的意味。

“在芝加哥时你说过我演得十分精彩。”她反驳道。

“你的确演得精彩，”他见引起了对方的抵触情绪，便回答道，“可芝加哥不是纽约，它们有天壤之别。”

嘉莉没搭腔。她被刺伤了心。

“倘若能成为名角，演戏是不错的，但当一般演员就没什么意思了。要想成名，得花很长的时间。”他继续说道。

“哦，这我不知道。”嘉莉说，心里有点生气。

刹那间，他觉得自己好像看到了这件事的结局，当他日暮途穷之际，她竟然不顾体面要演戏，要将他抛弃。奇怪的是，他不十分了解她的智力。那是因为他不理解情感的伟大。他根本不知道一个人可能会具有伟大的情感，而非伟大的知识。艾弗里会堂的演出已是久远的过去，他回忆不起来，记得不清楚。他跟这个女人在一起生活得太久了。

“这我清楚。”他回答道，“我要是你，就不想这事。这对女人不是个正当职业。”

“总比饿肚子强。”嘉莉回答，“假如你不愿让我演戏，那你自己为什么不去工作？”

他一时无话可说。对这种建议他早已习惯了。

“好了，别说啦。”他回答。

结果，她暗暗下决心去尝试。这跟他不相干。她不能为了迎合他而被拖入贫穷的生活或更糟的境地。她能够演戏，她能够找到事做，然后向上努力。那时他会说什么呢？她幻想着自己已在百老汇演上了她的戏目，每晚到化装室化装。那时她将在十一点走出戏院，看到成排的马车在等人，她是不是明星都没有关系。一旦当上演员，拿像样的薪水，穿自己喜欢的衣服，口袋里有钱花，想到哪儿去就到哪儿去，那该多美好啊。她一天到晚沉湎于这种幻想之中。赫斯渥的凄惨状况使这幅美景愈来愈逼真。

说来也怪，这种想法很快在赫斯渥心里生了根。他的钱日见减少，需要有人来支持他。在他找到工作之前，嘉莉何不可以帮他一把？

一天，他带着这种想法从外边回到家来。

“今天我碰上约翰•贝•德雷克了。”他说，“秋季他要在纽约开家饭店。他说到时候可以给我个位置。”

“他是谁？”嘉莉问。

“芝加哥太平洋饭店的老板。”

“噢。”嘉莉说。

“到时候我的年薪约一千四百块钱。”

“那不是挺好吗？”她同情地说。

“只要能度过今年夏天，”他补充道，“我想情况就会好了。我的几个朋友又跟我联系上了。”

嘉莉对这个天方夜谭似的美丽故事信以为真。她真诚地希望他能度过这个夏天。他看起来是那么走投无路。

“你还剩多少钱？”

“只剩下五十块了。”

“啊，天哪，”她惊叫起来，“我们该怎么办呢？离下一次交房租，只有二十天的时间了。”

赫斯渥双手捧住头，目光空洞地盯着地板。

“也许你可以在演戏那一行找点事做。”他温和地建议道。

“也许吧。”嘉莉说，心里为有人赞同这种想法而感到高兴。

“我争取找工作，不管干什么都行。”他见她面露喜色，便说道，“我是能够找到事情做的。”

一天早晨他走后，她收拾完东西，穿上最好的衣服，打扮得整整齐齐，出发到百老汇去。她对那条街不太熟悉。在她看来，那是个奇妙的地方，集中着所有伟大壮观的事业。那儿有戏院，附近的哪个地方也一定有代理人。

她决定在麦迪逊广场戏院停一下，打听如何寻找戏剧代理人。这似乎是明智的办法。于是，她到了那家剧院，向票房里的职员询问。

“嗯？”那人向外望了望说，“戏剧代理人？我不知道。不过你可以在《克立普》找到。他们都在那儿登广告。”

“是报纸吗？”嘉莉说。

“是的。”职员说，很奇怪她连这么普通的事情都不知道，“可以到报摊去买。”他见询问者美色迷人，便客气地补充道。

嘉莉前去买了份《克立普》，站在报摊旁浏览起来，想从中找到代理人。这件事不是那么容易办的。第十三大街有好几个街口远，但她还是带着那份宝贵的报纸朝回赶，一边为浪费掉的时间感到惋惜。

赫斯渥已经到了家，坐在他的位置上。

“你到哪里去啦？”他问道。

“我想去找几个戏剧代理人。”

他觉得有点难以启齿问她是否办成了事。她开始浏览的那份报纸吸引住了他的注意力。

“你那是什么报？”他问。

“《克立普》。那人说可以在这上面找到代理人的地址。”

“跑那么老远到百老汇去就为这？我就可以告诉你嘛。”

“那你为什么不告诉？”她头也未抬地问。

“你压根就没问过我。”他回答。

她漫无目的地在密密麻麻的栏目里搜索着。她被这个男人的冷漠态度弄得心烦意乱，他的作为只能给她面临的情况增加困难。她心里不禁自叹自怜，泪珠在她的眼睑上抖动，却没有掉下来。赫斯渥有所察觉。

“让我来看看。”他说。

为了稳定情绪，趁着他查报之际她进了前屋。不一刻她走了回来。他拿着一支铅笔在一个信封上摘录着。

“找到三个。”他说。

嘉莉接过来，看到一个是伯缪台兹夫人，另一个是马库斯•詹克斯，第三个是珀西•韦尔。她仅仅犹豫了一下，然后向门外走去。

“我最好还是马上去找。”她头也不回地说。

赫斯渥看着她离去，心里略微有些惭愧，这是一个处境日薄西山的男人心里的感受。他坐了一会儿，后来就坐不住了，于是起身戴上了帽子。

“我还是出去吧。”他心里想，随即便走了，没有确切的目的地，只是觉得必须朝外走。

嘉莉首先去找伯缪台兹夫人，因为她的地址最近。这是一座改造成办公室的老式住宅。伯缪台兹夫人的办公室就是原来的后房和前卧室，门上写着“闲人莫入”。

嘉莉进去时，看到里边坐着几个人，不声不响、无所事事。

正当她等着别人注意她的时候，前卧室的门打开了，从里边走出两个男性化的女人，穿着紧巴巴的衣服，露出白衣领和白袖口。她们身后跟着一位四十五岁左右的胖夫人，浅色头发，目光敏锐，显然是个脾气温和的人，至少她正在微笑。

“喂，可不要忘了。”其中的一个男性化的女人说。

“不会的。”胖夫人说。“容我想想，”她补充道，“二月的第一个星期你要到哪里？”

“匹兹堡。”那女人说。

“我往那里给你写信。”

“好吧。”对方说。随即，她们俩就出去了。

胖夫人的面孔立刻变得极其严肃和精明。她转过身，以非常锐利的目光盯住嘉莉。

“哦，”她说，“年轻人，有何贵干？”

“你是伯缪台兹夫人吗？”

“是的。”

“哦，”嘉莉迟疑地说，不知怎样开口好，“你能帮着找演戏的工作？”

“是的。”

“能给我找个吗？”

“有这方面的经验吗？”

“只有一点。”嘉莉说。

“你在哪个剧团干过？”

“哦，那不是剧团，”嘉莉说，“那只是一次演出，由……”

“噢，明白了。”那女人打断她的话说，“不行，我目前找不到合适的工作给你。”

嘉莉的面孔沉了下来。

“你应该在纽约演过才行。”和蔼可亲的伯缪台兹夫人最后说。

“不过，我们可以记下你的名字。”

嘉莉站在那里，望着那位夫人进了她的办公室。

“你叫什么名字？”服务台后的一位年轻女子接过中断了的谈话，问道。

“乔治•惠勒夫人。”嘉莉说着走向她正在写字的地方。那女子详细记下她的地址，然后便听凭她去留了。

嘉莉到詹克斯先生的办公室，遭遇十分类似，所不同的只是，他在结束时说道：“如果你能在当地的某家剧院演出或者节目单上有你的名字，我也许可以效力。”

到了第三个地方，那个代理人问：“你想干什么样的工作？”

“这话是什么意思？”嘉莉说。

“你想演喜剧、杂耍戏目还是当群众演员？”

“我希望能在戏剧里演个角色。”嘉莉说。

“哦，”那人说，“那可得花点血本。”

“多少？”嘉莉问。这事似乎有点荒唐，是她以前没想到过的。

“哦，那要看你了。”他狡猾地说。

嘉莉莫名其妙地望着他，简直不知再怎样朝下问。

“如果我付钱，能为我搞到一个角色演吗？”

“如果我们搞不到，会把钱退还给你的。”

“噢。”她说。

代理人看出跟他打交道的是个缺乏经验的人，于是就继续说道：“你得交五十块钱。少于这个数目字，没有一个代理人愿为你效劳。”

嘉莉看出了些名堂。

“谢谢。”她说，“容我考虑一下。”

她举步要走，却又想起了什么。

“要等多长时间才能上台？”她问。

“这很难讲。”那人说，“也许一个星期或者一个月。我们只要一找到你能演的角色就交给你。”

“知道了。”嘉莉说，随即半含讨人喜欢的微笑走了出去。

代理人揣摩了一会儿，然后自言自语地说：“真滑稽，这些女人都热衷于演戏。”

嘉莉对这五十块钱的收费产生了许多想法。“他们也许会收了钱不给办事。”她心想。她有一些珠宝——一枚钻石戒指、胸针以及别的一些首饰。到当铺去，这些东西是可以当五十块钱的。

赫斯渥已先她一步回了家。他没想到她找工作会用这么长时间。

“你好。”他说，不敢问情况如何。

“今天什么工作也没找到。”嘉莉摘下手套说，“他们帮人找事做全收费哩。”

“多少钱？”赫斯渥问。

“五十块。”

“他们恐怕办不成事吧？”

“天下人都一样。你把钱交过，谁知道他们会不会为你办事。”

“我可不愿出五十块钱冒那种险。”赫斯渥说，仿佛他财权在握，事情由他定夺。

“不知怎么样好。”嘉莉说，“我想去找几个经理试试看。”

赫斯渥听到这话，对其中的可怕性麻木不仁。他在摇椅上前后微微晃动着，啃着手指头，到如此山穷水尽的境遇，这似乎是非常自然的出路。以后他会使情况好起来的。

第三十八章 辗转挣扎，职场奔波

嘉莉第二天又重新去寻找，到了卡西诺戏院，发现歌剧伴舞队里的工作跟别的部门一样，是很难得到的。能够排队伴舞的漂亮姑娘跟能够挥动鹤嘴锄的工人一般多。她发现除过用普通标准衡量申请人的容貌和身段，其他方面一概不考虑。申请人对自己才能的看法和了解，人家不闻不问。

“在哪儿可以找到格雷先生？”她在卡西诺戏院的后台入口处，问一位阴沉着脸的守门人道。

“现在见不上他。他忙着呢。”

“请问，我什么时候来找他呢？”

“跟他有约吗？”

“没有。”

“哦，那你得到他的办公室去。”

“啊，天哪！”嘉莉叫起苦来，“他的办公室哪里？”

他告诉了她门牌号码。

她知道没必要现在就到那儿去，因为格雷先生是不会在的。没有办法，只好利用中间的这段时间到别处碰碰运气。

她很快就发现自己在别的地方的遭遇是很令人不愉快的。戴利先生只见预约过的客人。嘉莉在一间肮脏的办公室不顾一切阻挠等了一小时，才从沉静、冷漠的多尼先生口中了解到了这一情况。

“你应该先写信请求他接见。”

于是，她走了。

来到帝国剧院，她看到的是一群冰冷淡漠的人。一切都装饰得辉煌华丽，一切都经过精心的布置，一切都出奇的井然有序。

在兰心剧场，她走进了楼梯下的一间密室里，这儿铺着地毯、镶着壁板，使人感到权威和地位的伟大。这里有一个票房办事员、一个守门人和一名助手，全都不可一世地显示出自己地位的崇高。

“好吧，现在你可要谦虚，确实做到非常谦虚。把你的需要告诉给我们。请快点讲吧，丝毫都不要摆自尊的架子。如果我们不感到为难，是可以考虑做些什么的。”

这就是兰心剧场的气氛，也是纽约每一个经理办公室对这件事的共同态度。这些剧院老板在他们的一块地盘上称王称霸。

嘉莉拖着疲倦的身子朝家走去，对自己所经受的磨难感到更加丧气。

晚上，赫斯渥听她详细讲了劳而无功的求职情况。

“我一个经理也没见上，”嘉莉说，“光剩下了走路和等待。”

赫斯渥只是望着她。

“我认为得有朋友才能进得去。”她郁郁寡欢地补充道。

赫斯渥看到这件事很棘手，但情况似乎并没糟到那种地步。嘉莉筋疲力尽、情绪低沉，但她现在可以休息嘛。他坐在摇椅上观察世界，觉得世道的艰辛不会如此之快降临到他们头上。不是还有明天吗？

明日复明日，连续过了几天。

嘉莉在卡西诺戏院见到了一次经理。

“下星期的第一天再来吧。”经理说，“我到时候可能会做些调整。”

他身体肥胖，享受着丰衣美食，看女人就像欣赏马一样。嘉莉长得漂亮，亭亭玉立。即便她缺乏经验，也可以安插进去。一位股东曾提出过，说伴舞演员的相貌有点差。

到下星期的第一天，还有好几天的时间呢。而月初却一点点逼近。嘉莉比以往任何时候都感到忧虑。

“你出去真的是找工作吗？”一天早晨，她心里难过到了极点，便这样问赫斯渥。

“当然是真的。”他生气地说，对她话中隐含的责难口气仅感到些许不安。

“要是我，”她说，“眼下干什么工作都行。马上又要到月初了。”她看上去是那样绝望。赫斯渥停止了看报，换上了衣服。

“我这就去找工作。”他心想，“我到酿酒厂看看是否能雇我。对，就是能让我当酒吧招待我也干。”

这次出行跟以前别无二致。遇到一两个小小的挫折，他的勇气便消失了。

“不顶用，”他想，“我还是回家去吧。”

如今他的金库已快告罄，他开始注意起自己的衣服来，发现连他最好的衣服也穿得没了光彩。这使他心里很难过。

他回到家后，嘉莉也回来了。

“我去见了几个杂耍剧团的经理。”她失望地说，“进剧团必须会演一个节目。他们不要什么都不会的人。”

“今天我见了几位酒厂老板，”赫斯渥说，“一位老板答应在两三个星期之内争取给我个差事干。”

见嘉莉如此愁眉不展，他不得不显示一下，于是就说了上面的话。这是惰性对活力的托词。

嘉莉星期一又去了卡西诺戏院。

“我是让你今天来的吗？”那位经理说道，一边上下打量着站在面前的她。

“你说是这星期的第一天。”嘉莉十分窘迫地说。

“有经验吗？”他又问道，口气有点严厉。

嘉莉承认自己一点经验也没有。

他翻动着一些文件，又把她上下打量一番。他心里对这位愁容满面的年轻漂亮女子产生了好感：“明天早晨到戏院来。”

嘉莉的心跳到了嗓子眼里。

“好的。”她费劲地说道。她看得出他想收下她，于是转身朝外走。

“他真的会给我工作？啊，难道好运真会降临？”

从敞开的窗户传进来的嘈杂的闹声，此刻变得悦耳动听。

一个严厉的声音回答了她心里的疑问，将这方面的忧虑驱散一空。

“你必须准时到场。”经理粗鲁地说，“否则，你会被除名的。”

嘉莉匆匆离去。她现在不计较赫斯渥的懒散了。她有了工作，她有工作啦！她耳旁鸣响着这美妙的声音。

她在高兴之中，有点急于把这事告诉赫斯渥。可回家的路上，她想法就多了些，觉得自己在几个星期内便找到了工作，而他游荡达数月之久竟一事无成，岂非咄咄怪事？

“他为什么找不到工作？”她出声地自言自语，“如果我能，那他也应该能办得到。我找工作并非十分难呀。”

她忘了自己年轻美貌。由于心情激动，她没想到年龄上的障碍。

成功者历来都是这么想的。

不过，她终未能保守住秘密。她尽力显得平静和淡漠，但一看就知道是装出来的。

“怎么样？”他见她脸上挂着轻松的表情，便问道。

“我有工作啦。”

“真的？”他说，呼吸也畅快了些。

“是的。”

“什么样的工作？”他问道，心里觉得仿佛他现在也能找到好工作似的。

“伴舞演员。”她回答。

“就是你上次对我说过的在卡西诺上演的剧吗？”

“是的。”她回答，“我明天开始排练。”

嘉莉由于高兴，又主动做了些解释。最后，赫斯渥说道：“你知道能拿多少薪水吗？”

“不知道，我不愿意问。”嘉莉说，“大概每星期给十二块或十四块钱吧。”

“我看也差不多那么多。”赫斯渥说。

由于消除了可怕的紧张感，家里晚上吃了顿丰盛的饭。赫斯渥出去修面，带回来一大块牛腰肉。

“明天我也出去找工作。”他心想。他心中重新燃起了希望，把低垂的眼帘抬了起来。

第二天嘉莉准时报到，在伴舞队里得到了一个位置。她看到的是一个又大又空、阴暗的剧场，仍余留着昨夜演出的芳香及绚丽的场面，以其浓郁的东方色彩而著称。这块神奇的地方给她以敬畏和喜悦感。这灿烂的现实是多么美好。她一定要竭尽全力，使自己当之无愧。这儿没有平凡的痕迹，没有懒散，没有贫穷，也没有庸俗，人们身着盛装艳服乘着马车来这里看戏。这儿是欢乐和喜悦的中心。而她已置身其中。啊，只要能留下来，她的生活该会多么幸福！

"你叫什么名字？"指挥排练的舞台督导问。

"马登达。"她回答，脑子里立即想起了杜洛埃在芝加哥为她选的名字，"嘉莉·马登达。"

"好吧，马登达小姐，"他说道，嘉莉觉得他的语气十分和蔼，"你到那边去。"

随后，他对一位已经站在队列里的年轻女子喊道："克拉克小姐，你跟马登达小姐搭档。"

这位年轻女子站出来让嘉莉知道在哪个位置，接着排练就开始了。

嘉莉很快发现这儿的排练虽然跟艾弗里会堂的排练有点相似，但舞台督导的态度却要严厉得多。她曾为米利斯先生的固执和高人一等的神气感到吃惊，可这位督导也同样固执，而且还有点野蛮粗暴。在排练过程中，他似乎为点小事就雷霆大发，同时把嗓门也提得很高。显而易见，这些年轻女子只要一摆自尊的架子或显出天真无知，都会引起他极大的轻蔑。

"克拉克，"他会这样吼叫，指的当然是克拉克小姐，"你为什么不跟上步子？”

“四人一排，向右转！我说向右，向右！老天哪，请你注意！向右转！”他说到最后，会大声吼起来。

“梅特兰！梅特兰！”他又一次喊道。

一位惴惴不安、穿着漂亮的小姑娘站了出来。出于满腔同情的恐惧，嘉莉为她颤抖起来。

“是，先生。”梅特兰小姐说。

“你的耳朵是不是有毛病？”

“没有，先生。”

“你知道‘全队向左转’是什么意思吗？”

“知道，先生。”

“那你为什么向右转身？是想冲散队形吗？”

“我只是……”

“别说什么你只是，竖起耳朵听好。”

嘉莉可怜她，又怕轮到自己。

这时，又有一个受到了责骂。

“暂停。”督导扬起双手叫喊道，仿佛感到绝望一样，态度恶狠狠的。

“埃尔佛斯！”他吼叫道，“你嘴里放的是什么东西？”

“什么也没有。”埃尔佛斯小姐说。而其他人有的在笑，有的心情紧张地立在一旁。

“那你是在说话啦？”

“没有，先生。”

“那你就把嘴巴闭严。现在一起再来一遍。”

终于轮到嘉莉了。正因为她一门心思要按要求的做，才引出了点麻烦。

她听到有人在喊叫。

“梅逊，”那声音叫道，“梅逊小姐。”

她四周张望，看叫的是谁。后边有位姑娘推了她一下，可她不解其意。

“你，叫你呢！”督导说，“你听不见吗？”

“哦。”嘉莉说，吓得没了魂，满脸通红。

“梅逊不是你的名字吗？”督导问。

“不是，先生。”嘉莉说，“我叫马登达。”

“好吧，你的脚是怎么回事？你不会跳舞吗？”

“我会，先生。”嘉莉说。她早就学会了这门艺术。

“那你为什么不跳呢？别像死人一样把脚拖来拖去。我需要的是充满生命力的人。”

嘉莉的脸烧得绯红，嘴唇有点发颤。

“是，先生。”她说。

督导不断地督促，同时不断地发脾气和动怒，使排练整整持续了三个小时，嘉莉离开时已筋疲力尽，但由于心情过于激动竟没有觉察到。她打算回家后按要求练习规定的动作。无论怎样她都要尽力做到不出错。

她回到家时，发现赫斯渥不在。她感到纳闷，猜想他出去找工作了。她只吃了一口饭就投入了练习，摆脱经济困境的美景在激励着她，荣誉的呼唤在她耳边响起。

赫斯渥回家时，已不如出门时那么意气风发了，她这时只好中断练习，开始做晚饭。这真叫人感到气愤。她又得工作又得煮饭。难道她以后一边演出一边还要操持家务？

“待到登台演出之后，”她心想，“我就不管这些了。他可以在外边吃饭。”

此后每天都有每天的忧烦。她发现当伴舞演员并不是那么美好，还得知她每星期的薪水是十二块钱。几天之后，她第一次看到了那些高高在上的大人物——演主角的男女演员。她看到他们享受着特权，一呼百应。而她无足轻重，一点分量也没有。

赫斯渥在家里，每天都使她产生想法。他似乎无所事事，却觍着脸问她干得怎么样。他经常这么问，有点像指望靠她干活养活的味道。她既然有了明显的生活来源，对这一点很生气。他看来要依赖她那可怜的十二块钱的薪水了。

“你的情况怎么样？”他会温和地问。

“哦，很好。”她会回答。

“难不难？”

“一习惯就会好的。”

随后，他会埋下头去看他的报。

“我买了些猪油。”他想起来又会补充说，“我想你也许要做些饼干呢。”

这个人不动声色的建议令她有点吃惊，特别是考虑到最近情况的变化。渐露端倪的经济独立增加了她批评的勇气，她觉得自己仿佛想把事情说明。可她不能像对待杜洛埃那样跟他讲话。这个人的态度一直都有一种让她敬畏的东西，他身上似乎蕴藏着某种看不见的力量。

第一个星期排练完之后的一天，她预料的事情被公然提到了桌面上。

“我们必须精打细算。”他把自己买来的一些肉放下说，“一个星期左右，你是拿不上钱的。”

“是的。”嘉莉在炉旁搅动着平底锅说。

“除过交房租的钱之外，我只有十三块了。”他补充道。

“原来如此。”她心想，“现在我要花我挣来的钱了。”

她立刻想起她曾经希望给自己买一些东西。她需要有新衣服，而且她的帽子也不够漂亮。

“十二块钱怎么能维持这个家庭呢？”她想，“我负担不了。他为什么不找个工作干？”

首场真正演出的重要夜晚来临了。她没有提出让赫斯渥去看，他也没有想到要去。因为那只会浪费钱。何况她演的是一个微不足道的小角色。

报纸已登了广告，布告栏上贴了海报。上面提到了女主角和许多演员的名字，嘉莉的名字不在其中。

伴舞队刚一入场时，她像在芝加哥时一样有些怯场，但后来心情稳定了下来，她演的角色显然极其无关紧要，她也就消除了恐惧感。她觉得自己是没人注意的，所以便无所谓了。幸好她不用穿紧身衣。有一组十二名演员被指定穿漂亮的金色短裙，短得只到膝上一英尺的光景。嘉莉碰巧是这十二个当中的一个。

站在舞台上，随着队伍进退，偶尔也跟着大家唱几声，她有机会看到观众，看到一部伟大戏剧的开演。喝彩声倒是不断，可她不禁注意到一些所谓才华横溢的女演员表演得是多么拙劣。

“我可以演得比她们强。”有几次嘉莉大胆地这么想。说句公道话，她是对的。

演出结束后，她飞快地穿上了衣服。督导训斥了几位演员，没有为难她，由此她认为自己一定演得令人满意。她想赶快出去，因为她举目无友，而那些演员聚在一起聊天，外边有许多马车和一些穿着漂亮衣服的年轻崇拜者候在那里。嘉莉看到有人在仔细观察她，只消扑闪一下眼睫毛就可以给她招来一个同伴。她却没有那样做。

尽管如此，一位老练的青年主动跟她搭了话。

“不是一个人回家去吧？”他说。

嘉莉只顾加快脚步，登上了第六大道的电车。她脑子里满都是演出的盛况，无暇考虑别的事情。

“你再没有听到酒厂那边的消息？”她在周末问道，希望这一问能促使他采取行动。

“没有，”他回答，“他们还没有准备妥当。不过，我想总会有结果的。”

她没再说什么，心里确实不愿交出自己挣的钱，可是觉得非交不可。赫斯渥感到已到了危急关头，狡猾地决定向她求援。他老早就发现她心地十分善良而且忍耐力极强。一想到出此下策，他心里未免有点惭愧，但他认为自己一定能找到工作，以此为自己开脱。交房租的日子给了他机会。

“唉，”他朝外数钱时说，“这差不多是我最后的一点钱了，我必须很快找到工作。”

嘉莉斜眼瞥了他一下，有几分怀疑他要伸手要钱。

“要是再能坚持一段时间，我想是可以找到工作的，德雷克九月保准在纽约开饭店。”

“是吗？”嘉莉说，心想还得省吃俭用一个月才能熬到那个时候。

“你愿帮我维持到那个时候吗？”他恳求地说，“一过这段时期我想情况就会好了。”

“可以。”嘉莉说，痛苦地觉得命运待自己太不公平。

“如果省着点，我们的日子是可以过得去的。我会把钱还给你的。”

“哦，我愿帮助你。”嘉莉说，觉得她逼着他这样低三下四地哀求，未免心肠太硬，可是企图支配自己薪水的欲望又使她略微发了些牢骚。

“乔治，你为什么不暂时随便干点事呢？”她说，“这有什么不妥呢？也许过一段时间你会找到较好的工作。”

“任何工作我都愿干。”他松了口气说道，垂首听着她的责备，“哪怕在街上挖沟也行。这里没人认识我。”

“你没必要干那活。”嘉莉说，为他可怜巴巴的描绘感到伤心，“一定还有别的工作呢。”

“我一定要找到工作！”他表示决心地说。

接着他又去看报了。

第三十九章 光明与黑暗，谋分道扬镳

作为这项决定的结果，赫斯渥更为相信每一天都不是找工作的日子。与此同时，嘉莉经历了三十天精神上的苦闷。

她虽然埋头工作却买不上衣服，这反倒使她对衣服的需求之心迅速膨胀，就更别提她对装饰品的欲望了。赫斯渥请求她帮他渡过难关时，她曾产生过同情之心，可由于新近渴望穿体面的衣服，同情心便消失了。他并没有老是重复自己的要求，可她的爱美之心却根深蒂固。这种欲望不消失，她就渴望能满足它，愈来愈希望赫斯渥不要成为绊脚石。

眼看只剩下最后十块钱的时候，赫斯渥认为最好口袋里留点零用钱，免得连车钱和修面费等都要完全靠嘉莉提供，所以当手里还攥着这笔钱的时候他便宣布自己没钱了。

“我的钱花光了，”他一天下午对嘉莉说，“今天上午我付了煤钱，只剩下一毛或一毛五分钱了。”

“我的钱包在那儿，里边有些钱。”

赫斯渥去取钱，要出去买一听番茄酱。嘉莉哪里知道这是一种新状况的开端。他拿出一毛五分钱，用这钱买了番茄酱。以后他就点点滴滴地要钱，直到一天早晨嘉莉突然想起她要在吃晚饭时才能回来。

“我们的面粉吃光了，”她说，“今天下午最好去买点回来。肉也没有了。吃点肝和熏肉怎么样？”

“正合我意。”赫斯渥说。

“最好买半磅或四分之三磅。”

“半磅就够了。”赫斯渥殷勤地说。

她打开钱包，取出五毛钱放下，他装出不加注意的样子。

赫斯渥花一毛三分钱买了三磅半重的一袋面粉（所有的粮店都这样包装），又用一毛五分钱买了半磅肝和熏肉。他把买来的东西连同找来的两毛二分钱都放到了厨房的桌子上。嘉莉在桌子上看到找来的钱，发现一分不少。当意识到他对她的要求只是混口饭吃时，她心里未免有些难过。她觉得不该存有刻薄的思想。也许他会找到工作的，他又没有什么坏毛病。

可这天晚上到戏院去，伴舞队的一位姑娘穿一身漂亮的杂色花呢新装从她身边走过，吸引了她的目光。那年轻女子身上佩戴着一朵美丽的紫罗兰，似乎心情很好。她经过时，冲嘉莉善意地笑笑，露出一口平整的漂亮牙齿，而嘉莉还以微笑。

“她能穿得起好衣服，”嘉莉心想，“我要是能把我的钱留下自己花，就也能办得到。我连一条像样的围巾也没有。”

她伸出一只脚，若有所思地望了望自己的鞋。

“无论怎样我星期六都要去买双鞋，不管发生什么事情。”

伴舞队里一个最甜蜜、最富于同情心的小姑娘跟嘉莉交上了朋友，因为她觉得嘉莉身上没有使人感到害怕的东西。她是一个快乐的小曼侬[1]，不懂得社会上严格的道德观，可是对朋友却仁爱和慷慨。伴舞演员是不允许说话的，但讲话的仍大有人在。

“今天晚上真热，是吗？”这位身穿粉红色紧身衣、头戴金色假头盔的姑娘说道。她手里还拿着一面闪闪发亮的盾牌。

“是的，是很热。”嘉莉说，心里为竟有人跟她讲话而感到高兴。

“我都快被烤熟了。”那姑娘说。

嘉莉望着她漂亮的面孔和蓝色的大眼睛，看到她脸上沁出了小汗珠。

“演这出歌剧走的路，比以往任何一次都多。”那姑娘补充道。

“你以前演过剧？”嘉莉问，为她的经历感到意外。

“演过好多呢，”那姑娘说，“你呢？”

“这是我第一次演剧。”

“哦，是吗？这里演《王后的配偶》时，我好像看到过你。”

“不，”嘉莉摇着头说，“那不是我。”

伴舞队应召又要列队出场，乐队的吹打以及侧厢里镁光灯“噼啪”的响声打断了这场谈话，后来就没有机会交谈了。但第二天晚上准备登台时，这位姑娘又出现在了她身旁。

“据说这出剧下个月要到外地去演。”

“是吗？”嘉莉说。

“是的。你是不是要跟着去呢？”

“不知道。如果他们愿要我，我想是会去的。”

“噢，他们一定愿要你。我可不愿去。他们又不给加薪水，挣

① 法国作家普雪沃的小说《曼侬·莱斯戈》中的女主角。她贪图享乐，男友为了她而荒废正业，堕落入狱。

的钱会在路上花光的，我从不离开纽约。这里的剧目多得很。”

“你总是能找到剧演吗？”

“是的。这个月百老汇剧院要演一个剧目。如果这个剧团真的去巡回演出，我就争取进那里。”

嘉莉听了这席话，茅塞顿开。显而易见，在戏剧界混也并不太难。倘使这个剧团到外地去，也许她也能谋到职。

“别的剧团付的报酬都差不多一样吧？”她问。

“是的。有时还能多拿一点。这个剧团付的薪水并不十分高。”

“我拿十二块钱。”嘉莉说。

“是吗？”那姑娘说，“他们给我十五块钱，而你干的工作比我还多。我要是你，就咽不下这口气。他们给你钱少，是欺你不知道。你应该拿十五块钱才对。”

“唉，可我没有。”嘉莉说。

“如果你想多挣些，就到别的地方去干。”那姑娘很喜欢嘉莉，对她继续说道，“你演得很好，督导是知道的。”

说实话，嘉莉表演时的确下意识地显示了迷人的风采和与众不同的特点。这完全是由于她姿态自然，毫不忸怩作势的缘故。

“依你看，我到百老汇剧院是不是能多挣一些？”

“当然能。”那姑娘回答，“我去的时候你跟我一道走，由我去交涉。”

嘉莉听后，感激得红了脸。她喜欢这个舞台小士兵，戴着金箔头盔，身着戎装，显得是那样老练和自信。

“如果一直能这样有工作干，我将来就可以高枕无忧了。”嘉莉心想。

可第二天早晨家务活堆在她身上，赫斯渥坐在家里是个必须考虑的沉重负担，她的命运就显得凄惨而不轻松了。赫斯渥买东西精打细算，吃饭花不了许多钱，交房租也可能不成问题，但这样下来就一无所剩了。嘉莉买了鞋和一些其他的东西，这一来房租的问题就严重地复杂化了。距那个悲惨的日子有一个星期的时候，嘉莉突然意识到家里的钱不够用了。

"看起来，"她吃早饭的时候向自己的钱包里望着惊叫道，"我的钱不够交房租了。"

"你还有多少钱？"赫斯渥问。

"哦，还有二十二块钱，但还要支付这个星期的所有开支。如果把星期六的薪水都交了房租，下星期就一分钱也没有了。依你看，你的那个饭店老板这个月能开业吗？"

"我想是能的。"赫斯渥回答，"他说要开业的。"

过了一会儿，赫斯渥又说："不用担心。也许杂货店的老板愿意等一等，他会那样做的。我们长期以来一直买他的东西，让他赊欠一两个星期总是可以的。"

"你认为他愿意？"她问。

"我想是的。"

于是就在当天，赫斯渥在杂货店要了一磅咖啡，直盯着老板奥斯拉格的眼睛说道："我每周末清账，你不介意吧？"

"不，不介意，惠勒先生。"奥斯拉格说，"不成问题。"

赫斯渥在困境之中仍老练圆滑，没再多说什么。这件事似乎并不难办。他望着门外，等咖啡包好后拿上就走了。一个绝望的人的游戏从此拉开了序幕。

付过房租，就该清杂货店的账了。赫斯渥先把自己的十块钱垫上，周末再从嘉莉手中要回。下一次他跟杂货店又推迟一天清账，很快收回自己的十块钱，而奥斯拉格要等到星期四或星期五才能拿到上个星期六的账款。

这种困难的局面使得嘉莉急于想改变自己的生活。赫斯渥似乎觉得她无权添置东西。他精打细算用她挣来的钱支付一切开销，可是似乎想不到自己也为家里添点收入。

“他嘴上说发愁，”嘉莉心里想，“要是真的发愁，他就不该坐在家里等着我的薪水。他应该找点事做。如果努力的话，一个人绝不会七个月连个工作也找不上。”

老是看见他穿着不整洁的衣服愁眉不展地待在家里，逼得嘉莉去别的地方寻求解脱。她每星期有两个白天要演戏，赫斯渥就给自己弄点冷快餐吃。还有两天要排练，从上午十点开始，通常一直持续到下午一点。另外，嘉莉现在还常去拜望一两位伴舞女演员，其中包括那个金盔蓝眼士兵。她这样做心情愉快，可以摆脱那个被她丈夫盘踞着的气氛沉闷的家。

那个蓝眼睛士兵的名字叫奥斯本——萝拉·奥斯本。她住在离第四大道很近的第十九大街，那一带到处都盖着办公大楼。她有一间舒适的后室，可以望得见许多户人家的后院，里面的树木郁郁葱葱、浓荫如盖，煞是好看。

“你们家在纽约吗？”一天嘉莉问萝拉道。

“是的，可我跟家里人合不来。他们老是要我按他们的意愿办事。你住在这儿吗？”

“是的。”嘉莉说。

“和家里人在一起？”

嘉莉羞于说自己已结了婚。她曾多次说到要多挣些钱，并对自己的前程显露出热切的期望，所以现在这位姑娘直接问及实际情况，她就不能直言了。

“跟几位亲戚住在一起。”她回答。

奥斯本小姐认为嘉莉的时间跟她的一样，是自己支配的。她总是留嘉莉多坐一会儿，提议到外边散步等诸如此类的事情，弄得嘉莉开始不注意吃饭的时间了。赫斯渥看到了这种情况，可是觉得没胆量跟她吵架。有几次她回来得很晚，在不到一小时的时间内草草做些饭吃，然后往戏院赶。

“你们下午也排练吗？”赫斯渥有一次问道，说这话是出于讥讽、抗议和遗憾的心情，可他却把这种心情几乎完全掩饰住了。

“不是。我在别处找工作。”嘉莉说。

实际上她的确在找工作，但不能成为开脱自己的充足理由。她和奥斯本小姐去了将要在百老汇推出新歌剧的那个经理的办公室，然后直接返回奥斯本小姐的住处，自三点起一直待在那里。

嘉莉觉得这个问题侵犯了她的自由。她并没有考虑自己到底有多少自由，只觉得他不该过问她最近的活动，那是她最新获得的自由。

赫斯渥把这些情况都看得很清楚。他这种人是很精明的，可他又太顾面子，不愿提伤和气的抗议。当嘉莉偏离他的生活时，他怀着几乎叫人无法理解的冷漠，苟且偷安地垂下了头，正像他情愿苟且偷安，让机会白白溜掉。他不由得会产生依依难舍之情，以一种温和、惹人生气且徒劳无益的方式提出抗议，可这种方式只能一点一点地加大他们之间的裂痕。

他们之间裂痕的进一步扩大是由剧团经理的一句话而引起的。经理在两侧厢之间观看伴舞队在灯火通明的舞台上练习令人眼花缭乱的规定动作时，对伴舞队的队长说：“右边第四个姑娘是谁——就是在末端正转过身来的那个？”

“哦，”伴舞队的队长说，“那是马登达小姐。”

“她长得很漂亮。何不叫她领队呢？”

“我会照办的。”队长说。

“就这样吧。她在那个位置比原来的那个看起来要强。”

“好吧，我会调换的。”第二天晚上嘉莉被叫了出来，仿佛出了差错似的。

“今晚由你领队。”队长说。

“是，先生。”嘉莉说。

“要带点活力，”他补充说，“我们的表演必须有活力。”

“是，先生。”嘉莉回答。

她对这一变化感到吃惊，以为领队一定是生了病！可是当看到她站在队列里，眼睛里明显地流露出敌意时，便开始想到自己得到提升也许是因为表现出色。

她一偏头潇洒自然，一举臂仪态万方，仿佛充满了活力。站在队列之首，就表现得更为突出了。

“那位姑娘动作优美大方。”另一天晚上，经理这样说道。他开始考虑要跟她谈谈。要不是他订过规矩不和伴舞队的演员来往，他一定会锲而不舍地去亲近她。

“把那姑娘安置到白队的最前边。”他对伴舞队的负责人建议说。

“白队里约有二十位姑娘，全穿着银色和蓝色绲边的雪白的法兰绒衣裙，领队打扮得极其漂亮，也着一身白装，不过还饰有肩章和银腰带，一边挂着一柄短剑。嘉莉试了试这身装束，几天后便这样登了台，为自己新获得的荣誉感到自豪。她特别高兴地发现她的工资由十二块钱涨到了十八块钱。

对此赫斯渥一无所知。

“我不能把增加的钱交给他。”嘉莉心想，“我给得够多了。我要给自己买些衣服穿。”

其实，在这第二个月里，她不考虑后果，一直在可着胆量轻率地为自己买东西。临到交房租的日子矛盾就激化，附近店铺的账款又得拖欠。可如今她决意要改善自己的生活。

她的第一项计划是买件衬衫，在考虑这些事情的过程中她发现手里的钱买不了多少东西。假如钱全供她支配，那能买的东西可就多了。她忘了即便单独生活也得付食宿费，幻想着能把十八块工资的每一分钱都花在衣服上以及她喜欢的东西上。

最后她终于选购了东西，不仅用光了十二块以外的钱，还侵占了那十二块钱。她知道自己做得太过分，但女性爱美的天性占了上风。第二天赫斯渥说道："这星期我们欠杂货店五块零四毛钱。"

“是吗？”嘉莉微微皱了皱眉头说。

她看了看钱包，要把这笔钱拿出来。

“我们欠送奶员六毛钱。”赫斯渥补充道。

“是啊，还有送煤的人呢。”嘉莉说。

赫斯渥没吱声，他看到了她添置的新东西，看到她置家务于不顾，看到她动不动就下午溜出去迟迟不愿回家。他觉得快要出问题了。这时，她猛然之间说了话。

“真是难办，”她说，“那么多账我是付不起的。我没挣那么多钱。”

这是直接的挑战，赫斯渥不得不应战。他尽力做出平静的表情。

“我并不想让你全都承担下来，”他说，“我只是想在找到工作之前得到一点帮助。”

“噢，是啊，”嘉莉回答，“你总这么说。我挣的钱不够家里的开支。我真不知该怎么办好。”

“我一直在竭力找事做。”他嚷嚷道，“你想让我怎么样嘛！”

“你一定没有全力以赴。”嘉莉说，“我都找到了工作。”

“我全力以赴了。”他说道，心里气得几乎要口出恶言了，“你没必要拿你的成功向我炫耀。我只不过是请你帮点忙，等我找到工作而已。我没有垮呢，还会东山再起的。”

他力图以沉稳的语气说话，但声音却有点发抖。

嘉莉的火气顿时烟消云散。她觉得难为情起来。

“哦，”她说道，“把这钱拿去。”她把钱全倒在了桌子上，“要付全部的账，这些钱是不够的。如果他们可以等到星期六，我还可以拿到一些钱。”

“你留着吧，”赫斯渥伤心地说，“我只要付杂货店的钱。”

她收起钱便早早准备饭菜要准时开饭。她刚才言辞有点过激，现在觉得她好像应该将功补过。

过了一小会儿，两个人又恢复了以前的想法。

“她挣的钱比她说的多。”赫斯渥心想，“她声称只挣十二块钱，可十二块钱买不了那许多东西。我不在乎。就让她把她的钱掖藏起来吧。总有一天我会找到工作的，那时就让她见鬼去吧。”

这只是他气头上的说法，然而却以此预示他可能采取的某种行动和态度。

“我才不管呢。”嘉莉想，“应该叫他出去干点事情。让我养活他是不合情理的。”

在这些日子里，嘉莉被介绍给了几个小伙子认识。他们是奥斯本小姐的朋友，都是些完全称得上欢乐愉快的人。一次他们来找奥斯本小姐，想请她下午出去乘车兜风。当时嘉莉跟她在一起。

“走，一块儿去。”萝拉说。

“不行，我不能去。”嘉莉说。

“有什么不能的，一道儿去吧。你有什么事情要做呢？”

“我五点必须回家。”嘉莉说。

“为什么？”

“哦，吃饭呗。”

“他们带我们去吃饭。”萝拉说。

“哦，这可不行。”嘉莉说，“我不去，我不能去。”

“嘿，走吧。他们是些非常好的小伙子。我们会把你按时送回去的，只不过到中央公园兜兜风嘛。”

嘉莉考虑了一下，最后顺从了。

“不过，我必须四点半前赶回去。”她说。

萝拉对这话一个耳朵进来，另一个耳朵出去。

跟杜洛埃和赫斯渥交往以后，嘉莉在态度上对年轻人，尤其是那些快活的轻薄儿，总有一丝讥诮的意思。她觉得自己比他们老成些。他们说的一些阿谀逢迎的话听起来很蠢。不过，她的身心仍然年轻，小伙子对她还是有吸引力的。

“我们出去用不了多久，”一位小伙子鞠了一躬说道，“你该不会以为我们要耽搁你的时间吧？”

“哦，我不知道。”嘉莉微笑着说。

大家动身去兜风——她左顾右盼，留意着行人的华丽衣饰，小伙子们傻里傻气地开着玩笑，说些淡而无味的怪话，这在花花公子的圈子里被视为幽默。嘉莉看到公园里的马车排成一条长龙，从第五十九大街的入口处开始，绕过艺术博物馆直达第一百一十大街和第七大道的出口处。那豪华的气派——考究的服装、精美的鞍鞯、活蹦乱跳的马儿，特别是那些娇娃丽人，吸引去了她的目光。她又一次为自己贫困的遭遇感到伤心，但此刻忘掉了赫斯渥也就忘掉了一部分烦恼。赫斯渥在家等到四点、五点，甚至六点，天色渐黑时，他从椅子上站了起来。

“她大概不回家了。”他没好气地说。

“事情就是这样，”他心想，“她现在开了头，要把我甩开。”

嘉莉其实发现了自己的疏忽，但那是在五点半才发现的，此时敞篷马车已远在第七大道，离哈莱姆河很近。

“几点了？”她问，“我该回去了。”

“五点半钟。”她的同伴看着一块精致的不带盖的怀表说。

“啊，天哪！”嘉莉惊叫一声，然后她叹了口气把背靠了回去，“光懊悔也没用啦。”她说，“太迟啦。”

“当然是迟了。”那小伙子说，他心里幻想着吃顿丰盛的晚餐、看场戏，经过愉快的交谈可以跟嘉莉幽会，他被嘉莉迷得魂不守舍，“我们现在到德尔莫尼科店吃些东西好吗，奥林？”

“当然好。”奥斯本高兴地回答。

嘉莉想到了赫斯渥。以前她从来没有无故误过回家吃晚饭。

他们驱车返回，六点一刻坐下来吃饭。这儿又是雪利饭店吃饭时的那种场面，使嘉莉不由得伤心地想起了往事。她想到了自遭到赫斯渥的冷遇后再没上过门的万斯夫人，想到了艾姆斯。

她的思想停留在了艾姆斯身上。这是一幅强烈和清晰的幻象。

他看的书比她看的书好，结交的人比她结交的崇高。他宣扬的理想烧灼着她的心。

“当一名出色的演员是很好的。”他的话犹在耳畔。

她算什么样的演员呢？

“你在想什么，马登达小姐？”她快乐的同伴问，“好吧，让我试试看是不是能猜得着。”

“哦，不，”嘉莉说，“不要猜了。”

她抛掉幻想，吃起饭来。一忘记往事，她心情就好了。

但是当提到出去看戏时，她却摇了摇头。

“不，”她说，“我去不成。我跟人有个约会。”

“还是去吧，马登达小姐。”小伙子央求道。

“不行，”嘉莉说，“我去不成。你对我很好，但请你原谅。”

小伙子像霜打的茄子样蔫了下来。

“振作起来，老伙计。”他的朋友悄声说，“我们去就是了。她也许会改变主意的。”

第四十章　一方崛起，一方堕落

可嘉莉后来没跟他们一道去戏院纵情欢乐。她朝家走去，一路上想着自己没回家吃晚饭的事情。赫斯渥已经睡着，但当她从旁边路过到她自己床上去的时候，他醒来看了看。

“是你吗？”他说。

“是的。”她回答。

第二天吃早饭时，她想向他道声歉。

“昨天晚上没能回家来。”她说。

“唉，嘉莉，”他回答，“说那些有什么用呢？我不在乎。你没必要跟我解释。”

“我是回不成家。”嘉莉说，脸涨红起来，随即看到他那副仿佛心中有数的样子，索性嚷嚷起来，“唉，那好吧。我就不管了。”

此后，她对这个家更淡漠了。他们俩谈不成话，似乎没有共同语言。她由着他问她要钱花，可他硬是不愿意开这个口。他情愿拖欠肉铺和面包店的钱。他买杂物欠奥斯拉格的账高达十六块钱，储存了一批主要的必需品，这样在一个时期内就不用买这类东西了。后来他又换了家杂货店，对肉铺及其他的一些店铺也是一样。嘉莉从未听他直接提起过这种情况。他只索要有指望能拿到手的钱，在泥潭里愈陷愈深，最后只剩下了一种结局。

就是在这种气氛中，九月过去了。

“德雷克先生的饭店快开业了吧？”嘉莉数次这样问道。

“是的。不过要等到十月以后才会开的。”

嘉莉心生厌恶。她常常在心里想：“这个人真是不可救药。”她到朋友家串门串得更勤了。她把余下的钱大部分用来买衣服，但数额并不惊人。她为之工作的那个歌剧团终于宣布要在四个星期之内赴外地演出。在她采取行动之前，广告牌和报纸上都登着：“大型喜剧歌剧团最后两星期成功的演出……”云云。

“我不准备到外地去。”奥斯本小姐说。

嘉莉跟她一道去找别的剧团的经理申请工作。

“有这方面的经验吗？”这是经理的问题之一。

“我现在正为卡西诺戏院的那个剧团工作。”

“哦，是吗？”他说。

谈话结束时，他们签了二十个星期的合同。

嘉莉欣喜万分。她开始觉得自己在这个世界上有了一席之地。人们承认了她的才华。

她由于地位发生了巨大变化，便觉得家里的气氛无法忍受了。这里只有贫困和烦恼，或看起来如此。这个家对她是一个累赘，成了一个躲避不及的地方。但她仍在家里睡觉，干大量的家务，使家里保持整洁。这里是赫斯渥打坐的地方。他坐在摇椅上晃着看报纸，沉溺于自己悲惨的命运之中。十月过去了。接着就是十一月。不知不觉已临近严冬，可他仍坐在家中。

嘉莉的状况在好转，这他是知道的。她的服饰现在比过去漂亮了些，甚至可以称得上华美。看到她来来去去，他有时要在心里勾画出她平步青云的情景。他由于吃得太少，有些消瘦。他吃东西没有胃口，身上衣衫褴褛。让他找工作的话对他成了陈词滥调，听起来荒唐可笑。他抱着双手等待着，具体等待什么他也不知道。

可是到了最后，麻烦事积得太多了。债主的追债、嘉莉的冷漠、家里沉默的局面以及冬季的降临，全都凑在一起把矛盾推向巅峰。奥斯拉格亲自上门讨债触发了矛盾，当时嘉莉也在家。

“我是来要账的。”奥斯拉格先生说。

嘉莉仅仅略微有点诧异。

“多少钱？”她问。

“十六块钱。”他回答。

“啊，那么多？”嘉莉说。“对吗？”她冲着赫斯渥问道。

“对的。”他说。

“我可从来没听你说过。”

她看起来像是觉得他花了些不必要的费用。

“这是没有错的。”他回答，随后他走到门口温和地对来者说，“今天不能清你的账。”

“那什么时候能呢？”杂货店老板问。

“反正星期六之前不行。”赫斯渥说。

“哼，想得倒美，”杂货店老板回答，“我必须拿到钱。我需要那笔钱用。”

嘉莉站在房间的深处，把谈话都听了去。她感到非常苦恼。这件事显得是那么卑鄙和庸俗。赫斯渥也有些气恼。

“喂，”他说，“现在再说也没用。如果你星期六来，我会付给你一些钱的。”

杂货店老板只好走了。

“这笔钱我们怎么付呢？”嘉莉为这笔账款感到吃惊，于是问道，“我是拿不出的。”

“你没必要拿钱。”他说，“他收不到钱就是收不到。让他等着吧。”

“真不知我们怎么欠那么多钱。”嘉莉说。

“买吃的东西了呗。”赫斯渥说。

“这倒奇怪。”她回答说，心里仍在怀疑。

“你站在那儿说那种话是什么意思呢？”他问，“你是不是认为我一个人把东西吃了？听你的话好像我捣了鬼似的。”

“不管怎样，数目字太高了。”嘉莉说，“这笔钱不该让我出。我现在已经入不敷出了。”

“好吧。”赫斯渥回答道，然后默默坐了下来。这件事使他感到痛心。

嘉莉出了门，而他坐在家里，决心要干点事情。

这一阵子，报上登了些关于布鲁克林有轨电车工人即将举行罢工的传闻和通告。工人们普遍对工作时间长和工资低感到不满。按照惯例，而且也是为了某种无法解释的原因，他们选择了冬天强迫雇主让步，要求解决他们的困难。

赫斯渥一直在报上注视着这件事情，心里想罢工后肯定会导致大规模的交通中断。在跟嘉莉发生摩擦的前一两天，罢工爆发了。在一个阴冷的下午，四处灰蒙蒙的，像是要下雪，报纸宣布所有线路的有轨电车工人都进行了罢工。

赫斯渥饶有兴趣地看着这条消息，由于闲得无聊，脑子里针对今年冬天劳力的缺少和金融市场的恐慌做了大量的预测。他注意到了参加罢工的司机和售票员的要求，他们说过去一直都是每天挣两块钱，可是近两年由于雇用“临时工”，他们谋生的机会少了一半，而工作时间却由十小时增加到了十二小时乃至十四小时。在繁忙时间和高峰期就把这些“临时工”雇来开一趟车。开这么一趟车的代价只有两毛五分钱。高峰期和繁忙时间一过，就把他们解雇掉。最为糟糕的是，谁也不知道什么时候有车开。他们必须一早来到车场，不论天晴或下雨都得守候在那里，直到用得着他们的时候。等来等去，一般能开上两趟车——工作三小时多一点的时间，挣五毛钱。等待的时间不计算在内。

工人们怨声载道，说这种制度正在推广，用不了多久，七千名雇员就只有少数人可以干上每天两块钱的正常工作。他们要求取消这种制度，除了无法避免的等待之外，每天工作十小时，工资为两块两毛五分钱。他们要求立即接受这些条件，可各家电车公司都拒绝接受。

赫斯渥起初很同情这些工人的要求，可问题在于他是否能一直同情到底，因为他的行为很可能会背道而驰。他几乎所有的新闻都浏览，起先是被《世界报》上报道大罢工的大标题吸引的。他一字不漏地看了那篇报道，其中包括七家电车公司的名称以及罢工的人数。

“这样的天气举行罢工是愚蠢的。”他心想，“不过，如果他们能赢，还是很好的。”

第二天出现了更大的新闻。《世界报》说：“布鲁克林的居民以步代车。”“劳工骑士团[①]中断了穿过桥梁的电车线路。约七千工

① 美国的一个工会组织。

人参加罢工。”

赫斯渥看到这消息，心里思考起将会产生什么样的结果。他十分相信电车公司的力量。

“他们赢不了。”他想，此处指的是罢工工人，“他们没有钱。警方会保护公司的。他们必须那样做，因为公众得有车乘。”

他虽然并不同情公司，但它们是有势力的。它们手里掌握着产业和公用事业。

“那些工人无法取胜。”他心想。

在其他新闻之中，他注意到有一条是一家电车公司发布的通告，其文如下：

大西洋大道电车公司特别通告

鉴于本公司司机、售票员及其他雇员突然擅离职守，倘若被迫参加罢工的忠实职工于一月十六日星期三中午十二点以前提出申请，本公司给予他们复职的机会。届时根据申请之顺序录用这些人（保证提供保护），酌情为他们安排车次和职位。否则以开除论，尽快雇用新的职工填补每一空缺。

总经理本杰明•诺顿（签名）

在招聘栏目里，赫斯渥还看到了这样一则广告：

招聘能够驾驶威斯丁豪斯车型的熟练司机五十名，仅在布普克林区开美国邮政车，保证提供保护。

他特别注意到的是两处都有“保证提供保护”的字样。这对他象征着公司不可置疑的权力。

“国民军在公司一方。”他心想，“那些工人是斗不过他们的。”

正当他考虑这些事的时候，他跟奥斯拉格及嘉莉的冲突发生了。以前他为许多事情感到气愤，而这一件似乎要严重得多。她过去从未指责过他偷用家里的钱，也没说过类似的话。她是怀疑这么大的一笔欠款有些蹊跷。他费了那么大的力气使开销显得小一些。他一直在欺骗肉铺和面包店，为的是不搅扰她。他吃得非常少，几乎落得腹中空空。

“见鬼去吧！”他出声地说道，“我可以找到工作。我还没有完蛋呢。”

他觉得自己现在真的必须干点事了。嘉莉那样指桑骂槐，他再闲坐家中就太下贱了。哼，过段时间他就什么气都得受了。

他站起来，从窗户向外眺望着阴冷的街道。他站立在那里，脑子里逐渐形成了一个想法，要到布鲁克林去。

“为什么不可以呢？”他在心里说，“在那儿任何人都能找到工作，一天挣两块钱。”

“要是出事呢？”一个声音说，“你会被打伤的。”

“哦，不大可能发生那种事。”他回答，“他们叫来了警察。愿意开车的人都会受到妥善的保护。”

“你不知道怎样开车呀。”那声音答辩道。

“我不申请当司机嘛。”他回答，“我总会售票吧。”

他跟心里的顾问一问一答争论了几小时，对挣钱感到十拿九稳，没必要立刻采取行动。

第二天一早，他穿上最好的衣服（其实已破烂不堪），着手做准备，把一些面包和肉包在一页报纸里。嘉莉观望着他，对这一新的举措产生了兴趣。

“你要上哪儿去？”她问道。

“到布鲁克林去。”他回答，随后，见她还想盘根究底，便补充道，“我想我能够在那儿谋个差事。”

“是在电车上工作？”嘉莉吃惊地说。

“是的。”他回答。

“你难道不害怕吗？”她问。

“怕什么？”他回答，“有警察保护呢。”

“报纸上说昨天有四个人被打伤了。”

“不错，”他回答，“但你不能拿报纸上的话做依据。电车照样会开起来的。”

他此刻看起来决心很大，神情有点悲哀，使嘉莉感到很难过。昔日赫斯渥的一些风采又跃然眼前——那是过去的一丁点精明和令人欣慰的力量。外边阴云密布，空中飘着几片雪花。

“这鬼天气不该到那儿去。”嘉莉心想。

他异乎寻常地先她一步离开家门，深一脚浅一脚地向东走到第十四大街和第六大道的拐角处，从那儿上了电车。他在报上看到有几十个人到布鲁克林市立电车公司大楼的办公室申请工作，并受到了接待。他黑着脸默默无语地搭乘马车和渡船到了那儿的办公处。这是一段很长的距离，路上没有电车，天气又冷，但他坚强地一步步朝前走。进入布鲁克林后，他可以清楚地看到和感觉到罢工正在进行，这从人们的态度中便显露得出。在一些线路的轨道上不见电车的影子。有小群工人在街角和酒店的周围徘徊。几辆装着弹簧钢板的运货马车从他身旁驰过，上面配备有简陋的木椅，写着“弗莱特布”或“希望公园，车费一角”字样。他看到的是一张张冰冷甚至阴沉的面孔，工人正在进行一场小规模的战争。

走近上面提到过的那个办公处时，他见那儿站着几名工人和一些警察。在远处的角落里另有一些人在观望，他觉得他们都是罢工者。这儿都是些矮小的木屋，街道也铺设得很差劲。跟纽约相比，布鲁克林的确显得寒碜和贫穷。

他走到那一小群人的中间，警察以及先来的工人都打量着他。其中的一个警察问他道：“你有何贵干？”

“我想看看是不是能找到工作。”

“办公室在那些台阶上边。”这位穿蓝制服的人说。他脸上的表情不偏不倚，但在他的内心深处，他同情罢工的工人，憎恨这个“工贼”。他在内心深处也懂得警察的尊严和作用，那就是维持秩序。对其真正的社会意义，他想都没想过。他的大脑不善于思考这种问题。两种感情在他心里交汇在一起相互抵消，使他保持中立。他会像保护自己一样坚决地保护赫斯渥，但仅仅是奉命行事而已。一脱下警服，他会立即站到另一方。

赫斯渥登上一溜布满灰尘的台阶，步入一间灰暗的小办公室，那里有一排栏杆、一张长桌子和几名职员。

“什么事，先生？”一位中年人从长桌旁抬头望了望他问道。

“你们要雇工人吗？”赫斯渥问。

“你是干什么的——是司机吗？”

“不是，我什么都不是。”赫斯渥说。

他并没有为自己的景况觉得难为情。他知道现在正需要工人。一处不要他，另一处会要他。这个人能不能雇用他是无所谓的。

“哦，我们当然愿意雇有经验的人手。”这个人说，他停住了话头，而赫斯渥淡漠地微笑着，后来他又补充道，“不过，我想你是能够学会的。你叫什么名字？”

“惠勒。”赫斯渥说。

这个人在一张小卡片上写了一道命令。“把这个拿到我们的车场去，”他说，“将它交给工头。他会告诉你干什么工作。”

赫斯渥下了台阶便离开了。他径直朝所指的方向走去，而那位警察目送着他。

“这又是一个想碰运气的。”基利警官对梅西警官说。

“我认为他会吃苦头的。”后者悄声回答。

他们俩以前都经历过罢工。

第四十一章 罢工起波澜

赫斯渥去求职的车场极缺人手，实际上只有三个人在指导工作。那儿有许多生手，他们是些古里古怪、一脸饿相的人，看起来仿佛是被贫困逼得铤而走险。他们竭力想显得活泼和主动些，但整个车场都弥漫着自惭形秽和缺乏自信的气氛。

赫斯渥穿过车棚，走到后边一个围墙圈起的大广场上，那儿有一行行的铁轨和环形道。广场上停着六七辆电车，由教练员操纵，每辆车的操纵杆旁边守着一个学员。其他的学员候在车场的一个后门口。

赫斯渥默默地在那里等候，观望着这副情景。他对自己的同伴们所产生的兴趣虽然比他对电车的兴趣强不了多少，但他还是把他们打量了一会儿。那些人的神情很不自在。其中的一两个瘦骨嶙峋，也有几个身体粗壮。另外一些人瘦得皮包着骨头，脸色灰黄，仿佛历经磨难、饱经风霜。

“他们要请国民军出面，你在报纸上看到了吗？”赫斯渥听到其中的一个这样说。

“哦，他们会那样做的。”另一个回答，“那是他们的一贯做法。”

“依你看，我们是不是会遇到很多麻烦？”另一个赫斯渥没看到的人说。

“不会很多的。”

“那个开最后一辆车出去的苏格兰人告诉我，说他们把一块煤渣砸到了他的耳朵上。”一个声音插进来说。

伴随着这话的是一阵神经质的低笑声。

“按报纸上的报道，第五大道线路上的一个伙计算倒了邪霉，”另一个声音慢吞吞地说，“他们砸碎车窗玻璃，把他拖到了街上，后来被警察拦住了。”

“不错，可今天又增加了警力。”另一个声音补充道。

赫斯渥听着，但心里却没多加评论。这些说话的人在他看来是吓破了胆，他们狂热地啰唆个没完，说那些话是想使自己的内心平静下来。赫斯渥望着训练场内，等待着。

有两个人走近他，但在他的背后停住了。他们很健谈，他听着他们说的话。

“你是电车公司的吧？”一个问。

“我？不是。我一直在一家造纸厂工作。”

“我曾经在纽瓦克工作，一直干到去年十月。”另一个带着相同的感情说。

有几句话由于声音太低听不清楚。后来他们的谈话声又大了起来。

“这些人罢工是无可指责的，”一个说，“他们有罢工的权利，但是我得找个工作干。”

“我的情况也一样。”另一个说，“如果在纽瓦克有工作干，我才不来这里碰运气呢。”

“这年月实在艰难啊。”那人说，“穷人简直没有活路。你就是饿死街头，的的确确也不会有人来帮你一把。”

“你说得对。”另一个说，“我是因为工厂关了门才失业的。我们干了整整一夏天，积了不少存货，然后就停产了。”

赫斯渥对这话仔细听了听。不知怎么，他觉得自己比这两个人优越一些，处境要好一些。在他看来，这两个人愚昧平庸，是牧羊人手里可怜的绵羊。

“真是些可怜虫。”他心想，流露出过去春风得意时的思想感情。

“下一个。”一位教练员说。

“该你啦。”旁边的人碰了碰他说。

他走出去，爬上驾驶台。教练员认为完全没必要有开场白。

“你看这个把手，”他说，伸手拉住一个固定在车顶部的电闸，“这是用来断电和续电的。如果要倒车，就转到这儿。要想前进，就推到这个地方。倘若想断电，就把它放在中间的位置。”

赫斯渥对这简单的指导笑了一笑。

“瞧，这个把手是控制速度的。扳到这里，”他用手指点着说，“是每小时四英里。这儿是八英里。全速前进时，一小时可达到十四英里左右。”

赫斯渥不动声色地观望着。他以前见过司机开车，知道他们是怎样驾驶的，坚信自己稍微练练，也能开得好。

教练员又解释了一些情况，然后说道：“现在我们把车倒回去。”

当电车退回车场时，赫斯渥沉稳地站在教练员的身旁。

“有一点要注意，那就是起步应该稳当些。挂上一挡后，停一会儿再换挡。大多数人都爱犯一个错误，总想把车速放开。那是很不好的，也很危险，会损坏发动机。你可不要那样做。”

“明白了。”赫斯渥说。

他等了又等，而那人滔滔不绝说个没完。

“现在你来开开。”那人最后说道。

这位从前的经理把手放在操纵杆上，自以为很轻地推了一下。可是电车比他想象的要容易启动得多，结果它猛地快速向前冲去，把他向后一抛，使他靠到了车门上。他难为情地把身子直起来，而教练将车刹住了。

“你可要当心些。”教练只说了这么一句。

赫斯渥发现操纵制动闸和控制速度并不是像他想的那样立时就能掌握。有一两次，若非教练的帮助和指教，他肯定会冲出后边的栅栏。教练对他很有耐心，但脸上始终无一丝笑容。

“你得学会两手同时操作的技术。”他说，“这需要练一下。”

下午一点时，他仍在车上练习，感到饥肠辘辘。天空降下雪来，他觉得很冷。老是在这一短截铁轨上开来开去，使他感到厌倦。

他们把车开到铁轨的末端，二人走了下来。赫斯渥进车棚找了辆电车的脚踏板坐下，从口袋里取出用纸包着的午饭。没有水喝，而且面包干硬，可他吃得津津有味。在这里吃饭没什么可讲究的。他狼吞虎咽，同时左顾右盼，心里觉得这工作是一种单调乏味的劳动，从各方面看都很不叫人喜欢。倒不是因为这是差劲的工作，而是因为太辛苦，他认为对任何人来说都是辛苦的。

吃过饭后，他又像刚才一样站在一旁，等着轮到他。

原打算让他练一个下午的车，但大部分时间都花在了等待上。

终于到了傍晚，他肚子也饿了，反复思考起过夜的问题。现在是五点半钟。他必须赶快吃饭。如果要回家，一路上冒着严寒又是步行又是搭车得花两个半小时。另外，教练吩咐他第二天早晨七点来报到，回家去就得令人扫兴地起个大早。他口袋里只有嘉莉给的一块五毛钱，那是他在产生应聘的想法之前打算用来交两个星期的煤款的。

“这儿一定有地方过夜，”他心想，“从纽瓦克来的那人住在哪儿呢？”

最后他决定打听一下。一个小伙子顶着凛冽的寒风站在一个大门的附近，等待最后的一次练习。他年纪尚轻，只有二十一岁左右，由于生活贫困，身子细长细长。只要过上几天好日子，就可以让这小伙子丰满起来，让他浑身充满活力。

“要是没带钱，他们怎么安排呢？”赫斯渥谨小慎微地问。

小伙子冲发问者转过脸来，带着一副热心和关注的表情。

“你是指吃饭吗？”他问。

“是的，还有睡觉。今晚我回不成纽约了。”

“你要是问工头一声，我想他会为你安排的。他已为我做了安排。”

“是这样吗？”

“是的。我只对他说了声我身上没钱。我不能回家去，因为我住在很远的霍博肯。”

赫斯渥仅仅清了一下喉咙，算是表示感谢。

“我想楼上有地方住。不知那是个什么样的地方，大概很糟糕吧。今天中午他给了我一张饭票，我知道那值不了多少钱。”

赫斯渥苦笑了一声，而那小伙子却开怀大笑。

“你说这事好笑不好笑？”他问道，满以为会听到一声愉快的回答。

“没什么。”赫斯渥答道。

“要是我，现在就去找他。”小伙子殷勤地说，“他可能会走掉的。”

赫斯渥听了，便去找工头。

“这儿有地方留我过夜吗？”他问道，“我要是赶回纽约去，恐怕就……”

“如果你想留宿，”那人打断他的话说，“楼上有几个铺位。”

“这就行了。”他表示同意。

他原想要张饭票，但一直没有合适的机会，便决定晚上自己花钱吃饭。

“明天早晨我再问他要。”

他在附近的一家廉价餐馆吃了东西，由于又冷又孤独，便径直去寻睡觉的小阁楼。公司根据警方的建议，入夜后不打算出车。

那房间好像是夜班工人的休息室。里边有九张窄床、三四把椅子、一只肥皂箱和一个圆肚小火炉，小火炉里生着火。他来得够早的了，可另有一个人已先一步到了这里。那人正坐在火炉旁烤火。

赫斯渥走到跟前，也伸出手烤火。这次求职虽然条件恶劣，吃尽了苦头，但他坚定信念要坚持到底。他觉得自己还是可以撑一段时间的。

“天气很冷，是吧？”先来的那人说。

“是有点冷。”

长时间的沉默。

“在这地方睡觉不尽如人意，是吗？”那人说。

“总比没处睡强。”赫斯渥回答。

又是一阵沉默。

“我想我要去睡了。”那人说。

他站起来走到一张床前，只脱了鞋子便四仰八叉地躺下，拉过一条又脏又旧的被子裹在身上。这情景让赫斯渥感到不舒服，但他不去细想，而是注视着炉火想别的心事。过了一会儿，他决定睡觉，便挑了张床，脱了鞋子。

就在他就寝之际，那位曾经建议他来这里的小伙子也走了进来，见到赫斯渥，便想表示亲近。

“总比无处栖身强。”他打量着四周说。

赫斯渥认为这话不是冲自己讲的，而是表示满意的方式，所以就没有回答。小伙子以为他是心情不好，便轻声吹起了口哨。后来见另有一个人在睡觉，就不再吹了，静默下来。

赫斯渥和衣而睡，把脏被子推开不让它触及头部，尽量在这恶劣的环境中弄得舒服些，最后由于疲倦不堪便迷迷糊糊起来。他觉得被窝里愈来愈舒适，便忘了它的肮脏，把被子拉及脖子处睡着了。

第二天早晨，在这冰冷沉闷的房间里有几个人走来走去，把他从一场好梦中惊醒。他梦中回到了芝加哥，回到了自己舒适的家。杰西卡在安排出门的事情，而他在跟她商量。那情景在他脑海里十分清晰，现在跟这房间一比较，使他不由得大吃一惊。他抬起脑袋，冰冷凄惨的现实顿时驱散了睡意。

“我想该起床了。”他说。

这层楼上没有水。他在寒冷之中穿上鞋，站起来抖了抖僵硬的身子。他身上的衣服感觉很不舒服，头发也乱蓬蓬的。

“见鬼！”他戴帽子时咕哝了一句。

楼下又是一片忙乱。

他找到一个给水龙头，下边是一个曾经用于喂马的食槽，可是却没有毛巾，而他的手帕昨日已弄脏。他仅仅用冰冷的水湿了湿眼睛，然后找到已经来到场地上的工头。

“吃过早饭了吗？”那人问道。

“没有。”赫斯渥说。

“那你还是去吃点东西吧，你的车待一会儿才开呢。”

赫斯渥犹豫不决。

“能给我一张饭票吗？”他吃力地问。

“拿去吧。”那人递给他一张饭票说。

这顿饭吃了点煎牛排和劣质咖啡，跟头一天晚上一样差。吃完后他走了回来。

“瞧，”他进来时，工头指点给他说，“待会儿你把这辆车开出去。”

赫斯渥在阴暗的车棚里爬上驾驶台，等待发车信号。他有些紧张，但出去也能散散心，任怎么都比留在车棚里强。

这是罢工的第四天，形势更加恶化。罢工者根据他们的领袖以及报纸的建议，一直以极端和平的方式进行斗争，没有发生严重的暴力事件。他们拦车倒是事实，而且还跟车上的人争论。一些车乘人员被争取过去，离开了电车，一些车窗玻璃被打碎，也有些人嘲笑和叫骂。但人员严重受伤的事件不超过五起。群众的这些行动是领袖们所不赞成的。

然而由于无事可做，加之看到公司的人在警方的支持下扬扬得意，罢工的工人们勃然大怒。他们看到出车的辆次逐日增加，看到每一天公司当局都有新的布告出台，声称罢工者的反抗已被有效地粉碎。这使工人们产生了不顾一切的念头。他们看到，和平方式意味着公司将很快把所有的车都开出来，对闹事的人置之不理。和平方式对公司是再有利不过了。

他们一下子迸发出怒火，混乱和紧张了一个星期。袭击电车，殴打车乘人员，跟警察搏斗，破坏车轨以及开枪，直至后来街上常常发生打人事件和暴动，城里布满了国民军。

赫斯渥对局势的变化一无所知。

“开车。”工头冲他使劲挥了一下手喊道。一位才入行的售票员从后边一跃上车，摇了两下铃示意开车。赫斯渥推动操纵杆，把车经大门开到了车场前面的路上。两个膀大腰圆的警察爬上驾驶台，一边一个守在他的两旁。

车场大门外一声锣响，售票员摇两下铃，赫斯渥推动了操纵杆。

两个警察泰然自若地张望着四周。

“今天早晨真冷。”左边的一个说，带着浓重的爱尔兰口音。

“昨天真够呛。”另一个说，“这种活我可不愿常干。”

“我也是的。”

两人谁都不理睬迎寒风站立的赫斯渥，他都冷到了骨头缝里，心中想着上司的指示。

“速度要平稳，”工头曾对他说，“碰到不像真正乘客的人不要停车。见了聚在一起的人群，无论如何都不要停。”

两位警察沉默了一会儿。

“前边的那个人一定是顺利开过去了。”左边的警察说，“看不到那车的影子了。”

“谁在上边？”第二个警察问，指的当然是车上配备的警察。

“谢弗和瑞安。”

接着又是一阵沉默。电车平稳地向前行驶。这个路段的房屋不太多，赫斯渥看到的人也不很多。他觉得情况并不十分悲观。要是身上不这么冷，他认为会顺心遂意的。

前边突然出现了一个没料到的转弯，使他摆脱了这种感觉。他切断电源，用力去制动，但为时已晚，电车很不自然地拐了个急弯。他吃了一惊，想说句道歉的话，但终未出口。

“你应该注意转弯的地方。”左侧的警察屈尊俯就地说。

“说得对。”赫斯渥愧容满面地表示同意。

“这条线上的转弯很多。”右边的警察说。

转过弯去，就到了人比较多的路段。前边可望见一两个行人。一个男孩拎着一个洋铁牛奶桶从一扇大门里走出，使赫斯渥第一次听到了令人不愉快的话。

“工贼！”他叫喊道，“工贼！”

赫斯渥听到耳朵里，却尽力不去理会，甚至不往心里去。他知道会挨骂的，可能还会听到不少这样的话。

在前边的一个拐弯处，有个人站在路轨旁打手势让车停下来。

“别理他，”一个警察说道，“他要玩花招。”

赫斯渥依从了。转弯时，他看到这样做是英明的。那人一见他们不打算理睬他，便晃起拳头。

“呸，可恶的胆小鬼！”他叫喊道。

有六七个人站在转角处冲着疾驶过去的电车又是辱骂又是嘲笑。

赫斯渥略感畏怯，真实情况要比以前所想的稍微糟糕一些。

在远处三四个街口开外的地方，铁轨上有堆东西映入了眼帘。

“他们在这儿可没闲着。”一位警察说。

“我们可能要费口舌了。”另一位说。

赫斯渥开到跟前，停了下来。车还未停稳，一群人便围了上来。其中有一部分是以前的司机和售票员，还有一些是朋友和同情者。

“下车吧，伙计。”一个人说道，语气还想以和为贵，“你总不想从别人口里抢饭吃吧？”

赫斯渥握着制动闸和操纵杆，脸色煞白，拿不定该怎么办好。

“朝后站，”一个警察俯在驾驶台的栏杆上吼道，“快从这儿滚开。不要妨碍司机工作。”

“你听着，伙计，”那个领头的没理会警察的叫嚷，对赫斯渥说，“我们和你一样都是工人。如果你是一个名副其实的司机，受到我们这样的待遇，你不会愿意让别人占你的位置吧？你总不会愿意让人乘你之危夺去你的权利吧？”

“把车停住！把车停住！”另一个警察粗鲁地催促道，“快从这儿离开。”他喊罢越过栏杆跳到人群的前面，开始推搡。随即，另一位警察也下了车站到他身旁。

“往后退，”他们吼叫着，“从这里滚开。你们到底想干什么？快滚！”

人们就像是一小群蜜蜂。

“推我，”一位罢工者语气坚定地说，“我又没干什么。”

“从这儿滚开！”警察挥舞警棍说，“小心你的脑袋挨一棍。给我往后退。”

“见你的鬼去！”另一位罢工者叫喊道。用力反推过来，同时又结结实实骂了几声。

他的前额“啪”地挨了一警棍，他头晕目眩地眨了几下眼睛，两腿发颤，双手朝上扬了扬，跌跌撞撞退了回去。有人猛地一拳砸在这警察的脖子上作为报复。

警察勃然大怒，就左冲右撞，疯狂地把警棍乱抡一气。他的那个穿蓝警服的兄弟有力地协助着他，对混乱的人群骂不绝口。由于罢工的工人们躲得快，没有人受重伤。他们站到人行道上，冲这边嘲笑着。

“售票员在哪里？”一位警察喊道，一边把目光投向那家伙，而那家伙紧张地走上前站到赫斯渥身旁。赫斯渥刚才目睹那幕场景时，心里的惊愕大于恐惧。

“为什么不下来把这些石头从铁轨上搬开？”那警察问，“站在那儿干什么？今天不想走啦？快下来！”

忐忑不安的赫斯渥沉重地喘着气，随紧张的售票员一道跳下车，好像叫的是他一样。

“动作快点。”另一个警察说。

天气虽冷，但这两个警察浑身发热、怒火满腔。赫斯渥跟着售票员一块一块地搬石头，干活干得发热。

“呸，你这个贼！”众人叫喊道，“你这个懦夫！你想抢别人的饭碗？你这个贼，想偷穷人的饭吃。我们会找你算账的，等着吧。”

这些叫喊不是出自一人之口，而是来自各处，里边还夹杂着许多相同的话和咒骂。

“你们是无赖，”一个声音喊道，“净干卑鄙的事情。你们是欺压穷人的吸血鬼！”

“愿上帝不赐给你们饭，饿死你们。”一位苏格兰老妪推开附近的一扇窗户，探出头叫喊道。

“喂，还有你！”她跟一个警察对视了一眼补充道，“你这个残酷的杀人魔王！你这铁石心肠的恶鬼，竟然用警棍砸我儿子的脑袋。呸，你……”

可那警察充耳不闻。

“见你的鬼去吧，老妖婆。”他望着分散的人群嘟哝了一句。

此时石头已搬开，赫斯渥在不绝于耳的叫骂声中又登上了驾驶台。两位警察上了车守在他身旁，而售票员摇响了铃，这时大小石块从窗户和门“砰砰”飞了进来。一块石头差点砸着赫斯渥的脑袋，另有一块砸碎了后边的玻璃。

“把操纵杆拉足。”一位警察喊道，一边亲自去抓把手。

赫斯渥照他的吩咐办，使电车冲向前去，而后边响起噼里啪啦的扔石子声以及破口大骂声。

“那狗日的刚才一拳砸在了我脖子上。”一个警察说，“不过，我狠狠地给了他一棍子。”

“我想他们当中有几个被我打破了头。”另一个说。

“我认识那个骂我们混账东西的大块头。”第一个警察说，“我会找他算账的。”

赫斯渥感到又热又激动，目不转睛地注视着前方。这对他是一段惊人的经历。他从报上看到过这类事情，可现实却似乎截然不同。他在精神上并非懦夫，他的这场遭遇反而使他坚定决心要坚持到底。他没有去想纽约或者他的家，这趟车好像占据了他全部心思。

他们一路无阻把车开进了布鲁克林的商业中心。人们呆望着电车破碎的窗户和身着便服的赫斯渥。时而听到有人喊“工贼”以及别的辱骂声，但再没有人群袭击电车。抵达城中心的终点站时，一个警察去给警察局打电话汇报路上的冲突。

“那边还有一群暴民，”他说，“在等着我们去呢。最好派人去赶开他们。”

电车返回时较为平静——虽然也有人嘲骂、怒视和抛石子，但没有遭到袭击。看到车场时，赫斯渥长吁了口气。

“啊哈，”他心想，“总算平安无事地回来了。”

电车进了车场，允许他休息一会儿，后来又把他唤了去。这次车上又换了新警察。他增加了几分自信，顺着平淡无奇的街道把车开得飞快，心里不像上次那么害怕了。可在另一方面，他却吃了不少苦头。天气阴冷，空中飘着雪花，刮着寒风，由于车速快，便更加令人难以忍受。他身上的衣服不适合于干这种工作。他浑身发抖，跺着脚，拍打着臂膀，就像他过去见别的司机那样，但什么也没说。新奇和危险的处境在某种程度上反而减轻了他被迫来这里的厌恶感和烦恼，却不足以消除心里的悲哀和酸楚。他心想这真是狗一般的生活，活到这一步实在可悲。

使他坚持下来的唯一念头，便是嘉莉对他的羞辱。他觉得自己还没有堕落到那种地步，受那种冤枉气。他可以干上一阵子工作——甚至干这种事情。情况会转好的，他将积攒下一些钱来。

正当他冥思苦想之际，一个男孩抛来一块泥土砸在他胳膊上，砸得他生疼，使他火冒三丈，自打早晨以来他还没这般生气过。

“小杂种！”他嘟哝了一声。

“砸痛了吧？”一个警察问。

“不痛。”他回答。

在一个街角，电车由于转弯减慢了速度，一位以前的司机站在人行道上冲他喊道：“下来吧，伙计，应该做一个真正的人。别忘了，我们的斗争只不过是为了拿到合理的工资。我们要养家糊口啊。”那人的本意似乎非常和善。

赫斯渥假装没看见，两眼直视前方，开足了马力。那人的声音里带着一些恳求的味道。

这种状况持续了一上午，一直闹到下午。他跑了三趟这样的车。吃的饭顶不住这种工作，而且他被冻得死去活来。每到终点站他都会停下来取暖，但还是痛苦得几乎呻吟出声。一位车场工作人员动了恻隐之心，借给他一顶厚帽子和一副羊皮手套，这叫他一时感激涕零。

下午跑第二趟车时，约莫行驶到半路遇上了一帮子人，那些人用一根旧电线杆挡住了电车的去路。

“把那玩意儿从路上搬开！”两个警察吼叫道。

“唷，唷，唷！”人群叫喊道，“要搬你们自己搬。”

两位警察跳下车去，赫斯渥也要跟下去。

“你留下，”一个警察喊道，“有人会把你的车开跑的。”

在喧闹声中，赫斯渥听到近旁有个人在喊话。

“下来吧，伙计，做一个真正的人。不要跟穷苦人作对，就让公司为非作歹吧。”

他看到还是那个曾从街角冲他喊过话的人。他此时跟上次一样，还是假装没听见。

“下来吧。”那人又温和地重复道，“你不该跟穷苦人作对，绝对不该啊。”那司机的话极富哲理性和狡辩性。

又有一个警察不知从哪个地方跑出来协助那两个警察，还有人跑去打电话要求加派警力。赫斯渥环顾四周，表情坚决但内心很害怕。

一个人抓住了他的衣服。

“滚下车来。”那人叫嚷着，用力一揪，想把他从栏杆上拉下车。

“放手！”赫斯渥愤怒地说。

“我让你瞧瞧厉害——你这工贼！”一个爱尔兰小伙子高喊一声，纵身跃上电车，挥拳向赫斯渥打来。赫斯渥一躲闪，没打着下巴，拳头落在了他的肩膀上。

“快滚开。”一位警察喊叫一声跑上前营救，嘴里当然还骂着那些脏话。

赫斯渥恢复了镇静，但脸色苍白、浑身颤抖。他现在觉得情况严重了起来。人们抬头望着他，冲他嘲骂着。一位姑娘在做鬼脸。

正当他的决心开始动摇时，一辆巡逻车赶到，从上面又下来一些警察。路障很快被清除，电车可以行驶了。

“开车吧，快点。”警察说。接着，车又启动了。

最后，电车在返回的路上，距车场有一两英里时，遇到了一群真正的暴徒。这一带看起来极其贫困。赫斯渥想把车快快开过去，可是路又被堵住了。离那儿还有六七个街口远的时候，他就看到一些人在搬东西设路障。

“他们又来啦！”一个警察嚷嚷道。

“这次给他们点颜色看。”第二个警察气急败坏地说。电车驶到跟前时，赫斯渥全身上下都感到不安。跟上次一样，人群又开始了嘲骂，不过这次他们没有靠近，而是朝车上扔东西。一两块窗玻璃被砸碎，赫斯渥躲过了一块石头。

两个警察跑出去冲向人群，而人们却反而朝着电车奔来。人群中有个女人——从相貌看还只是个小姑娘，手里举着一根大棒。她愤怒至极，挥棒向赫斯渥打来，被赫斯渥躲开了。她的同伴们深受鼓舞，跳上车把赫斯渥拉下去。他未及说话或喊叫便被掼下了车。

“松开我。”他说道，向一侧倒去。

“呸，你这个吸血鬼。”他听到有人说。拳脚雨点般落在他身上，他似乎喘不过气来了。随后有两个人好像在把他朝远处拖，而他拼命想挣开。

“住手。”一个声音喝道，“你没事啦。站起来吧。”

他被松开后，重新站稳。这时他认出是两个警察。他觉得筋疲力尽，仿佛要晕倒。下巴有点湿乎乎的，他伸手摸摸，然后一看手成了血红色。

“他们把我打伤了。”他傻里傻气地说，伸手去摸手帕。

“没事，没事。”一个警察说，“只不过破了点皮。”

他此刻已神志清醒了，向四周瞧了瞧。他正站在一家小商店里，他们把他暂时安顿在这里。他擦着下巴上的血迹，可以看到外边的电车和激奋的人群。一辆巡逻车停在那里，另外还有一辆车。

他走过去向外眺望。那是一辆救护车，正在倒车。

他看到警察冲来冲去在抓人。

“如果想开车，现在走吧。”一位警察推开门朝里望了望说。

赫斯渥走出来，心里很不安稳。他又冷又怕。

“售票员呢？”他问。

“哦，他现在不在这里。”那警察说。

赫斯渥向电车走去，紧张地登上驾驶台。正在这时，传来一声枪响。有样东西击中了他的肩膀。

“谁开的枪？”一个警察嚷嚷道，“天哪，谁开的枪？”两个警察把他丢下，向一幢楼房冲去。他犹豫了片刻，然后下了车。

“老天哪！”赫斯渥有气无力地喊了声，“我简直受不了啦。”

他紧张地走到街拐角，慌忙地顺着一条背街跑了。

“吁！”他透了口气。

走了有半个街区，一个小女孩冲着他直看。

“你最好溜之大吉。”她喊道。

在令人睁不开眼的暴风雪中他踏上归途，于黄昏时分抵达渡口。船舱里满是安逸的人，他们用好奇的目光打量着他。他仍头脑乱糟糟的，心里困惑茫然。暴风雪中的河流映出闪烁的灯火，形成奇妙的景色，但他无意观赏。他顽强地向前拖着沉重的脚步，一直走回公寓。进了家门，他发现屋里暖暖和和的。嘉莉出了门，桌上放着两份她留下的晚报。他点亮煤气灯，坐下身去。随后他又站起来，除去衣服检查他的肩膀。那儿只不过擦破了点皮。他洗了手脸，仍在沉思默想，接着梳了梳头。最后他找了些东西吃，消除了饥饿感，在舒适的摇椅上坐下。这真是奇妙的解脱。

他用手托起下巴，一时忘了看报。

“唉，”过了一会儿，他回过神来说，“那儿的工作太艰难了。”

随即他回头看见了报纸。轻轻叹了口气，他捡起了《世界报》。

“布鲁克林的罢工正在蔓延，”他念道，“骚乱在城里各区域爆发。”

他又换了个非常舒服的姿势拿报，继续朝下看。这是他最感兴趣的新闻报道。

第四十二章 明星演员与谷底落魄人

把赫斯渥的布鲁克林之行视为判断错误的人，也会意识到他屡试屡败的经历对他具有消极的影响。嘉莉对这件事得出了一个错误的看法。他解释得太少，所以她觉得他遇到的只不过是一般性的艰难困苦。一碰上波折马上就打退堂鼓，似乎是在玩儿戏。他是不想工作。

她如今在东方美人组里扮演角色，这些美人在喜剧歌剧的第二幕里演后宫的妃妾，被大臣唤去由新登基的君主检阅。按规定她们都没有台词，可就在赫斯渥留宿于电车车场阁楼的那天晚上，剧中的主要演员兼明星极其想开玩笑，于是用洪亮的声音说出一句话，引起哄堂大笑。

“喂，你是何人？”嘉莉碰巧正对他施礼。对他来说，这些美人中哪一个都是一样的。他并不指望听到回答，要是回答得不乖巧会挨训的。然而嘉莉的经验和自信给了她胆量，于是她又优雅地施了个礼回答道：“我是陛下忠实的妃子。”

这句话倒很平常，但她说话的风度却引起了观众的注意，他们对傲然坐在这位年轻女子面前的那个装出一副凶恶相的君主捧腹大笑。那喜剧演员听到笑声，也觉得欢喜。

“我还以为你叫史密斯呢。”他回了一句，还想赢得最后一阵笑声。

嘉莉说过这话之后，为自己的胆大妄为几乎颤抖起来。剧团警告过所有的成员，如果擅自插入台词或“动作”要受到罚款或更严重的惩处。她不知如何是好。

当她站在侧厢自己的位置，等待再次出场时，那位伟大的喜剧演员退场从她身旁路过，认出她后留住了脚步。

“以后你可以保留那句台词。”他见她一副聪明伶俐的模样，便说道，“不过，再不要多加了。”

“谢谢。”嘉莉谦恭地说。待他走后，她不由得全身剧烈地抖动起来。

“嘿，你真幸运。”另一位伴舞演员说，“我们任谁都没有一句台词。”

这其中的价值是不容置疑的，剧团里的人都看出她已崭露头角。第二天的表演又博得喝彩时，嘉莉深感荣幸。她欢天喜地地回到家，知道很快就会有好的结果出现。赫斯渥的在场驱散了她心里欢快的念头，取而代之的是终结这痛苦局面的热烈愿望。

翌日她问起了他找工作的情况。

“没有警察的保护他们是不出车的。眼下不需要人手，得等到下个星期。”

到了下个星期，可嘉莉并没有看到任何变化。赫斯渥的状况更可悲了。他每天早晨无动于衷地目送她出门去排练或演出，而他只是一个劲地看报。他屡次发现自己眼睛盯着一条新闻，可心里却想着别的事情。他第一次明显地注意到这种走神的现象时，正在回忆他曾在驾车俱乐部参加的一次愉快的聚会，他是那家俱乐部的会员。他眼盯报纸坐着，渐渐地好像听到了昔日谈话的声音和推杯换盏之声。

“你可真是好样的。”他的朋友沃克说。他又成了衣着考究、满脸轻笑、和蔼可亲的赫斯渥了，由于讲了一个精彩的故事，大家要求他再讲一个。

猛然间，他抬起了眼睛。屋里静悄悄的，显得阴森可怕。时钟的“嘀嗒”声清晰可闻，他怀疑自己在打瞌睡。可报纸竖直地拿在手中，他看的那些新闻就摆在眼前，于是他打消了关于打瞌睡的念头。不过，这事情还是显得有些古怪。但是待这类现象再次出现时，他就不觉得那么蹊跷了。

现在跟他打交道的已非曾赊账给他的那些肉铺、杂货店、面包店和煤店的老板了，可那些人待赊账的期限一到便找上门来。他都待之以礼，推托得愈来愈熟练。最后他壮起胆，索性假装不在家或挥手将他们撵走。

“萝卜里是榨不出血来的。”他说，“我要是有钱，会付给他们的。”

嘉莉的那个演小兵的朋友奥斯本小姐，看到了她的成功，简直成了她形影不离的随从。小奥斯本自己根本不可能出人头地。她像猫一样有自知之明，于是她本能地想用柔软的小爪子抓住嘉莉不放。

“喂，你会红起来的，”她总是羡慕地对嘉莉这么说，“你演得太棒了。”

嘉莉胆子虽小，但能力很强。别人的信赖使她觉得好像非走红不可，既然非走红，那她的胆量就大了起来。人世间的阅历和生活的磨难对她是有好处的。她不再为男人轻浮的奉承而感到飘飘然。她懂得了男人可以改变，可以堕落。露骨的阿谀对她失去了作用，要想打动她得有超人一等的优势——怀着善意的优势，就像艾姆斯那种天才的优势一样。

“我不喜欢剧团里的那些男演员。”她一天对萝拉说，“他们都太傲慢了。”

“你不觉得巴克利先生蛮不错吗？”萝拉问。那人屈尊俯就地冲她微笑过一两次。

“哦，他倒是挺不错，”嘉莉回答，“就是缺少真诚。他老是装出一副模样来。”

萝拉第一次是用以下的方式抓住嘉莉不放的。

“你住的地方要付房租吗？”她问。

“当然要付。”嘉莉回答，“问这干什么？”

“我知道个地方可以租到非常漂亮的房子，里面带浴室，价钱很便宜。我一个人住太大，两个人住刚好。两个人一星期才交六块钱的房租。”

“在哪一带？”嘉莉问。

“在第十七大街。”

“我还拿不定是不是要搬家呢。”嘉莉说，其实心里已经在考虑那三块钱的房租了。她觉得如果只顾自己生活，就可以省下十六块钱。

直至赫斯渥从布鲁克林回来，而且她的那句台词获得成功之后，这件事才有了结果。她开始觉得自己必须获得自由。她想抛下赫斯渥由他自谋生路，可他养成了古里古怪的脾性，恐怕会抵制任何丢下他不管的行为。他可能会到剧院找她，以那种方式缠住她。她并不完全确信他会那么做，但也有那个可能。她知道，他不管以任何方式出现，都会是件令人难堪的事情。她心里为此感到十分不安。

由于剧团里给了她一个比较好的角色，情况便发生了急剧的变化。一位扮演淑雅情人的女演员提出要离开，嘉莉被选中接替她的位置。

“能拿多少薪水呢？”奥斯本小姐听到这好消息时问。

“我没问他。”嘉莉说。

“应该弄清楚。天哪，如果你不问，就别想得到任何好处。告诉他们，就说你必须拿四十块钱。”

“啊，不。”嘉莉说。

“当然应该这样！”萝拉嚷嚷道，“还是问问他们吧。”

嘉莉接受了这条建议，不过一直等待着，直至经理通知她演这个角色需要配什么样的行头。

“我拿多少薪水？”她问。

“三十五块钱。”他回答。

嘉莉惊喜过度，竟想不起来提那四十块钱的要求了。她差点忘乎所以，几乎没把听到消息后偎在她身边的萝拉紧紧抱入怀里。

“你拿的应该比这多。”萝拉说，“尤其是你还要买行头呢。”

嘉莉记起了这事，不由得一惊。上哪儿弄钱呢？她没有积攒钱以备急需。交房租的日子正渐渐逼近。

“房租钱我不能交。”她记起了自己的急需，心里想着，“那房子我不住了。这次我不朝外拿钱，我要搬走。”

恰在这时，奥斯本小姐又求起她来，语气比以往更为迫切。

“搬来跟我一起住，好吗？”她恳求道，“我们可以住最漂亮的房间。两个人租房花不了多少钱。”

“我很愿意。”嘉莉爽快地说。

“那就搬来吧。”萝拉说，“我们会生活得很快活的。”

嘉莉考虑了一下。

“我会搬来的。”她说，随后又补加了一句，“不过，我得先去看看。”

心里有了这个念头，再加上交房租的日子逐渐逼近，又立即要购置行头，她很快就因为赫斯渥无精打采而找到了借口。他比以前更少言寡语，更意气消沉。

快该交房租的时候，他心里酝酿出了一种想法。债主们的催债以及不可能再拖延许久之事实，使这个想法巩固了下来。二十八块钱的房租实在太贵了。“她的负担太重了。”他心想，“我们可以租比较便宜的房子嘛。”

这念头使他激动起来，于是他在吃早饭时开了口。

“你不认为这儿的房租太贵了吗？”他问。

“的确很贵。”嘉莉说，不清楚他动的什么心思。

“我觉得我们可以租一套小一些的房子。”他建议说，“我们用不上四个房间。”

他若是仔细观察就会发现，她由于见他如此坚定地要跟她住在一起，脸上露出了不安的神色。依他看来，要求她过较为拮据的日子并非过分的事情。

“哦，我不知道。”她回答，说话小心起来。

“这一带一定可以租到两个房间一套的公寓，那就可以住下了。”

她心生嫌恶，想道：“痴心妄想！谁出钱搬家呢？”一想到跟他挤在两个房间里就让人受不了！她决定赶在可怕的事情发生之前，立即把钱用到衣服上。于是，她当天就买了衣服。这件事办完之后，就只剩下另外一件事要做了。

“萝拉，”她去看望她的朋友时说，“我要搬来住了。”

“啊，太好啦！”萝拉叫了起来。

“我们马上就能够搞到吗？”她问道，指的是租房子的事。

“当然能。”萝拉叫嚷道。

她们俩去看了房子。嘉莉曾经从花销中节省出了十块钱，够交房租和吃饭的了。新增加的工资要等到十天之后才开始算，十七天之后才能拿到手。她和她的朋友把六块钱的房租一人付了一半。

“现在，我的钱只够用到周末了。”她推心置腹地说。

“哦，我有钱。”萝拉说，“你要是用钱，我这儿有二十五块。”

“不用。”嘉莉说，“我大概还能过得去。”

她们决定星期五搬家，还有两天的时间。事情已经决定，嘉莉反倒感到良心不安了。她觉得自己在这件事上很像个罪犯。每一天看到赫斯渥，她都觉得他的态度虽然让人生气，但又叫人可怜。

就在她打定主意搬出去的那天晚上，她望着他，觉得他并不是那么不中用和一无是处，而是时运不济，才导致落泊潦倒。他的目光已经不敏锐了，面孔布上了皱纹，两只手软弱无力。她似乎看到他的头发里出现了银丝。她打量着他，而他全然不知自己已厄运当头，只顾晃着摇椅看报。

她知道他们的关系即将结束，倒有些于心不忍了。

“你去买些桃罐头好吗？”她放下一张两块钱的钞票，问赫斯渥道。

“当然可以。”他惊奇地望着那钞票说。

“看看能不能买到好芦笋，”她补充道，“我要用来烧晚饭。”

赫斯渥起身拿了钱，披上大衣，取了帽子。嘉莉注意到他的衣帽很破旧，显得很寒碜，以前她也看得很清楚，可现在看了却有一种特殊的感受。也许他是迫不得已啊，他在芝加哥时干得满不赖呢。她回忆起他跟她在公园里幽会的那些日子是何等潇洒。那时他浑身充满了生气，穿的衣服一尘不染。这一切难道都是他的过错吗？

他回到家中，把找的钱连同买的食品一块放下。

“你还是把那钱拿上吧。”她说，“还需要买别的东西呢。”

“不，”他带着几分自尊说，“你收下吧。”

“别争了，你把钱拿上吧，”她有些慌乱地说，“还要买别的东西呢。”

他对这情况感到不解，却不知自己在她的眼里已成了个可怜的人物。她吃力地控制住自己，不让声音颤抖。

说句老实话，嘉莉对任何事情都会是这种态度。她有时想起她曾抛弃了杜洛埃，待他是那么绝情，心里感到很对不起他。她希望永远不再遇见他，可是却为自己的行为觉得羞愧。在最后分离的时候，她实际上是没有选择余地的。当赫斯渥说他受了伤时，她满怀同情之心，主动地去看望他。那件事的某个环节做得有些残忍，由于心里无法按逻辑找出究竟是哪个环节，她便伤感地断定他永远也不会知道赫斯渥玩了花招，只会认为她是铁石心肠才做出了那种事。为此她感到羞愧。这倒不是说她钟情于他，她只是不愿意让有恩于她的人感到不快罢了。

她不明白她为什么要让这些感情主宰自己。赫斯渥留意到了她亲切的态度，对她有了较高的评价。“嘉莉毕竟有副好心肠。”他心想。

那天下午去找奥斯本小姐，她发现那小女子边收拾行李边唱歌。

“今天为何不和我一起搬呢？”奥斯本小姐问。

“唉，不行。”嘉莉说，“我星期五搬到那里。你能不能把你上次说的那二十五块钱借给我？”

“哦，可以的。”萝拉说着，就去取钱包。

“我想再买些别的东西。”嘉莉说。

“啊，尽管用好啦。”小姑娘温和地说，很高兴能为嘉莉帮上忙。

多日来，赫斯渥除过到杂货店或报摊，别的地方哪儿也不去。他在屋里待得很厌倦，这现象已有两天了，可寒冷阴暗的天气使他出不了门。星期五天气放晴，气候转暖。这是一个明媚的日子，是春天的先兆，有阴沉的冬季表明温暖的天气和美丽的风光没有抛弃大地。蓝色的天空擎起一轮金色的太阳，洒下一片清澈透明的温暖光线。从麻雀的啁啾声中便可以听得出，外边是一个美好的世界。嘉莉推起前窗，感到南风拂面而来。

“今天外边的天气真好。”她说。

“是吗？”赫斯渥说。

吃过早饭，他立刻就换上了衣服。

“回来吃午饭吗？”嘉莉忐忑不安地问。

“不回来。”他说。

他走上街头，信步沿着第七大道向北走去，悠悠然把哈莱姆河作为目标。以前到酒厂去的时候，他曾看见河上有一些船只。他想知道那一带的发展情况。

跨过第五十九大街，他顺着中央公园的西侧走到第七十八大街。随后他想起了那里的街坊，便折回去观看鳞次栉比的楼房。那儿发生了非常大的变化，开阔的空地上盖满了房屋。他又朝回走，贴着公园来到第一百一十大街，然后再拐上第七大道，于下午一点抵达那条美丽的河流旁。

他眼前的河流蜿蜒流淌，在明媚的阳光下闪闪发光，右边的河岸起伏不平，左侧是树木覆盖的高地。春的气息使他觉得那河流分外可爱，于是他反剪着双手伫立了片刻，观赏河景。然后他转身顺着河向东区走，懒洋洋地寻找着他曾看到过的那些船只。下午四点天色转暗之前，由于晚上天气可能较冷，他便朝家里走。他饥肠辘辘，想回到温暖的房间里好好吃一顿。

下午五点半回到家，天色已黑。他知道嘉莉不在家，不仅仅因为楣窗里没有灯光透出来，还因为晚报还塞在房门的把手及门框之间。他用钥匙开了门，走进去。屋里一片漆黑。他点亮煤气灯，坐下身来，打算稍待一会儿。即使嘉莉现在回来，吃饭也晚了。他看报一直看到下午六点，然后起身为自己弄东西吃。

他站起来时，发现屋里显得有些异样。这是怎么回事呢？他环顾四周，好像缺少了什么东西，然后在离他坐的地方不远处他看见了一个信封。那很能说明问题了，他几乎不必再采取什么行动了。

他伸手拿起信封，甚至就在他伸出手之际，身上已经开始战栗了。信封拿在他手里沙沙作响，信纸里裹着软丝丝的绿钞票。

“亲爱的乔治，”他把钱攥到一只手里，读了起来，“我走了，再也不回来啦。没必要把这套公寓再租下去了。我出不起这笔钱。我要是有能力，是愿意帮助你的，可我不能既出我们俩的生活费，又付房租。我挣的那一点钱需要用来买衣服。我留给你二十块钱。眼下这是我全部的钱。家具你愿怎么处理就怎么处理吧，反正我是不想要的。——嘉莉致。”

他丢下信，平静地向四处看了看。现在他知道是什么东西不见了。就是她的那个小装饰钟，从壁炉架上消失了。他走进前屋、他的卧室和会客厅，一路上点亮煤气灯。梳妆镜柜上的那些银质小摆设和盘子都不翼而飞了。桌面上的花边台布不见了踪影。他打开衣橱——里面没有了她的衣服。他拉开抽屉——里边没有了她的东西。她的衣箱从原来的老地方消失了。回到他自己的房间，他的旧衣服仍原封不动地挂在那里。别的东西也都在。

他步入客厅，在那儿站了一会儿，目光空洞地盯着地板。寂静给人以压抑感。小公寓里显得出奇的凄凉。他完全忘了饥饿，忘了现在才是吃晚饭的时间，好像已到了深夜似的。

突然，他发现那些钱还握在他手中。正如她所言，总共是二十块钱。这时他走了回去，让煤气灯都亮着，觉得这公寓里仿佛空落落的。

“我要离开这里。”他自言自语道。

随后，他猛然意识到自己的处境是多么孤独。

“丢下我走啦！”他喃喃地说，接着又重复了一遍，“丢下我走啦！”

这地方曾经是那么舒适，他在这儿度过了许多温暖的日子，而现在这里成了一种回忆。他面前是一种凄凉寒冷的景象。他颓然坐到椅子上，一只手托住下巴，心里没有思想，只有感觉。

后来，一种类似奄奄一息的爱情和自怜的感觉袭上了他的心头。

“她没必要搬走，”他说，“我会找到工作的。”

他呆坐着老半晌没晃摇椅，非常清楚地出声补充道：“我尝试过，难道不是吗？”直至半夜，他还在晃着摇椅，眼睛盯着地板。

第四十三章 大红大紫人与街头流浪汉

嘉莉在自己舒适的房间安顿下来后，就在猜想赫斯渥会怎样对待她的出走。她匆忙把几件东西安置好，然后到剧院去，心里还有几分担忧，怕在剧院门口碰上他。结果没有见到他，她解除了内心的恐惧，对他的感觉也亲切了些。她几乎把他给忘了，直至演完剧要出来时，想到他可能候在门外，她这才害怕起来。一天天过去，她一点消息也没听到，于是怕他找事的念头便打消了。她过了一段时期的自由自在的日子，除了偶尔想起过去之外，完全摆脱了家庭生活压在她身上的阴影。

说来也怪，一门职业可以很快地让一个人沉醉。嘉莉听了小萝拉的闲言碎语，了解到了许多戏剧界的情况。她懂得了戏剧报是怎么回事，懂得了哪些报刊登有关演员之类的消息。她开始阅读报纸上的新闻，不单了解那出她在里边担任一个小角色的歌剧，也了解其他的情况。渐渐地，她萌发了出名的欲望。她渴望像其他人一样出人头地，就贪婪地阅读一切对她这一行的名人有关的恭维或批评的评论。她所感兴趣的那个辉煌华丽的世界令她心驰神往。

大约就在这个时候，报纸和杂志开始刊登舞台美人的照片，以后形成了热潮。各家报纸，尤其是星期日报，开辟了大幅的带有装饰的戏剧版，登载戏剧界名角的半身和全身肖像，周围镶嵌涡卷艺术花边。杂志也是如此，一两家新创刊的杂志，偶尔登载漂亮明星的照片，还时常登各种剧的剧照。嘉莉对这些愈看兴趣愈浓厚。什么时候能登上她那个歌剧的剧照呢？什么时候哪家报纸能觉得她的照片值得一登呢？

她扮演新角色之前的那个星期天，她翻阅报上的戏剧版，想看看有无短讯。如果报上什么都没说，倒在她的意料之中，可是在短讯里边，继几则比较重要的新闻之后，有那么一条不起眼的消息。嘉莉看着，身上热血沸腾。

在百老汇戏剧院上演的《阿布都尔的后妃》中的村姑卡蒂莎的角色原由伊内兹·卡鲁扮演，今后将由伴舞队里极为聪明的队员嘉莉·马登达扮演。

嘉莉心里欣喜万分。啊，多么振奋人心啊！终于上报了！这是第一条盼望已久的令人高兴的消息！报上说她极为聪明，她简直忍不住要大笑出声。萝拉看到这条消息了吗？

“报上针对我明晚将要扮演的角色登了条消息。”嘉莉对她的朋友说。

“啊，太好啦！真的登了吗？”萝拉叫嚷着跑到她跟前来，“真是登了呢。”她看着报说，“你要是演得好，还会上报的。我的照片有一次也上过《世界报》。”

“真的？”嘉莉问。

“真的？当然是真的。”小姑娘回答，“照片的四周还加了框子呢。”

嘉莉笑了。

“我的照片可从来没上过报。”

“可你会上的，”萝拉说，“你会看到的。你的表演比大多数照片上报的人都强。”

嘉莉听了这话深为感激。萝拉同情她和赞美她，这使她几乎爱上了萝拉。这对她是十分有用的，差不多是必不可少的。

由于她把自己的角色演得很好，报上又登了一条消息，说她的工作做得令人满意。这让她感到非常高兴。她开始认为世人已在注意她了。

她第一个星期拿到三十五块钱的薪水时，觉得这是一大笔钱款。只交三块钱的房租，似乎少得可笑。她还给萝拉二十五块钱，还剩下七块钱。五块钱付她必须购置的衣服的分期付款。第二个星期她就更快活了。她只需花三块钱交房租，花五块钱买衣服，其余的钱买吃的以及她突然喜欢上的东西。

“你最好攒点钱夏天用。”萝拉告诫说，“我们可能在五月停业演出。”

“我有这个打算。”嘉莉说。

对一个数年来靠微薄的薪水勤俭度日的人来说，每星期有三十五块钱的固定进项，会起到腐蚀的作用。嘉莉发现自己的包里鼓鼓囊囊装满了大面额的花花绿绿的钞票。她无牵无挂，开始买漂亮的衣服和讨人喜欢的小装饰品，开始吃好的食物以及买东西布置房间。不久她身边就聚起了一些朋友。她结识了几个萝拉圈子里的小伙子。歌剧团的男演员们无须人牵线搭桥，跟她成了相识，其中有一个还爱上了她。有好几次他都走着送她回家。

“我们进餐馆吃些点心吧。”有一天午夜，他建议道。

"很好。"嘉莉说。

正是在那个坐满了深更半夜出来寻欢作乐的情侣、洋溢着欢快气氛的餐馆里，她发现自己对这个男人有了挑剔之心。他过于浮夸做作，过于刚愎自用。除过说些有关服饰和物质享受的平庸话题，他一点也不谈使她觉得崇高的事情。吃完点心之后，他极为亲切地笑了笑。

"直接回家去，是吗？"他说。

"是的。"她回答，显出一副心领神会的表情。

"她并非表面上看起来的那样稚嫩。"他心想，从而增加了对她的敬意和热情。

她情不自禁地会按着萝拉的情趣去欢度时光。她们白日一道乘马车出游，晚上演完剧后一道吃夜宵，下午打扮得漂漂亮亮一道逛百老汇大街。她正投身于大都市纵情享乐的旋涡里。

她的照片终于出现在了一家周刊上。她事先不知道，看到后吃了一惊。照片下边附有简短的说明："嘉莉·马登达小姐——《阿布都尔的后妃》剧组里一名走红的演员。"她是根据萝拉的建议，曾请萨罗尼[1]为她照过几张相，其中的一张就用在了这周刊上。她想上街买几份报，可是却记起自己没有特别熟识的朋友可以赠送。显然，在这个世界上只有萝拉对这件事感兴趣。

这座大都市是个冷酷的地方，充满了世态炎凉，嘉莉很快就发现光凭一点点钱是提高不了她的身价的。富人及名人的世界仍遥不可及。她可以感觉得到，许多接近她的人都是逢场作戏，心中缺乏温情和友好的同情。所有的人似乎都在寻求自己的欢乐，

---

① 当时的一位著名戏剧摄影家。

不管可能会给别人造成什么样的悲惨后果。赫斯渥和杜洛埃已经给了她足够的教训。

在四月，她得知歌剧团的演出可能会根据观众的多少持续到五月中旬或五月底。下一季度要出去巡回演出，她不知是否该跟着一起走。奥斯本小姐又跟以往一样，由于工资低，情愿留在纽约找工作。

“卡西诺戏院夏天要上演一出戏。”她暗自打听过之后说，“我们争取进那个戏组。”

“我很愿意。”嘉莉说。

她们及时赶了去，人家让到了一定的日期再申请。那日期是五月十六日。而她们的剧团五月五日停业演出。

“下季度想跟剧团走的人，”经理说，“这个星期要签合同。”

“你可别签。”萝拉建议道，“反正我是不愿去。”

“我知道，”嘉莉说，“不过，也许找不上别的工作了。”

“我才不愿去呢。”那小姑娘说，反正她的崇拜者可以供给她钱花，“我去过一次，一季度下来什么也没落下。”

嘉莉把这事斟酌了一通。以前她从未出外演出过。

“我们可以过得去的。”萝拉又说道，“我一直都是这样的。”

嘉莉没有签合同。

打算夏天在卡西诺戏院推出滑稽剧的那个经理没听说过嘉莉，但关于她的几条新闻简讯、报上登的她的照片以及列着她的名字的节目单对他产生了一点作用。他给了她一个不说话的角色，每星期的薪水为三十块钱。

“瞧，我早就告诉过你，”萝拉说，“离开纽约对你没任何好处。你一走，他们就会把你忘得干干净净。”

由于嘉莉长得漂亮，为滑稽剧筹划预告、准备登在星期日报纸上的那些先生选中了嘉莉和其他几个演员的照片作为这条新闻的插图。

由于她天姿国色，楚楚动人，他们把她的照片放在显要的位置，还绘了旋涡形花边。嘉莉很是高兴，可经理似乎没看到这些，至少没比以前更重视她。同时，她演的角色好像微不足道。她各幕剧都站在那里，演一个沉默的教友会小教徒。剧作家认为只要选到合适的演员，这样的一个角色是很有名堂的，可现在因为让嘉莉演，就是把这角色删掉他也会同意的。

“别发牢骚，老伙计。”经理说，“第一个星期如果效果不好，就把它去掉。”

嘉莉不知道这个折中的计划。她排练时郁郁寡欢，觉得自己实际上是受了冷落。临到彩排，她一副愁眉不展的样子。

“情况不是十分糟糕。”剧作家说，他注意到嘉莉的忧郁使这个角色产生了奇异的效果，“告诉她，让她在斯派克斯跳舞时再皱下子眉头。”

嘉莉并不知道这些，但她的两眼之间皱起了几道纹路，嘴巴优雅地噘着。

“再皱一下眉头，马登达小姐。”舞台督导说。

嘉莉立刻把眉头舒展开了，以为他那是在责备她。

“不对，让你皱眉头。”他说，“像刚才那样把眉头皱起来。”

嘉莉吃惊地望着他。

“我是让你皱眉。”他说，“斯派克斯先生跳舞时，眉头要皱紧些。我要看看效果如何。”

这简直太容易了。嘉莉做愁苦状。效果奇妙和滑稽，甚至连经理也折服了。

“这样很好。”他说，“如果她一直紧皱眉头，我想效果会很好的。”

他走到嘉莉跟前说道：“你时时都要做到愁眉不展。皱眉要用些力，显出生气的样子。这会使这个角色惹人发笑。”

在开演的那天晚上，嘉莉觉得她的角色仿佛无关紧要，欢快狂热的观众在第一幕像是没有看见她一样。她把眉头皱了又皱，然而却引不出一点效果。观众把目光都集中在主角的精彩表演上。

在第二幕，观众对一段乏味的对话心生厌倦，便把目光在舞台上扫来扫去，结果看到了她。她穿着灰色的衣服，面孔可爱，表情认真，可是却皱着眉头。起初大家都以为她是一时不高兴，认为她表情认真，一点也不滑稽。可她一直皱着眉头，一会儿看看这个主角，一会儿又看看那个，观众开始发笑了。坐在前排的那些大腹便便的绅士觉得她是一个可爱的小姑娘，这种紧皱的眉头正是他们愿意用亲吻舒展开的。所有的男士都倾心于她，她演得棒极啦。

最后，在舞台中央引吭高歌的那个主要的喜剧演员注意到不该发笑的地方出现了笑声，接着笑声一阵一阵的。可是在应该高声喝彩的地方，却只有不起劲的叫好声。这是怎么回事呢？他意识到中间出了问题。

在一次退场后，他突然看到了嘉莉。她独自一人在台上皱眉头，引得观众“咯咯”“哈哈”笑成一片。

“天哪，这我可不能容忍！”这位戏剧演员心想，“我可不能让别人破坏我的演出。我表演时不能让她那样做，否则我就退出。”

“嘿，那不是挺好嘛。”经理在听到抱怨时说，“她那是按要求做的，你不必斤斤计较。”

“可她毁了我的表演。”

“不，她没有毁。”经理安慰地说，“只是稍微增添了一点乐趣。”

“什么乐趣？”这位杰出的喜剧演员嚷嚷起来，“她葬送了我该得到的喝彩声，这让我不能容忍。”

“等演完再说吧。就等到明天吧。看看能想些什么办法出来。”

可下边的一幕就决定了该采取什么样的措施。嘉莉成了剧中的主要人物，观众愈看她表演，就愈显得高兴。嘉莉带给舞台的那种风趣、逗人和欢娱的气氛，使所有其他的表演都黯然失色。经理和剧团里别的人都认为她获得了成功。

日报评论家把她的成功推向了巅峰。长篇的文章称赞了滑稽剧的质量，其中反复提到嘉莉。文章一再强调剧中的欢乐气氛极富感染力。

“马登达小姐的表演是卡西诺舞台上最令人喜悦的性格表演。”《太阳报》颇具慧眼的评论员说，“那是一种并不哗众取宠和矫揉造作的幽默，像美酒一样令人心醉。马登达小姐不常出场，显然她的角色原先并不占重要的位置，可观众具有独特的欣赏力，做出了自己的选择。这个教友会小教徒一露面就赢得了青睐，而后轻而易举地吸引住观众的注意力，博得一片喝彩声。命运之变幻莫测实在奇妙。”

《晚间世界》的评论员又像往常一样想提出一个风靡全城的警句，便在结尾处建议：“如果你想乐一乐，就去看看嘉莉皱眉头。”

结果，嘉莉的命运发生了奇迹般的变化。就在当天上午，她便收到了经理的祝贺信。

“你的名字似乎席卷了整个城市。”他写道，“这是可喜的现象。我为你也为我自己感到高兴。”

剧作家也表示了祝贺。

这天晚上，当她走进戏院时，经理极其亲切地跟她打招呼。

“史蒂文斯先生，”他说道，指的是那位剧作家，“正在写一首小曲子，想让你下星期演唱。”

“哦，我不会唱歌。”嘉莉回答。

“那没有什么难的。他说那曲子十分简单，正适合于你唱。”

“当然，我可以试试看。”嘉莉委婉地说。

“你能在化装之前来票房一下吗？”经理补充说，“有点小事情想跟你谈谈。”

“当然可以。”嘉莉回答。

在票房里，经理拿出一页纸来。

“事情是这样的，”他说，“我们想在报酬上对你公平些。你在这里的合同规定在以后的三个月里，每星期只有三十块钱的薪金。如果每星期给你一百五十块，合同期延至十二个月，你看怎么样？”

“哦，那太好了。”嘉莉说道。她简直不敢相信自己的耳朵。

“那么就请你把这东西签了吧。”

嘉莉一看是份新合同，上边的措辞跟上次的那份一样，只是变了薪金的数额和期限。她签名时，激动得手发抖。

“每星期一百五十块钱！”待到只剩下她一个人时，她喃喃地说。她终于发现大笔钱财的意义是无法估量的——哪个百万富翁不是这样呢？那虽然仅仅是闪光发亮的几个字，但里边却包含着无限的可能性。

在布利克街的一家三等旅社里，心事重重的赫斯渥看到那条报道嘉莉成功的戏剧新闻，起初没想到指的是谁。后来他猛然明白过来，把整篇文章又看了一遍。

“就是她，我想是没错的。”他说。

随即他环顾四周，瞧瞧这肮脏破旧的旅社休息室。

“她看来是走红了。”他心想。昔日的那个光辉灿烂、豪华舒适的世界又浮现在他眼前，那里灯红酒绿、五光十色，有马车也有鲜花。啊，她如今进了禁城！辉煌壮观的城门为她打开后，把她从冷酷阴暗的外部世界迎了进去。跟他所认识的所有名人一样，她似乎成了高不可攀的人物。

“好吧，就让她享受去吧。”他说，“我不去打搅她。”

这是一个被生活压弯了腰、拖得筋疲力尽但自尊心未被摧毁的人所做出的倔强的决定。

第四十四章 金钱与荣誉，昔日美梦成真

回到后台时，嘉莉发现一夜之间连她化装的地方也改变了。

“这个房间供你使用，马登达小姐。”一位后台杂役说。

再没必要爬几道楼梯，跟别人合用一个小房间了。现在的化装室比较大、比较宽敞，配备着一些楼上的那些跑龙套的无缘享受的设施。她高兴得深深吸了口气。她在感官上的冲动多于思想上的感受。实际上，她根本就没有去思考。她感到身心愉悦。

人们的敬意和祝贺逐渐使她在心里对自己的处境感到得意。她不再听命于人，而是接受别人的请求——很客气的请求。她每一幕都穿一身朴素的衣服，她出场时，剧组的其他演员向她投来羡慕的目光。本来跟她平起平坐以及高她一等的人，现在全都发出和气的微笑，就好像在说：“我们一直都是很友好的。”只有那个喜剧明星由于自己的表演受到严重破坏，对她拒不理睬。形象些说，他无法跟伤害过他的人亲近。

在扮演这个简单角色的过程中，嘉莉逐渐意识到观众的掌声是为了她，这使她感到很高兴。她有一些内疚感——也许是觉得受之有愧。她的同事在侧厢跟她讲话时，她只是淡淡地一笑。她

这人根本就不会摆架子和显清高。她从来没想到要故作矜持或者傲慢，没想到去改变自己的形象。演出结束后，她就和萝拉坐上戏院提供的马车回家去。

接下来的一个星期，她初次尝到了成功的果实，那果实一碗一碗送到她的嘴边。她那丰厚的薪水虽然还未拿到手，但这也无妨。世人似乎笃信她的前程，信件和名片开始向她涌来。一位跟她素昧平生的威瑟斯先生想方设法打听到了她的住址，彬彬有礼地前来登门拜访。

“请原谅我的冒昧来访，”他说，“不过，你是不是想过要换住房？”

“没想过。”嘉莉回答。

“哦，我为威灵顿饭店做事，就是百老汇大街上的那家新饭店。你大概在报上看到过有关的报道。”

嘉莉听那名称，知道是最近才开张的一家极其豪华辉煌的饭店。她还听人说那儿有华丽的餐厅。

“正是这样。”威瑟斯先生一听她说熟悉情况，便继续说道，“我们有几套非常雅致的房间，如果你还未决定在夏天住何处的话，想请你去看看。我们的住房在各方面都很完善，有冷热水、私人浴室，每层楼都有特殊的娱乐场所，还有电梯及其他。你是知道我们的餐厅是怎样一种情况的。”

嘉莉静默地望着他。她心想他一定把她当成了百万富翁。

“房价是多少？”她问。

“哦，这正是我要跟你私下商量的。按我们的标准房价，每天三块到五十块钱不等。”

“天哪！”嘉莉打断了他的话，“这样的房价我可付不起。”

“我理解你。”威瑟斯先生迟疑了一下，高声说道，“不过请允许我解释。我刚才说的是我们的标准房价。但我们跟所有其他的饭店一样，也有优惠价。也许你没想到过，可你的大名对我们是有价值的。”

“噢！”嘉莉顿时看出了名堂，不由得叫了一声。

“当然，每一家饭店都仰仗顾客的名气。像你这样一位赫赫有名的演员，”他恭敬地鞠了一躬，而嘉莉红了脸，“能够把人们的注意力引向饭店，虽然你也许不相信你还可以为饭店招徕顾客。”

“哦，是的。”嘉莉茫然地应了一声，试图在脑子里分析一下这个奇特的建议。

“就这样吧。”威瑟斯先生继续说，轻轻挥动着圆顶礼帽，把一只擦得很亮的皮鞋在地板上跺了跺，“如果可能的话，我想安排你到威灵顿饭店下榻。至于条件你不必担心，其实，我们没必要谈论这事。这个夏天随便出点钱就行了，你觉得能付多少就付多少。”

嘉莉正要插话，可他却不给她机会。

“你今天或明天去都可以，愈早愈好，我们可以让你选光线充足、临街的漂亮房间。那是我们最好的房间。”

“真是太感谢你了。”嘉莉被这位代理人极其殷勤的态度所打动，于是说道，“我很愿意到贵店下榻。但我要付合理的房价。我可不想……”

“你大可不必费这心思。”威瑟斯先生打断她的话说，“无论任何时候我们都可以安排得叫你十分满意。假如每天三块钱适合于你，我们不胜荣幸。随你的意愿，你只需在周末或月底把钱付给出纳员，而他将根据我们的标准房价开给你收据。”

说话者停顿了一下。

“请你到那儿去看看房间。”他又说道。

“我很乐意去，”嘉莉说，“可今天上午我要排练呢。”

“我并不是请你立刻就去。”他回答，“什么时候去都行。今天下午方便吗？”

“没什么不方便的。”嘉莉说。

蓦然，她想起了此时不在屋里的萝拉。

“有个人跟我在一起住，”她补充道，“我到哪儿她也得随我一起去。我把这一点给忘了。”

“哦，完全可以。”威瑟斯先生温和地说，“你愿意和谁一起住，由你自己决定。我已经说过，一切都可以按你的意思安排。”

他鞠了个躬，朝门外退去。

“那么，在四点我们可以见到你吗？”

“可以。”嘉莉说。

“我会在那里引你看房间的。”威瑟斯先生说完退了出去。

排练完后，嘉莉把这事告诉了萝拉。

“他们真的愿意？”后者高声叫了起来，觉得威灵顿饭店是大老板们下榻的地方，“简直太好啦！太让人高兴了！这是天大的喜事。那天晚上，我们跟库欣兄弟俩就是在那里吃的饭。你不知道吗？”

“我记得。”嘉莉说。

“啊，这真是再好不过了。”

“我们最好这就到那儿去。”待到下午的时候，嘉莉说道。

威瑟斯先生给嘉莉和萝拉看的是客厅那层的一套住房，里面有三个房间和一个浴室。房间里是巧克力和深红色调，配着同样颜色的地毯和窗帘。东侧有三扇窗户俯瞰繁华的百老汇大街，另有三扇窗户俯视与百老汇交叉的一条背街。两间漂亮的卧室里摆着涂着白瓷漆的铜床、纹边白椅以及与之相配套的梳妆镜台。第三间是会客室，里边有一架钢琴、一盏硕大的琴灯，配着一个样式华美的灯罩，还有一张书桌、几把舒适的大摇椅、几个靠墙放的书架以及一个摆满了新奇小玩意儿的镀金古玩柜。墙上悬挂着画，长沙发上放着柔软的土耳其枕垫，地板上放着蒙着棕色长毛绒的踏脚凳。这样的住房一般每星期得要一百块钱的花销。

“啊，太漂亮啦！”萝拉来回走着喊叫起来。

“这儿很舒适。”嘉莉说着，撩起花边窗帘向下边繁华的百老汇大街望去。

浴室里砌着白瓷砖，很是漂亮，有一只镶蓝边的粗陶大浴缸和镀镍的水龙头。这儿明亮而宽敞，一面墙上嵌着斜边镜，三个地方都安着白炽灯。

“你们对这里满意吗？”威瑟斯先生问。

“非常满意。”嘉莉回答。

“那么根据你们的方便，你们随时都可以搬进来，随便你们使用。服务员会把钥匙给你们送到门口来的。”

嘉莉留意到过道里铺着华丽的地毯，装饰得很漂亮，前厅以大理石砌就，接待室富丽堂皇。她曾经朝思暮想的就是住进这种地方。

“我觉得我们还是马上搬来好，你说呢？”她心里想着第十七大街那平凡的居室，对萝拉说道。

“好，那就马上搬。”后者说。

第二天，她的箱子被送往新居。

星期三，嘉莉演完戏之后正在化装室里换装，外边传来了敲门声。

嘉莉看看杂役递过来的名片，不由得大吃一惊。

“告诉她，说我马上出去。”她轻声说，随后她看着那名片补充道，“那是万斯夫人。”

“喂，你这个小调皮鬼，”万斯夫人看到嘉莉穿过此刻已空无一人的舞台向她走来时，大声喊叫起来，“这到底是怎么回事？”

嘉莉开心地哈哈大笑。朋友的态度毫无尴尬之处，这会让你觉得这长时间的分离纯粹是偶然的事情。

“我说不上来。”嘉莉回答。她对这位年轻漂亮、心地善良的夫人起初有一种不安的感觉，但还是显得很热情。

“要知道，我在星期日报上看到了你的照片，可你的名字把我弄糊涂了。我想一定是你或者是一个跟你长得一模一样的人，于是我就想去看个究竟。我这一辈子还没有这么惊奇过呢。你还好吗？”

“很好，”嘉莉回答，“你怎么样呢？”

“很好。你可真是走红啦！天哪！所有的报纸都在谈论你。我还以为你会骄傲得不认人了。今天下午我差点不敢来找你啦。”

“无稽之谈，”嘉莉飞红了脸说，“你知道我见到你会很高兴的。”

“不管怎样，总算找到了你。现在能跟我去吃顿饭吗？你住在哪里？”

“住在威灵顿饭店。”嘉莉说，话语里含着一丝自豪。

“啊，真的？”对方惊叫道，那家饭店的名字对她产生了应有的影响。

万斯夫人禁不住想到了赫斯渥，可她知趣地避免去提他。毫无疑问，嘉莉离开了他。这一点是她猜出来的。

“哦，今天晚上恐怕不能到你那儿吃饭，”嘉莉说，“我时间很紧，七点半就得赶回这里。愿意来这儿跟我共进晚餐吗？”

“我很愿意，但今晚不行。”万斯夫人一边仔细打量着嘉莉漂亮的脸蛋一边说道，嘉莉交上了好运，这就使她在万斯夫人的眼里显得无比可敬和可爱，“我答应过晚上六点一定要赶回家。”她看了看固定在胸前的小金表，补充道，“我得走了。告诉我，你什么时候能来？”

“哦，由你选个时间吧。”嘉莉说。

“那么就明天吧。目前我住在切尔西饭店。”

“又搬家啦？”嘉莉哈哈笑着嚷嚷道。

“是的，你知道，我在一个地方住不上六个月就得搬家。你可要记住啊——哎呦，五点半啦。”

“我不会忘的。”嘉莉说，在她离开时又望了她一眼。接着，她心里想到自己现在跟这个女人一样风光了，也许还要强一些。对方对她的热心和兴趣使她觉得自己仿佛处于居高临下的地位。

像前边的每一天一样，卡西诺戏院的守门人这时又交给她一些信件。自从星期一以来，这种现象愈演愈烈。她非常清楚信中的内容。写情书是一种老把戏，是极其温和的形式。她记得接到第一封情书是很久以前在哥伦比亚城的时候。自打当上伴舞演员，她又接到了一些，那是一些绅士恳求约会的信。萝拉也收到一些情书，这成了她们俩共同取乐的游戏。她们经常把这些信当作笑料。

可现在的情书来得愈多愈勤了。有钱的绅士们除过陈述自己可人的优点，还会毫不犹豫地指出他们有肥马高车。有一封情书内容如下：

> 我个人名下有百万家财。我可以为你提供一切享受。你要什么就可以得到什么。我说这些倒不是因为我想炫耀自己的钱财，而是因为我爱你，愿意满足你的每一个欲望。正是由于爱，我才写了这封信。你能给我半小时，让我倾吐衷曲吗?

嘉莉仍住在第十七大街时收到这类信，虽然从未产生过喜悦心情，但看信的兴趣总比搬入威灵顿饭店的豪华房间后接到信时大。即便在威灵顿饭店，她的虚荣心或者自我欣赏（过分的自我欣赏则称为虚荣）也未达到登峰造极的地步，还没有使她对这些东西望而生厌。任何花样翻新的阿谀奉承都让她高兴。只不过她高瞻远瞩，明白自己已今非昔比。以前她没名没钱，而现在两者兼备；以前没人对她阿谀奉承和表示爱慕，而现在则时常出现。一想到男人们竟会突然发现她魅力倍增，她便觉得好笑。这至少激起了她冰冷淡漠的态度。

“你听听这话，”她对萝拉说，“看看这家伙是怎么表白的：‘你能给我半小时……’”她拿声拿调，用倦怠的语气把那话又重复了一遍，“想得倒美。男人们真蠢。”

“听他的口气，他一定有很多钱。”萝拉说。

“他们都是那样夸口。”嘉莉天真无邪地说。

“何不见见他，听他有什么话说？”萝拉建议道。

“我实在不愿见。”嘉莉说，“我知道他会说什么。我不想那样见任何人。”

萝拉睁着活泼的大眼睛望着她。

“他伤害不了你。”她回答，“你可以拿他寻个开心嘛。”

嘉莉摇了摇头。

“你真是太古怪了。”这位蓝眼睛的小士兵说。

好运接踵而来。在整个这一星期，她丰厚的薪水虽仍未拿到手，但世人仿佛都理解她和信任她。她没有钱，或者说连起码所必需的钱也没有，可她享受到了用金钱能买到的豪华生活。不经她开口，辉煌壮观的场所便对她敞开了大门。这些华丽的房间奇迹般地成了她的住所。万斯夫人在切尔西饭店下榻的漂亮房间是任她出入的地方。男人们送鲜花、写情书，情愿奉献出家产，而她还是幻想个不停。啊，一百五十块钱！一百五十块钱呀！那像是一扇通往阿拉丁宝窟的大门。每一天，她的脑袋差不多都会被事态的发展搅得迷迷糊糊，她心潮澎湃、想入非非，思考着钱多了以后她的未来该是个什么样子。她想到了根本不存在的娱乐，看到了陆地上或海洋里从未有过的高兴事儿。经过望眼欲穿的期待，她终于初次拿到了一百五十块钱的薪水。

发给她的全是钞票——三张二十块面额的、六张十块的和六张五块的。这样拿到钱后，很容易卷在一起。出纳员把钱发给她时，还莞尔一笑，对她致以敬意。

“啊，你好，”她来领钱时，出纳员对她说，“马登达小姐，这是一百五十块钱。演出似乎非常成功。”

“是的，的确如此。”嘉莉回答。

紧跟在后边的是剧团里一个名不见经传的演员，她听见出纳员改变了说话的语气。

“多少钱？”那位出纳员厉声问道。一位跟她前不久一样的演员，正在等着领微薄的工资。这使她回忆起有那么几个星期，她曾经带着近乎低下的神情，从制鞋厂的一个傲慢的工头手里领取或者接受四块半钱周薪的情景，那工头分发工资的神态俨然是一个向一群奴颜婢膝的求乞者布施的王子。她知道就是在此时此刻，芝加哥的那家工厂里也满都是穿着破旧单调衣服的女工，她们坐成一长排在轧轧响的机器旁干活，中午用半小时凑合吃点饭，待到星期六就像她在那儿上班时一样，聚拢在一起领工资。她们的工资少得可怜，而干的工作却比她现在的工作繁重一百倍。啊，现在的生活是多么轻松！这个世界充满了希望和光明。她激动得不知该怎么样才好，觉得必须回饭店去想想。

如果把欲望禁锢在心里，不久就会发现金钱无用武之地。嘉莉手里拿着一百五十块钱，想不出具体干什么好。那笔钱实实在在明摆在那儿，摸得着看得到，几天来供她消愁解闷。但这种感觉很快就消失了。饭店里的账用不着她的钱清算，她的衣服早就很称心如意了。再过一两天她还能拿到一百五十块钱。她开始觉得，维持目前的状况并不是迫切地需要这笔钱。倘使想锦上添花或者说爬得更高，她必须拥有更多的钱——比这多得多的钱。

这时，一位评论家前来采访，想写一篇词句华丽的访谈录，既包含聪明的见解、反映评论家的睿智，又揭露名流们的愚蠢，以飨读者。他喜欢嘉莉，并公开表示这种观点，可是却又补充说她只是长得漂亮、心地善良和吉星高照而已。这话似尖刀刺痛了嘉莉的心。《先驱报》为筹集免费赠冰基金举办招待会，邀请她跟别的名流们一道参加，一分钱的报酬也不会付。一位年轻剧作家找上门来，有个剧本以为她能够推出，可惜她无法做出决断。想起这事她有些伤心。后来她认为必须把钱存入银行以确保安全，于是便举步前往，可最终到了那地方时却又觉得欢快完美的生活还未向她敞开大门。

她逐渐开始想到这是因为正值夏季，除了演演以她为主角的这类戏剧，别的没有多少娱乐可言。第五大道的富人们已去避暑，他们的府邸大门紧锁。麦迪逊大道也强不到哪里去。百老汇街头到处是无事可做的演员，他们在寻找下一季度的演出机会。整个城市静悄悄的，而她晚上又忙于自己的工作，所以就产生了无所适从的感觉。

“我不知干什么好，”一天她坐在一扇俯瞰百老汇大街的窗户旁，对萝拉说道，“我觉得很寂寞。你呢？”

“不，”萝拉说，“我不常有这种感觉。你哪儿都不愿去，这就是你的症结所在。”

“能去哪儿呢？”

“嘿，能去的地方可多啦。”萝拉回答，心里想着她跟那些快乐的小伙子无忧无虑的游玩，“你不肯跟别人出去嘛。”

“我不愿跟那些给我写信的人在一起。我知道他们是什么货色。”

“你不该感到寂寞，”萝拉说道，心里想着嘉莉的功成名就，“有很多人不惜一切代价都想取得你这种地位呢。”

嘉莉又眺望了一眼外边来来往往的人流。

“这我倒不知道。”她说。

她不知不觉对闲散的生活产生了厌倦之心。

第四十五章 苦挨日月，苟延残喘

赫斯渥揣着卖家具得来的七十五块钱，除此之外别无长物，躲入一家廉价的旅社，坐在屋里看报纸，送走炎热的夏天，迎来凉爽的秋季。眼瞧着自己的钱一点点流逝，他并非完全无动于衷。每天付五毛钱房钱，一天天过去，他不由得忧心忡忡，最后换了个更为便宜的房间（每天三毛五分钱的房钱），想让他的钱多维持一些时间。他常常看到有关嘉莉的新闻报道。她的照片上过一两次《世界报》，他在一把椅子上看到过一份过期的《先驱报》，得悉她最近跟别的一些人曾为某项事业筹过款。看到这些消息，他心情复杂。每一则消息都似乎把她从他身边愈推愈远，将她送入一个光辉灿烂的王国。他在广告牌上还看到一幅漂亮的海报，海报上的她演的是端庄典雅的教友会女教徒。他几次留住脚步看海报，怀着阴郁的心情呆望着那张俊俏的面孔。他衣衫褴褛，跟她的现状有天壤之别。

不知怎么，他只要知道她在卡西诺戏剧院演出，虽然从不打算接近她，但心里就下意识地有一种安慰，觉得他并非孤苦伶仃。那出剧像扎了根般，乃至一两个月之后，他便觉得理所当然还在演下去。九月剧团出外巡回演出，他竟没有发觉。当口袋里的钱花得只剩二十块时，他搬进了波威里街的一个寄宿处，每天交一毛五的房钱，只有一间简陋的休息室，里边放着一些桌椅板凳。在这儿他喜欢闭上眼睛缅怀往事——这是他养成的一种习惯。起初这并非睡梦，而只是在心里喜欢追忆芝加哥时生活中的场景和事件。由于现实愈来愈黑暗，过去则愈加明亮，凡是与过去有关的一切都跃然眼前。

他不知道这种习惯把他影响到了什么地步，直至有一天他发现自己在重复过去跟一位朋友说过的话。当时他们俩在费兹介路－莫伊酒店待着。他好像是正站在他那漂亮的小办公室的门口，穿得齐齐整整，跟萨加•莫里森谈论芝加哥南部地产的价值，后者要在那儿投资。

“你愿意不愿意跟我一起干？”他听到莫里森说。

“我可不行。”他回答，口气跟几年前一模一样，“眼下我忙得不可开交。”

嘴唇的翕动使他清醒过来。他不清楚自己刚才是否真的说了话。下一次注意到这种现象时，他才知道自己的确讲了话。

“为什么不跳呢，你这个大笨蛋？”他这样说道，“跳呀！”

他在给一帮子演员讲英国笑话。甚至当他的声音把他惊醒时，他还在微笑。一位坐在旁边的古怪的老头子似乎被惊动了，至少他严厉地凝视着这儿。赫斯渥挺直了身子。记忆中的幽默顿时消失，他感到很难为情。他离开座椅，闲步走到街上去散心。

一天看《晚间世界》的广告栏时，他发现卡西诺戏院正在上演一个新戏目。他心里立时一愣。嘉莉走啦！他记得昨天还看见过她的一张海报，那无疑是没有被新海报覆盖住的缘故。说来奇怪，这件事令他大为震惊。他几乎不得不承认自己有一种依赖感，必须她在城里才行，而现在她走了。他不明白自己怎么会没注意到这件重要的事情。天知道她什么时候才回来。在惶恐不安的心情驱使下，他站起来走进黑暗的过厅，偷偷数了数剩下的钱。总共只剩下了十块钱。他感到纳闷，不知周围那些在这里投宿的人是怎么过活的。他们似乎无所事事。他们大概靠行乞为生——他们毫无疑问是那样做的。他得意的时候，把许多角币都施舍给了这种人。他在街头曾看到过许多人讨钱花，也许他也可以那样弄些钱来。这种念头令他感到害怕。

坐在寄宿处的房间里，他花得只剩下了最后五毛钱。他勤俭节约、精打细算，最终影响到了他的健康。他结实的体魄已损耗殆尽。同时，他的衣服已不成样子。他决定采取措施。东跑西颠，又混过去一天，只剩下了最后的两毛钱，连第二天的饭钱都不够了。

他鼓起全部的勇气，来到百老汇大街，向百老汇中央饭店走去。在离那儿不到一个路口远的地方他停住了脚步，犹豫起来。一位身材高大、表情严肃的服务员正站在一扇侧门旁向外眺望。赫斯渥决意去求求他。他径直走上前，未等那服务员走开便来到了他面前。

“朋友，”他说道，即使在悲惨的处境里他也认为那人的地位比他低下，“这座饭店里有我能做的事情吗？”

服务员呆视着他，而他继续说了下去：“我一无工作二无钱。必须找点事做，不管干什么都行。我不愿提我过去曾经是什么样的人物，如果你能告诉如何弄个工作干，我将不胜感激。临时干几天也所谓。我必须找到事做。”

服务员仍在愣愣地望着他，竭力显得漠不关心。后来见赫斯渥还要往下讲，便说道：“那不归我管。你得到里边去问。”

说来也怪，这竟使得赫斯渥要进一步努力了。

“我还以为你能指点我呢。”

那家伙恼怒地摇了摇头。

于是，这位以前的经理走了进去，直奔离接待台不远的一个办公室。饭店的一位经理碰巧在里边。赫斯渥直直地望着他的眼睛。

“能给我个活让我干几天吗？”他说，“我处境困难，必须立刻找个工作干。”

那位快活的经理打量着他，就像是在说：“哦，这我看得出来。”

“我来这里，”赫斯渥忐忑不安地解释道，“是因为我风光的时候也当过经理。我遭到了某种厄运，不过我来这儿并不是为了讲这个。我想找个差事干，哪怕一个星期也行。”

那人觉得在这位求职者的眼睛里看到了一线狂热的光芒。

“你在哪家饭店当过经理？”他问道。

“那不是饭店。”赫斯渥说，“我在芝加哥的费兹介路－莫伊酒店当过十五年的经理。”

“是吗？”那位饭店的经理说，“那你是怎么离开的？”

拿赫斯渥的形象跟这一事实一比照，让人颇感意外。

“哦，是因为我干下了傻事。现在就不谈这些了。要是想查，是可以查出来的。请你相信我的话。我现在已走投无路，今天粒米未进。”

那位饭店经理对这段故事稍微有些兴趣。他简直不知怎样对待这样的一个人物好，可赫斯渥诚挚的态度使他希望能为他做点什么。

“把奥尔森叫来。”他转身对接待员说。

听到铃声，一位门侍去把服务员的领班奥尔森唤了来。

“奥尔森，”经理说，“能不能在楼下为这个人找点事做？我想给他个差事干。”

“我不清楚，先生。”奥尔森说，“我们需要的人手基本都齐了。不过，如果你愿意，先生，我想还是可以找到事的。”

“就这样吧。带他到厨房，让威尔逊给他些东西吃。”

“是的，先生。”奥尔森说。

赫斯渥跟了出去。一到经理看不见的地方，那服务员的领班便改变了态度。

“鬼知道有什么活可给你干。”他说。

赫斯渥没吱声。对他来说，这位负责搬运行李的大个子是蔑视的对象。

“你给这个人弄点东西吃。”那领班对厨师说。

后者把赫斯渥全身上下打量一通，在他眼里看到有敏锐和聪慧的神情，便说道：“请坐到那里吧。”

于是，赫斯渥在百老汇中央饭店安顿了下来，但为时不长。他在身心方面不适合干每一家饭店都存在的最基本的杂活。由于没有更好的工作，他被分派给伙夫当下手，到地下室里帮忙，遇到什么差事就干什么差事。搬运工、厨子、伙夫以及职员，全都高他一等。更为糟糕的是，那些人不喜欢他的样子——他的脾气太孤僻，于是便不给他好脸色看。

由于绝望他变得感觉迟钝和麻木不仁，他忍受着这一切，睡在房顶的阁楼里，厨子给什么吃什么，一星期拿上几块钱，他还试图把这钱攒起来。可他的体质却让他吃不消了。

二月的一天，他被支派到一家大煤炭公司的办事处去。天刚下过雪，街上正在化雪，很是泥泞。他途中湿了鞋子，回来后就觉得不舒服，四肢乏力。翌日整整一天，他都感到精神异常颓丧，一有机会就坐下来，激怒了那些喜欢别人卖力干活的家伙。

待到下午，有些箱子需要搬走，为新购来的厨房用品腾地方。他被派去推一辆手推车。在搬动一只大箱子时，他力不能支。

“怎么回事？”那位服务员领班说，“你搬不了吗？”

赫斯渥使出吃奶的力气去搬，但最后还是放弃了。

“搬不动。”他有气无力地说。

那人望了望他，见他面如死灰。

“该不是病了吧？”他问。

“我想是的。”赫斯渥回答。

“那你最好去坐下休息。”

他照办了，但病情迅速恶化起来。他似乎什么都做不成，只好挣扎着回到自己的房间，在里边待了一天。

“那个叫惠勒的家伙病了。”一位杂役向值夜班的职员报告说。

“患的什么病？”

“不知道。他在发高烧呢。”

饭店里的医生来看了看赫斯渥。

“最好送他进贝列佛医院。”他建议说，“他患的是肺炎。”

于是，赫斯渥被用车送走了。

三个星期之后，危险期过去了，但他差不多待到五月一日才有了力气，能够出院。随后，他便被饭店解雇了。这位曾经身强力壮、精神饱满的经理，走到外边春季的阳光下，显得三分像人七分像鬼。他骨瘦如柴，面孔瘦削苍白，两手没有血色，身上的肌肉松弛着。算上衣服等，他的体重也只有一百三十五磅。别人给了他几件旧衣服——一件劣质的棕色上衣和一条不合体的裤子，还给了他些零钱以及建议，让他到慈善机构申请救济。

他又回到了波威里街的寄宿处，心里思量着到哪儿去找事做。到了这种程度，离行乞仅有一步之遥了。

“有什么办法呢？”他说，“我总不能饿死呀。”

他第一次行乞是在阳光明媚的第二大道上。一个衣着考究的男人出了施托伊弗桑特公园，悠闲地信步向他这边走过来。赫斯渥壮起胆子，侧身迎上去。

“能给我一毛钱吗？”他直截了当地说，“我是迫不得已才向人讨钱的。”

那人几乎连看他都没看一眼，但伸手从背心口袋里摸出一个角币来。

“拿去吧。”他说。

“非常感谢。”赫斯渥轻声说，可对方没再搭理他。

他为自己的成功感到满意，然而也为他的处境感到羞愧，决定再要两毛五分钱就够了。他四处转悠打量着行人，但是过了许多才瞅准了合适的面孔和机会。待到张口讨钱时，却遭到了拒绝！这种结果对他打击很大，他用了一小时的时间才恢复了过来，然后又跟人要钱。这次讨到了一枚五分的镍币。经过艰苦卓绝的努力，他又讨到两毛钱，但这经历让人痛心。

次日他又重操旧业，遭到了形形色色人的拒绝，也有一两个人慷慨解囊。最后他觉得研究人的面孔是一门科学，要乞讨就得物色面相慷慨的人。

可拦截行人对他并不是件乐事。他见到有个人因行乞被抓了起来，唯恐自己也会被逮捕。不过他还是干了下去，隐约觉得说不定会碰上比较好的机会。

一天上午，他看到“卡西诺剧团与嘉莉·马登达小姐一道返回”的通告时，不禁觉得很是快意。这些日子他常常想到她。她是何等春风得意啊！她的钱该多么多啊！可即便是这种时候，他也是在四处碰壁之后才决定去求她。他是在确实饥肠辘辘的情况下才想到：“我去问她要，她总不会连几块钱也拒绝给我吧。”

于是，一天下午他到了卡西诺戏院，从门前来回过了好几次想找到后台的入口。随即，他坐到一个路口开外的布赖恩特公园里等待。“帮我一点忙她是不会拒绝的。”他一个劲地自言自语着。

从六点半钟开始，他就像影子一样在第三十九大街戏院入口附近徘徊，总是佯装成一个行色匆匆的过路人，可心里却害怕错过自己的目标。重大的时刻已经来到，他感到有点紧张。但由于体弱和肚子饿，他的痛苦感反而减弱了几分。最后他终于看见演员们陆续抵达，心里紧张得要命，直至觉得好像再也无法忍受。

有一次他以为看到了嘉莉，便迎上前去，结果却发现自己认错了人。

“她马上就会来的。”他对自己说，一方面害怕跟她见面，另一方面又担心她从别的门进去。他的胃空空如也，饿得发痛。

人们一个个从他身旁走过，差不多全都衣冠楚楚，几乎都显得很冷漠。他看见马车一辆辆驶过，绅士和淑女结伴成双——这戏院和饭店区域的晚间娱乐正在拉开序幕。

突然来了一辆马车，车夫跳下来开车门。赫斯渥未及挪步，就见两位女子快步穿过宽阔的人行道，进了后台入口。他觉得自己看到了嘉莉，但事情来得太突然，那女子又那么雍容华贵，隔得那么远，所以他不敢断定。他又等了一会儿，饿得心里发慌，后来见后台的门不再开启，欢快的观众陆续到来，便认定刚才那女子一定是嘉莉，于是就走开了。

“天哪，”他说道，一边快步离开这条比较幸运的人们正在拥入的大街，“我得去弄点东西吃。”

每到这种时辰，当百老汇大街呈现出令人兴趣盎然的场景时，总会见一个古怪的人站在第二十六大街和百老汇大街的转角处——那儿也跟第五大道相交。这正是戏院开始接纳观众的时候。灯光闪耀的广告牌随处可见，宣传着晚上娱乐的内容。马车辘辘驶过，车上的灯闪闪发光，活似黄色的眼睛。人们两个一对、三个一帮、四个一群，有说有笑、无拘无束地夹裹在熙攘的人流里从旁边走过。第五大道上有些悠闲的人——几位有钱的散步者、一位身穿晚礼服挽着夫人的胳膊漫步的绅士和一些从一家吸烟室前往另一家吸烟室的俱乐部会员。马路对面的大饭店有成百扇窗户里亮着灯光，饭店的咖啡屋和弹子房中挤满了心情舒畅、衣冠楚楚的寻欢作乐者。四周夜色茫茫，那儿跳动着寻求欢乐和喜悦的思想——大城市正以数以千计不同的方式，怀着奇异的热情沉醉于欢乐之中。

这个古怪的人其实只不过是个退伍军人变成的宗教狂，他遭受过我们奇特的社会制度的鞭笞和压迫，因而认定他对上帝的职责就在于帮助自己的同类人。他所选择的实施帮助的形式完全是他的独创。他虽然自己也没钱弄个舒适的住处，但他的计划是为所有来这地方向他求助的无家可归的流浪汉寻找床铺。

他站立在这灯红酒绿的气氛中，魁梧的身子上披一件大斗篷，头戴一顶宽边软呢帽，等待着那些通过各种渠道了解了他的慈善事业性质的申请者。他独自站一会儿，像个闲汉一样观望那令人心醉神迷的景色。就在这一天晚上，一位警察走过时，友好地称他为“上尉”，对他敬礼。一个以前常见他的顽童，停下来观望。其他的人觉得他除了衣饰之外，没有什么与众不同的，把他看作一个悠闲地吹着口哨自得其乐的陌路人。

半小时过去之后，有几个人露了面。在过往的人流中，时而可以看见个把闲荡的人颇感兴趣地凑到跟前来。一个无精打采的人穿过对面的街角，偷偷地朝这个方向张望着，另有一个顺着第五大道走到第二十六大街的街角，用眼扫了一下，便又一跛一跛离开了。有两三个一看就知是波威里街的穷光蛋，他们沿着麦迪逊广场的第五大道那边悄悄挨过来，可是却不敢走上前。这位披斗篷的军人在街角沿着一条十英尺的短线路来回踱步，漫不经心地吹着口哨。

近九点的时候，傍晚的喧嚣声有所减弱。饭店里的气氛不那么生机勃勃了。天气也冷了一些。四面八方有一些稀奇古怪的身影在移动、观望、窥探，站在想象中的圈子之外，似乎不敢走进来——总共有十二人。不久，有一个由于对寒冷产生了比较深刻的感受，便走上前来。他钻出第二十六大街的黑影，跨过百老汇大街，走走停停迂回着接近了这位等待着的军人。他的举动有些难为情或羞怯，好像想掩饰打算停下脚步的想法。直到最后的一刻他才在靠近军人的地方突然停了下来。

上尉看起来是认识他的，可是却没有特地跟他打招呼。新来者微微点了点头，喃喃地说了句什么，像是一个等待施舍的人。而对方仅仅示意他站到人行道的边上去。

“请站到那儿去。”他说。

这一来打破了僵局。当军人又开始庄严地在短距离地走来走去的时候，其他的人拖着步子走了上来。他们没有跟他们的首领打招呼，而是跟先来的那个站在了一起，吸着鼻子，跛着腿，用脚蹭着地面。

“天很冷，是吗？”

“很高兴冬天已经过去了。”

“看起来好像要下雨。”

这群乌合之众增加到了十个人。其中的一两个是相识，便交谈起来。其他的人站在几英尺之外，不想站在圈子里，可又不愿被排除在外。他们乖戾、顽固、默默不语、目光茫然，移动着他们的双脚。

他们眼看着就要攀谈了，可军人没有给他们开口的机会。他查了查人数够开始了，便举步走上前来。

“都是来找睡觉的地方吧？”

起了一阵移动脚步的声音和表示承认的喃喃声。

“请在这里把队排好，看我能为你们做些什么。我自己也身无分文。”

他们组成了七零八落、参差不齐的一列。现在，通过比较可以看到一些主要的特色。队列里有一个安着木腿的人。大家的帽子都软不拉塌低垂着，连海斯特街地下室堆集的旧货都不如。裤子歪歪斜斜不成样子，裤脚磨毛了边，上衣又破又旧，全都褪了色。在商店里的灯光照耀下，有些人显得形容枯槁，没有血色；另一些人脸上长着红疙瘩，面颊和眼皮下角浮肿着；其中有一两个瘦得皮包骨头，使人联想到那些闹罢工的电车工人。几位旁观者被这些看起来像是在聚会的人所吸引，便走到了跟前，后来围观的人愈来愈多，很快形成了一个你推我挤、瞪大眼睛张望的人群。这时队列里有人说起了话。

“请安静！”上尉高声喝道，“诸位先生，这些人没有睡觉的地方。今晚他们得找个地方安歇，不能让他们露宿街头。我需要一毛二分钱为他们当中的一个安排床铺。谁愿意解囊相助？”

无人应声。

“那我们得等在这里，朋友们，直到有人拿出钱来。一个人一毛二分钱并不算太多呀。”

“我给一毛五分钱，”一位年轻人睁大眼睛观望着高喊道，“我只能出得起这么多。”

“很好。现在有一毛五分钱了。你出列吧。”上尉抓住一个人的肩头说，把他拉到离队列不远的地方，让他孤零零站在那里。

他回到原来的位置，又开始了讲话。

“还余下来三分钱。这些人总得有床铺睡觉呀。一共有，”他数着人数，“一、二、三、四、五、六、七、八、九、十、十一、十二个人。再有九分钱就可以给下一位安排地方，让他有个舒服的好床过夜。我要跟着一道去为他们办理。谁愿意给我九分钱？”

这一次，旁观者里有个中年人递给他一枚五分钱的镍币。

“现在有八分钱了。再有四分钱就可以给这个人弄个床铺。来吧，先生们。今天晚上进行的速度太慢了。你们都有舒适的床睡觉，而这些人呢？”

“拿去吧。”一位旁观者说着，把一枚硬币塞到了他手中。

“这可以为两个人安排两张床，”上尉看着硬币说，“而且还余下五分钱给下一位。谁愿意再给我七分钱呢？”

“我愿意。”一个声音说。

这天晚上，赫斯渥从第六大道走过来，朝着东边碰巧穿过第二十六大街向第三大道走。他精神萎靡不振，几乎饿得要死，筋疲力尽，如丧家之犬。现在怎么才能够接近嘉莉呢？戏院要到十一点散场？如果她是乘马车来的，也会乘马车走。他必须在极其难堪的条件下去阻拦她。最为糟糕的是他又饿又累。要找她至少得再等一天，因为他今晚无心再做努力了。他既无东西吃又没有地方睡觉。

接近百老汇大街时，他注意到了上尉召集起的那帮子流浪汉，不过认为那是街头布教者在讲演或者江湖骗子在兜售假药，于是打算走过去。可是跨过大街向麦迪逊广场公园走时，他留意到了那群已经得到床位的人，他们是与人群隔离开的。在邻近灯光的照耀下，他看出那些人跟他属同一类型，是街头和寄宿处常见的那种人，和他一样心无所依，没有地方栖身。他想知道那究竟是怎么回事，就折了回去。

上尉仍在那儿简短地向人们呼吁。赫斯渥听他老是重复“这些人必须有床铺睡觉”这句话，不由得觉得惊异，而且有一种宽慰之感。面前是一队还未得到床铺的不幸的人，他看到一位新来者不声不响挨上前，站到了队末，于是便决定也加入其中。何必跟自己过不去呢？他今晚已疲惫不堪。这至少是一种解决困难的简单途径。明天也许他的运气会好些。

他身后的一些人已经落实了睡觉的地方，显得松弛了下来，那种紧张不安的气氛消除了。他听到他们比较自在地交谈起来，表现出热衷于交往的倾向。他们有的谈有的听，话题涉及政治、宗教、政府的状况、耸人听闻的报道以及全世界声名狼藉的丑事。

几个沙哑的声音在高谈阔谈，讲些稀奇古怪的事情。应答的人讲的话模棱两可、不着边际。有些人过于迟钝或者过于疲倦，所以并不说话，只顾瞪着公牛一样呆滞的眼睛斜视着。

站队不是个滋味。赫斯渥愈等愈疲倦，觉得自己马上就要倒下去了，便不安地倒换着双脚。终于轮到他了。前边的那人拿到了施舍，站进了大功告成的幸运者行列。赫斯渥现在成了头一个，而上尉已经在为他求情了。

“一毛二分钱，先生们——一毛二分钱可以使这个人得到床铺。要是他有地方去，也不会站在这里挨冻了。”

有样东西涌上了喉头，赫斯渥把它咽了下去。饥饿和衰弱把他变成了一个懦夫。

“拿去吧。”一位陌生人把钱递给上尉说。

上尉亲切地把一只手搭在这位从前的经理肩头上说：“去到那儿排队吧。”

到了那里，赫斯渥的呼吸轻松了些。他觉得有这样一个好人，这个世界好像还不算太坏。看起来，其他人的感觉跟他是一样的。

“上尉是个大好人，对吗？”前边的那位神情悲哀、显得无依无靠的小个子男人说道，仿佛他生来就受命运的捉弄和摆布。

“对。”赫斯渥淡漠地说。

“好家伙！后边还多着呢。”站在头里的一个人探出身子，回首望着上尉正为之呼吁的那些申请者说道。

“是啊。今晚的人数肯定有一百多。”另一个说。

“快瞧马车上的那人。”第三位说。

一辆马车停下。有位穿晚礼服的绅士递出一张钞票给上尉，上尉三言两语道了谢，又回到自己的队伍前。马车驶离时，大家纷纷伸长脖子观看绅士白衬衫胸前闪闪发光的宝石。连旁观的人群也看得目瞪口呆。

“这钱够安排九个人过夜。”上尉说，一边从跟前的队列里点出九个人来，“到那边排队去吧。现在只剩下七个人了。我需要一毛二分钱。”

钱来得很慢。围观的人群逐渐散去，只剩下了寥寥无几的几个人。第五大道空落落的，只偶尔能看到一辆马车或一位行人。百老汇大街上的路人稀稀拉拉。时而会有人路过，注意到这一小群人，拿出一枚硬币，随即便扬长而去。

上尉仍是那样坚定和富于决心。他继续呼吁着，话语极其简短、慢条斯理，却带着一种自信，仿佛他不可能失败。

“请解囊吧，我总不能在这里待一晚上呀。这些人又累又冷。哪位能给我四分钱？”

有时他一句话也不说，只是接过钱，够一毛二分钱就叫出一个人来，让他站到另一队去。随后他又来回踱步，眼睛望着地面。

戏院散了场。灯光广告牌消失了。大钟敲响了十一点。又过了半个钟头，只剩下了最后两个申请者。

“朝外拿钱吧，”他对几个好奇的围观者高喊道，“一毛八分钱就可以让我们都有过夜的地方。一毛八分钱。我这儿有六分钱。哪位能把钱给我。别忘了，今晚我还得赶到布鲁克林去。在这之前，我得把这些人带走，为他们安排床铺。再要一毛八分钱。”

没有人应声。他来回踱步，眼帘低垂了一会儿，偶尔低声说：“一毛八分钱。”就好像拖延时间，使大家不能实现盼望中的目标的是这一点点钱，而非其他的钱。赫斯渥虚弱不堪。但他站在长长的队列里，精神稍微有些振奋，努力不呻吟出声。

最后，终于有一位披着歌剧演员似的斗篷、身穿窸窣作响的裙子的女士，在男伴的陪同下沿第五大道走了过来。赫斯渥疲倦地呆望着他们，想起了新天地里的嘉莉，想起了他曾经也这般陪伴过自己的妻子。

就在他呆望之际，那女士回首看了看这离奇的队伍，打发她的同伴走了过来。那同伴朝这边走时，手里拿着一张钞票，风度翩翩。

“拿去吧。”他说。

“谢谢。”上尉说了一声，把身子转向最后的那两个申请者。“还能余些钱明天晚上用。”他补充说。

然后，他让最后的两人站到队伍里，自己朝队伍的前端走，边走边查人数。

“总共一百三十七人。”他宣布道，“伙计们，把队站好。向右看齐。不会再耽误很长时间了，不要着急。”

他站到队首，喊了声“开步走”。赫斯渥随着队伍一起前进。长蛇一样的队伍跨过第五大道，顺着蜿蜒的小路穿过麦迪逊广场，朝东走上第二十三大街，又沿着第三大道前行。夜间的行人和闲逛的人驻足观望着这支从身边走过的队伍。在各街口闲聊的警察们或淡漠地观望，或冲领队点头，因为他们以前见过他。从第三大道到第八大街似乎是一段令人筋疲力尽的路程，待他们赶至第八大街的一家寄宿处，那里显然已打烊关门了，不过，他们的到来是在意料之中的。

大家站在门外的阴影里，而领队进去谈判。后来房门猛地打开了，大伙儿随着一声“别急”被请了进去。

有人在前边指点房间，免得分发钥匙耽误时间。赫斯渥挣扎着爬上咯吱咯吱响的楼梯，回头瞧时，看到上尉在注视着大家。上尉博大的胸怀关心着这支队伍，直至最后一个人被安顿好。随后，他裹紧斗篷，走到了门外的夜色之中。

“这种洋罪我实在受不了了。”赫斯渥说，他拖着酸痛的腿走进分派给他的一间没有灯光的小卧室，一屁股坐到了简陋的床上，“我必须吃点东西，不然我会饿死的。”

第四十六章 故人造访，往事如烟

嘉莉这次返回纽约演出后，一天晚上快卸完装准备回家时，听到后台门口起了一阵骚动，其中夹杂着一个熟悉的声音。

“别担心。我想见见马登达小姐。”

“你得先把名片送进去。”

“嘿，好啦，给你吧。”

五毛钱递了过去，接着有人叩响了她化装室的房门。

嘉莉打开了门。

“喂，喂！”杜洛埃说，“果真是你！你好吗？当时我一看就知道是你。”

嘉莉后退了一步，心想着他们的谈话一定极其尴尬。

“不打算跟我握手吗？啊，你可真美呀！满不错的，请握手吧。”

嘉莉笑吟吟地伸出了手，完全是因为这个男人满怀着善意。他虽然老了些，但变化不大，穿得还是那么漂亮，体格还是那么健壮，还是那么红光满面。

“门口那家伙不想放我进来，后来我塞给他一点钱。我知道就是你，果然没错。你们的这个剧真是好。你把你的角色演得很棒。

我知道你能演好。我今晚只是碰巧路过，想着进来看上一会儿。我在节目单上见了你的名字，但直至你上台，才算记了起来。我立时就吃了一惊。你简直太让我感到意外了。你用的还是在芝加哥时用过的那个名字，是吗？”

“是的。”嘉莉温和地回答，被这个男人肯定的语气弄得不知所措。

“我一看到你，就知道是这么回事。哦，你这一向怎么样呢？”

“哦，非常好。”嘉莉在化装室里徘徊着说，她被这突然的发问弄得有些迷乱，“你怎么样呢？”

“我？哦，我很好。如今我住在这儿。”

“是吗？”嘉莉说。

“是的。我来这儿有六个月了，在这儿负责一个分公司。”

“太好了！”

“哦，你是什么时候登台演出的？”杜洛埃问。

“大约三年前。”嘉莉说。

“这么长时间啦！老天，我这可是刚听到哩。不过，我知道你会走红的。我一直都说你能够表演，不是吗？”

嘉莉笑了笑。

“是的，你是说过。”她说。

“喂，你看起来漂亮极啦。”他说，“我从没见过有谁变化这么大。你个子也长高了，是吧？”

“我？哦，也许是长高了一些。”

他先是打量她的衣服，随后打量她那时髦地扣着一顶很相称的帽子的头发，接着又去望她那双躲来躲去的眼睛。显然，他想立刻一毫不差地恢复他们昔日的友谊。

“喂，”他见她收拾起钱包、手帕等物件准备离开，便说道，“我想请你出去吃顿饭，肯赏光吗？我约了一位朋友。”

“噢，不行，”嘉莉说，“今晚不行。明天一早我有事要做。”

“嘿，不要管明天的事啦。就这样吧。我可以摆脱我的那个朋友，我想跟你好好谈谈。”

“不，不，”嘉莉说，“我去不成。你不必再勉强我了，我不想这么晚了去吃饭。”

“走吧，我们可以叙谈叙谈嘛。”

“今晚不行。”她摇着脑袋说，“我们另选个时间谈吧。”

话一出口，她注意到他脸上掠过一道阴影，显得心事重重，好像他已意识到事情起了变化。善良的天性使她觉得，对待一个向来喜欢自己的人，态度应该好一些。

“你明天可以到饭店来，”她这样说道，作为悔过的表示，“你可以和我一起吃顿饭。”

“好吧，”杜洛埃喜形于色地说，“你在哪家饭店下榻？”

“沃尔多夫。”她回答，指的是一家刚刚建起的时髦饭店。

“什么时候？”

“你三点来吧。”嘉莉和颜悦色地说。

第二天杜洛埃来了，可嘉莉记起这次约会时并不觉得特别高兴。不过，一见他依然保持着他这类人的潇洒风度，而且极其亲切友好，她心中对这顿饭是否会令人不愉快的疑虑便烟消云散了。他讲话还似从前那样口若悬河。

“这里的架势倒是摆得很足，是吗？”这是他的开篇第一句。

“是的，是很足。”嘉莉说。

他天生就是个自我主义者，立刻详尽地描绘起自己的事业来。

“我很快就要有我自己的公司了，”他讲到一处时说，“我可以筹集到二十万块钱的资金。”

嘉莉满怀好意地听着。

“我问你，”他突然说道，“赫斯渥目前在哪里？”

嘉莉的脸微微一红。

“大概在纽约吧，”她说，“我有一段时间没见他了。”

杜洛埃思索了一下。在这之前他一直吃不准那位昔日的经理是否是躲在背后的一个有影响的人物，依他看不是的。但嘉莉的回答才算让他放下了心。他想一定是嘉莉抛弃了他，这是她应该做的。

“一个人做那种事总会犯错的。”他说道。

“哪种事？”嘉莉说，不知他会有什么样的下文。

“嘿，你是清楚的。”杜洛埃挥挥手，好像她了解一切似的。

“不，我不清楚。”她回答，“你指的是哪件事？”

“就是他离开芝加哥时干的那件事呗。”

“我不明白你在讲什么。”嘉莉说。难道他会如此粗俗，指她跟赫斯渥私奔的事？

“天哪！”杜洛埃不相信地说，“他离开时拿走了一万块钱，难道你不知道吗？”

“什么！”嘉莉说，“你不会是说他偷钱了吧？”

“哦，”杜洛埃说，对她说话的语气感到困惑，“你难道不知道？”

“不知道，”嘉莉说，“我当然不知道。”

“这就怪了，”杜洛埃说，“他的确偷了钱，所有的报纸都登了。”

“你刚才说他拿了多少钱？”嘉莉问。

“一万块。不过，听说他把大部分钱都还了回去。”

嘉莉目光空洞地望着铺着华丽地毯的地板。她对被迫私奔后的那些年头产生了新的看法。她现在回想起来，有许多事情都很可疑。她还想到他是为她才偷了钱，她心里未出现憎恶，反而产生了一种悲哀的情绪。可怜的人哪！这些年来，他心灵上压着多么沉重的负担啊。

饭桌旁，杜洛埃又吃又喝，心情愉快，不由得柔情万种，以为已使嘉莉旧情复发，恢复了对他友好的感情。他觉得她虽然高高在上，但再次进入她的生活也并不太难。他心想，她是个多么可人的猎物啊！她如花似玉、仪态万方，而且赫赫有名！在他看来，身居戏剧界和沃尔多夫饭店的嘉莉是最令人向往的女人。

“还记得那天晚上在艾弗里会堂演出，你是多么紧张不安吗？”他问道。

嘉莉想起当时的情景，莞尔一笑。

“我从没见过有谁比你当时演得强哩，嘉德。”他把一只胳膊肘架在桌子上，带着几分伤感补充道，“那些日子，我以为你和我会相处好的。”

“你不该那样讲话。”嘉莉说，夹带着一丝冷冰冰的语气。

“请允许我告诉你……”

“不。”她回答一声，站起身来，“我该准备一下到戏院去了。我得跟你告辞了，现在走吧。”

“请再待一会儿，”杜洛埃央求道，“时间还早着呢。”

“不了。”嘉莉轻声说。

杜洛埃不情愿地离开富丽堂皇的餐桌，跟了上去。他送她到电梯口，站在那儿说：“什么时候还能再见到你？”

“也许以后的哪一天吧，”嘉莉说，“整个夏天我都在这儿。再见！”

电梯门打开了。

“再见！”当她冲进电梯时，杜洛埃说道。

随后他悲伤地信步顺着大厅走去，由于她如今已遥不可及，倒使他昔日的渴望又全部复苏。饭店里女裙欢快的沙沙声，勾起他对她的回忆。他觉得自己受到了冷遇。不过，嘉莉却怀着别的心思。

就是在这天晚上，她从等候在卡西诺戏院门口的赫斯渥身边走过，却没有留意到他。

第二天晚上来戏院时，她跟他撞了个满怀。他正在等候，面容无比憔悴，决心要见到她，即使让人捎话进去也在所不惜。她起初没认出这个衣衫褴褛、窝窝囊囊的人来。他凑得这么近，像是一个饿急了的陌生人，着实吓了她一跳。

“嘉莉，”他低声说，“能跟你说几句话吗？”

她回头一瞧，立时认出了他。如果她心里仍隐藏着对他的恶感，此时全都荡然无存了。不过，她仍记得杜洛埃说他偷过钱的那桩事。

“喂，乔治，”她说道，“你这是怎么啦？”

“我病了，”他回答，“刚从医院出来。看在上帝的分上，给我一点钱，好吗？”

“当然可以。”嘉莉抖动着嘴唇说，费尽力气要保持镇静，“但是，你究竟发生了什么事情？”

她打开钱包，把里边的钞票一股脑儿掏出来——一张五块的和两张两块面额的。

“已经告诉过你了，我生了一场病。”他倔强地说，对她的过分怜悯有些恼怒。从这样的一个人那儿接受怜悯叫他难以忍受。

“给你，”她说，“我身上只带了这么多钱。”

“很好，”他低声说，“有朝一日我会还给你的。”

嘉莉望着他，而街上的行人却在盯着她瞧。她在众目睽睽之下有些不自在。赫斯渥也有同感。

“为什么不告诉我，你到底出了什么事？”她问道，心里不知如何是好，“你住在哪里？”

“哦，我在波威里街租了个房间。”他回答，“在这里告诉你是不顶用的。我现在很好。”

对于她善意的询问，他似乎有点气愤，因为她的命运是那么好。

“你还是进去吧。”他说，“我不胜感激，但我以后不会再打搅你了。”

她想答话，但他已经转过身，拖着步子向东边去了。

这个幽灵似的影子纠缠了她的灵魂几天，后来才逐渐淡薄了。杜洛埃又来找她，但这回她见也不见。他的殷勤似乎不合时宜。

“就说我不在。”她吩咐杂役道。

她孤僻和内向的性格的确与众不同，这使她在公众的眼里成为一个引人注目的人物。她是那么娴静、矜持。

没隔多久，剧团经理决定赴伦敦演出。再在纽约演一个夏天，前景似乎并不好。

“你想不想去征服伦敦呢？”一天下午，经理问她。

“也许正好相反，我会被伦敦征服。”嘉莉说。

“我想我们可以在六月出发。”他回答。

嘉莉走时匆忙，把赫斯渥给忘了。赫斯渥和杜洛埃都是在她走之后才发现的。杜洛埃有一次来找她，听到这消息时不由得惊叫出了声。然后他站在大厅里把他们的关系细细回味一番，最后他得出一个结论——昔日的情谊已不复存在。

“她并没有多么令人留恋。”他说。但他在内心深处却不这样想。

赫斯渥通过一些奇特的途径总算混过了漫长的夏天和秋天。他在歌舞厅给人家看门，谋个小差事，帮他度过了一个月。他沿街乞讨，有时吃不上饭，有时在公园里过夜，又混了些日子。他还向那些离奇古怪的慈善机构申请救济，其中有好几家都是他在饥肠辘辘地觅食时偶然碰上的，以此打发掉其余的日月。临近隆冬时嘉莉才返回纽约，在百老汇演一出新剧。可他对此一无所知。数星期来，他在城里四处流浪和乞讨，而繁华娱乐区的灯光广告牌一到晚上就光芒四射，宣传嘉莉的表演。杜洛埃倒是看到了，却不敢进去找她。

大约在这个时候，艾姆斯回到了纽约。他在西部取得了一点小小的成就，如今在伍斯特街开办了一个实验室。当然，他通过万斯夫人跟嘉莉见了面，但他们俩之间没有产生共鸣。他以为他仍跟赫斯渥在一起，后来才听说他们已分道扬镳。当时由于不了解实情，他没有显出理解的样子，而是对她的演出不予评论。

他跟万斯夫人一道看了新剧，表达了自己的看法。

“她不该演喜剧，”他说，“我觉得她可以更上一层楼。”

一日下午他们在万斯家不期而遇，开始了一场非常友好的交谈。她弄不清为什么她昔日对他所产生的浓厚兴趣已不复存在。

毫无疑问，他当时代表的是一种她所没有的东西，不过，她并不明白这一点。成功使她产生了暂时的感觉，认为自己已具备了许多他赞美过的东西。其实，她靠报纸煽起的那点名气对他根本算不上什么，他认为她迄今完全可以取得更大的成功。

“你最后还是没演情节喜剧？”他想起她对戏剧艺术的兴趣，于是问道。

“没有，”她回答，“截至目前还没有。”

他用一种非常奇特的眼光望着她，这使她意识到自己是个失败者。于是她动情地补充道：“不过，我倒是很想演。”

“我认为你应该演，”他说，“根据你的气质，你能够演得好情节喜剧。”

他提到气质，倒让她感到意外。如此说来，她在他心目中留下了这等清晰的印象？

“此话怎讲？”她问。

“哦！”他说，“照我的判断，你的天性相当富于同情心。”

嘉莉嫣然一笑，微微红了脸。他对她如此真诚坦率，使她加深了和他的友谊。昔日的理想又在召唤着她。

“我不知道。”她回答道，但心里却有种掩饰不住的喜悦。

“我看了你演的剧，”他说，“演得非常好。”

“你喜欢那剧，这让我很高兴。”

“对一出喜剧而言，演得的确十分出色。”他说。

由于中间有人打搅，他们当时就谈了这么多，不过后来他们又凑到了一处。吃过饭后，他坐在一个拐角呆望着地面，而嘉莉跟另外一位客人走了过来。由于工作艰辛，他脸上呈现出疲倦的表情。嘉莉却不知正是这一点在吸引着她。

“就你一个人？”她说。

“我在听音乐。”

“我一会儿再来。”她的同伴说，觉得这位发明家并无诱人之处。

艾姆斯坐在那里，而她却站了一会儿，于是他仰望着她的面孔。

“这是一首伤感的曲子，是吗？”他听着音乐问道。

“哦，十分伤感。”她回答道。由于注意力被召唤过去，她也听出了些名堂。

“请坐。”他又说道，让她坐在他旁边的椅子上。

他们默默地听了一会儿，触动了同样的情怀，只不过她的情怀是通过心灵而产生的。音乐一如往昔，仍然令她心醉神迷。

“我不知道音乐是怎么一回事，”她心潮澎湃，涌起难以名状的向往，启口说道，“但音乐总让我觉得自己好像期望着什么……我……”

“是的，”他说，“我理解你的感受。”

突然，他开始研究起她那独特的气质——坦诚地表露出内心感情的气质。

“你不该郁郁不乐。”他说。

他思索了一下，然后扯起了一个似乎不相关的话题，可这话题又与他们的感情丝丝紧扣。

“世界上充满了我们期望得到的东西，但可惜一次只能得到一样。如果强求远不可及的东西，对我们是没有好处的。”

音乐停止了，他起身站到她面前，仿佛想休息一下。

“你为何不演一出优秀、动人的情节喜剧呢？”他说。此刻他直勾勾地望着她，端详着她的面容。在他看来，她那富于同情心的大眼睛以及哀怨动人的嘴巴证实了他的判断。

“也许我会的。”她回答。

“那才是你的领域。”他补充道。

“你这么认为？”

“是的，”他说，“我是这么认为。我想你自己并不了解，但你的眼睛和嘴巴显示出一种气质，说明你适合演那种剧。”

嘉莉见自己受到如此认真的对待，不由得激动万分。刹那间，她心里的孤独感消失了。这种赞扬既敏锐又具分析力。

“答案就在你的眼睛里和嘴巴上。”他出神地继续说道，“记得第一次见到你时，我就觉得你的嘴巴有一种特殊的气质。我当时以为你要哭了呢。”

“这太怪啦。”嘉莉说道，由于高兴，身上热乎乎的。这正是她一心向往的评价。

“后来我发现那是你自然的表情，而且今晚我又看到了。你的眼睛也有一种伤感的神情，赋予你面部同样的特征。我认为那神情就在眼睛的深处。”

嘉莉彻底动了感情，直视着他的面部。

“你大概觉察不到这一点。”他补充说。

她把目光移开，为他说这话感到高兴，脸上表现出一种渴望，渴望不辜负这种感情。他的一席话打开了她通向新的欲望的大门。

为此她要仔细地思考，直至他们再次重逢——几个星期之后或更长的时间。她发觉自己正在偏离昔日在艾费里会堂的化装室以及那以后的很长一段时间里所膺怀的理想。她为什么会丢掉那种理想呢？

“如果你演一个戏剧性较强的角色，”他另寻了个机会说道，“我知道你为什么能够成功。我琢磨出……”

“琢磨出什么？”嘉莉问。

“哦，”他说道，就像是一个喜欢说谜的人一样，“你脸上的表情与各种不同的事物有着异曲同工的效果。一首伤感的歌或者一幅感人至深的画都可以带来同样的效果。这个世界喜欢看这种表情，因为它自然地表达了这个世界的向往。”

嘉莉凝视着他，并没有确切地理解他话中的含义。

“世人总是拼命地要表现自我，”他继续说道，“大多数人不能够抒发出内心的情感，于是他们就依靠别人抒发。天才就担负着这样的责任。有的人用音乐为他们表现欲望，有的以诗歌，还有的以戏剧的形式表现。有时候，道理就反映在面孔上，使面孔成为一切欲望的代表。你的面孔就很富于表现力。”

他望着她，而她从他的眼里懂得了其中许多道理。她起码懂得了她的表情反映出了世人的渴望。她心中引以为荣，直至他又说出下边一番话。

“这使你承担起一种责任。你碰巧具有这种天赋。对你来说，这并不是一种荣誉，我的意思是这属于天生的。你没有为此付出过代价。不过，既然你有这种天赋，就应该利用它干点事业。”

“干什么？”嘉莉问。

“让我说，就是转而演戏剧。你极富于同情心，而且声音悦耳动听，应该使这些特点对他人产生价值。这会使你的能力永久不衰。”

嘉莉不理解最后的这种见解。其他的话则让她觉得，她在喜剧方面的成功微不足道或毫无价值。

“你是什么意思？”她问。

“哦，道理很简单。你的眼睛、嘴巴和天性都具有这种素质。要知道，你也可以失去它。如果你背弃它，活着只是为了满足你自己，那它很快就会消失。你的眼睛会失去原有的神情；你的嘴巴会变形；你的表演能力会化为乌有。你也许会觉得这不可能，但事实如此。造物主会做出安排的。”

他沉湎于推举合理的原因，说出这一番大道理来，有时变得慷慨激昂。嘉莉身上有一种东西在吸引着他。他想鼓动起她的干劲。

“我明白了。”她精神恍惚地说，对自己的失职略微觉得有些内疚。

“我要是你，”他说，“我就改弦易辙。”

由此而产生的效果犹如搅浑了一池水。嘉莉坐在摇椅上苦思冥想了好几天。

“我觉得我在喜剧界不会待很长时间了。”她有一天终于对萝拉这样说。

“为什么呢？”后者问。

“我觉得我演严肃的剧可以演得更好。”她说。

“你怎么会生出这种念头？”

“哦，没什么。”她回答，“我一直都是这么想的。”

不过，她没有采取行动，只是唉声叹气。抵达那美好的理想有很长一段路要走，或看起来如此，而她舒适的环境令人眷恋。所以她按兵不动，空怀一腔渴望。

第四十七章 流浪人命终，幸运女梦醒

当时的纽约城有许多慈善机构，性质和上尉从事的那种慈善活动很相似，而赫斯渥以同样的不幸方式光顾的正是这种机构。其中之一就是第十五大街慈善姐妹会的修女传教所。那是一排红砖住宅房，门前挂着一个简陋的捐款木箱，箱上标明每天中午对前来求助的人免费提供膳食。这份简单的通告极其不起眼，但涉及的却是一种慷慨的施舍行为。纽约的慈善团体和机构极为广泛、多如牛毛，生活比较舒适的人不常注意这种事情。可是对一个关注这类事情的人来说，就洞若观火了。除非特别留意这种现象，否则你就是于中午时分在第六大道和第十五大街的转角处站上几天，也不会注意到每隔几秒钟就从行走在这繁华街道上的滚滚人流中出来一个满脸风霜、步履沉重、面容憔悴、衣衫褴褛的人。然而这是千真万确的事实，天愈冷愈明显。传教所地方狭小，又没有个煮饭的厨房，不得不安排分批就餐，每次只允许进二十五至三十人，所以外边的人得排队，按次序入内吃饭。因此，每天都会出现一幕奇特的景观，可年复一年地重复也就司空见惯，不足为奇了。那些人在冰天雪地里似牛群一样耐心地等待，要等上几小时才能进去就餐。没有人过问，也没有人招待。他们吃过就走，有些是每天按时来，整个冬天都如此。

每次施饭，自始至终，都有一位身躯肥大、面容慈祥的女人守在门口清点进去的人数。人们严肃地依次走上前来。他们不慌不忙，不急不躁，差不多像是一群哑巴。就是在最冷的天气，在这里依然可以看到这支队伍。在凛冽的寒风下，他们使劲地拍手和跺脚。他们的手指和脸上的五官看起来像是被严重冻伤一样。在光天化日之下打量一下这些人，就会发现他们差不多都属于同一类型。这类人在不太严峻的天气到公园里坐板凳，夏夜就在板凳上睡觉。他们常去波威里街以及东区的那些贫穷的街道，在那里褴褛的衣衫和枯槁的形容是不足为奇的。他们在阴冷的天气待在寄宿处的起居室里，跑到东区南部的一些街道去，蜂拥在六点才开门的廉价客栈门口。恶劣的食物、吃饭不定时以及狼吞虎咽，严重地损害了他们的骨骼和肌肉。他们脸色苍白、皮肤松弛、眼睛眍瞜、胸脯凹陷，眼里放射出光芒，相形之下，嘴唇显出病态的红。他们不大梳理头发，耳朵缺乏血色，鞋子破烂不堪，鞋跟和鞋尖都已磨坏。他们随波逐流，四处飘浮，每一股人流就能冲上来一个，就像浪涛把浮木冲上暴风席卷的海岸。

在纽约的另一处——百老汇大街和第十大街的拐角，面包师弗莱施曼在将近二十五年的时间里，对凡是于午夜来他经营的餐馆侧门求食的人，都会施舍给一块面包。二十年来，每天夜里都有三百人左右排起队伍，于指定的时间从门前走过，从置于门口的一只大箱子里拿起自己的一份面包，又消失在夜色之中。从一开始直到现在，这些人的特征和数量都没有什么变化。年复一年看着这支小队伍经过的旁观者，已经熟悉了其中的两三个人。这里边有两个人在十五年的时间里几乎连一夜也没有空过，有四十个左右的人是常来常往的老客。队伍里其余的则是陌生人。就是在经济恐慌和特别困难的时期，人数也很少超过三百。在经济繁荣期，失业现象极为罕见时，求食的人数也难得减少。不分寒暑，不论阴晴或时势的好坏，总有这么多的人于午夜悲惨地聚集在弗莱施曼的面包箱前。

在这个严冬里，赫斯渥经常光顾这两处行善的场所。有一次天气特别冷，沿街乞讨是活受罪，他待到中午就前去寻找为穷人提供的免费膳食。这天上午十一点，已经有几个和他一样的人步履蹒跚地从第六大道走出来，单薄的衣服被风吹得噼啪作响。他们来得早，想第一批进去，就斜依在第九团军械库围墙外的铁栅栏上，因为军械库的大门面向第十五大街的传教所。还得再等一小时，他们起初在隔得老远的地方徘徊，后来见又有人走过来，便移到跟前去以保持自己的优先权。赫斯渥从西边的第七大道朝这伙人走过来，站到大门的跟前，离门口比所有其他的人都近。那些先来的离得较远，这时就靠拢来，虽然不说话，但以倔强的态度暗示他们来得早。

赫斯渥见自己的行为遭到了抵制，便阴沉着脸望了望队伍，然后退出来，站到了队尾。秩序得到恢复之后，那种反感情绪也就松弛了下来。

“肯定快到中午了。”一个人说道。

“是的，”另一个说，“我等了都快一小时了。”

“唉，天气真够冷的！

他们急切地盯着大门瞧，那儿是大伙儿的必经之路。一位食品店的伙计赶车送来几筐吃的东西。这一来，大家议论起食品商以及一般食物的价格。

“依我看，肉价上涨了。”一个人说。

“假如发生战争，对这个国家大有好处。”

队伍在迅速壮大，已经有五十多人了。排在前边的人一举一动都显示出他们在暗自庆幸，因为他们不必像后边的人那样等很长时间了。大家纷纷探出头看后边的队伍。

“离前边近不近倒无所谓，只要是头二十五个就行，”前边的二十五个人当中有一个说道，“反正是一起进去。”

“哼！”赫斯渥叫出了声，因为他是被别人硬挤出来的。

“单一税[1]倒是一种办法。”另一个说，“不实行这种税制，社会就无秩序可言。”

大部分时间都没有人作声。这些憔悴的人挪动着双脚，眺望着，拍打着手臂。

大门终于打开了，那位面容慈祥的修女走了出来。她只是用眼睛示意大家站好队。队伍慢慢地朝前移，人们一个个走进去，直至数够二十五个。然后她伸出一条粗壮的胳膊阻拦，于是队伍停下来，台阶上站了六个人。这位从前的经理便是其中的一个。如此等待之时，有的交谈起来，有的叫苦连天，有的则像赫斯渥一样默默沉思。最后他终于被放进去，吃过饭后就走了。他心里有点气恼，因为受了很大的罪才把饭吃到口。

大约两个星期之后的一天晚上，他于十一点耐心地等待领取午夜施舍的面包。这对他是一个不幸的日子，但他现在能够用少许达观的看法对待自己的命运了。如果吃不上晚饭或者夜里肚子

---

① 政府只征收土地及地产税，扩大收入，兴办公共事业。

饿起来，他可以来这儿求食。十二点差几分的时候，一大箱面包被推出来，而十二点整就见一个大腹便便、圆脸盘的德国人站到箱旁，高喊一声“开始”。队伍立刻朝前移动，大家依次拿上面包，便各奔东西了。这一回，我们的这位从前的经理边走边吃，迈着沉重的步子，沿着漆黑一片的街道默默地奔向睡觉的地方。

待到一月，他几乎认定自己的一切都完了。他一贯认为生命是一种宝贵的东西，但如今常常吃不饱肚子、精力衰竭，使得他对人世间的魅力感觉有些迟钝、难以觉察了。有好几次，当命运逼得他走投无路时，他真想一死了之，结束一切烦恼。可天气一转好或弄到一枚两毛五分钱或者一毛钱的银币，他的心情就会发生变化，情愿等等再说。每天他都从地上捡旧报纸看，想了解有无嘉莉的消息，可整整一夏天和一秋天都一无所获。后来他觉得眼睛开始发痛，这种症状迅速恶化，使他不敢再在他经常光顾的寄宿处的黑屋子里看报了。饮食的恶劣和不规律，减弱了他身体的每一种功能。他有了钱就寻个地方打盹，这成了他唯一的消遣。

他衣衫褴褛，身体孱弱，发现人们把他视为积习成癖的寄生虫和乞丐。警察撵他，餐馆和寄宿处的老板一待他吃完睡过就将他逐出门外，而行人见了他就挥手让他走开。他觉得愈来愈难于向人们讨东西了。

最后他承认自己的路已走到了尽头。这是他屡次向行人乞讨、每每遭到拒绝、人人唯恐躲避不及之后所得出的结论。

“打发打发吧，先生！”他对最后一位行人说，“看在上帝的分上，行行好吧，我要饿死了。”

“滚，滚开，”这个人碰巧是个凡夫俗子，呵斥道，“你这不中用的东西。我一分钱也不会给你。”

赫斯渥把冻红的手插入衣袋，眼里涌出了泪花。

“不错，”他说，“我现在不中用了，但我过去风光过，有过钱。我要终止这种生活。”他怀着寻死的念头，举步朝着波威里街走去。以前有人拧开煤气自杀过，他为什么就不能呢？他记得一家寄宿处开设着密闭小客房，里边安装有煤气喷头，他觉得那好像是为他想干的事预先设置的，房金为一毛五分钱。接着他想自己连这一毛五分钱也没有。

途中，他遇见一位神情愉快的绅士修完面正从一家高级理发店走出来。

“能给我一点钱吗？”他大胆地问这人。

绅士把他从头到脚打量一通，伸手去掏一毛钱的硬币。可他衣袋里只有两毛五分钱的银币。

“拿去吧。”他说，为摆脱赫斯渥，递给他一枚银币，“快走吧。”

赫斯渥朝前走了，心里很是惊奇。看着这枚又大又亮的硬币，他产生了几分喜悦。他记起自己还饿着肚子，记起用一毛钱可以租张床睡觉。有了钱，寻死的念头暂时从脑子里消失了。只有当他除了侮辱什么也得不到的时候，死亡才是很好的出路。

隆冬的一天，最冷的天气来临了。头一日天气阴冷，第二日便降了雪。厄运在追踪着他，直至夜幕降临才讨到一毛钱，他用这钱买了食品。傍晚时分他来到林荫大道和第六十七大街的拐角处，最后转身向波威里街走去。由于从上午起就东奔西颠，身子特别疲倦，这时他拖着湿透的双脚，鞋底在人行道上磨着。

单薄的旧外套朝上翻起领子，遮挡住冻红的耳朵——破旧的圆顶礼帽压得低低的，迫使两只耳朵朝外倾斜。他的两只手插在衣袋里。

“我要到百老汇走走。”他自言自语地说。

当他抵达第四十二大街时，灯光广告牌已放射出耀眼的光芒来。人们步履匆匆地前去吃饭。在每一个街口，透过豪华餐馆的明亮的窗户，可以看到里边满是兴高采烈的顾客。街上行驶着马车和挤满人的电车。

他疲倦不堪、饥肠辘辘。真不该到这儿来，对比太强烈了。连他也触景生情，回想起美好的往事。

“有什么用呢？”他心想，“我彻底完蛋了。我要结束这一切。”

人们纷纷侧过脸看他，因为他那踉踉跄跄的身影是如此怪异。几个警察用目光跟踪着他，防止他向路人乞讨。

他一度漫无目的、心不在焉地在一家华丽的餐馆前停下脚步，透过窗户朝里瞧。窗前有一块被灯火照得通亮的招牌，从那大块的玻璃可以看见红色及金色的装饰物，看见棕榈树、白餐巾、闪亮的玻璃酒杯，尤其是那些愉快的顾客。尽管他思维衰弱，但他饿得发慌，感觉到了食物的重要性。他纹丝不动地站着，磨毛了边的裤脚浸在雪水里，傻呆呆地向里边窥视着。

“吃饭，”他喃喃地说，“对，吃饭。别人谁都不缺吃的。”

后来他的声音压得更低了，心里的幻想也消失了一半。

“天好冷啊，”他说，“真是冷得厉害。”

在百老汇大街和第三十九大街交叉口的白炽灯灯光下，嘉莉的名字闪亮夺目。广告牌上写着“嘉莉•马登达和卡西诺剧团”的字样。那四射的光芒把积雪泥泞的人行道照得通亮。雪亮的广告牌吸引了赫斯渥的目光。他仰首望着硕大、镶着金框的海报栏，上面贴着一幅嘉莉真人大小的漂亮的石版画像。

赫斯渥凝视了一会儿，吸着鼻子，耸起一个肩头，心里仿佛有样东西在抓挠。可他衰弱不堪，连大脑也不太清楚了。

“原来是你。”他最后冲着她的画像说道，“我是不是配不上你？哼！”

他徘徊着，企图好好想一想，但这对他已不可能了。

“她有钱，”他想到钱时，语无伦次地说，“让她给我一些。”

他抬腿向剧院的侧门走去。随即他又忘了自己去的目的，便停住脚步，手往口袋里插得更深了，使手腕暖和一些。突然他又想了起来。从后台的门进去，就在那里！

他来到门前，走了进去。

“干什么？”守门人盯住他问。他见赫斯渥停住脚步，便奔过去推搡他。“滚出去。”他说。

“我想见马登达小姐。”赫斯渥说。

“就你吗？”对方说，看着他的模样差点笑出声来，“滚出去！”他又推了赫斯渥一把。赫斯渥没有力气抵抗。

“我想见马达登小姐。”甚至在被朝外撵的时候，他还想解释解释，“我是体面的人。我……”

那人最后又搡了他一把，关上了大门。赫斯渥被他搡得脚下一打闪，摔倒在雪地上。他被摔痛了，隐约产生了一种羞耻感。他哭了起来，傻里傻气地咒骂着。

“可恶的看门狗！”他说，“该死的卑鄙小人。”从他那一钱不值的衣服上擦掉雪水，“我……我曾经也使唤过你这样的人。”

此时此刻，他心里对嘉莉涌起了强烈的恶感，但那只是盛怒之下产生的情绪，很快就忘得一光二净了。

“她应该给我东西吃，”他说，“她应该给我。”

他绝望地转身又回到了百老汇大街上，踩着雪浆朝前走，边乞讨边流泪，把心里的事情一件接一件地忘掉，这是脑力衰退、思想不连贯的人常有的现象。

几天后的一个天寒地冻的傍晚，他在心里做出了唯一的明确决定。才下午四点，天空中已阴阴沉沉布上了夜色。鹅毛大雪漫天飞舞，被疾风吹成长长的细线抽打在人的脸上。街道上积的雪有六英尺厚，像是冰冷柔软的地毯，被车碾、人踏，搞成了肮脏的棕褐色。在百老汇大街上，人们穿着粗呢大衣，打着雨伞，小心翼翼地朝前走着。而波威里街的行人却在泥浆中跋涉，衣领翻起，帽子拉下来盖住耳朵。百老汇大街的行人是商人和游客，他们在奔赴舒适的饭店。波威里街的则是些冒严寒出来跑腿的人，他们步履蹒跚地从脏兮兮的商店门前走过，商店的幽深处已亮起闪烁的灯光。电车里也早早地点上了灯，由于车轮上裹了一层积雪，平素发出的那种“咔嗒”“咔嗒”的声响有所减弱。迅速增厚的积雪把整个城市都罩了起来。

沃尔多夫饭店里，嘉莉此时正在自己舒适的房间里阅览艾姆斯推荐给她的《高老头》。故事相当感人，艾姆斯的推荐激起了她浓厚的兴趣，所以她几乎完全吃透了书中催人泪下的含义。她第一次意识到，自己以前看的书都是些十分无聊乏味、毫无价值的东西。看书看累了，她打了个呵欠，走到窗前，向外眺望第五大道上那些老是蜿蜒不绝、来来往往的马车。

“天气可真糟。”她对萝拉说。

“糟透啦！”那个小巧的女子来到她跟前说，“希望雪再厚点，可以滑雪橇。”

“唉，亲爱的，”嘉莉说道，心中仍念念不忘高老头遭受的痛苦，“你就只想这个。你难道不同情今晚衣食无着的那些人吗？”

“我当然同情，”萝拉说，“可我又能怎么样呢？我一无所有。”

嘉莉笑了笑。

“就是有，你也不会关心他们的。”她回答。

“我会的。”萝拉说，“不过，我困难的时候，没有人给过我任何帮助。”

“这鬼天气太可怕了。”嘉莉观望着窗外漫天飞舞的大雪说。

“你瞧那边的那个人。”萝拉看见有人滑倒，哈哈大笑起来，“人要是滑倒在地，一脸的狼狈相，你说是吧？”

“今晚我们不得不搭马车了。”嘉莉心不在焉地回答。

查尔斯·杜洛埃先生此时刚刚来到皇家饭店的前厅，正把雪花从一件非常漂亮的粗呢大衣上抖落。恶劣的天气早早就把他赶了回来，同时激起了他寻欢作乐的欲望，以图忘掉这场大雪和生活中的愁苦。一顿可口的晚餐、一位年轻女人的陪伴以及一场夜戏，对他说来至关紧要。

“喂，哈里！”他对一个闲坐在前厅椅子上的人说，“你好吗？”

“哦，还凑合。”对方说。

“天气糟透了，是吗？”

“是这样的，”对方说，“我正坐在这里考虑今晚到哪儿消遣呢。”

“跟我走吧，”杜洛埃说，“我可以向你引荐一位绝色美人。”

“谁呀？”对方问。

“哦，第四十大街有两个漂亮妞，我们可以痛痛快快乐一场。

我刚才正找你呢。”

“假如找到她们，能不能带她们出去吃饭？”

“当然可以。”杜洛埃说，“你等等，我上楼换件衣服。”

“那好，我到理发店去，”对方说，“我想修个面。”

“一言为定。”杜洛埃说完向电梯走去，脚下漂亮的皮鞋“咯吱”“咯吱”响着。这位老牌花花公子的轻浮劲一如往昔。

此时，一列连廊卧铺火车穿过傍晚的风雪，正以每小时四十英里的速度朝着纽约开来，车上坐着另外三位有关的人物。

“餐车里开始供应晚饭啦。”一位列车服务员戴着雪白的围裙、穿着雪白的衣服，急步走过通道时宣布道。

“我不想再玩了。”三个人当中年纪最轻的一位黑发美人推开手中的纸牌说，她由于时运好而变得盛气凌人。

“去吃饭好吗？”她丈夫问，一身华美的服装把他衬托得风度翩翩。

“哦，先不急。”她回答，“不过，我不想再打牌了。”

“杰西卡，”她母亲说，从她的身上也可以看得到漂亮的服装能怎样装扮一个上了年纪的人，“你围巾上的别针快掉下来啦，把它朝下推推。”

杰西卡照吩咐做了，顺手摸摸她那可爱的头发，看了看镶着宝石的小表。她丈夫端详着她，因为美人即便冷若冰霜，按某种观点也是令人心醉的。

“这种天气我们不会再忍受多久了，”他说，“只消两个星期就可以抵达罗马。”

赫斯渥夫人舒舒服服地坐在角落里，脸上露出了微笑。给一个有钱的年轻人当岳母真是享福——她曾经亲自调查过他的经济状况。

“如果天气老是这个样子，”杰西卡问，“依你看船会准时开吗？”

“哦，会准时开的。”她丈夫回答，“天气不会误事的。”

顺着甬道走过来一位银行家的儿子，头发金黄金黄的，也是芝加哥人，他已把这位傲慢的美人观察了好久。即便在此刻，他还是不顾一切地瞟她，而她也觉察到了这一点。她故意做出一副淡漠的样子，把美丽的脸孔彻底扭开了。这根本不是出于为人之妻的矜持。

这样一来，她的自尊心得到了满足。

此时此刻的赫斯渥正在离波威里街非常近的背街上，站在一幢肮脏的四层楼前边。楼房原来是浅黄色，后经烟熏雨淋改变了颜色。他夹杂在一群人中间，这已经是一大群人了，可人数仍在逐渐增加。

起初只过来两三个人，守在紧闭的木门跟前跺着脚取暖。他们头戴褪了色的、满是凹痕的圆顶礼帽，不合体的衣服被融雪湿得沉甸甸的，衣领朝上翻起。他们的裤子活像大口袋，裤脚磨破了边，在又大又湿的鞋子上方晃荡着，鞋帮破破烂烂的，几乎成了碎片。他们并没有试图往里去，而是唉声叹气地原地兜圈子，双手深深插入衣袋，眼睛窥视着人群以及愈来愈多的灯火。时间一分钟一分钟地过去，人数也渐渐增多。其中有胡子花白、眼窝凹陷的老者，有被疾病折磨得鸠形鹄面的较为年轻的人，也有中年人。里边没有一个胖子。人群中有一张面孔苍白得像抽干了血的小牛肉，另一张却红得似红砖。有的人瘦削、圆肩，有的安着木腿，还有的瘦骨嶙峋，衣服穿在身上空空荡荡。人群中有大耳朵、肿鼻子、厚嘴唇，尤其是还有布满血丝的红眼睛。在这一堆人中，没有一张正常健康的面孔，没有笔直的身躯，也没有坦率坚定的目光。

在风雪的抽打下，他们依偎在一起。衣袖遮不住的手腕冻得发红。被简直不像个样子的帽子半遮半盖的耳朵，仍然冻得僵硬和红肿。他们在雪地里不时倒换着双脚，几乎一齐在晃动。

门前的人愈聚愈多，随之便起了低语声。这不是交谈，而是一种不针对具体人的议论。其中有咒骂，也有粗话。

“希望他们能快一点。”

“瞧，那个警察在朝这边看呢。”

“他们也许不管，这是冬天哪！

“还不如被关在辛辛监狱里。”

一股尖溜溜的风袭来，他们依偎得更紧了。这群人移动着、摇晃着，你推我挤。没有愤怒，没有哀求，也没有恐吓的话语。大家愁闷地忍受着，听不到一句诙谐或友好的话来活跃这种气氛。

一辆马车叮叮当当地驶过，座位上斜靠着一个人，被离大门最近的一个人给瞧见了。

“看那家伙还兜风呢。”

“他倒是没这么冷。”

“喂，喂，喂！”另一个高声吼起来，可马车早已远去，听不到他的叫声了。

夜色渐浓。人行道上，一伙下班的人在向家里赶。男女工人迈着急促的步子从旁边走过。横穿市区的电车开始拥挤起来。煤气灯燃起了火焰，每一扇玻璃窗都被灯光照得通红。门前的人群仍毫不动摇地不肯离去。

“他们难道永远不开门了吗？”一个沙哑的声音提示性地问道。

这一来，大家又恢复了对那扇紧闭的大门普遍的兴趣，许多人都把呆滞的目光投往那个方向。他们像不会说话的牲口那样望着，像狗一样抓挠和哀鸣，紧盯着那门柄。他们晃动、眨眼、嘟哝，有时咒骂，有时议论。但他们仍在等待，雪花仍在飞舞，抽打着他们的面孔。在破旧的帽子以及高耸的肩头上，雪聚成了堆，形成一个个小包和一条条曲线，却没有人把它拂去。人群中间的体温和热气使雪融化掉，雪水顺着帽檐滴下来，流到鼻梁上，可人们却无法去擦抹。在外圈的人，帽檐上的雪积而不化。赫斯渥挤不到中间去，就低头弓背迎着风雪。

门上方的气窗里闪出一线灯光。人们一阵激动，觉得有了希望，于是出现了一片喃喃声。最后，里边的门闩吱吱响起来，人群竖起耳朵倾听。屋里有脚步移动，使喃喃声又起。有人喊道：“慢慢地进。”接着，门打开了。大家你拥我挤，混乱了一阵，一个个阴沉着脸，默不作声，显得跟牲口一样，接着像漂浮的木头般在屋里散开，隐去了踪迹。这群人，湿漉漉的帽子，湿漉漉的肩头，冻得缩着身子，满脸的不高兴，夹在惨淡的墙壁之间朝里拥。此刻正是六点，从街上每一位步履匆匆的行人脸上都可以看出他们要去吃晚饭。可这儿却不提供晚餐，除床铺之外什么都不供应。

赫斯渥放下一毛五分钱的房金，就拖着疲倦的步子到分给他的房间去了。这是一间肮脏的屋子，木板地上到处都是灰尘，床铺硬邦邦的。一只小小的煤气喷头给这凄凉的一隅提供了足够的亮光。

“嗯！”他清了清喉咙，闩上了门。

他开始不慌不忙地脱衣服，可又停下来。先脱掉上衣，用它把门下的缝隙塞住。他把背心也堵在了那里。又旧又湿又烂的帽子被他轻轻地放在了桌上。然后，他取下鞋子，躺了下来。

他仿佛思索了一会儿，接着起身熄灭煤气灯，静静地站在黑暗之中，在这里谁也看不见他。他无所回顾，而只是在犹豫，过了一会儿又打开了煤气，但是却没有用火柴去点燃。即便这时他仍站在那里，躲在仁慈的夜色之中，而煤气喷发出来，充斥了整个房间。当煤气味钻入鼻孔内的时候，他放弃了这种姿势，摸索着上了床。

“有什么用呢？”他伸展身子安息时，以微弱的声音说道。

如今，嘉莉已经实现了或至少部分实现了最初的生活目标，正如大多数人一样不能全部实现原来的愿望。她可以心满意足了，因为她有了漂亮的衣服、马车、家具和银行存款。在世人的眼里她也有了朋友，那些人承认她的成功，又是鞠躬又是微笑。这些都是她过去所向往的。观众的喝彩以及曾经一度遥不可及的显赫名声，都是重要的因素，可现在却无关紧要，引不起她的兴趣了。她仍是花容玉貌、魅力独具，但她的内心却是孤独的。在不忙于其他事的时候，她就坐在摇椅上，哼歌和遐想。

在生活中，人之天性有理性的，也有感性的——理性的善于推理，而感性靠的是感觉。其中的一类是行动派，如将军和政治家；另一类人中则有诗人和梦想家，全都是具有艺术细胞的人。

如风中的琴声，后一类人对每一种幻想都会产生共鸣，根据心情的阴晴反映理想的盛衰。

人们对梦想家的理解仍未超过对理想的领悟。他们觉得这个世界上的法律和道德观过于严厉。他们侧耳倾听美的声音，注意观察远方是否有美在把翅膀扇动；他们着意去追寻美，途中累得两脚发痛。嘉莉坐在摇椅上哼着歌，就是这么观察和追寻着。

我们不能忘记，理性在其中起了极小的作用。想到芝加哥时，她觉得这座城市的环境比以往任何时候都可爱，只是由于当时心情的驱使，她本能地产生了依恋之情。华美的服饰，优雅的环境，人们似乎都心满意足。她的心贴近了这一切。贴近了芝加哥、纽约、杜洛埃、赫斯渥、上流社会和戏剧圈子——这不过是些插曲。她所向往的并非这一切，而是它们的象征物。可时间证明这种象征物是虚幻的。

啊，扑朔迷离的人生呀！我们的视线是多么朦胧。最初的嘉莉，贫穷、单纯、易动感情，对生活中一切极为美好的事物都充满了欲望，可是却四处碰壁。自然法则在说："你可以受到一切美好事物的诱惑，但除非有正当理由，否则不要接近它们。"传统思想在说："你只能靠诚实的劳动改善自己的状况。"如果诚实的劳动是劳而无功，难以忍受；如果它是一条非常漫长的道路，沿着这条路永远也找不到美，而只会使双脚和心灵感到疲倦；如果这样追寻美不堪重负，我们舍弃了为人所崇敬的方式，而是取一条遭人鄙夷的小径迅速地实现自己的梦想，谁又会加以指责呢？把我们引入歧途的常常不是邪恶，而是对美好事物的渴望。对那些不习惯推理的感性之人产生诱惑的常常不是邪恶，而是善良。

嘉莉的处境光辉灿烂，可她却郁郁寡欢。起初杜洛埃收留她时，她觉得自己地位高升，掉进了福窝；当赫斯渥向她提供一条似乎是比较好的道路时，她认为自己很幸福。可这个世界会冷落不愿同流合污的人，所以她现在觉得很孤独。对于处境极为艰难的人，她慷慨解囊。漫步于百老汇街头时，她不再注意那些从她身边走过的衣饰华美的行人。如果他们多几分光芒远射的安详和美，倒会引起她的羡慕。

杜洛埃放弃了对她的追求，再也不见了踪影。对于赫斯渥的死，她连一点也不知道。一只黑色的船在完成每星期一次的任务时，缓慢地驶离第二十七大街旁的码头，把赫斯渥的无名尸体连同许多其他人的尸体一道运往波特墓地。

她对这两个人跟她的关系丧失了所有的兴趣。他们对她的生活所产生的影响，只有靠她的渴望的性质才能解释得清。曾经一度，他们对她而言就是人世间成功的最有力象征。他们代表的是一种令人极为眼热的地位——他们是舒适和安宁生活挂有头衔的使节，因手中持有证件而身价百倍。一旦他们所代表的圈子对她不再有诱惑力，这两位使节自然就该威风扫地了。即便赫斯渥带着原来的风采和荣耀返回，现在也吸引不住她了。她已经知道了，在他的圈子里，正如在她目前的处境中一样，是没有幸福的。

她孤孤单单地坐着，以她现在的情况可以证明，一个依靠感情而非推理的人，可以沿着曲折的道路去追寻美。她的幻想经常破灭，但她仍在等待着宁静幸福的日子到来，那时她将梦游幻境。艾姆斯为她指明了今后的一步棋，但如果完成了这步棋，以后还会不断有其他的棋在恭候她。这是对欢乐之光的永恒追求，那光芒，闪耀在这个世界遥远的山巅。

啊，嘉莉呀嘉莉！啊，人心的追求是多么盲目！这颗心按照美指引的道路，一个劲地向前跋涉。幽静的旷野里那孤独的牧羊铃声、森林里美丽的光芒或者某位行人眼里闪烁的心灵之光究竟是不是美，这颗心在追寻中是知道的，并做出了答复。只有当双腿疲倦、希望似乎落空时，心才会痛苦，才会涌起向往。那么你就该清楚，你是不会知足和满意的。你就坐在摇椅上傍着窗户做梦吧，你就孤孤单单一人去憧憬吧。你就坐在摇椅上，傍着窗户，去幻想你也许永远也得不到的幸福吧。

轻经典

出 品 人：许　永
责任编辑：许宗华
特邀编辑：林园林
装帧设计：海　云
印制总监：蒋　波
发行总监：田峰峥
投稿信箱：cmsdbj@163.com
发　　行：北京创美汇品图书有限公司
发行热线：010-59799930

创美工厂
微信公众平台

创美工厂
官方微博